史蒂芬金選

Stephen King

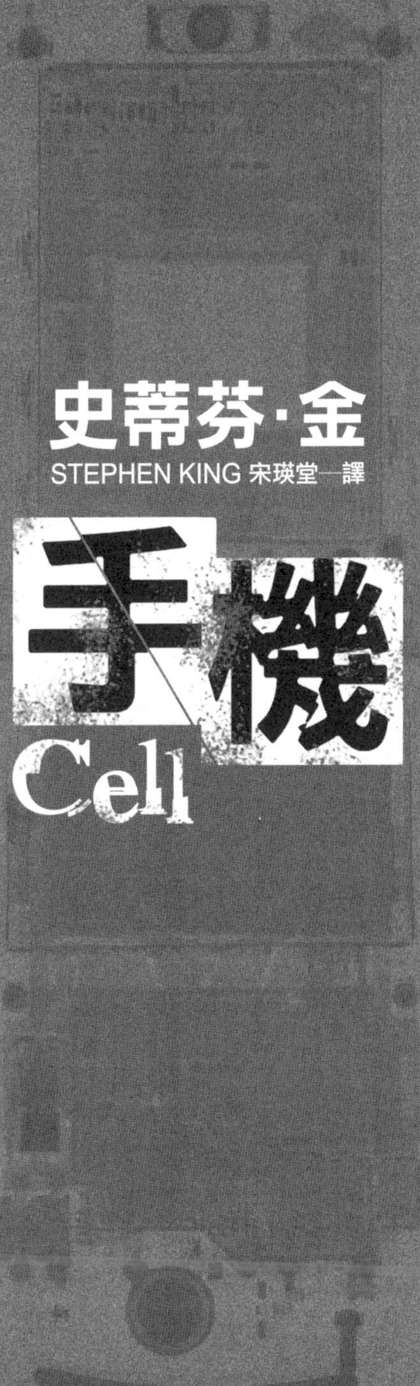

史蒂芬·金

STEPHEN KING 宋瑛堂—譯

手機

Cell

〈導讀〉

讓美國佬惡夢三十年的史蒂芬·金

【史蒂芬·金網站站長】林尚威

1

二〇〇六年十一月初的週六清晨，還在芝加哥大學商學院唸ＭＢＡ的我，正在全美航班起降最忙碌的芝加哥歐海爾機場（O'Hare Airport），準備前往參加波士頓顧問集團（The Boston Consulting Group）在紐約市舉行的決賽徵才面試。清晨的機場航站，雖然依舊燈火通明，但是旅客明顯比平常尖峰時刻少了許多，大多是行色匆匆、面無表情的商務旅客。或許是因為太早起床，我在機場吃完麥當勞早餐後，腦子依然有點昏昏沈沈的，加上心中實在靜不下來準備面試的相關題目，乾脆就在登機門附近的小書店逛逛。眼睛掃過一排排的暢銷小說後，有一本封面特別顯眼的小說立刻吸引了我的注意力：一支破碎的手機，淒涼的躺在血泊之中，圖片上方則印著大大的STEHPEHN KING。啊哈！這不是我最欣賞的作家史蒂芬·金的新作嗎？從大學時期接觸第一本皇冠文化出版的《玉米田的孩子》開始，十多年來我一直都是史蒂芬·金的頭號書迷，除了蒐集史蒂芬·金數十部所有在台出版過的作品，也設立了台灣第一個史蒂芬・金的中文網站。離開台灣以前，雖然一度曾發下宏願要在美國看遍史蒂芬・金的作品，但無奈商學院龐大的求職與課業壓力卻讓我把這個心願拋到書堆之後。如今在機場再次發現史蒂芬・金的新書，心中頗有一種久違又帶點內疚的感覺。我看了看錶，發現還有一個多小時才登機，索性就在書店裡翻起這本小說。沒想到已近耳順之年的史蒂芬・金筆鋒依然犀利，極度震撼的開頭加上緊湊的劇情，讓我一下子就栽進這場手機浩劫的世界裡。直到美國航空的站務人員以彆扭的發音叫著我的中文名字，我才意識到已經到了該登機的時刻，便匆匆丟下書本登機前往紐約。上了飛機後，心中還惦記著主角們在波士頓市郊險境求生的過程，過了半個多小時才慢慢的被飛機緩慢單調的引擎聲帶進夢鄉，也就暫時把這本小說的事擱在一旁。事隔半年多，得知當初這本讓我差一點錯過飛機的史蒂芬・金最金作品《手機》，即將要在台灣發行中文版，讓人不禁莞爾一笑，卻也讓我再次有機會繼續這段未完成的浩劫之旅。

2

出生於一九四七年，正逢嬰兒潮世代發軔的史蒂芬・金，如今是美國當代最具影響力的作家。對大多數的美國人而言，史蒂芬・金之於通俗文學的代表性，就等同於麥可・傑克森之於流行音樂，以及麥可・喬丹之於NBA籃球運動。不同的是，兩位麥可都已經成為歷史的傳奇，但史蒂芬・金在數度宣布封筆之後，至今還在不停的創作。（照他自己的說法，是又開始殘害世界上的樹木。）如今，幾乎每一個識字的美國成年人都看過他的小說，而美國每一家書店裡，也都可以看到史蒂芬・金不同時期的作品。自從第一本小說《嘉麗》問世，三十多年來史蒂芬・金不斷的寫出一部部叫好叫座的作品。除了『世界最富有的作家之一』這頭銜證明了史蒂芬・金作品的膾炙人口之外，榮獲二〇〇三年美國國家圖書基金會『傑出貢獻獎』與二〇〇四年世界奇幻文學獎『終身成就獎』兩項獎座，更證明了他能超越商業範疇並在美國文學史上佔有一席之地。由於作品精采性之高，史蒂芬・金也創下了另一個紀錄——超過百分之八十的作品被改編成電影或是電視影集。歸根究底，史蒂芬・金的作品之所以能長期受到普羅大眾的歡迎而歷久不衰，主要是因為他能夠把一些最陳腔濫調的題材，諸如吸血鬼、超能力，以及鬼屋等等，透過他獨特的角度與敘事手法，詮釋成讓讀者耳目一新的情節與角色，諸如《Salem' lot》、《嘉麗》與《閃靈》。而最能引起讀者共鳴的，在於這些故事的場景設定——不論是喧囂忙碌的大都會、步調緩慢的窮鄉僻壤，或是豪華的度假旅館，總是熟悉且似曾相識，輕易的便獲得你潛意識的認同。緊接著再猛然的拉出驚悚主題，給予讀者一記血淋淋的重擊，這樣出神入化的手法無怪乎能深獲廣大讀者的喜愛。

3

史蒂芬金在台灣也曾經風靡過一陣子。早在民國七十幾年，皇冠出版社出版了『當代名著精選』系列，當時史蒂芬・金的翻譯作品便高達十五部之多，而且收錄了史蒂芬・金最受歡迎的幾部作品，諸如《狂犬庫丘》、《牠》、《寵物墳場》、《龍之眼》，以及《四季》等等。只可惜後來礙於版權的相關規定，這些翻譯水準極高的書籍後來都不再發行了，並造成史蒂芬・金的作品一書難尋。除了幾個大型圖書館有少量庫藏以外，連光華商場的舊書攤都難尋這些小說的芳蹤。好在近幾年，網路的推波助瀾加上許多史蒂芬・金改編電影的影響，有越來越多的出版社看準這塊市場，願意重新出版史蒂芬・金的作品。而身為國內翻譯小說先驅的皇冠文化，在二〇〇七年決定翻譯並出版史蒂芬・金的最新作品《手機》，的確是讓國內的金迷有久旱逢甘霖的感覺。

4

這本《手機》是史蒂芬・金在大受歡迎的《黑塔》奇幻系列告一段落之後，重回驚悚風格老本行的第一本小說。該書描述的是現代人最依賴的科技工具，因為一場意外帶給全人類最意想不到的浩劫，並造就了人類史上的第二次黑暗時期。史蒂芬・金再一次延續他以往的風格，以日常生活最常見的題材——手機，帶領讀者一步步走入佈滿活死人的世界。僵屍相關的電影與小說很多，但是因為手機的電磁波造成僵屍橫行的題材可謂出版史上頭一遭。更精彩的是，這些僵屍會透過獨特的方式進化，並威脅到為數不多的正常人類。我個人最欣賞本書的一點，就是史蒂芬・金在小說中除了讓你體驗到『發生的過程』，還會很有邏輯的告訴你『發生的原因』以及『解決的方法』。一本小說能生動的陳述事件的發生固然是重點，但能夠讓讀者一起隨著故事的進行去探索事情的來龍去脈才更讓人大呼過癮，也是一個思緒周密、鋪陳完善的小說家最令人激賞的地方。我同時也非常激賞史蒂芬・金在本書對於場景與事件極為貼切的比喻描述，諸如『擴音器發出兩聲打嗝似的怪響』以及『灰燼在風中像黑雪般飄舞』，都能夠讓讀者輕而易舉的把平面的文字化成立體的畫面浮現於腦海之中，更加享受閱讀的樂趣。

5

《手機》一書讓我在溫哥華四天的假期裡，有整整兩天晚上都無法自拔，與書中主角一同努力掙扎著，試圖在這場浩劫中存活下來。本書過於寫實的描述，也讓一向一覺到天亮的我好幾天惡夢連連。雖然之後不至於把以往隨身不離的手機丟掉，但卻也讓我從此對這項高科技小玩意多了一點說不上的寒意。不過，讓史蒂芬・金帶你體驗一次身歷其境的大冒險，感受美國人被嚇了三十年之久的惡夢，也就是厭倦平淡生活的你買這本書的原因，不是嗎？

◎林尚威，一九七六年生，美國芝加哥大學商學院企管碩士，現任波士頓顧問公司大中華區顧問。自大學時期成為史蒂芬・金的頭號書迷，閒暇之餘創立史蒂芬・金的第一個繁體中文網站，並致力於史蒂芬・金小說在台灣的復興。

來自名家的好評

『在長達一百年的恐怖電影歷史中，倘若說史蒂芬金的恐怖故事，曾經源源不絕地開拓了一個迥異於流俗的、眞正冷澈脊髓的片型題材，那麼，這本融合了所有好萊塢恐怖電影元素（並且精煉到最高層次）的《手機》，則讓我們看到一個嶄新的、像一場永遠醒不過來的惡夢般的——史蒂芬・金。』

——【名作家】柯志遠

『閱讀史蒂芬・金的作品，最讓人激賞的絕不只是在他筆下的駭人異想之中，那股不斷透散而出、逼人冷汗的高壓恐懼氣氛而已；他在字裡行間不厭其煩、娓娓道來的美式生活細節，更洋溢著歷歷如繪、彷彿構成讀者周遭情境的強烈眞實感。這部科幻恐怖新作《手機》，結合了影史傑作「活死人之夜」經典元素的殭屍，以及象徵現代人際網絡的行動電話，史蒂芬・金巧妙地設計了無線電波、人腦、潛意識、夢境之間的隱晦關聯，完成一場以未來科技爲題的惡夢啓示錄。』

——【恐怖、推理名作家】既晴

『本書傳達出史蒂芬・金對人性及現代科技的思考，而選擇手機這種日常物件爲主題，創造了令人又熟悉又驚悚的氛圍！』

——【格林文化發行人】郝廣才

『按下手機通話鍵，是接通另一方，還是另外一個世界？一部由耳朵所串聯的殭屍創世紀，恐怖元素滿格，撕剖血肉之尖聲哀嚎始終清晰不斷訊。翻開書的那一刻，你會慶幸，你只是用眼睛閱讀，而下一通來電，你寧可不要接。』

——【游擊隊講義創立人】陳柏青

『沒有情節鋪陳，也不給人心理準備，一場人類的末世浩劫，打從本書一開始就震撼登場，而且一路重衝擊到底，幾乎沒有喘息的空檔。《手機》反映了我們心中深藏的憂懼，對現代科技，也對人類文明的脆弱。』

——【中國時報副總編輯兼主筆】張慧英

『一把刀貫穿心臟拔出時湧現的鮮血有多少？就像是這本書帶給讀者的震撼力，從字裡行間迸裂激射出的詭譎刺激，有如濺在臉龐的點點血花，令人不敢直視，卻又清楚嗅到濃厚血腥味道。

誰是拿著這把刀刺傷我們的兇手？絕對是他，史蒂芬・金！』

——【名作家】黃願

『史蒂芬・金重回他最拿手的恐怖路線，功力不減當年！雖看似新瓶舊酒，卻對活死人和異界以電波爲入侵人間工具等已有的構想做出另一番表現。其中對流行文化的嘲諷，尤其有令識者會心的效果。』

——【資深譯者兼影評人】景翔

『若能將史蒂芬・金寫的小說一一羅列，想必大家都會驚訝，原來許多精采絕倫的恐怖／驚悚電影和電視影集，都源自同一個人的手筆！老實說，像史蒂芬・金這種天王級的作家，根本不用多做介紹，我只是藉這個機會，向他公開致敬！』

——【交大科幻研究中心主任】葉李華

『史蒂芬・金在本書中另闢蹊徑，讓大家習以爲常的活死人系列電影公式再度進化；加上一向對角色性格的細膩描繪，呈現出獨一無二的末世面貌；那絕望中擁抱希望的主軸，爲故事在驚險懸疑中抹上了淡淡哀愁，令人難以忘懷。』

——【城堡岩小鎮家族創立人】劉韋廷

contents

謹獻給理察・麥特森❶與喬治・羅美洛❷。

『本我』不願延遲享受滿足感，隨時隨地感受到慾求不滿的張力。——佛洛依德

人類的侵略心出自本能。人類尚未進化出任何抑制侵略性的機制，以確保品種的延續，因此咸信人類是極危險的動物。

——羅倫茲❸

『現在聽得見嗎？』

——美國行動通訊公司Verizon電視廣告詞❹

本書全為譯註

❶Richard Matheson，『陰陽魔界』影集與電影『美夢成真』的作者。

❷George Romero，電影『活人生吃』系列的原著作者。

❸Konrad Lorenz，一九〇三—八九，奧地利動物學家，曾獲諾貝爾醫學獎。

❹Verizon曾有一系列廣告以手機測試員到處測試訊號為主題，後來成為流行語。

人類文明在進入第二次黑暗時期時哀鴻遍野，並不令人驚訝，但變化之迅速，就連最悲觀的未來學家也無法逆料，彷彿天下就等著這一刻發生劇變。在十月一日這天，上帝仍坐鎮天堂，股市維持在一萬零一百四十點上下，多數班機準時（從芝加哥起降的班機除外，但這一點在預料之中）。兩個星期後，鳥類再度稱霸天空，股市已成往事。到了萬聖節，從紐約到莫斯科的各大城市皆成廢墟，臭氣薰天，過去的世界已成追憶。

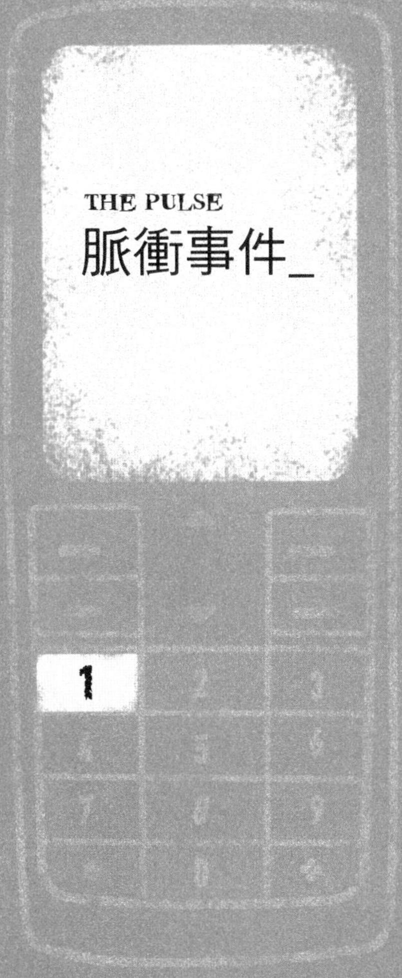
THE PULSE
脈衝事件_
1

1

脈衝事件發生於十月一日美東標準時間下午三點零三分。所謂的『脈衝』當然是以訛傳訛的名稱，但事件爆發後短短十小時之內，有能力指出訛誤的科學家泰半已非死即瘋。如何稱呼這個事件已經不重要了，重要的是這個事件引發的效應。

當天午後三點，一名對歷史沒有太大影響的年輕男子走在波士頓的波尤斯敦街，幾乎是蹦蹦跳跳地向東行，他的姓名是柯雷頓・瑞岱爾，小名『柯雷』。搭配輕盈步伐的是他的表情，每個人都看得出他滿心快慰。他的左手拎著畫家用的作品夾，是可以摺合成公事包提著走的那一型。纏在他右手手指的是褐色塑膠購物袋的束帶，外面印有小小珍寶精品店的字樣，好奇的人一眼就可以瞧見。

袋子在他手中前搖後晃，裡面裝的是一個圓形的小東西，旁人也許會猜是禮物。猜對了。旁人也許會進一步推測，這位年輕人購買了小小珍寶來紀念一些小小的勝利（或許那些勝利並不是真的那麼小）。又猜對了。裡面裝的是相當貴重的琉璃紙鎮，琉璃中心裹了一團灰茫茫的蒲公英籽絮。他投宿的地點是不甚氣派的大西洋街旅館。前去科普立廣場大飯店赴約後，他在回旅館途中買了這袋禮品。當時他一看紙鎮的價格標籤註明九十美元，大驚失色，但更讓他詫異的是，如今他居然買得起這樣的厚禮。

向店員遞信用卡時，他幾乎用盡了所有的勇氣。假如這個紙鎮是買來自用，他會懷疑自己出不出得了手；想必會嘟囔著『我改變主意了』之類的話，然後倉皇逃出精品店，但這個禮物是送雪倫的。雪倫喜歡這類玩意兒，而且對他仍心懷一分情。他前往波士頓之前，雪倫對他說：『我會幫你加油的，寶貝。』儘管過去這一年兩人吵得烏煙瘴氣，但是她這番話仍然深深感動了他。現在，如果還有可能，他想反過來感動雪倫。紙鎮很小（名副其實的『小小珍寶』），琉璃的中央是一團精美的灰霾，宛如口袋中的雲霧，保證她看了愛不釋手。

2

冰淇淋車發出清脆的音符，把柯雷的注意力吸引了過去。冰淇淋車停在四季大飯店（遠比科普立廣場大飯店豪華）對面，旁邊就是波士頓公園。公園橫跨了兩、三個街區，一側緊臨波尤斯敦街。冰淇淋車的車身用七彩的顏色漆上了**富豪雪糕**的字樣，下面是一對跳舞的甜筒。三名學童圍在車窗旁，把書包放在腳邊，等著解饞。站在學童背後的，是一位身穿墊肩褲裝的女人，牽著一條貴賓狗，另外也有兩名穿垮褲的少女，她們摘下iPod耳機，掛在頸邊，以方便低聲交談，兩人雖然聊得起勁，但並沒有吃吃笑。

柯雷站在這六人身後，原本隨便站的幾人排成了一小排隊伍。他已經幫分居的妻子買了一份禮物，回家路上他也會去『卡漫萬歲』漫畫店買最新一期的《蜘蛛人》送兒子。他索性順便犒賞自己一番。他急著想向雪倫報告好消息，可惜暫時無法聯絡到她，因為要到三點四十五分左右她才會回家。他心想，在聯絡上雪倫之前，不如先回旅館殺時間，在小客房裡來回踱步，呆呆看著合起來的作品夾。不過在回旅館前，富豪雪糕倒是個不錯的休閒活動。

老闆向窗口的三個小孩遞出兩支夾心冰淇淋棒。請客的人想必是站在中間的學童，他點了特大號的香草巧克力漩渦霜淇淋甜筒。柯雷穿的是時髦的寬鬆牛仔褲，他從口袋裡掏出幾張被揉成一團的鈔票，這時，牽著貴賓狗的女子伸手從斜肩袋裡取出手機，掀了開來。對身穿女強人裝的女士來說，手機與美國運通卡的重要性不相上下。背後是公園，裡面傳來狗吠聲，有一個人在呼喊，柯雷覺得聽起來不像是歡呼聲，但是他回頭一看，只看見幾名散步民眾和一隻啣著飛盤的狗（咦，按規定不是一定要拴狗繩嗎？他心想），極目所及之處盡是豔陽下的綠意與誘人的樹蔭。這種地方最適合坐下來享受巧克力冰淇淋甜筒，慶祝自己剛以天價賣出首部漫畫以及續集。

柯雷把頭轉回來時，穿燈籠褲的三個小孩已經走了，輪到了女強人。她點的是聖代。排在她後面的少女之一在腰際扣了一支粉色系的手機，女強人則把手機貼在耳邊。每次看見類似的舉動，柯雷難免不經意心想：從前大家都認為這個動作粗鄙無禮，儘管交易的對象素昧平生也不應如此，可是現在，當著別人的面打手機已成了可以接受的日常舉止。

雪倫說：老公，就把這動作畫進《暗世遊俠》吧。在他的腦海中，雪倫每次出現通常都有話要說，而且非說不可。實際生活裡的雪倫也是如此，有沒有分居都一樣，但是她不會在手機上囉唆，因為柯雷沒有手機。

少女的手機響起了音樂，頭幾個音符一聽便知是『起笑蛙』製作的曲子。強尼很喜歡這首歌，曲名好像是〈抓狂叮叮〉？柯雷記不清了，也許是他刻意不去記的吧。少女扯下腰際的手機說：『是貝絲嗎？』她聆聽後微笑，接著向身邊的朋友說：『是貝絲。』朋友彎腰向前，與少女一起聽電話。兩名少女的髮型超短，幾乎一模一樣，在午後的微風中同步搖擺。

在柯雷眼中，她們簡直像週六晨間節目裡的卡通人物，大概就像『飛天小女警』吧。

幾乎在同一秒，女強人問：『喂，麥蒂？』她的貴賓狗正坐著沉思，凝視波尤斯敦街上的車流。牠被紅色狗繩拴著，繩上綴滿亮粉。馬路對面是四季大飯店，身穿褐色制服的門房正在招手，可能想叫計程車。門房的制服似乎非黑即藍。一輛水陸兩棲的大鴨遊覽車航過飯店門口，滿載著觀光客，加高的車身在陸地上顯得突兀，司機對著擴音器向觀光客吼出歷史大事。兩少女聽著粉紅色的手機，不知聽見了什麼，相視微笑起來，但是仍然沒有吃吃笑。

『麥蒂？妳聽得見嗎？妳聽得見……』

女強人舉起握著狗繩的一手，用手指堵住耳朵。她的指甲留得很長，柯雷一看不禁蹙眉，為她的耳鼓膜窮操心。他在腦海中勾勒出女強人，一手牽狗，短髮俏麗……用一根指頭塞住耳朵，鮮血從耳洞裡涓流而下。同一格畫面中，大鴨遊覽車正駛出畫面，門房站在背景，更能為這幅情景增添逼真度。這樣畫一定顯得栩栩如生，作畫的人最清楚了。

『麥蒂，訊號越來越弱了！我只是想說，我剛去做頭髮，去那家新開的……我是說我的頭髮啦……我的……』

富豪雪糕車的男子彎腰遞出聖代——白白的冰淇淋堆積如高峰，巧克力與草莓汁順坡而下。車主是鬍碴男，面無表情，意思是這種情況他見多了。柯雷自己也的確見多了，眼前就有兩個。公園裡有人在尖叫，柯雷再次轉頭看，同時告訴自己，絕對是有人樂得大叫。時間是下午三點，陽光普照，而且地點是波士頓公園，八成是樂得歡呼，錯不了吧？

女強人對麥蒂講了一句含糊不清的話，然後用熟練的手勢合上手機，放回皮包，站在原地不動，彷彿忘了自己在做什麼，甚至忘了自己置身何地。

『總共四塊半。』富貴雪糕男說，仍然耐著性子握著聖代等她接下。柯雷腦中突然閃過一個念頭：波士頓的物價貴得太離譜了，說不定女強人也有同感，至少這是柯雷的臆測，因為她繼續呆立了幾秒，凝視著聖代杯、如山的冰淇淋、滑落的甜汁，彷彿一輩子從沒見過這種東西。

這時公園再度傳來叫聲，但發聲的不是人類，而是介於驚呼與痛苦的長嚎。柯雷轉身一看，看見原本啣著飛盤散步的那條棕色大狗，也許是拉布拉多犬吧！他不太熟悉狗的品種，需要畫狗時就從圖畫書裡挑一個來揣摩。一個身穿西裝的男人跪在大狗身邊，用臂彎勒住狗脖子，好像正在……我該不會是眼花了吧，柯雷心想……好像正在咬狗的耳朵。大狗又嚎叫了一聲，拚命想逃，但卻被西裝男緊緊勒住。男子咬著狗耳朵不放，然後在柯雷的注視中扯下了狗耳，痛得大狗發出近乎人類的慘叫，原本在附近池塘上悠游的幾隻水鴨被嚇得起飛，呱呱叫著。

柯雷背後有人吶喊：『**拉斯特**（rast）！』聽起來像**拉斯特**。也有可能是**老鼠**（rat）或**烤肉**（roast），但根據事後的經驗判斷，比較可能是**拉斯特**。字典上根本查不到這單字，只是語音帶有侵犯意味，沒有其他的意義。

柯雷把頭轉回冰淇淋車時，正好看見女強人傾身向前，把手伸進車窗，想揪住富豪雪糕男。他穿著有腰身的白色外套，正面有鬆鬆的衣褶。他被女強人一把揪起，陡然一驚向後一跳，掙脫了女強人的掌握，讓女強人的高跟鞋自人行道瞬間騰空片刻。他聽見布料拉扯與鈕釦碰撞的聲響，看見女強人的外套正面從窗口凸出的小角竄上來，然後掉回去，聖代也掉得不見蹤影。女強人的高跟鞋喀嚓落地時，柯雷看見她的左腕與前臂多了一抹冰淇淋和甜汁。她重心不穩，膝蓋彎曲。她的模樣原本像是拒人於千里之外，姿態充滿教養，帶著一副世故的容顏，柯雷認為那是街上最常見的冷漠神態，可是在一瞬間，那個表情立刻成了痙攣般的滿臉橫肉，眼睛擠成了小縫，上下排牙齒畢露，上唇整片向外翻，露出如絨毛般的粉紅肉，宛如外陰部一般私密。她的貴賓狗拖著紅狗繩衝上街，繩子末端是供主人握的繩圈。貴賓狗才過馬路一半就被黑色大轎車撞到，前一刻還是蓬鬆的毛球，轉眼只見模糊的血肉。

可憐的小東西，大概連自己死了也不曉得，上了天堂還汪汪叫。柯雷心想。他自知已進入臨床醫學所謂的休克狀態，但照樣覺得心裡驚駭無比。他站在原地，一手拎著作品夾，另一手是褐色禮品袋，嘴巴闔不攏。

某地傳來爆炸聲，聽起來大約是在波尤斯敦街與紐貝利街的交會處。

兩位少女的肩膀掛著iPod耳機，髮型一致，唯一不同的是，攜帶粉紅色手機的少女頭髮是金色，另一位則是褐色。為便於區分，柯雷把她們稱為『超短金』與『超短褐』。超短金的手機掉到人行道上裂開，她也不管，只顧著向前摟住女強人的腰。柯雷腦筋一時轉不過來，直覺認為少女抱住女強人的用意是避免她再打雪糕男，或者阻止她衝上馬路救愛犬，柯雷甚至有點想為少女的機智鼓掌。超短褐則向後退開，不願蹚渾水，白皙的小手交扣在胸前，杏眼圓睜。

柯雷放下兩手的物品，向前去幫超短金，此時他用眼角餘光瞧見馬路對面有輛車急轉彎，衝上四季飯店前的人行道，嚇得門房拔腿就跑。飯店的前庭驚叫聲四起。柯雷還來不及幫超短金制止女強人，超短金動人的小臉蛋已經像蛇一樣竄向前去，露出無疑是強而有力的年輕牙齒，朝女強人的脖子咬下去，鮮血頓時激射而出。超短金把臉湊過去，好像在用血水沖臉，甚至還張口喝下（柯雷幾乎敢確定這一點）。接著她前後搖著女強人，把女強人當成洋娃娃。女強人比她高，肯定也比少女重至少四十磅，但少女卻能把女強人的頭甩得前仰後合，甩得更多血飛濺而出，同時把沾滿血的臉仰向晴朗的十月藍天，發出近似勝利的嚎叫。

她瘋了，柯雷心想，徹頭徹尾瘋了。

超短褐吶喊著：『你是誰？發生了什麼事？』

超短金一聽立刻轉頭。鮮血正從額頭上短如匕首的頭髮滴下來，如白色燈泡般的眼球從沾血的眼眶裡窺視。

超短褐看著柯雷，眼睛睜得很大。『你是誰？』她再問一次……然後又問：『我又是誰？』

超短金鬆開女強人，任她癱在人行道上，被咬穿的頸動脈仍在噴血。超短金跳向超短褐。短短幾分鐘前，兩人還麻麻吉吉地湊在一起聽電話。

柯雷連考慮也不考慮了。假如他多想半秒，超短褐的下場可能正如喉嚨被咬斷的女強人。他連看也不看，只是彎腰下去拎起右邊的禮品袋，甩向超短金的後腦勺，此時她正伸手想抓住剛才的好友，在藍天的襯托下，她的手就像兩隻爪子。如果他沒打中……

他並沒有失手，也沒有打偏，袋中的琉璃紙鎮正中超短金的後腦，敲出了悶悶的『叩』

一聲。超短金放下雙手，其中一隻手沾了血，另一隻還很乾淨，然後整個人像一袋郵件似的倒在好友的腳邊。

『搞什麼？』富豪雪糕男驚呼，嗓門尖得不得了，也許是受了驚嚇後，嗓門突然尖成了男高音。

『我不知道。』柯雷說，他的心臟狂跳，『快來幫我，另外這個再流血下去必死無疑。』

兩人背後的紐貝利街頭傳來鏗鏘碰撞聲，一聽便知道發生了車禍，緊接而來的是陣陣慘叫，隨後而至的是爆炸，這一次更響亮、更具震撼力。在富豪雪糕車的後面，另一輛汽車驟然轉彎衝過了波尤斯敦街的三線道，一頭撞進四季的院子，先撞倒了兩名行人，然後直撲向剛才那輛車的後面。前面那輛車的車頭原本就撞在旋轉門上，被後面這輛一推，車頭被擠得更進去，旋轉門也被撞歪了。柯雷看不清有沒有人困在車子裡，因為前面那輛車的散熱器毀損，正冒著滾滾蒸氣，但從陰影傳來的痛苦嘶吼可知狀況不妙，非常不妙。

富豪雪糕男因為在裡頭看不見，所以這時探出窗口，直盯著柯雷問：『那邊出了什麼狀況？』

『我不知道。出了兩個車禍。有人受傷。別管了，快來幫我，老兄。』他跪在鮮血流滿地的女強人身邊，超短金的粉紅手機殘骸掉了一地。女強人的抽搐力道越來越弱。

『紐貝利街那邊正在冒煙。』富豪雪糕男觀察後說。冰淇淋車上相對安全，他躲著不肯出來。『那邊發生了爆炸，好嚴重。可能是恐怖份子。』

此話一出口，柯雷認定他正中紅心。『來幫我。』

『我是誰？』超短褐忽然尖叫。

柯雷已忘了她的存在，抬頭一看才發現她正在用手掌根部猛拍額頭，然後在原地急速轉圈圈，幾乎是把球鞋的腳尖做為圓心，令柯雷回想起大學的文學課讀到的一段詩：在他周遭畫三圈。作者是柯立茲❺吧？超短褐先是站不穩，隨後在人行道上開跑，一頭撞向路燈柱，絲毫沒有閃開的意思，連手也不舉起來擋，整張臉就直接撞上柱子，向後彈回，然後踏著蹣跚的腳步，再次撞向路燈。

『住手！』柯雷咆哮，猛然站起來，開始向她奔去，不料卻踩到女強人的血泊，滑了一下，差點跌倒。他站穩後再跑，卻被超短金絆住，又差點跌倒。

超短褐轉頭看他。她的鼻梁已被撞歪，鼻血流得下半臉都是，額頭腫起了垂直的挫傷痕跡，猶如夏日的雷暴雲頂越積越高，其中一眼也被撞得歪斜。她張開嘴巴，露出想必花過大錢矯正的皓齒，可惜那口皓齒現在已經撞得稀巴爛。她張開嘴對他笑，那是一抹他永遠忘不了的笑。

接著她邊叫邊在人行道上跑開。

柯雷背後有引擎發動的聲響，擴音器也開始響起鈴鐺聲組成的『芝麻街』主題曲。柯雷轉身，看見富豪雪糕車匆促駛離路邊，這時，馬路對面的飯店頂樓有扇窗戶爆裂，亮亮的玻璃碎片撒了一地，原來有人跳樓。一個人影俯衝而下，越過十月的天空，墜落在人行道上，整個人幾乎全爆開來。前庭又是尖叫聲四起，有的出於驚恐，有的是慘叫。

『別走！』柯雷邊喊邊跟在富豪雪糕車的旁邊奔跑。『回來幫我忙！我這裡需要幫忙啊，狗娘養的！』

富豪雪糕男沒有回應，可能是因為擴音器正在播放音樂所以沒聽見。雪糕車傳來的歌詞令柯雷回想起強尼每天都會坐在小藍椅上，捧著娃娃吸水杯，觀賞『芝麻街』。當時的柯雷沒理由相信他與雪倫無法白頭偕老。歌詞大概是：天天好天氣，烏雲不靠近。

一個身穿西裝的男人跑出公園，扯著嗓門咆哮著無意義的聲音，西裝後襬在身後飄動。那個男人長了一嘴狗毛似的山羊鬍。他跑上波尤斯敦街，車子紛紛急轉彎以免撞上他。他跑到對面，繼續大吼大叫，舉手對天揮舞，然後消失在四季大飯店前庭的布幕陰影下。柯雷雖然看不見他的人影，卻聽見裡面尖叫聲再起，研判他一定一進門就又惹了麻煩。

柯雷放棄追逐富豪雪糕車，停下腳步，一腳站在人行道上，另一腳則踩在路邊的水溝裡，看著雪糕車繼續播放著音樂，衝上波尤斯敦街的中央線道。柯雷正想回頭看看不省人事的少女以及瀕死的女強人，沒想到又來了一輛大鴨遊覽車。這輛遊覽車不像剛才那輛悠哉遊哉，而是全速呼嘯而來，狂亂地左搖右晃，部分乘客被搖得在遊覽車上打滾，哀嚎著——懇求著——司機快停車。其他乘客則只是緊抓著遊覽車後半部的露天區金屬欄杆，任憑造型醜陋的遊覽車開上波尤斯敦街，逆向行駛。

一名身穿運動衫的男子從背後抓住司機，司機用力聳肩向後抖開他，柯雷聽見遊覽車

❺ Coleridge，十九世紀英國詩人，本句摘自〈忽必烈汗〉。

的簡陋擴音系統又傳來語意不明的呼喊聲，這次不是：『拉斯特！』而是喉音比較深重的：『嘎拉！』接著，大鴨遊覽車的司機看見富豪雪糕車（柯雷確定這一點），於是改變方向，朝雪糕車直衝而去。

『天啊，求求你，不要！』靠近前座的一個女人哭喊，看著遊覽車逼近播放著音樂的雪糕車，而觀光遊覽車比雪糕車約莫大出六倍。紅襪隊贏得世界大賽的那年，大鴨遊覽車也參加慶祝遊行會，柯雷清楚記得當時自己在電視轉播中，看著遊覽車載著隊員緩緩隨著遊行隊伍前進，球員向欣喜若狂的民眾揮手，天空則飄著冷冷的秋雨。

『天啊，拜託，不要！』女人再度尖叫，柯雷身邊則有一個男人輕聲說道：『我的天啊！』

遊覽車從側面撞上雪糕車，把雪糕車像兒童玩具一樣撞翻。側翻之後，雪糕車上的擴音器還是繼續播放著『芝麻街』主題曲，向後滑回波士頓公園，摩擦路面時激起陣陣火花，兩名旁觀的婦女趕緊手牽手跑開，差點被傾倒的雪糕車波及。雪糕車蹦上人行道，騰空了一下子，然後撞上公園的鍛鐵圍牆停下來。擴音器發出兩聲打嗝似的怪響，然後中止了音樂。

駕駛遊覽車的瘋狂司機完全失去了掌控車子的能力，在波尤斯敦街掉頭回來，嚇得乘客抱著露天區的欄杆驚叫。遊覽車開上對面的人行道，距離雪糕車安息地約五十碼，正面撞上擋土矮磚牆，而擋土牆的上方是一間高級家具店的展示窗，店名是『城市之光』。窗戶被撞破時發出難聽的巨響，遊覽車寬闊的車尾（漆著粉紅色的『港區小姐』）升空了大約五英尺，衝力大得差點讓遊覽車倒栽蔥，幸好車子夠重，總算穩了下來。遊覽車最後停在人行道上，車鼻戳進了家具店，裡面的沙發與名貴的客廳椅散落一地，但在遊覽車停下之前，至少有十幾名乘客被拋射向前，衝出遊覽車後失去蹤影。

家具店裡，防盜警報噹噹響起。

『我的天啊！』站在柯雷右手肘邊的男子又說，嗓音溫和。柯雷轉頭看見一個矮小的男人，深色的頭髮稀疏，蓄了一道深色的小鬍子，戴著金框眼鏡。他問：『怎麼會這樣？』

柯雷說：『我也不知道。』交談很困難，非常困難。他發現自己得非常努力才能把話擠出來。他想大概是驚嚇過度吧。馬路對面有些人從四季飯店逃出，有些人則從撞進家具店的遊覽車上跳車逃生。柯雷看見有個從遊覽車逃生的人跑上了人行道，卻撞到從四季逃出來的民眾。柯雷忍不住懷疑自己是否被送進了精神病院而不自知，說不定這些亂象全是幻覺。也許自己被送去了緬因州奧古斯塔市的圓柏丘療養院，藥效過了卻還沒人來打針，所以滿腦子異想。『雪糕車上的那個人說，可能是恐怖份子。』

『我倒沒看見有誰拿槍，』小鬍子矮男人說：『也沒看見誰把炸彈綁在背後。』

柯雷也沒看見，但他確實看見小小珍寶的禮品袋與作品夾放在人行道上，也看見女強人喉嚨流出的血氾濫一地（他心想：天啊，流這麼多血），眼看即將淹到作品夾。《暗世遊俠》的成品幾乎都在作品夾內。他滿腦子只顧著救回畫作，所以轉向作品夾的地方快步走去，矮子也跟過去，這時又響起了類似防盜警報的聲音，沙啞的喇叭聲從飯店傳來，與家具店的噹噹警報聲會合，嚇了矮子一跳。

『是飯店。』柯雷說。

『我知道，只不過……噢，我的天！』他看見了女強人躺在血泊中，維生的基本元素流了滿地，才過了多久？四分鐘？還是只過兩分鐘？

『她死了，』柯雷告訴他，『我敢確定。至於那女孩……』他指向超短金，『被她害的。被她用牙齒咬死了。』

『別開玩笑。』

『是玩笑就好了。』

波尤斯敦街的某處又傳來爆炸聲，兩人縮了一下。柯雷嗅得到煙味。他拾起禮品袋與作品夾，以免被逐漸擴大的血泊沾到。『是我的東西。』他一邊說，一邊懷疑自己何必解釋。

穿著粗呢西裝的矮個兒小鬍子（柯雷覺得他的儀容還算相當整潔）直盯著癱在地上的女人，一臉驚恐。這個女人只不過停下來買聖代，卻先丟了一條狗之後再丟掉一條命。在他們背後，三個年輕人在人行道上狂奔而過，又笑又歡呼，其中兩個人反戴著紅襪隊的小帽，另外一個人捧著紙箱，箱子上印著Panasonic的藍字。捧著紙箱的年輕人右腳踩到了女強人的血，留下越來越淡的單腳球鞋印，與同夥人跑向公園東端與公園外的唐人街。

3

柯雷單膝跪地，用沒拿作品夾的手去幫超短金把脈。在看見捧箱狂奔的年輕人後，他更怕失去作品夾。他立刻摸出了緩慢卻規律而堅強的脈搏，頓時大大鬆了一口氣。無論她做錯了什麼事，她終究是個小孩，柯雷可不希望剛才用送妻子的紙鎮斷送了一條小生命。

『當心啊，當心！』小鬍子的語調幾乎像在高歌。柯雷來不及抬頭看，幸好這一次連驚險都算不上，因為來車並沒有朝他們直撲而來，而是駛出波尤斯敦街的路面，把公園的鍛鐵圍牆撞得稀爛，然後一頭栽進池塘，水淹到了擋泥板。

這輛車是最受產油國歡迎的休旅車，車門打開後，一個年輕男子跌出來，仰天嚷著毫無意義的話，然後跪進水塘裡，用雙手捧著水喝。柯雷腦中突然閃過一個念頭：幾年來，那麼多鴨子不知在水裡悠然拉屎了多少次。年輕人努力站起來，涉水到另一邊，隨後遁入一叢樹木中，繼續邊走邊揮手，扯著嗓門唸唸有詞。

『我們得找人來救這個女孩。』柯雷對小鬍子說：『她昏迷過去了，不過還死不了。』

『救什麼救？我們得趕快離開這條街，不然遲早會被撞死。』小鬍子說。話才說完，一輛計程車就迎頭撞上加長禮車，地點就在遊覽車撞進家具店的附近。逆向行駛的是禮車，倒大楣的卻是計程車。柯雷仍單膝跪在人行道上，看見計程車的擋風玻璃粉碎後，司機從車內飛出來，降落在馬路上，舉起血淋淋的手臂慘叫著。

小鬍子說得沒錯。柯雷在飽受驚嚇之際，思考能力雖然受到限制，但還能勉強擠出些許理性，理解出最明智的做法就是趕快離開波尤斯敦街，尋求蔽護。假使真的是恐怖份子造孽，這和他看過或讀過的恐怖攻擊行動也完全不同。他（或者該說是『大家』）該做的是躲起來，等到事情明朗化後再研究對策，最好是先找部電視來弄清楚狀況。然而，街頭亂成這樣，他不想讓失去意識的少女躺在戶外。他的本性善良文明，實在不忍心放下她一走了之。

『你先走吧。』他告訴小鬍子，語調極不情願。他完全不認識小鬍子，但至少小鬍子沒有胡言亂語，也沒有高舉雙手亂揮，也沒有露牙向柯雷的喉嚨咬下去。『你先找個地方躲進去，我會……』他不知如何接下去。

『你會怎樣？』小鬍子問。接著又傳來爆炸聲，震得小鬍子拱肩縮眉。這一聲好像從飯店正後方傳來，黑煙也跟著升起，污染了藍天，最後升至高空被風扯亂。

『我去報警，』柯雷忽然心生一計，『她有手機。』他用拇指比向血泊中的女強人，『她本來還在講手機……然後情況就變……』

他越講越小聲，腦海裡重播的是情況劇變前的一幕。不知不覺間，他的視線從已死的女強人飄向昏迷的少女，再飄向少女粉紅色手機的碎片。

兩種頻率迥異的警報聲嗚哇迴盪著，柯雷心想，其中一種出自警車，另一種則是消防車的警笛。他也心想，波士頓居民一定能分辨出哪一種來自警車，但他分不出來，因為他住在緬因州的肯特塘鎮，此刻他最大的心願就是置身家園。

情況劇變之前的幾秒，女強人打手機向友人麥蒂報告她剛去做了頭髮，而超短金的朋友也正好來電，超短褐湊過去聽。隨後，這三個人全部精神失常。

該不會是……

他與小鬍子背後靠東的地方傳來目前為止最大的爆炸，聽起來像是嚇人的霰彈槍聲，柯雷被震得跳起來站著，與穿粗呢西裝的小鬍子慌張地互看，然後望向唐人街與波士頓的北端區，雖然看不清發生爆炸的地點，但卻看到一團更大更黑的煙從地平線上的大樓升起。

這時，一輛波士頓市警局的無線電警車駛來，停靠在對面四季大飯店的門口，同時趕來的還有一輛雲梯消防車。柯雷瞄向門口時，正好看見又有人從頂樓一躍而下，隨後屋頂另有兩人也跟著跳。在柯雷的眼中，屋頂那兩人居然在墜樓時還在扭打。

『老天爺啊，別再跳了！』一名婦女尖叫到破嗓，『別再跳了，別再跳了，別再跳了！』率先跳樓的人摔向警車尾，落在後車廂上成了一團血肉與毛髮，打碎了後車窗。隨後跳樓的兩人掉在雲梯車上，身穿鮮黃外套的消防隊員紛紛走避。

『別跳了！』婦女繼續尖叫，『別跳了！別再跳了！拜託上帝，別再跳了！』

這時卻有個女人從五、六樓跳下，像表演特技似的在空中瘋狂翻滾，最後正中一位正抬頭向上看的警員，拖著警察一起見閻王。

北方又傳來轟隆巨響，彷彿是惡魔在地獄開獵槍，柯雷再次望向小鬍子，而小鬍子也緊張地看著他。又有濃煙升起。儘管微風輕快，但北邊的藍天卻幾乎被濃煙蒙蔽。

『恐怖份子又劫機了，』小鬍子說：『齷齪的狗雜種又劫機了。』

彷彿為了呼應他這番說法，第三聲巨響自市區東北隆隆傳來。

『可……可是那是羅根機場啊！』柯雷再次發覺言語困難，而思考則是難上加難。他這時腦中盡是一個不太得體的笑話：××恐怖份子決定轟掉機場逼美國就範，你聽說了沒？（××處請填入你最看不順眼的族裔）。

『那又怎樣？』小鬍子口氣很嗆。

『為何不乾脆轟掉六十層的約翰・漢考克大樓？為何不轟保德信大廈？』

小鬍子的肩膀垮下去。『我不知道，我只想趕快離開這條街。』

話才說完，又有六個年輕人以百米的速度衝過他們身邊，彷彿在附和小鬍子的說法。柯雷注意到，波士頓的確是年輕人的大本營，大專院校林立。還好，三男三女的這六人並沒有趁火打劫，而且絕對沒有哈哈笑，只是一味奔跑，其中一個年輕男子掏出手機貼上耳朵。

柯雷瞄向馬路對面，看見又來了一輛警車，停靠在剛才那輛後面。看情況，不需要借用女強人的手機了。也好，反正柯雷已決定最好別打手機。他可以直接過馬路，跟警察說……但他目前不太敢過波尤斯敦街。就算他平安過了馬路，對面的死傷如此慘重，他怎能指望警察過來處理一位不省人事的女孩？在他的旁觀下，消防隊員開始爬回雲梯車，看來準備轉戰他處，很可能是羅根機場，或者是……

『哇，我的天呀，小心這一個。』小鬍子以緊繃的嗓門低聲說。他往波尤斯敦街西邊的鬧區望去。剛才柯雷從鬧區過來時，人生最大的目標是以電話聯絡上雪倫，他甚至連台詞都想好了：大好消息，親愛的，不管婚姻關係如何發展，至少我們不愁沒錢買鞋給兒子穿了。這草稿打得輕鬆逗趣，一如從前。

但眼前的景象毫無趣味可言。迎面而來的男人年約半百，穿著西裝褲，上身是破爛的襯衫與領帶。他沒有跑步，而是以踩著扁平足似的大步前進。西裝褲是灰色的，但襯衫與領帶原有的顏色已經無從辨識，因為不僅破損嚴重，而且血跡斑斑。他的右手拿著看似屠刀的東西，刀鋒長約五十公分。柯雷自認在回程途中見過這把刀。當時刀子放在櫥窗裡展示，店名是『靈魂廚房』。櫥窗陳列著一排刀具，前面以一張雕刻的小卡片註明『瑞典進口鋼刀！』，刀子在隱藏式的放射燈中反光。然而，這把刀被解放後做了不少苦工，或者應該說是造了不少孽，如今沾了血，也不再鋒利。

身穿襤褸襯衫的中年人啪啪跨大步逼近，揮刀上下畫出小弧形，動作一成不變，只有一次換了動作，揮刀砍向自己，在原本破爛的襯衫上又劃出一道口子，鮮血汩汩流出，殘缺不全的領帶隨風搖擺。步步接近後，他對著柯雷與小鬍子滔滔不絕，有如偏遠地區的傳教士被聖靈附身，喃喃起乩，呼喊著：『噫啦布！哎啦！吧布啦哪茲！啊吧布啦為什麼？啊不哪嚕叩？喀咂啦！喀咂啦康！去！瞎去！』同時把刀晃回右臂，再往後收，視覺特別靈敏的柯雷立即看出他即將揮刀做出什麼動作。這人在十月的午後瘋癲踢正步，漫無目標，同時不停舉刀砍劈，對象正是小鬍子。

『當心啊！』小鬍子大叫，自己卻沒有留神，只是愣在原地。自從天下大亂以來，柯雷只碰過這麼一個正常人。主動搭訕的人是小鬍子，在這種情況下能主動搭訕，不具備一些勇氣可不行，但現在小鬍子卻怔立原地，在金框眼鏡的放大下，眼珠變得比平常更大。中年狂漢挑他不挑柯雷，難道是因為他個子小，比較好欺負？果真如此，也許乩童傳教士並沒有全瘋。想到這裡，原本害怕的柯雷忽然多了一肚子火氣。如果站在學校圍牆外，看見有個惡霸準備欺負較弱小、較年幼的兒童，他也會興起同樣的怒火。

『當心啊！』小鬍子幾乎是哭喊出來，面對迎面而來的煞星卻只能杵在原地，即將喪生刀下，而這把刀出自靈魂廚房，本店歡迎刷大來卡與VISA卡，出示提款卡即可付支票。

柯雷來不及思考，只是握著文件夾的兩隻把手，提起來，揮向直衝小鬍子而來的刀子。『唰』的一聲，刀鋒剁入了作品夾，刀尖在距離小鬍子的腹部四英尺處停下來。小鬍子終於回過神來，身體往公園的方向一縮，扯開嗓門大叫救命。

這位中年人大概在兩年前放棄了養生之道，臉頰的贅肉下垂，頸子粗厚。柯雷一出手，他就陡然停口，不再滔滔演講著無意義的話，滿面虛無迷惘，另有稍似錯愕的神色。

柯雷只覺得滿腔怒火。中年人一刀剁下去，砍穿了他所有《暗世遊俠》的畫稿。對他而言，他的作品不只是素描或圖解。剛才那『唰』的一聲，無異一刀戳進了他的心房。雖說這些作品他全有備份，包括那四張彩色的跨頁圖，但他照樣一肚子火。中年狂漢的刀砍穿了魔法師『強』（當然是借用了兒子的名字『強尼』），也砍死了法拉克巫師、法蘭克與跟班、愛睏阿金、惡毒莎莉、百合艾斯托勒、藍女巫，當然也少不了暗世遊俠本人雷依・戴門，這些角色全慘死刀下。以上全是他幻想出來的角色，生活在想像力的洞穴裡，各個摩拳擦掌，準備把柯雷救出苦海。過去幾年來，他時常開車在緬因州的鄉下奔走，周旋十幾座小學教美術，往往一個月奔走好幾千英里，幾乎以車為家。

漫畫人物安詳地沉睡作品夾中，在瑞士刀一刀砍穿時，他敢發誓聽見了他們在呻吟。他火大了，再也不管對方手上有沒有刀（至少暫時無所謂），只是以作品夾當擋箭牌，推得中年狂漢向後直直退。他看見刀鋒砍出了一道寬寬的V形，越看越生氣。

中年人狂嘯著：『不列！』努力想抽刀回去，刀子卻卡得太緊，『不列其呀姆，嘟啦喀札啦，啊吧啦！』

『欠扁！』柯雷大喊，然後一腳伸向倒退著走的狂漢後面。他事後才想到，人體在逼不得已時，往往能起而反抗。人體裡藏了這個秘密，正如同人在冥冥之中知道如何跑步、如何跳過小溪、如何性交，或在別無選擇的時候一死。人體也能在壓力極大時主導全局，把大腦逼向一邊，做出必要的舉動，而大腦只能在一旁吹口哨仰望天空直跺腳，或思索著刀子劃過作品夾的聲響，而這作品夾是妻子在他二十八歲生日那天送的禮物。

中年狂漢被柯雷的腳絆倒，正合柯雷之意，中年人向後倒在人行道上。柯雷站在他身邊喘氣，雙手仍拿著作品夾，而作品夾已像作戰時被砍彎的擋箭牌，屠刀的刀鋒在一邊，刀柄在另一邊。

中年人想站起來，小鬍子快步衝向前踹他的脖子，力道不小。小鬍子哇哇哭著，淚水滾滾流下臉頰，連鏡片也起霧。中年人又倒回人行道，舌頭吐出來，發出噎聲，柯雷倒覺得像他剛才起乩時的胡言亂語。

『他竟然想殺我們！』小鬍子哭著說：『他竟然想殺我們！』

『對，對。』柯雷說。他發現自己以前也常對強尼說『對，對』，口氣完全相同。當年夫妻倆還叫兒子『強尼G』。兒子常從前院的步道走來找他，不是摔傷了小腿就是手肘，哇哭著說：『我流血了啦！』

人行道上的中年人流了不少血，撐著手肘又想站起來，這一次換柯雷出腳，踹開了他的一隻手肘，讓他躺回路面，但這一踢充其量治標不治本，只把血染得到處都是。柯雷握住刀柄，摸到半凝固的血，覺得又濕又黏，不禁皺起了眉頭。那種感覺就像煎完培根後出了油，等油脂冷卻後再用手心抹過一樣。他握緊刀柄向後拉，刀子卻只動了一點點，不知是因為刀子不肯動，還是他的手太滑。他想像筆下的人物在陰暗的作品夾中喃喃咒罵，自己也發出痛苦的聲音。他忍不住。他也忍不住心想，刀子抽出來之後，他又能怎麼辦？難道一刀戳死這瘋子？他認為，如果一時逼不得已，他可能出得了手，但現在恐怕不行。

『怎麼了？』小鬍子哽咽地說。柯雷儘管哀傷，卻也忍不住受到小鬍子話中的關懷感動。『被他砍到了嗎？你剛才擋住他幾秒，我沒看清楚。有沒有被他砍到？你受傷了嗎？』

『沒有，』柯雷說：『我還好——』

話還沒說完，北方又傳來爆炸的巨響，幾乎能肯定來自波士頓港另一邊的羅根機場。兩人拱起肩膀，皺起眉頭。

狂漢趁這機會急忙爬起來，卻挨了小鬍子一記側踢。雖然踢得笨拙，但一腳卻正中狂漢的領帶中間，踢得他又向後倒地。狂漢鬼叫著想抓住小鬍子的腳，本來可以一把將小鬍子拖過去，然後用力摟得他骨折，幸虧柯雷及時拉住他的肩膀，把他從狂漢的手裡搶回來。

『他搶走了我的鞋子！』小鬍子哀哀叫。他們背後又有兩輛車發生車禍，增加了慘叫聲、警報聲，其中有汽車警報、消防警報，以及盡情噹噹響的防盜警報。遠方還有警笛聲。『那雜種竟敢搶我的鞋——』

突然來了一個警察。柯雷猜是剛才隨警車來的警察之一。他看著穿深藍長褲的警察在喃喃自語的狂漢旁跪下一膝，心中油然對警察產生近似敬愛的感覺。警察居然肯抽空過來！居然注意到了！

『這人要小心對付，』小鬍子緊張地說：『他有——』

『我知道他有什麼毛病。』警察回應。柯雷看見警察手握著佩槍。究竟警察是跪下後拔槍，還是走來時就拿在手裡，柯雷無從得知。柯雷只忙著感恩，沒空去注意。

警察看著狂漢，上身靠過去，幾乎像主動向狂漢獻身。『嘿，老兄，還好吧？』他低聲問：『我問你怎麼了？』

狂漢撲向警察，兩手掐住警察的脖子，警察也在同一時間舉槍抵住狂漢的太陽穴，扣下扳機，大片血花從另一側的灰髮中噴出，他也應聲倒回地面，還胡鬧似的張開雙臂，好像在說：媽，快看，我死翹翹了。

柯雷看著小鬍子，小鬍子也望向他，兩人接著一起望向警察。警察正把自動手槍收回槍套，從制服胸前口袋取出一只小皮盒。柯雷看見警察的手在微微發抖，突然有點高興。他原本對警察的敬愛已經轉為懼怕，如果警察的手不抖，柯雷會更加畏懼。剛才發生的事絕非偶發事件。近距離的槍聲對柯雷的聽覺產生了效應，如同打通了耳朵裡的經脈，現在他聽得見其他槍聲，一聲聲爆裂在越來越嘈雜的環境裡清晰可聞。

警察從薄薄的小皮盒裡取出一張卡片，然後把盒子收回口袋，柯雷認為應該是名片。警察以左手食指與中指夾著名片，右手再次滑向佩槍的槍托。在他擦得雪亮的皮鞋旁，狂漢被射穿的頭淌出一攤血，而在附近的人行道上另有一攤女強人流的血，那攤血已經開始凝結，顏色也逐漸暗沉。

『貴姓大名？』警察問柯雷。

『柯雷頓・瑞岱爾。』

『現任總統是誰？』

柯雷照實回答。

『先生，今天是幾月幾日？』

『十月初一。你知道發生了什……』

警察改問小鬍子。『貴姓大名？』

『湯姆・麥考特，家住摩頓市撒冷街一百四十號。我……』

『上一屆總統大選時，敗選的人是誰？』

他照實回答。

『布萊德・彼特娶了誰？』

他舉起雙手。『我怎麼曉得？八成是電影明星吧。』

『好。』警察遞給他夾在兩指間的名片。『我是烏睿克・艾敘倫。這是我的名片。兩位將來可能要出庭作證剛才發生的事。剛才的情況是，你們需要幫助，我伸出援手，我受到攻擊，我予以回應。』

『你本來就想槍斃他。』柯雷說。

『對，先生，警方想盡快了結他們的痛苦，』艾敘倫警官說：『不過要是兩位向法庭或調查委員會轉述上面那句話，我會矢口否認。這種事非做不可。這種人一直在各地不斷冒出來，有些只是自殺，但有更多人是攻擊別人。』他遲疑了一下又說：『就警方掌握的消息，這種人要是不自殺，就會攻擊別人。』話才說完，馬路對面又傳來槍響，停了幾秒後再快速連『砰』三槍，聲音來自四季大飯店的前庭陰影。飯店現在已成廢墟，到處是碎玻璃、殘缺的屍體、被撞毀的車輛、噴灑出來的人血。『根本就像電影「活死人之夜」。』艾敘倫警官開始往波尤斯敦街走回去，一手仍放在槍上，『只不過這些人還沒死，除非警方幫忙。』

『老艾！』馬路對面有個警察急著喊。『老艾！我們得去羅根了！所有單位都要去！趕快回來！』

艾敘倫警官過馬路前左看右看，路上卻沒有車。波尤斯敦街除了空車之外，目前暫時沒有車蹤，但附近仍不時傳來爆炸聲與汽車撞擊聲，煙硝味也越來越濃。警察開始過馬路，走到一半又往回走，對他們說：『快去找個地方躲起來。這次算你們走運，下次就不一定了。』

『艾敘倫警官，』柯雷說：『警方不用手機吧？』

艾敘倫站在波尤斯敦街正中央看著他，柯雷認為很不安全，因為他想到了橫衝直撞的大鴨遊覽車。艾敘倫說：『不用，因為警車上備有無線電，另外還有這個。』他拍拍腰帶上的無線電，掛在槍套的對面。打從識字以來，柯雷就是漫畫迷，這時他突然想起蝙蝠俠繫的那條萬用腰帶。

『別打手機，』柯雷說：『告訴其他人，千萬別打手機。』

『為什麼？』

『因為那些人剛才全講過手機。』他指向氣絕的女強人與不省人事的少女，『一講完手機就開始發瘋。我敢打賭，拿刀的那個人——』

『老艾！』馬路對面的警察又喊，『給我過來！』

『你們快去躲起來。』艾敘倫警官再次建議，然後小跑至四季大飯店那邊。柯雷但願剛才能再提醒他們一次不准用手機，但整體而言，他很高興那位警察能逃過一劫，只是照今天下午的情況來看，他不太相信全波士頓的人都能平安無事。

4

『你在幹什麼？』柯雷問湯姆：『別碰他。他，呃，說不定有傳染病。』

『我沒有要碰他，』湯姆說：『只是想拿鞋子回來穿。』

狂漢的左手張開著，鞋子躺在手附近，至少不在彈孔濺血的範圍之內。湯姆在波尤斯敦街的路邊坐下，就在富豪雪糕車停靠的地方，柯雷只覺得恍若隔世。湯姆穿回鞋子。『兩條鞋帶都斷了，』他說：『可惡的神經病扯斷了鞋帶。』說著又開始大哭。

『盡量綁緊就是了。』柯雷說。他想把屠刀拔出來。狂漢劈刀的勁道極大，卡得很深，柯雷不得不上下扭動刀子，連續抽動幾下，最後才慢慢抽出來，吱嘎聲刺耳，使得他頻頻想皺眉。他一直在想，不知道哪個角色的傷勢最重。真是太蠢了，一腦子被嚇得脫線才會這樣想，但他難以控制自己。『可以直接綁在最下面的兩個洞吧？』

『我想是可以……』

柯雷的耳邊縈繞著一種機械化的嗡嗡響，很像蚊子，現在聲音越來越靠近，穩定而沉悶。湯姆也在路邊坐直身體。柯雷轉身一看，發現波士頓市警的一小隊警車原本正從四季大飯店的門口陸續離開，卻又在家具店與失事的遊覽車前停下來，警燈仍亮著，車上的警察紛紛探出車窗，看著一架私人的中型飛機慢速飛過波士頓港與波士頓公園之間，迅速接近地面。這種飛機也許是賽斯那（Cessna），也許是所謂的雙寶（Twin Bonanza），柯雷對機型的研究不夠透徹。飛機像醉酒似的在公園上空傾斜，下面的機翼差點劃過樹梢，鮮豔的秋葉被掃得亂舞。飛機隨後飛進查爾斯街的上空，彷彿飛行員決定把馬路當跑道。接著，在距離路面不到二十英尺時，飛機向左傾斜，左翼撞上一棟灰色石造樓房的正面，也許是銀行，就在查爾斯街與畢肯街口。原本看著飛機在天上飛，總覺得飛得很慢，幾乎像在滑翔，但機翼一撞上樓房，錯覺立即消散一空，因為機身開始以機翼為圓心，以驚人之勢朝緊臨銀行的紅磚建築直撲而去，消失在耀眼的橙紅色火舌裡，震波傳遍了整座公園，嚇得群鴨亂飛。

柯雷低頭看見自己一手握著屠刀。剛才與湯姆看著飛機墜毀時，屠刀已經從作品夾脫落。他先用上衣的正面擦刀面，擦完一邊又再擦另一邊，小心翼翼以免割傷自己（現在換他的手開始發抖了）。擦完後，他萬分謹慎地把刀插進腰帶，一直插到刀柄，這時他早期創作的漫畫浮現腦海……其實畫得有點幼稚。

『海盜喬瑟爾在此悉聽尊便，大美人。』他喃喃說著。

『什麼？』湯姆問。他這時站在柯雷旁邊，凝視著飛機在公園另一邊引燃的熊熊大火，只有機尾露在火焰之外。柯雷看得見機尾寫著LN6409B，上方有個看似球隊的標誌。

接著連機尾也被火吞噬。

他感覺首波熱浪開始輕輕襲上臉來。

『沒事。』他對身穿粗呢西裝的小鬍子說：『別壞了咱倆的好事。』

『什麼？』

『我們快走吧。』

『喔，好。』

柯雷開始沿著公園南邊走，繼續朝他三點整時走的方向前進。雖然只過了十八分鐘，但感覺卻像過了一世紀。湯姆快步跟上，他真的非常矮。他說：『喂，你常亂講些沒意義的話嗎？』

『那當然，』柯雷說：『問我老婆就知道。』

5

『我們要去哪裡？』湯姆問：『我本來要去搭地鐵。』他指向大約一條街外的綠色車站書報攤，有一小群人在那裡走動，『可是現在去搭地鐵恐怕不太明智。』

『我也有同感。』柯雷說：『我投宿在大西洋街旅館，差不多過五條街就可以到。』

湯姆的表情頓時開朗。『我應該知道在哪裡。其實是在魯登街上，隔壁才是大西洋街。』

『對。先去我的房間看看電視新聞。而且我也想打電話給老婆。』

『用客房的電話。』

『對，用客房的電話打。我連手機都沒有。』

『我有手機，可是今天沒帶出來，因為我把手機放在流理台上，結果被我養的貓「瑞福」摔壞了。我打算今天去買新的，不過……對了，瑞岱爾先生……』

『叫我柯雷就行了。』

『好吧，柯雷。你確定客房裡的電話安全嗎？』

柯雷停下腳步。他根本沒考慮過這問題，但如果連傳統電話也不安全，那到底還有什麼電話可以打？他正要對湯姆這麼說時，前方的地鐵站條然爆發肢體衝突，有人恐慌地吶喊，有人驚叫，也有那種口齒不清的亂語。他這時明瞭到，胡言亂語是這種精神病的特徵。在碉堡狀的灰岩地鐵建築與通往地下的樓梯附近，原本有一小群人走動，這時急忙走避，有幾人跑上街頭，其中有兩人摟著腰，一邊走，一邊匆匆回頭看。大部分的人都跑進公園，如鳥獸般四散，讓柯雷看了有些難過。不知為何，看見剛才互摟的兩人，讓他覺得好過了一些。

還有兩男兩女仍在地鐵站裡。柯雷相信，一定是這四人出現車站，才嚇跑了其他民眾。柯雷與湯姆站在不遠處旁觀，這四人開始纏鬥，倒在地上繼續打得不可開交，有置人於死地的惡毒意味，一如柯雷見識過的猙獰面孔，但他仍看不出這四人在打什麼，因為他們並非三人欺負一人，也不是兩人對兩人，也絕對不是男生打女生，因為其中一個『女生』看起來六十歲過半，身材粗壯，剪了一個兇巴巴的髮型，讓柯雷聯想起從前幾位接近退休年齡的女老師。

這四人打架時拳腳一起來，也動用了指甲與牙齒，又悶哼又叫罵，繞著六、七個倒地的民眾打。這些民眾不是已經被他們打昏，就是已經被打死。兩男之一被伸出來的腿絆倒，跌跪在地上，年紀較輕的女人撲在他身上，跪地的男人趕緊從樓梯頂端拾起某種東西——不出柯雷所料，他一眼就看出那個東西是手機——對準女人臉頰砸下去，砸得手機碎裂，割傷了女人的臉，鮮血如山洪灌注在輕便外套的肩膀上，但她的尖叫聲並非出自痛苦，而是怒吼。她抓著跪地男人的兩耳，像提水壺般揪住他，然後跪在他的大腿上，使勁一推，推得他向後跌進陰暗的地鐵樓梯。兩人扭打成一團，像發情的貓一樣緊纏不放，然後消失在視線中。

『走吧。』湯姆喃喃說，同時扯一扯柯雷的上衣，動作異常輕柔。『走吧。去馬路對面。走吧。』

柯雷讓湯姆帶他到波尤斯敦街對面。兩人安然抵達對面，他認為要不是湯姆夠小心，就是他自己運氣好。來到號稱『舊書之最，新書之最』的『拓殖書局』時，他們看見在地鐵站之役中最不可能奪魁的老女人大步走進公園，朝飛機墜毀燃燒的方向走，頂著一頭古板嚴肅的花白頭髮，鮮血從髮梢滴向衣領。最後打贏的人竟然是位像圖書館員或拉丁文老師的古板女人，而且還是個再過一、兩年就能領到金錶退休的老太太！可是柯雷一點也不驚訝。他的同事裡，有不少女老師的個性就是這麼強悍。能奮鬥到這種年紀的女老師，十之八九幾近堅不可摧。

他覺得這個感想聽來一定很有趣，正想張口對湯姆講，不料嘴巴一張開，卻只能發出咕嚕咕嚕的沙啞嗓音，連視線也泛起水光。顯然身穿粗呢西裝的矮個子湯姆並非唯一無法控制淚水的人。柯雷用手臂擦擦眼睛，開口再試一次，卻只擠出咕嚕咕嚕的哽咽聲。

『沒關係，』湯姆說：『發洩出來比較好。』

書局的櫥窗裡有架古老的皇家牌打字機，曾在手機通訊問世前風光一時。圍繞打字機的是舊書。就這樣，柯雷站在櫥窗前哭了出來。他為女強人、超短金與超短褐而哭，也為自己而哭，因為波士頓不是他的家，而此刻，家鄉竟是如此遙不可及。

6

通過波士頓公園後，波尤斯敦街越來越窄，最後被車輛塞得水泄不通。有些車發生車禍後拋錨在路上，有些則是被車主棄車逃命。幸好路面壅塞，他們不必再擔心碰上神風特攻隊似的大禮車或亂闖的大鴨遊覽車。在他們四周，槍砲與撞擊聲此起彼落，活像陰間在慶祝除夕。附近也有許多噪音，多半是汽車警報器與防盜器，但目前的路面則異常寧靜。艾敘倫警官臨走前說過：快去找個地方躲起來。這次算你們走運，下次就不一定了。

他們經過書局，繼續過了兩條街，距離柯雷還稱不上低級的旅館仍有一個街區時，他們又走運了。這時他們又碰上一個年約二十五的瘋癲男子，全身是鸚鵡螺牌與賽百斯牌健身器材鍛鍊出來的肌肉，正從他們前面的巷口衝出來，跑馬路，跳過兩輛車撞在一起的擋泥板，邊跑邊嘰咕亂語，講得口沫橫飛，活像噴個不停的火山熔岩。他兩手各拿一根汽車天線當短劍，不停朝天猛刺，見人就想砍。他全身只穿了一雙看似全新的耐吉球鞋，鞋子上有鮮紅色的勾勾商標，其他地方一絲不掛，跑步時陰莖左右搖擺，宛如老爺鐘的鐘擺吃錯藥。他奔上對面的人行道，然後轉向西方往公園跑，臀部隨著步伐一收一縮。

湯姆緊抓著柯雷的手臂不放，直到這個瘋子離去才慢慢鬆手。『假如被他看見了……』他說。

『可惜他沒看見。』柯雷說。他忽然莫名其妙地高興起來。他知道這種感覺遲早會消失，但他仍想乘機享受一下。他覺得自己在牌桌上拿到了一手好牌，今晚的特獎擺在眼前等著他去領。

『我同情被他看見的人。』湯姆說。

『看見他的人才值得同情吧。』柯雷說：『走吧。』

7

大西洋街旅館的門上鎖了。

柯雷驚訝到一時腦筋轉不過來，只能呆立門口，扭轉著門把，門把卻文風不動。他想不透的是，門居然鎖住了。他投宿的旅館竟鎖門不讓他進去。

湯姆來到他身邊向內看，額頭靠在門玻璃上以減輕反光。北邊又傳來一聲轟隆巨響，地點無疑是羅根機場，但這一次柯雷只被震得稍微抽動一下。他覺得湯姆根本沒反應，因為湯姆太專心觀看眼前的狀況了。

『地板上死了一個人，』他最後高聲說：『穿著制服，不過他年紀太大，不像服務生。』

『我又不想找人幫我提行李，』柯雷說：『只想上樓回房間。』

湯姆發出怪異的悶哼聲，柯雷以為這矮子該不會又想哭了，但他隨即發現湯姆其實是按捺著笑意。

旅館的玻璃雙扉門上，一片印著**大西洋街旅館**，另一片印著無恥的謊言：**波士頓最高級的**

住址。湯姆用掌心拍打左門的玻璃，打在波士頓最高級的住址與一列信用卡圖案的中間。

此時柯雷也開始往裡頭瞧。大廳不是很大，左邊是櫃台，右邊有兩座升降電梯，地板鋪著火雞紅色的地毯，上面趴著穿制服的老人。這人面朝下，一腳搭在沙發上，屁股黏著一幅帶框的帆船畫，作品是柯里爾與艾夫斯（Currier & Ives）的名畫複製品。

柯雷方才的好心情頓時煙消雲散。湯姆開始用拳頭猛敲玻璃門時，他拉住湯姆的拳頭說：『別敲了。就算裡面的人還活著而且沒發瘋，也不會讓我們進去。』他思考一下又說：『尤其是他們還沒發瘋的話。』

湯姆不解地看著他說：『你不太懂狀況吧？』

『懂什麼狀況？』

『情況已經變了，他們不能把我們鎖在外面。』他推開柯雷的手，不再拳擊玻璃門，而是再將額頭緊貼玻璃大喊。柯雷心想，他個頭這麼小卻中氣十足。『喂！喂！有人在嗎？』

他停頓一下，大廳裡依舊毫無動靜。老服務生的屁股仍黏著名畫，沒有生命跡象。

『喂，裡面的人，趕快開門啊！我身邊這位先生是貴旅館的客人，我是他的朋友！再不快開門，我可要去撿顆路緣石來砸玻璃囉！聽見了沒？』

『路緣石？』柯雷說著哈哈笑，『你剛說路緣石？好有學問。』他笑得更用力了，忍也忍不住。隨後，他的左邊出現了動靜，他轉頭一看發現一名少女站在同一條街的不遠處，正用疲憊滄桑的藍眼珠看著他們，一臉受害者的模樣。她穿的是白洋裝，正面流了一大攤血，鼻子下面、嘴唇與下巴也有凝結的血跡。除了流鼻血之外，她看起來沒有受傷，而且一點也沒有發瘋的跡象，只是飽受驚嚇，被嚇得半死。

『妳還好吧？』柯雷問。他向少女跨出一步，少女也向後退一步。在這種情況下，他不怪她。他站住，對她伸出一隻手，像交通警察一樣比出『停車』的手勢。

湯姆看了一下，然後又開始捶門，打得玻璃門的舊木框跟著嘎嘎響，他的倒影也隨之振動。『給你們最後一個機會，再不開門，我們可要硬闖囉！』

柯雷轉身，正想勸他那種耍老大的伎倆今天行不通，櫃台裡卻緩緩升起了一顆禿頭，猶如潛望鏡探出海面。臉還沒出現，柯雷就已經認出這個人是誰。柯雷昨天登記住房時，幫他辦手續的就是這個人。柯雷把車停在一條街外的停車場後，幫他在停車券上蓋優待章的也是這個人。今早他出門前，告訴他如何前往科普立廣場旅館的，還是這位櫃台人員。

櫃台人員站起來後，仍戀棧著櫃台不走，柯雷只好舉起客房的鑰匙，上面也串著旅館的綠色塑膠電子鑰匙。接著他又舉起作品夾，希望櫃台人員能認出他來。

也許櫃台人員確實認得他，更有可能的是，他是認為別無選擇，只好掀開櫃台末端的板子出來，繞過屍體，快步走向門口，走得不情願卻又倉卒。這舉動大概是柯雷此生初次見識到的動作。櫃台人員來到門口時，先是看著柯雷，然後看著湯姆，接著又看柯雷。儘管他看了再看仍不太放心，卻還是掏出口袋裡的一串鑰匙，迅速翻找到正確的一把插入鎖孔。湯姆握住門把想開門時，櫃台人員舉起一隻手，就像柯雷舉手制止背後的女孩一樣。櫃台人員又找出一把鑰匙，再插進另一個鎖孔，最後才把門打開。

『進來吧，』他說：『快。』接著他看見了在不遠處徘徊旁觀的少女，『她不准進來。』

『她也可以進來。』柯雷說：『快來吧，小妹妹。』但她不肯進門。柯雷走向她時，她轉身就跑，裙子在她背後飛揚。

8

『放她在外面亂跑，她可能會沒命。』柯雷說。

『不干我家事。』櫃台人員說：『到底進不進來嘛，謎語（riddle，音近「瑞岱爾」）先生？』

他說起話來帶有波士頓口音。在柯雷住的緬因州，三人中必有一人出身麻州，那些外州人講的是藍領階級的麻州鄉音，柯雷常聽見，但眼前這人講話字正腔圓，操著『但願我是英國人』的口音。

『敝姓瑞岱爾，重音在第二個音節。』柯雷確實想進門沒錯。既然門已經開了，這人再擋也沒用，但柯雷仍在人行道上逗留片刻，望向少女的背影。

『進來吧，』湯姆輕聲說：『沒辦法了。』

湯姆說得沒錯，的確是沒辦法了。狀況就這麼糟。柯雷跟著湯姆進門，櫃台人員再次鎖上兩道鎖，彷彿可以把街頭的亂象鎖在外面。

9

『那位是福蘭克林。』櫃台人員帶著兩人繞過趴在地毯上的屍體。

湯姆剛才往門裡瞧過後曾經說：他年紀太大，不像服務生。柯雷認為他的確是年紀一大把。他的身材矮小，白髮茂密。柯雷聽說，人死後指甲與頭髮仍能繼續生長一段時間，他那一頭茂密的白髮可能還在繼續生長，可惜頸子以大角度彎曲，看起來好像是上吊而死。『他在本旅館服務三十五年了。我相信他辦住宿手續時跟每位房客講過，跟多數房客還講了兩遍。』

柯雷原本就心浮氣躁，聽了櫃台人員這種尖銳的英國腔更加心煩。他心想，如果把這種嗓音比喻成放屁聲，大概就像氣喘兒拿玩具紙喇叭吹出的那種屁聲吧！

他又掀開櫃台的板門進去，顯然櫃台給了他一分歸屬感。頭上的電燈打在他臉上，柯雷看得出他的臉色非常蒼白。他說：『有個男人下了電梯，是個瘋子，福蘭克林的運氣不佳，碰巧站在電梯門口……』

『怎麼不幫他拿走屁股上的那幅畫？』柯雷說完，彎腰拾起柯里爾與艾夫斯的複製品，放在沙發上，同時把死者搭在沙發上的那條腿推下來，發出柯雷很熟悉的聲音。他在漫畫裡畫過很多類似的聲響，就像這樣：砰！

『下電梯的人只打了他一拳，』櫃台人員說：『可憐的福蘭克林被打得撞牆，大概就這樣撞斷了脖子。那麼一撞，圖畫也跟著掉下來。』

依照櫃台人員的邏輯，這樣解釋似乎能原諒自己的一舉一動。

『打他的人呢？』湯姆問：『發瘋的那個男人呢？跑去哪裡了？』

『出去了，』櫃台人員說：『所以我才認為鎖門是上策。當然，我是等他出門之後才上鎖。』他看著兩人，神情恐懼，但又似乎心癢難熬，很想找人八卦一樣，柯雷對這種神態極其厭惡。

櫃台人員問：『外面的情況怎樣？糟到什麼地步了？』

『你應該掌握得很清楚吧，』柯雷說：『不然怎麼會鎖門？』

『對，可是……』

『電視怎麼報導？』湯姆問。

『什麼也沒有，有線電視斷訊了……』他看了一下手錶，『將近半小時沒節目了。』

『收音機呢？』

他故作姿態地瞪了湯姆一眼，那眼神好像在說：開啥玩笑。柯雷開始認為這傢伙可以出書，寫一本《如何迅速顧人怨》。『在這裡聽收音機？在鬧區的旅館聽收音機？你一定在開玩笑。』

外頭傳來高頻率的驚恐哀嚎，穿了沾血白洋裝的少女又來到門外，一面用手心拍打玻璃門，一面回頭看。柯雷快步走向她。

『不行，門被他鎖上了，忘了嗎？』湯姆對他大喊。

柯雷沒有忘記。他轉向櫃台。『去開鎖。』

『不行。』櫃台人員說。他在窄瘦的胸前緊緊交叉雙臂，以強調堅拒開門的心意。門外的白衣少女又向後看，拍門拍得更加用力，沾血的臉孔因恐懼而緊繃。

柯雷拔出腰帶上的屠刀。他原本幾乎忘了屠刀的存在，現在卻說拔就拔，而且動作自然得令他詫異。『狗娘養的，去給我開門，』他告訴櫃台，『否則給你喉嚨一刀。』

10

『沒時間了！』湯姆高呼，抓起一張高背椅倒過來，對準玻璃門。大廳的沙發兩旁各有一張仿安妮女王時代風格的高背椅。

少女看見他過來，趕緊退縮，舉起雙手來保護臉，此時，她背後的男子追了過來，出現在門外。這個人身材魁梧，像個建築工人，肥滿的肚腩從黃T恤的正面凸出，頭髮油膩灰白，紮了一條馬尾巴，在背後跳上跳下。

高背椅的腳打在雙扉門的玻璃上，左邊兩支腳撞碎了大西洋街旅館，右邊兩支則撞碎了波士頓最高級的住址，然後打中建築工粗肥的左肩，而建築工正攫住少女的脖子。高背椅的底座卡在兩道門中間的門框，反作用力使得湯姆向後跌。

建築工像乩童似的胡言亂語，鮮血開始從長滿雀斑的左雙頭肌流出，少女乘機掙脫卻被自己的腳絆住，跌跪在地上，一隻腳在人行道上，一隻腳在水溝裡，又驚又痛地大哭。

柯雷站在碎玻璃門的門框前。怎麼走過大廳的，他並沒有印象，只隱約記得把椅子扯開。『嘿，臭癟三！』他對著建築工大罵。瘋言瘋語的建築工歇口片刻，停止動作，柯雷看了微微受到鼓舞。『對，就是你！』柯雷大喊，『我在跟你講話！』接著他只想得出這種話：『我上過你媽，她的床上功夫好爛！』

身穿黃T恤的大塊頭建築工呼喊了一個字，聽起來怪怪的，近似女強人臨死前喊的話，就像：『拉斯特！』建築工轉向門口，把旅館當成忽然長了牙齒還會講話的怪物，向柯雷撲過去。無論建築工看見的是什麼，絕對不是汗流滿面、一臉陰森的持刀男子，絕對不是站在長方形破玻璃門裡的柯雷，因為柯雷根本不需要主動出擊，建築工就自動跳進門來，被突出的刀鋒刺中。這把瑞典鋼刀平順地戳進下巴下方被曬紅的垂肉，戳出了紅色瀑布，灑在柯雷的手上，熱得柯雷咋舌，幾乎和剛泡好的咖啡一樣燙。他很想抽刀後退，卻不得不按捺住撤退的衝動，反而是勇往直前，最後覺得刀鋒遇到了阻力，停滯了片刻，然後繼續向前衝，切穿了軟骨，最後從頸背鑽出來。建築工向前倒，柯雷單手無法支撐他，用盡吃奶的力氣也沒辦法，因為他少說有兩百六十磅，甚至重達兩百九十磅。建築工靠在門框上，姿勢像醉漢倚靠著路燈，棕色的眼球暴凸，被尼古丁染黃的舌頭吊在嘴角外，脖子血流如注，然後膝蓋不支，整個人癱下去。柯雷握著刀柄，訝異把刀抽出來時居然如此輕鬆，比剛才從強化碎木板製成的作品夾抽刀時容易得多。

建築工倒下後，他又能看見少女。她一膝跪在人行道上，另一膝跪在水溝裡，頭髮蓋住臉，嘴巴不停尖叫。

『小妹妹，』他說：『小妹妹，別再叫了。』但她照叫不誤。

11

她的姓名是愛麗絲・麥斯威爾。她最初只能說這麼多。接著她說她和母親搭電車從波克斯佛鎮來波士頓逛街。她們母女倆經常在禮拜三南下波士頓，因為這天是所謂的『提早下課日』，就讀高中的她能提早放學。母女在南站下電車，招了計程車。她說司機包著藍色頭巾。她說藍色頭巾是她能記住的最後一個東西，之後只記得禿頭櫃台人員終於開鎖，打開破玻璃門讓她進來。

柯雷認為她記得的不只這些，因為湯姆問她和母親有沒有帶手機時，她立刻開始發抖，推說不記得，但柯雷確信母女倆至少有一支行動電話。最近似乎人人有手機，而柯雷算是稀有動物。至於湯姆能有幸撿回一條命，或許應該感謝愛貓把他的手機踢下流理台。

他們繼續與愛麗絲在大廳對話，多半是由柯雷發問，少女默默坐著，低頭看著擦傷的膝蓋，偶爾搖搖頭。柯雷與湯姆已經把福蘭克林的屍體搬到櫃台裡面，不顧禿頭櫃台人員高聲抗議。他的理由很怪：『搬進來的話，我站哪裡？』櫃台人員只肯說他姓李卡迪，抗議無效後就退回後面的辦公室。柯雷跟著他過去，想確定李卡迪先生沒有說謊，電視確實斷訊了。等他發現李卡迪沒說謊，他就不再打擾他，留他一個人在辦公室裡。柯雷的太太雪倫見了一定會說，李卡迪先生『躲起來生悶氣去了』。

然而，在柯雷離開之前，李卡迪不甘心地補了一句：『這麼一來，我們等於對外不設防了，』他不滿地說：『我希望你自認成就了什麼大事。』

『李卡迪先生，』柯雷儘可能耐著性子說：『不到一小時之前，我在波士頓公園另一邊看見飛機墜毀，照情況聽來，有更多飛機，而且是大飛機，也在羅根機場出事了，說不定正對準航空站做自殺攻擊。市中心到處都有爆炸聲，我敢說今天下午全波士頓都不設防。』

說完，頭上傳來極為沉重的撞擊聲，彷彿印證了柯雷的說法。李卡迪先生頭也不抬，只是朝柯雷的方向比出『退下』的手勢。沒電視可看，他只能坐在辦公椅上，嚴肅地盯著牆壁。

12

柯雷與湯姆把兩張仿安妮女王時代的椅子推向門，用高高的椅背來代替被打碎的玻璃門倒也合適。既然玻璃都碎了，鎖門也無濟於事，但是柯雷認為擋住街頭的眼線是明智之舉，而湯姆也表示贊同。擺好高背椅後，他們就放下大廳主窗的百葉窗，大廳立刻暗了不少，在火雞紅的地毯上隱約留下近似牢籠的條紋。

辦完了上述的事，聽完了愛麗絲極度簡化的說詞，柯雷終於可以進櫃台打電話了。他看了一下手錶，下午四點二十二分，不遲也不早，只不過平常的時間感似乎不復存在，公園裡人咬狗耳的事件彷彿已過了幾小時，但卻也像近在眼前。然而，時間確實存在，而遠在肯特塘鎮，雪倫必然已經回到他仍然認為是家的地方。他非聯絡上她不可，以確定她沒事，同時向她報告自己也沒事，但這並不是最重要的事。確定強尼一切平安很重要，但另外還有一件更加重要的事。事實上，這件事可說是攸關生死。

他沒有手機，雪倫也沒有，這一點他幾乎百分之百確定。兩人四月分居至今，她可能已經申請了門號，但兩人仍然住在同一個鎮上，每天幾乎都見得到面，如果她買了手機，他沒有不曉得的道理。別的不說，她至少會給號碼吧？沒錯，但是……

但是強尼有手機。小強尼G現在已經不小了，十二歲已經不算小貝比了。上次過生日時，他要的禮物就是紅色手機，鈴聲是他最愛的電視節目主題曲。上學時，學校當然禁止他開機，連拿出書包外都不准，但現在已經放學了。此外，柯雷與雪倫其實鼓勵他隨身帶著手機，原因之一是夫妻倆處於分居狀態，兒子可能碰上緊急狀況，或者遇到沒趕上校車之類的小問題，帶著手機比較方便聯絡。可是柯雷仍然抱著一絲希望。雪倫說過，她最近進強尼的房間時，常常看見手機忘在書桌上，或放在床邊的窗台，沒有放在充電器上，電力一滴也不剩。

儘管如此，兒子的紅色手機仍在他腦海裡滴滴答答，猶如定時炸彈。

柯雷把一隻手放在旅館櫃台上的傳統電話，然後又把手縮回來。門外又有東西爆炸，但這次聽起來很遙遠，好像是在大後方聽見巨砲轟炸前線的感覺。

別自以為是了，他心想，說不定沒有什麼大後方，我們根本就是身處戰場。

他望向大廳，看見愛麗絲坐在沙發上，湯姆蹲在她身邊，對她喃喃說話，碰碰她的懶人鞋，同時抬頭注視她的臉。很好。湯姆很有一套。柯雷越來越慶幸碰到湯姆……或者該慶幸湯姆碰到他。

傳統電話也許沒問題，問題是『也許』的勝算有幾成。對妻子而言，他或許應盡幾分丈夫的職責，但對兒子而言，他卻是百分之百責無旁貸。就連只是想到強尼都讓他覺得危險，因為只要腦海一產生兒子的念頭，柯雷就感覺大腦多了一隻慌張的老鼠，作勢想突破不太牢靠的籠子，準備以銳利的小牙齒隨口亂咬。如果他能確定強尼與雪倫平安無事，便能把這隻老鼠好好關在籠子裡，讓他能全心策劃下一步。但是，如果走錯一步，他誰也救不了，反而會害旅館裡的人遭殃。他稍加考慮之後呼喚李卡迪先生，辦公室卻沒有人應聲，所以他又喊了一次，仍然沒有回音，他只好說：『李卡迪先生，我知道你在裡面，再不出來，我可要進去找你，到時別怪我發脾氣。我一生氣，可能會考慮把你趕出門。』

『你沒有權利趕人。』李卡迪先生用教訓人的口吻忿忿說：『你只是本旅館的房客。』

剛才被鎖在門外時，湯姆說過情況已經變了，柯雷想借用這句話來回敬李卡迪，思緒卻被樓上的聲音打斷，因此遲遲沒有吭聲。

『怎樣？』李卡迪先生最後說，語氣比剛才更衝幾倍。樓上傳來更響的撞擊聲，好像有人摔了沉重的家具，也許是櫥櫃。這一次連少女也抬頭望。柯雷以為聽見了悶悶的吼聲，也許是有人喊痛，可是接著就無聲無息。二樓有什麼設施？不是餐廳。他記得登記住宿時，李卡迪先生說本旅館沒有附設餐廳，想用餐可到隔壁的大都會餐飲店。他這時心想：*是會議室。我很確定是以印地安族名命名的會議室。*

『到底怎樣？』李卡迪先生又問。他的火氣大到了極點。

『開始亂起來之後，你有沒有打過電話？』

『那還用說嗎？』李卡迪先生說。他來到辦公室與櫃台後方之間的門。櫃台後方有信件架、監視器畫面、一排電腦。他在門口看著柯雷，滿面憤慨。『消防警報器被觸動了，我去解除警報，桃樂絲說是三樓的垃圾桶起火，所以我想打電話請消防隊別來了，結果線路卻忙線中！「忙線中」！偏偏挑這個時候！』

『你當時一定很生氣。』湯姆說。

李卡迪先生首度面露緩和的神態。『情況開始，呃……走下坡的時候，我打電話報警了。』

柯雷認為用『走下坡』來形容倒也貼切。『好。結果有沒有接通？』

『有個男人叫我掛掉別佔線，然後掛我的電話。』李卡迪先生說著，憤慨的意味逐漸爬回嗓音中。『我後來再報警，因為有個瘋子下了電梯後打死了福蘭克林，這次接聽的是女人。她說……』李卡迪的嗓音開始顫抖，柯雷看見他開始掉淚，淚水順著鼻子兩邊滑落。『……說……』

『說什麼？』湯姆以他平常的語調問，問得輕柔又帶同情。『她到底說什麼，李卡迪先生？』

『她說，如果福蘭克林死了，打死他的瘋子也跑掉了，我就沒有報警的必要。她還勸我把門鎖起來，待在裡面。她也叫我把旅館的電梯叫到一樓然後上鎖。我照她的意思去做。』

柯雷與湯姆交換眼色，意思是說：設想周到。柯雷的腦海驟然浮現栩栩如生的景象──昆蟲受困玻璃與紗窗之間，氣得嗡嗡響卻逃不出去。而這幅景象與樓上傳來的撞擊聲有關。他納悶了一下，在樓上撞擊的人再過多久能找到樓梯。

『然後那個女人就掛我的電話。之後我又打電話給我老婆，我們住在密爾敦。』

『跟她通話了嗎？』柯雷想確定這一點。

『她被嚇壞了，叫我趕快回家。我跟她說，警方建議我鎖門待在裡面。我也叫她照著做，先去鎖門，盡量別出去。她求我回家。她說，門前的馬路傳來了幾陣槍聲，隔條街也傳來一聲爆炸。她說她看見一個男人赤裸全身跑過班吉克家的院子。班吉克夫婦就住在我家隔壁。』

『好。』他輕聲說，甚至帶有舒緩人心的作用。柯雷不發一語。剛才對李卡迪先生發那麼大的脾氣，他現在反而覺得有點愧疚，但湯姆也對他發過脾氣。

『她說她相信那個裸男可能——可能，她只說可能——抱著一個……嗯……裸體的小孩。不過也有可能是個洋娃娃。她再次求我離開旅館回家。』

柯雷取得了他想要的資訊。傳統電話果然安全。李卡迪先生雖然飽受驚嚇，但精神狀態仍然正常。柯雷把一隻手放在電話上。在他拿起話筒前，李卡迪先生制止了他。李卡迪先生的手指修長、蒼白而冰冷。李卡迪先生還沒講完。李卡迪先生講得正起勁。

『她罵我王八蛋，然後掛掉電話。我知道她在生我的氣，我當然也瞭解她生氣的原因，不過警察叫我鎖門別出去。警察叫我別上街。是警察耶！他們可是官方單位啊！』

柯雷點頭說：『官方單位，對。』

『你們不是搭地鐵過來嗎？』李卡迪先生問：『我一向都搭地鐵，過兩條馬路就有車站，便利得很。』

『今天下午可不便利，』湯姆說：『我們看多了怪人，跟我打賭我也不肯下去搭車。』

李卡迪先生用憂傷但卻充滿期待的神態看著柯雷說：『我就說嘛。』

柯雷再次點頭，說：『你最好待在這裡。』可是他明知自己只想回家照顧兒子，當然也照顧雪倫，但最主要是照顧兒子。他明知除非萬萬不得已，自己一定要回去看兒子。這種感覺就像心上多了一個秤砣，陰影遮蔽了視覺。他又說：『最好不過了。』然後撈起話筒，按九接外線。他不確定能否接通，但話筒果然出現撥號音。他按一之後再按全緬因州的區域碼二〇七，接著再按代表肯特塘與附近小鎮的頭三碼六九二。最後的四碼，他只按了三個，眼看就要接通他仍視為家的地方，這時冒出了三個明顯的叮聲，隨之而來的是預錄好的女聲：『很抱歉，所有的線路正忙線中，請稍後再撥。』

話一講完，撥號音再起，因為自動線路切斷了他剛撥往緬因州的號碼……預錄的女聲應該就是從緬因州發出來的。柯雷拿著話筒，讓話筒掉到與肩同高的地方，彷彿話筒突然變得沉重無比。然後他把話筒放回原位。

13

湯姆罵他，神經病才想離開這裡。

湯姆說，第一個原因是旅館裡相對安全，尤其是電梯已經鎖住了，而且樓梯間通往大廳的門也被行李箱室的行李與箱子堵住。樓梯門位於電梯另一邊的短廊盡頭。即使有人力氣超大，有辦法把樓梯間門外的箱子推開，也只能推開大約六吋寬的縫隙，無法通過。

另一個原因是，市區裡的亂象似乎有增無減，交錯的警報聲、叫罵、尖叫，與車輛疾駛聲不絕於耳，有時候也能嗅到令人恐慌的煙霧味。這一天微風徐徐，雖能吹走大部分的氣息，但大家仍然嗅得到。柯雷心想，只能說暫時還算安全，但他並沒有說出口，至少還沒有。這女孩已經被嚇壞了，他不想再用言語刺激她。爆炸聲似乎再也不是單發事件，而是連續發作。其中一次相當靠近旅館，嚇得大家認定前面的窗戶會被震破，因此趕緊低頭躲避。幸好窗戶完好如初，但大家依然躲進李卡迪先生的內部辦公室以保平安。

湯姆反對柯雷離開旅館的第三個理由是現在已經五點十五分了，天色馬上就要暗下來，摸黑離開波士頓等於是發瘋。

『你自己看看外面。』他指向李卡迪先生的小窗戶，外面就是艾賽克斯街，棄置的車輛擠滿了路面，至少可以看見一具屍體，是個年輕女子，穿著牛仔褲與紅襪隊的運動衫，上面印有棒球紅星**瓦力泰克**（Varitek）的名字。女子俯臥人行道上，雙臂張開，彷彿死前想游泳。『你是想開車走嗎？勸你三思。』

『他說得對。』李卡迪先生說。他坐在辦公室後面，雙臂再次交叉在窄胸前沉思著。『你的車子停在檀沃茲街的停車場。能不能把車鑰匙插進去都成問題。』

柯雷早已對那輛車死心，正想張口說他不打算開車（至少出發時開不得），這時樓上又傳來撞擊聲，這一次重得動搖了天花板，伴隨而來的是玻璃破碎的聲音，微弱卻清晰可聞。愛麗絲．麥斯威爾原本坐在辦公桌對面的椅子上，這時抬頭緊張地看著，然後整個人縮得更小。

『樓上是什麼？』湯姆問。

『正上方是易洛魁❻室，』李卡迪先生說：『本旅館有三間會議室，就屬這間最大，所有的器材全擺在這間裡，例如：桌椅和視聽設備等等。』他停頓一下後繼續說：『此外，雖然

❻Iroquois，紐約州的印地安人。

本旅館沒有附設餐廳，但應客戶要求，我們會安排自助餐或雞尾酒會。剛才那一聲……』

他沒有講完。他不需講完，柯雷就知道了。剛才那一聲是自助餐的推車被推倒，上面堆得高高的杯碟碗盤也落地粉碎，另外的推車與餐桌也已經被某個狂人推倒，而狂人被困在二樓，來回肆虐，就像被夾在窗戶與紗窗之間的昆蟲一樣，缺乏尋覓出路的頭腦，只能亂跑亂摔東西，亂跑亂摔東西。

愛麗絲沉默了近半小時後終於講話，這是相遇之後她首次不問自答。『你剛才不是說有人叫做桃樂絲。』

『全名是桃樂絲‧古提雷茲。』李卡迪先生點頭說：『她是客房部的主管。優秀員工。可能是我最優秀的一位。我最後一次跟她聯絡時，她人在三樓。』

『她有沒有……』愛麗絲不肯說出來，只是豎起食指貼在嘴唇上表示『噓』，而柯雷對這手勢也很熟悉了。接著，愛麗絲把右手舉到臉的一邊，拇指靠近耳朵，小指湊向嘴巴前面。

『沒有，』李卡迪先生說得近乎拘謹，『員工上班期間必須把手機放進置物櫃。初犯者記申誡一次，再犯者情節嚴重時會被開除。員工開始上班時，我會宣佈這項規定。』他聳聳一邊瘦削的肩膀，然後說：『是公司的政策，又不是我訂的。』

『她聽見聲音，會不會下二樓察看？』愛麗絲問。

『可能會，』李卡迪先生說：『我無從得知，只曉得她跟我報告垃圾桶起火之後就沒再聯絡，我打她的呼叫器她也不回電。我呼叫了兩次。』

柯雷心想：看吧，待這裡也不安全，但是他不願意說出口，所以他望向愛麗絲後面的湯姆，想用眼神傳達這個基本概念。

湯姆說：『你估計樓上還有多少人？』

『我怎麼知道？』

『猜猜看。』

『不多。就客房部人員而言，可能只有桃樂絲一個人，因為白天班在三點下班，晚班的人六點才進來。』李卡迪先生緊閉雙唇，『這是公司的節流之舉，不過根本沒什麼用。至於客人嘛……』

他考慮著。

『對我們來說，下午這段時間很閒，閒得很，因為昨晚的客人全退房了，本旅館的退房時間是正午。而就平日的下午而言，過夜的客人要到四點左右才開始進來，但今天並不是平日。多住幾晚的客人通常是來這裡出差。我猜想你也是，謎語先生。』

柯雷點點頭，懶得再糾正發音。

『下午三、四點，來波士頓出差的人通常會去市區洽公，所以整個旅館幾乎只剩工作人員。』

接著，彷彿樓上有意跟他作對，又傳來一陣撞擊聲，接著是玻璃破裂的聲響，同時也有微弱的野獸低吼，大夥兒全抬頭看。

『柯雷，聽我說，』湯姆說：『如果樓上那個人找到樓梯……我不曉得這種人有沒有思考能力，不過……』

『從我們在街上看到的舉止，』柯雷說：『把他們稱為人類都嫌牽強。我覺得樓上那個人就像昆蟲被困在窗戶的紗窗裡，如果找得到洞的話，還是逃得出來。如果樓上那個人真能找到出路，也只能在無意間找到。』

『如果他找到樓梯，下樓後發現通往大廳的門被擋住了，他會改走消防門到後面的巷子去。』李卡迪先生以對他而言算是積極的語調說：『如果有人推消防門桿，一定會觸動警報，我們就知道他跑掉了，少了一個瘋子要擔心。』

旅館南方某處發生了大爆炸，大家縮緊脖子。柯雷自認總算能體會一九八〇年代貝魯特居民的感受。

『我是想講講道理給各位聽。』柯雷耐心說。

『才不是，』湯姆說：『反正你說什麼都想走，因為你擔心老婆和兒子。你想勸我們一起走是希望有人好作伴。』

柯雷氣餒地呼了一口氣。『我當然希望有人作伴，不過我勸你們走的原因並不是這個。原因是，煙味越來越濃了，你們最後一次聽見警笛聲是多久以前的事？』

沒有人答得出來。

『我也答不出來，』柯雷說：『我覺得波士頓的狀況暫時不會好轉，只會變得更糟。如果真的是手機……』

『她是想留言給我爸。』愛麗絲講得很快，彷彿想趁記憶消散前一口氣講完，『她只想叫我爸去乾洗店拿衣服，因為她的委員會要開會，她要穿那件黃色的羊毛裝，我禮拜六要去外地比賽，不多帶一套制服不行。事情發生在計程車上。然後我們出車禍了！她勒住了司機，還一直咬司機，扯掉了他的頭巾，他的臉有一邊全是血，然後我們就撞車了！』

愛麗絲環視三張直盯她的臉，然後用雙手捂住臉，開始啜泣。湯姆走過去想安撫她，但令柯雷驚訝的是，李卡迪先生竟然走出辦公桌，趕在湯姆之前伸出竹竿似的手臂摟摟她，說：『沒事，沒事。我相信純粹是誤會一場，年輕的小姐。』

她抬頭看著李卡迪先生，眼睛瞪得又大又激動。『誤會？』她指著上衣正面乾掉的大片血跡。『這看起來像誤會嗎？我還動用了國中自衛課學到的空手道。我用空手道對付自己的母親啊！好像劈斷了她的鼻梁……我敢確定……』愛麗絲猛搖頭，頭髮跟著散開，『而且，要是我來不及打開背後的車門……』

『她一定會要妳的命。』柯雷淡淡說。

『她一定會要我的命。』愛麗絲低聲附和，『她不知道我是誰，她可是我的母親啊！』她看看柯雷，然後看看湯姆，『都是手機惹的禍，』她用同樣的語氣低聲說：『肯定是手機沒錯。』

14

『波士頓總共有多少手機？』柯雷問：『市場滲透率多高？』

『大學生那麼多，我想手機的數量一定也很可觀。』李卡迪先生回答。他又坐回辦公桌，如今顯得比較活潑了，可能因為剛才安慰了愛麗絲，也可能是有人請教了他商業方面的問題。『不過，手機可不只是有錢年輕人的專利。一、兩個月前，我在《企業》雜誌讀過一篇文章，才發現中國大陸的手機總數已經等於美國人口了，你能想像嗎？』

柯雷根本不想去想。

『我懂了，』湯姆不情願地點頭，『我知道你想講什麼。有個恐怖份子設法在手機訊號裡動了手腳，如果你打電話或接到電話，就會得到某種……怎麼說呢……某種潛意識的訊息吧，我想……而這種訊息能讓人精神失常。聽起來雖然像科幻小說，不過在十五、二十年前，手機對多數人來講，不也像科幻小說？』

『我認為差不多是這麼一回事，』柯雷說：『甚至只是旁聽到手機的說話內容，頭腦照樣會被搞得七葷八素。』他想到的是超短褐，『不過真正陰險的是，大家一看到世界大亂……』

『第一個衝動就是打手機，問問看到底發生了什麼事。』湯姆說。

『對，』柯雷說：『我就看見有人這樣做。』

湯姆落寞地看著他。『我也有看見。』

『扯太遠了吧，這跟摸黑離開旅館去外面冒險有啥關係？』李卡迪先生說。

外頭又傳來爆炸聲，算是解答了李卡迪的疑問。隨後又來了連續六、七聲巨響，往東南方而去，宛如巨人逐漸遠離的腳步。樓上又是一陣撞擊聲，伴隨著微弱的怒吼。

『樓上那傢伙找不到樓梯，我想外面的神經病也一定沒大腦，不會考慮離開市區。』柯雷說。

他頓時看見湯姆一臉震驚，旋即瞭解那種表情並非震驚，也許說驚奇吧，其中也帶有逐漸明朗化的希望。『天啊，』湯姆邊說邊打了自己一耳光，『他們不會離開波士頓，我怎麼沒想到。』

『可能另外還有一個重點。』愛麗絲說。她一面咬嘴唇，一面低頭看著不斷交纏的兩手。她強迫自己抬頭看柯雷說：『天黑之後再出門，反而可能比較安全。』

『怎麼說，愛麗絲？』

『如果他們看不見你，如果你能跑到別的東西後面，或是躲起來，他們幾乎是馬上忘記你的存在。』

『何以見得？』湯姆問。

『因為我就躲過剛才在追我的人，』她以低沉的口吻說：『就是穿黃T恤的那個人。事情發生在我碰到你們兩人之前。我躲在巷子裡，躲在大垃圾箱後面嚇得渾身發抖，因為我擔心他一追進巷子，我可能會沒路可逃，越想越著急。結果我看見他站在巷子口，四下看了又看，一直繞圓圈走個不停，我外公會說他是在走「擔心圓」。起初我以為他是在耍我，因為他一定看見我跑進巷子了，我剛才只跑在他前面幾英尺……短短幾英尺而已……他幾乎一伸手就能搆到我……』愛麗絲開始顫抖，『可是我一進巷子，就好像……他怎麼講……』

『就好像把妳忘得一乾二淨了，』湯姆說：『可是，假如他只差幾步就追到妳，妳怎麼不繼續逃命？』

『因為我跑不動了嘛，』愛麗絲說：『真的跑不動了，兩腿變成了像橡皮做的，感覺很像靈魂快要被甩出來了。幸好我躲進了巷子，不必再跑了。他又繞了幾圈，嘟囔講著神經病的話，然後走掉了，我簡直不敢相信。我還以為他是想騙我出去……可是我同時又認為，他秀逗成那樣，頭腦沒那麼好。』她對柯雷瞥了一眼，然後繼續低頭看著手，『問題是，我後來又被他發現了。我一開始就應該跟你們一起進旅館。我有時候真的是超遲鈍。』

『妳只是被嚇……』柯雷才說了一半，東邊某地就傳來了至今最大的巨響，轟隆一聲，震耳欲聾，所有人彎腰低頭捂耳，聽見了大廳的窗戶粉碎。

『我的……天啊！』李卡迪先生說。禿頭的他睜大眼睛，柯雷認為他很像『孤女安妮』（Little Orphan Annie）的精神導師渥霸克（Warbucks）老爹。『可能是尼蘭德街上的殼牌超級加油站。那座加油站剛落成不久，所有的計程車和大鴨遊覽車都去那邊加油，因為蓋對了位置。』

柯雷不知道李卡迪的說法是否正確。他沒嗅到汽油燃燒的氣味（至少還沒有），但視覺訓練有素的他可在腦海裡想見三角形的街區陷入火海，在向晚的時刻形同丙烷噴火槍。

『現代的城市可能整個燒起來嗎？』他問湯姆，『畢竟，現在的建材幾乎全是鋼筋水泥和玻璃。當年芝加哥的歐里瑞（O'Leary）夫人養的牛踢倒了油燈，引發大火，延燒了整個芝加哥，這種事現在可能發生嗎？』

『踢倒油燈的說法是無稽之談啦！』愛麗絲說。她揉著後腦，好像頭疼得受不了。『美國史的麥爾絲老師說的。』

『當然有可能發生，』湯姆說：『看看飛機撞上世貿大樓之後的情況就知道。』

『滿載汽油的飛機。』李卡迪先生加重語氣說。

汽油燃燒的氣味開始散放，彷彿被李卡迪先生施法術召來，飄進了破掉的大廳窗，如幽魂似的從辦公室門下鑽了進來。

『殼牌加油站的事被你的鼻子猜中了。』湯姆說。

李卡迪先生走向辦公室與大廳之間的門，用鑰匙開鎖，然後打開門。柯雷所見的大廳已顯得荒涼暗淡，也已經不再重要。李卡迪先生用旁人聽得見的音量嗅了一嗅，然後關上門再鎖上。『味道變淡了。』他說。

『你想得美，』柯雷說：『不然就是嗅覺疲乏了。』

『他說得可能對，』湯姆說：『現在吹的西風不算太弱，風吹向海邊，而李卡迪先生說新的加油站蓋在尼蘭德街和華盛頓街的路口，旁邊是新英格蘭醫學中心……』

『就是那邊沒錯。』李卡迪先生說，他的臉色陰沉，但卻帶著幾分滿足，『唉，再怎麼抗議也沒用！撒一撒錢就能解決了，相不相信……』

湯姆插嘴說：『……這樣看來，火現在已經燒到醫院了……裡面的人當然也一起被火葬……』

『不要。』愛麗絲趕緊遮住嘴巴。

『不要也不行了。王嘉廉醫療中心（Wang Center）是下一個。等天色完全暗下來，風勢可能會減弱。如果沒減弱，在晚上十點以前，九十號州際公路以東的所有東西都有可能變成烤起司。』

『我們這裡是在州際公路以西。』李卡迪先生指出。

『這樣就安全了。』柯雷說：『至少不會被那場火燒到。』他走向辦公室的小窗戶，踮腳尖向外看艾賽克斯街的情況。

『看到什麼東西沒？』愛麗絲問：『有沒有看見人？』

『沒有……有了，一個男人，在馬路對面。』

『是不是瘋子？』她問。

『看不出來。』但柯雷認為他是瘋子，根據的是那個人跑步的姿勢，以及他不斷猛回頭看背後的動作。那個人在轉彎跑上林肯街之前，差點撞上了雜貨店門前擺的水果攤。此外，雖然柯雷聽不見他在講什麼，卻能看見他的嘴巴一直動。『他已經跑掉了。』

『沒有別人了嗎？』湯姆問。

『目前沒有，煙倒是有。』柯雷停頓一下後說：『也有白灰和黑炭渣，我看不出有多嚴重，因為風把灰燼吹得亂飛。』

『好，我想通了，』湯姆說：『我的學習速度一向很慢，但不至於什麼都學不會。看樣子，波士頓會被燒光，除了瘋子之外不會有人乖乖留下來。』

『沒錯。』柯雷說。他並不認為這個道理只適用波士頓，但目前他狠不下心把其他城鎮考慮進去。等他確定強尼平安之後，他或許才有可能把眼光放寬。也許他永遠無法看清大局，畢竟他混飯吃的技巧就是在小格子裡畫畫。儘管如此，他心中揮之不去的自私鬼仍然傳遞了一個清晰的念頭：為什麼偏偏挑今天？為什麼發生在我終於揮出強勁安打之後？

『我可以跟你走嗎？』愛麗絲問。

『當然，』柯雷說完望向櫃台人員：『你也可以，李卡迪先生。』

『我想鎮守崗位。』李卡迪先生說。他這話的語氣崇高，說完他把視線從柯雷臉上移開。但在視線離開前，他出現了憂傷的神態。

『天下大亂了，你就算鎖上旅館離開，老闆也應該不會跟你過意不去吧？』湯姆說。他的語氣輕柔，柯雷越聽越喜歡。

『我將鎮守崗位，』他又說：『白天班的經理唐納利先生下午去銀行存款，留我看守。如果他回來了，也許我可以……』

『拜託嘛，李卡迪先生，』愛麗絲說：『待在這裡沒有好處。』

但李卡迪先生又把雙臂交叉在胸前，搖頭不語。

15

他們搬開一張高背椅後，李卡迪先生就打開正門的鎖。柯雷向外觀察，左右都看不見移動的人影，但由於空氣瀰漫著陰暗的細灰燼，他很難看得仔細。灰燼在風中像黑雪般飄舞。

『走吧。』他說。三人只是想先去隔壁的大都會餐飲店而已。

『我會再把門鎖起來，然後放回椅子，』李卡迪先生說：『不過我會注意聽聲音。如果你們碰上了麻煩，比如說又碰見那些……那些「人」躲在大都會裡，所以非撤退不可，記得要喊：「李卡迪先生，李卡迪先生，我們需要你！」這樣我就知道去開門救人，聽懂了嗎？』

『懂了。』柯雷說完捏捏李卡迪先生細瘦的肩膀，李卡迪先生縮了一下，然後又站穩了腳步。雖然柯雷對他表達敬意，但是他臉上卻沒有絲毫寬慰。『你很正常。我本來以為你也瘋了，是我剛才看走了眼。』

『我只是希望盡一己所能，』他僵著聲音說：『一定要記得……』

『我們會記得的，』湯姆說：『我們只去隔壁頂多十分鐘，如果這裡出了事，你一定要喊救命。』

『好。』李卡迪先生說。但柯雷不認為他會求救。柯雷不知為何有這種直覺，畢竟人遇到麻煩一定會大喊救命，但柯雷確實有這種直覺。

愛麗絲說：『請你務必改變心意，李卡迪先生。你應該早就知道波士頓很不安全了吧！』

可是李卡迪先生只是把視線移開。這時柯雷心中不無訝異，想著：有些人寧可冒生命危險也不肯冒險改變，他就是這種人。

『走吧，』柯雷說：『趁現在還有電，我們趕快去做幾個三明治。』

『順便多拿幾瓶礦泉水。』湯姆說。

16

大都會餐飲店的小廚房鋪著白瓷磚，環境整潔，停電時，他們三人正在包最後幾個三明治。在停電之前，柯雷已經又試打了三通電話到緬因州，一通是打到老家，一通打到雪倫任教的肯特塘國小，另一通打去強尼就讀的張伯倫中學（Joshua Chamberlain Middle School），可惜只撥到緬因州的州碼二〇七就聽見忙線訊號。

餐飲店的電燈突然熄滅，餐廳裡頓時一片漆黑，嚇得愛麗絲驚聲尖叫。幸好緊急備用燈隨即自動亮起，但是愛麗絲仍然心有餘悸，一隻手緊摟著湯姆，另一隻手揮舞著用來切三明治的麵包刀。她兩隻眼睛睜得大大的，但卻茫然無神。

『愛麗絲，刀給我放下，』柯雷這話說得稍微嚴厲了點，有違他的本意，『以免傷到了人。』

『或傷到了妳自己。』湯姆又用輕柔舒緩的語調說，緊急備用燈照得他的眼鏡反光。

她放下麵包刀，卻又馬上拿起來。『我要這把刀，』她說：『我想帶在身上。柯雷，你自己身上就帶了一把，我也要。』

『好，』柯雷說：『不過妳沒有腰帶。我找桌布來幫妳做一條。在找到桌布之前，妳千萬要小心。』

一半的三明治是烤牛肉加起司，另一半是火腿加起司。愛麗絲拿保鮮膜裹住。柯雷在收銀機下面找到一疊袋子，袋上印著『打包袋』。他和湯姆把三明治放進兩個袋子裡，然後再用一只袋子裝三瓶礦泉水。

餐桌上已經為晚餐擺好了餐具，但已經是徒勞無功了。有兩、三張桌子已經翻覆，但大部分都完好無恙，牆上無情的緊急備用燈把玻璃杯與刀叉照得閃閃發光。這裡的氣氛平靜，而且井然有序，但柯雷卻感到莫名的心痛。摺好的餐巾洗得乾乾淨淨，每桌各有一盞小檯燈，裡面的燈泡已經熄滅。柯雷心想，離燈泡再亮之日可能遙遙無期。

他看見愛麗絲與湯姆四下張望著，與他一樣一臉不開心，所以想提振一下士氣。這種衝動簡直接近瘋狂，充斥了整個腦袋。他記得以前常變一種把戲給兒子看，這時不禁又想起強尼的手機，再次被心裡那隻恐慌鼠咬了一口。柯雷全心盼望那支該死的手機掉在強尼的床下，被遺忘在一團團的灰塵之間，電力一滴也不剩。

『仔細看喲，』他一邊說，一邊把三明治的袋子放到一旁，『請注意看，我的手一刻也沒有脫離手腕。』他握住桌布下垂的部分。

『挑這時候表演魔術，別鬧了。』湯姆說。

『我想看。』愛麗絲說，在他們相遇之後，第一次露出微笑。雖然笑得含蓄，但無庸置疑，那的確是一抹微笑。

『我們需要這條桌布，』柯雷說：『只要幾秒鐘就好，而且這位小姐想看。』他轉向愛麗絲，『不過妳得說魔咒。就講沙贊姆好了。』

『沙贊姆！』她一說完，柯雷就用俐落的雙手拉走桌布。

他已經有兩、三年沒玩過這個把戲了，差點失手，因為他拉扯桌布時稍微遲疑了一下，但失誤卻讓這個把戲增添了一種窩心的感覺。桌布被抽走後，餐具應該會留在原地，沒想到柯雷失手，所有的餐具都向右移動了大約四吋，而且最靠近柯雷的酒杯移到了桌緣，圓形的底座半露在桌面外。

愛麗絲鼓掌哈哈笑，柯雷伸出雙手鞠躬。

『可以走了吧，大魔術師？』湯姆雖然問得不耐煩，但臉上卻帶著笑。藉著緊急備用燈光，柯雷看見他的小牙齒。

『先等我纏上這個，』柯雷說：『一邊可以插刀，另一邊可以綁上三明治的袋子。礦泉水就由你來提。』他把桌布摺成三角巾，然後快速捲成腰帶，穿進一袋三明治的提把，然後把桌布纏在少女的細腰上，還不得不多纏半圈，在後面打個結以免鬆脫。他最後把有鋸齒的麵包刀插進右邊。

『哇，你真有兩把刷子。』湯姆說。

『多謝誇獎。』柯雷說完，外面又發生爆炸，距離近到連餐飲店也跟著震動，原本被扯到桌邊的酒杯因此失去重心，掉到地上摔碎了。三人看著破酒杯，柯雷原想說他不相信預兆，但是說出來只會讓大家心情更糟，何況他這個人確實有點迷信。

17

在動身之前，柯雷想先回旅館一趟，理由有三。第一，他想取回忘在大廳裡的作品夾。第二，他想回去幫愛麗絲找找看有沒有可以充當刀鞘的東西，例如：夠長的盥洗包。第三，他想再給李卡迪先生一個機會，帶他一起走。他驚訝地發現，第三個理由甚至強過作品夾。雖然他不願承認，但是他的確莫名其妙地欣賞起李卡迪來了。

他向湯姆承認最後這個原因時，湯姆竟然點頭說：『就跟我對鯷魚披薩的感覺一樣。起司加番茄醬，再加上死魚，怎麼看都覺得噁心……不過有時候就是非吃不可。』

黑色的灰燼與殘渣如暴風雪般自街上襲來，也從大樓之間竄出，汽車警報器嗚嗚叫，防盜警報器哇哇響，消防警報聲噹噹大作。雖然感受不到熱度，但柯雷能聽見東邊與南邊有烈火燃燒的劈啪聲，而且燒焦味也越來越濃。他們聽見有人叫喊，但聲音來自波士頓公園，從波尤斯敦街較寬的那端傳來。

他們回到隔壁的旅館，湯姆幫柯雷把一張高背椅從碎裂的玻璃門前搬開，裡面的大廳如今只見一團漆黑，櫃台與沙發成了一團團陰影，如果柯雷從沒進過大廳，一定不知道那些陰影是什麼東西。電梯上面有一盞緊急照明燈，忽明忽暗，底下的電池組像馬蠅一樣嗡嗡響著。

『李卡迪先生？』湯姆呼喚。『李卡迪先生，我們回來問你想不想改變心意。』

沒有回應。過了幾秒，愛麗絲開始小心翼翼地敲掉門框上像牙齒一樣的碎玻璃。

『李卡迪先生！』湯姆再次呼喊，但還是沒有回音，他只好轉向柯雷，『你不是要進去嗎？』

『對，去拿回作品夾，裡面裝了我的畫。』

『沒留副本嗎？』

『那些是正本。』柯雷說，彷彿這話能解釋一切。何況裡面還有李卡迪先生。他說過：我會注意聽聲音。

『要是他被樓上的瘋子逮到了呢？』湯姆問。

『那樣的話，我們應該早就聽到他在這裡到處亂撞了，』柯雷說：『而且如果他真的瘋了，那麼他到我們的聲音時，一定會跑過來，滿嘴胡言亂語，就像公園那個想砍死我們的傢伙一樣。』

『那可不一定，』愛麗絲說。她咬著下唇，『你只看過幾個，現在就以偏概全，未免太早了吧。』

她說得當然對，但他們總不能站在這裡一直討論下去。

『我會小心的。』他說著把一腳伸進破門裡。門框雖窄，卻夠他鑽過去。『我只是去他的辦公室探頭看。如果他不在，我不會像恐怖片裡的小女生一樣到處去找他，只是去拿作品夾，然後我們就一起走。』

『你要一直大聲講話，』愛麗絲說：『就說「沒事，我沒事」之類的話，不準停下來。』

『好，不過，如果我停止喊叫，你們就自己先走，別進來找我。』

『別擔心，』她的臉上沒有微笑，『恐怖片我看多了。我們家也有Cinemax電影台。』

18

『我沒事。』柯雷高喊著，拿起作品夾，然後放回櫃台。他心想：可以走人了，可是還不是時候。

他繞過櫃台時回頭看，看見那扇沒有拉下百葉窗的窗戶射出微光，似乎在漸暗的天色中飄動著，在最後的天光中映出兩具人影。『我沒事，仍然沒事，現在只是想進他辦公室看看，還是沒事，還是沒……』

『柯雷？』湯姆警覺起來，但柯雷一時無法回應。辦公室高高的天花板中間有個燈，李卡迪先生就吊在那兒，他用來上吊的東西似乎是條窗簾繩，他的頭上還蓋著白色的袋子，柯雷認為是旅館給房客送洗衣物用的塑膠袋。『柯雷，你還好吧？』

『柯雷？』愛麗絲的嗓音刺耳，歇斯底里一觸即發。

『沒事。』柯雷聽見自己說。他的嘴巴似乎脫離了大腦的控制。『我還在這裡。』他回想起李卡迪先生說我將鎮守崗位時的神態。當時他的語氣崇高，眼神卻難掩懼怕與自卑，一如小浣熊被大惡犬逼到了車庫的角落。『我現在就出去。』

他倒退著走出辦公室，彷彿擔心李卡迪先生會從自製的絞刑繩圈上滑下來，等柯雷一轉身就立刻追過來。他除了擔心雪倫和強尼的安危之外，內心深處忽然又多了一份想家的心酸，令他回想起小學開學第一天，母親送他到學校，把他留在遊戲場的入口轉身就走，而其他家長都陪著子女走進教室。他母親說：『柯雷，你自己走進去就是了，就在第一間，不會有事的，男生都自己進教室。』他看著母親走上雪松街，看著她的藍色外套，然後才乖乖聽話走開。此刻他終於了解『思鄉病』這個詞的由來，原來想家真的會教人難過得像生病一樣。

湯姆與愛麗絲是好人，但他想跟他心愛的人在一起。

他繞過櫃台，走過大廳，來到長方形的破門，看見新交的兩位朋友滿面驚恐，才想起又忘了拿該死的作品夾，不回頭拿不行。正當他伸手去拿時，他認定李卡迪先生會從越來越暗的櫃台偷鑽出來，抓住他的手。幸好沒有，但樓上又傳來撞擊聲。那東西還在樓上，還在黑暗中橫衝直撞，而在今天下午三點之前，那東西還是人類。

這次他往門口的方向走到一半，大廳的緊急備用燈閃了閃，因為電池耗盡而熄滅。柯雷心想：違反消防規定，我應該去檢舉。

他遞出作品夾，湯姆接下。

『他去哪裡了？』愛麗絲問：『不在辦公室嗎？』

『死了。』柯雷說。他考慮過要撒謊，卻自認沒這份能耐，因為剛才那一幕讓他大受打擊。好端端的一個人怎麼會上吊？他覺得這根本是不可能的事。『是自殺。』

愛麗絲哭了起來，這時柯雷想起，當初要不是李卡迪先生開門，現在她大概已經沒命了。事實上，他自己也有點想哭，因為李卡迪先生竟肯過來開門。也許多數人在這種情況下都肯吧！

在西邊越來越暗的街上，從公園的方向傳來一聲尖叫，分貝大到不可能出自人類的咽喉。柯雷覺得那個聲音很像大象的揚鼻長嘯聲，其中不帶痛苦，也不帶歡樂，只有瘋狂。愛麗絲縮著脖子靠過去，他一手摟住她。她身體的觸感如同通了高壓電的電線。

『想離開這裡的話就趁現在，』湯姆說：『如果沒遇上太多麻煩，應該能往北走到摩頓市，去我家過夜。』

『太棒了。』柯雷說。

湯姆謹慎地微笑說：『你真的這樣認為？』

『真的，誰知道呢？說不定艾敘倫警官已經到了。』

『誰是艾敘倫警官？』愛麗絲問。

『我們在公園旁邊遇見的一個警察，』湯姆說：『他……嗯……幫了我們一個忙。』此時，三人往東走向大西洋街，穿越飄落的灰燼與四起的警報聲，『不會看見他的啦，柯雷只是開開玩笑而已。』

『喔，』她說：『真高興有人還有心情開玩笑。』人行道上的垃圾桶邊有個藍色手機，外殼摔裂了，愛麗絲一腳把手機踢進水溝。

『踢得好。』柯雷說。

愛麗絲聳聳肩說：『我踢足球踢了五年。』就在此時，街燈亮了起來，彷彿在對他們承諾，一切還有挽救的機會。

MALDEN
摩頓_
2

1

密斯提克河大橋（Mystic River Bridge）上聚集了幾千人，旁觀著國協大道（Comm Ave）與波士頓港之間的萬物起火燃燒。即使太陽下山了，西風依舊強勁溫暖，火焰如熔爐般呼呼竄動，星星為之失色。滿月逐漸升起，猙獰到了極點，有時被煙遮住，但最常見的畫面是月亮成了噴火龍的凸眼，撥雲向下猛瞪，投射出模糊的橙光。柯雷認為很像恐怖漫畫裡的月亮，但是他沒有說出來。

大家都無話可說。橋上的民眾呆望著剛離開的市區，坐視火焰吞噬豪華的港景自用公寓大樓。對岸是交織起伏的警報聲，多數是消防車與汽車，哇嗚哇嗚的警車聲也穿插其中，一會兒以擴音器呼籲市民沒事別上街，一會兒又有別的警車勸民眾走西向與北向的要道徒步離開市區，相互矛盾，相持不下了幾分鐘，然後沒事別上街停止了，五分鐘之後，走西向與北向的要道徒步離開市區也講不下去了。如今僅剩風勢助長的熊熊火焰聲、警報聲，以及持續傳出的低頻率碎裂聲，柯雷認定是窗戶難敵烈焰而崩裂的聲音。

他心想，受困市區的民眾、被困在水火之間的人不知有多少。

『不是想知道現代城市會不會發生大火嗎？』湯姆說。在火光的照映下，他那張聰明的小臉顯露疲態與病態，一邊的臉頰有灰燼劃出的痕跡。『記得嗎？』

『閉嘴啦，趕快走。』愛麗絲說。她顯然心煩意亂，但是聲音和湯姆一樣輕。柯雷心想：就像在圖書館裡。接著他又想到：不對，比較像在葬儀社裡。『可以走了吧？我實在看不下去了。』

『好，』柯雷說：『我們走。湯姆，你家離這裡多遠？』

『從這裡不到兩英里，』他說：『不過遺憾的是，我們還沒脫離險境。』他們已經轉向北走，所以他指向右前方。右前方有個東西在發亮，就像一盞橘色的街燈在烏雲密佈的夜晚高照路面，只不過今晚夜空無雲，路燈也沒亮，而且路燈也不會冒出一道道黑煙。

愛麗絲嘟囔一聲，然後趕快捂住嘴巴，彷彿默默觀看波士頓陷入火窟的民眾會罵她亂出怪聲音。

『別擔心，』湯姆的語氣帶有異樣的平靜，『我們要去的是摩頓，那邊看起來是里維爾（Revere）。照風向來判斷，摩頓應該沒事。』

別講下去，柯雷在心中叫他住嘴，但湯姆還是補上一句：『暫時沒事。』

2

大橋分為上下兩層，下層有數十輛車被棄置橋面，一輛酪梨綠色的消防車，車身漆了**東波士頓**的字樣，被水泥攪拌車從側面撞上之後，兩車的人都已棄車，但是這一層多半已被行人佔據。*只不過現在大概該改稱呼他們為難民*，柯雷心想，但繼而一想，說『他們』也不對，應該是稱呼『我們』為難民。

大家仍然很少交談，大部分的人只是沉默地站著看火燒市區。在走動的人也走得很慢，經常回頭觀望。他們三人接近大橋的盡頭時（柯雷看見俗稱**老鐵殼**的戰艦就停泊在波士頓港中，還沒有受到火舌侵擾。應該是老鐵殼沒錯吧？），柯雷注意到一個怪現象：有很多人盯著愛麗絲瞧。起先他心生猜疑，總覺得民眾一定誤認他夥同湯姆綁架了少女，正想把她架去做見不得人的事。接著他提醒自己，大橋上的人已經被嚇得失魂落魄，不可能有工夫想這麼多。與卡崔娜颶風的災民比較起來，波士頓的災民更慘，因為至少颶風的災民事先聽過或多或少的預警，而這裡的人大多忙著避難，根本沒時間管閒事。接著，月亮升得更高了一些，亮度也稍微增強，他的疑惑才豁然開朗：一眼看去，她是唯一的青少年。與多數難民比較起來，就連柯雷也顯得年輕得多。駐足觀火或緩步走向摩頓或丹夫斯的這些災民，絕大多數都年過四十，其中許多人要是去丹尼連鎖餐廳，甚至還能享受銀髮族的優惠特價。他看見有幾個人帶了幼童，也看到兩輛嬰兒車，但除此之外沒有其他的年輕人。

再往前走幾步，他又注意到另一個現象。路邊散落著手機，每隔幾步路就看見一個，而且沒有一個完整，不是被輾過，就是被踩碎，只剩線路與塑膠碎片，像是一條條被打死的毒蛇，以免再有人被咬。

3

『妳叫什麼名字，小妹妹？』一名福態的女人從公路的斜對面走過來。這時三人已經下了大橋，走了大約五分鐘。湯姆說，再走十五分鐘就能到撒冷街的交流道，接著再過四條街就能到他家。他說他的貓見到他會樂得半死，這話逗得愛麗絲臉上泛起無力的微笑。柯雷心想，無力總比沒有好。

一見福態的女人脫隊靠過來，愛麗絲便露出反射性的狐疑表情。走在同一條路上的人，（這些人有如鬼魅，有些人提著行李箱，有些人拎著購物袋，有些人則是揹著背包）有的聚集成群，有的排成一列，渡過了密斯提克河，往北走在一號公路上，遠離南方的大火，也很明瞭東北邊的里維爾即將淪陷。

福態女人回頭看著她，露出溫柔關愛的眼神。她的頭髮灰白，去美容院燙成了小而整齊的捲髮。她戴的眼鏡是貓眼鏡框，身上的外套是柯雷母親口中的『短大衣』，長及大腿一半。她一手提著購物袋，另一手拿著一本書，看似溫和無害，絕對不是手機瘋子。自從三人從旅館提著幾袋三明治離開後，再也沒見到手機瘋子，但是柯雷仍然覺得自己像狗豎直了耳朵警覺起來。大家忙著逃命，路上卻冒出一個把這裡當成迎新茶會的女人，當然令人覺得不太正常，但是天下亂成了這樣，有什麼狀況是百分之百正常？柯雷大概快受不了了，湯姆也一樣，他也觀察著這位有慈母風範的胖女人，用眼神叫她滾蛋。

『我叫愛麗絲……』愛麗絲愣了半天最後才說。柯雷原本以為她不打算搭腔。她回答得遲疑，像學生上了一堂太難的課，被老師抽問到了簡單的問題，卻又擔心問題是否有詐。『我的姓名是愛麗絲・麥斯威爾……』

『愛麗絲。』福態的女人說著露出慈母般的微笑，與她充滿興趣的表情同樣溫柔。柯雷原本就已經夠心浮氣躁的了，見到她的微笑後，心中更多了一把無名火。『好可愛的名字，「愛麗絲」的意思是「受上帝恩寵」。』

『其實啊，女士，「愛麗絲」的意思是「與皇室有關」或「皇室出身」的意思，』湯姆說：『好了，能麻煩妳離開嗎？這女孩的母親今天剛去世，而且……』

『我們大家今天都有親人去世，對不對，愛麗絲？』福態女人說，沒有正眼看湯姆。她繼續走在愛麗絲身邊，美容院燙的髮捲隨著步伐跳躍。愛麗絲斜眼看著她，表情混合了不安與恍惚。四人身邊的民眾有時慢慢走，有時加快腳步，但頭經常壓得低低的，在這種不習慣的黑暗中簡直無異於幽魂。除了愛麗絲之外，柯雷仍然沒看見年輕人，只見到少數幾個嬰兒與小童。沒有青少年，因為手機是青少年的重要配備，如同在富豪雪糕車前排隊的超短金。他自己的兒子也有一支紅色的Nextel手機，鈴聲出自電影『怪物俱樂部』（The Monster Club，1980），而他擔任教職的媽咪可能跟他在一起，也可能在不知名的地方……

別再想了。千萬別讓恐慌鼠跑出來，恐慌鼠只會亂跑亂咬，只會窮追自己的尾巴。

福態的女人邊走邊點頭，捲髮也跟著蹦跳。『對，我們全都喪失了至親，因為大苦難今天降臨人間，這裡面寫得清清楚楚，就在〈啟示錄〉裡面。』她舉起手上的那本書。當然是《聖經》了。這時柯雷認為他總算能看清這女人，認出了她的眼珠隔著貓眼鏡框發出異樣的光芒。那不是關懷，而是精神異常。

『哎，好了，大家別玩了。』湯姆說。柯雷聽出他這話混合了憤慨與失望。很有可能的是，湯姆氣自己讓胖婆滲透進來。

福態女人當然置之不理，只顧著直盯愛麗絲，誰也無法拉開她。報警嗎？就算還有警察，他們也正忙得不可開交。這裡只有驚魂未定的難民拖著腳步走，警察才懶得理一個手拿《聖經》、頭髮燙得美美的瘋婆。

『癲狂的汁液已經倒入惡人的腦袋裡，罪惡之城被耶和華的火把燃燒淨化！』福態女人大喊。她塗著紅色唇膏，牙齒過於整齊，必定是佩戴了老式的假牙。『妳看見不肯懺悔的罪人逃竄，是啊，假不了，而蛆正從爆開的肚皮逃走……』

愛麗絲捂住雙耳，高喊：『叫她別再講了！』鬼魅似的市民仍然不為所動，魚貫地走過他們，只有少數幾個人用沉悶的眼光看了一眼，絲毫不感興趣，然後再把視線轉回陷入漆黑的前方，新罕布夏州就在前面的某處。

福態女人激動得開始流汗，一手舉著《聖經》，兩眼發火，美容院燙的捲髮上下蹦跳，左右搖擺。『放下妳的手，女孩，且聽上帝之音，勿讓這兩個男人帶妳走。他們想帶妳到地獄敞開的大門前和妳交媾！「因為我看見天空亮著一粒名叫苦艾的星星，跟隨苦艾星的人必定跟隨撒旦，而跟隨撒旦者必定向下走進熔爐——」』

柯雷打了她。他在最後關頭收手，但拳頭仍然扎實地落在她的下巴，他頓時覺得衝擊力一路傳回自己的肩膀。福態女的眼鏡蹦離朝天鼻，旋即掉回原位，眼珠失去原有的激動，向上翻白。她腿一軟，往下坐去，握起拳頭，《聖經》也因此從手裡掉出來。愛麗絲整個人仍然覺得驚恐麻木，但雙手卻能及時放開耳朵去接《聖經》，而湯姆也及時攙著女人的雙臂。柯雷揮出這一記拳，另外兩人適時出手接住她，動作配合得如同事先套過招。

這個事件比亂象爆發至今的任何現象都更讓柯雷難過，他忽然覺得瀕臨崩潰邊緣。他看過咬人喉嚨的少女、看過持刀揮舞的生意人，也發現了李卡迪先生蒙頭懸燈自縊，為何這瘋婆反而讓他更難受，他也說不出原因。他踹了揮刀的生意人，湯姆也踹過，揮刀生意人雖然是瘋子，但卻與這瘋婆不同。頂著美容院捲髮的這瘋婆只是一個……

『天啊，』他說：『她只不過是個瘋子，而我卻打昏了她。』他開始發抖。

『她嚇到了一個今天痛失母親的少女。』湯姆說。柯雷聽出湯姆的語調沒有心平氣和的成分，反而多了異常的冷淡。『打她是完全正確的。何況，這老太婆的骨子硬得很，一下子就會醒過來。看，她已經快醒了，幫我把她抬到馬路邊去。』

4

一號公路的綽號有兩個，好聽一點的是『奇蹟之英里』，難聽一點的是『藏污巷』。這裡的高速公路交流道兩旁擠著酒品超商、減價服飾店、過季體育用品行，也有『大食客』之類的小餐館。公路的這一段有六線道，擠滿了車輛，雖不至於塞得全滿，但卻隨處可見追撞成堆的爛車以及車主驚慌棄置的車輛。想必是車主一見狀況不對，當下試試手機，然後就發瘋了。難民在車輛間靜靜蜿蜒前進，各走各的路，讓柯雷聯想到螞蟻丘被無心的人類大腳踏壞後，蟻群集體遷徙的景象。

一棟低矮的粉紅色建築旁豎了一個綠色反光標誌，上面寫著：**離摩頓市撒冷街交流道四分之一英里**。這棟房子已被人入侵過了，門口散佈著凌亂的碎玻璃，以電池供電的防盜警報器已經喊累了，即將斷氣。屋頂有個斷了電的招牌，柯雷只看一眼便知道為何這裡成了攻擊目標：**大人物超大折扣酒品店**。

他扶著福態女人的一隻手，湯姆扶著另一隻，愛麗絲撐著她的頭，而她自己則在喃喃自語。他們輕輕讓她靠著交流道標誌的支架坐下。才一放下，她就打開眼皮，茫然地看著他們三人。

湯姆在她眼前快速彈指兩次，她眨眨眼，然後把視線轉向柯雷。『你……打我。』她說著，伸出手指摸摸下巴迅速腫起的部分。

『對，我很抱……』柯雷話還沒說完就被湯姆打斷。湯姆說：『他也許想道歉，我可一點也不難過。』他的語調仍舊冰冷唐突。『妳嚇壞了我們照顧的人。』

福態女人輕聲笑了笑，淚水卻湧上眼眶。『你們照顧的人！我聽過很多種說法，但還沒聽過這麼有學問的說法。像你們這種男人跟稚嫩的少女在一起，想搞什麼勾當有誰不曉得？特別是在這麼亂的時候。「罪人不因交媾而懺悔，不因雞姦而懺悔，也不因……」』

『住嘴！』湯姆說：『否則別怪我揍妳。我這位朋友小時候應該比我幸運，身邊沒有一堆自認是先知之母的人，所以現在沒能認出妳的真面目。我跟他不一樣，下手的時候一定不會留情。再囉唆一個字，別怪我沒警告過妳。』他在她眼前舉起拳頭。雖然柯雷已經認定湯姆是受過教育的文明人，不會隨便出拳，但看見他緊握拳頭的模樣，柯雷不禁十分失望，認為這可能是個不祥的預兆。

福態女人看著他的拳頭，說不出話來，一顆大大的淚珠流下塗了胭脂的臉頰。

『夠了，湯姆，我沒事。』愛麗絲說。

湯姆把瘋婆裝著家當的購物袋放在她大腿上。真沒想到湯姆還特地幫她提了過來。接著，湯姆把愛麗絲手上的《聖經》拿過來，然後托起瘋婆帶著戒指的手，把《聖經》的書脊重重摔進手心。他準備走開，卻又馬上回頭。

『湯姆，夠了，我們走吧。』柯雷說。

湯姆不理他，只是彎腰靠向坐在路標支架旁的聖經女，兩手撐在膝蓋上。戴著眼鏡的福態女人抬頭看，戴著眼鏡的瘦小男人彎腰看，柯雷認為這幅情景很像狄更斯早期用來諷喻精神病患的小說插畫。

『修女，勸妳聽好，』湯姆說：『時代不一樣了，警察已經保護不了妳和妳們那堆自以為是、神聖得不得了的朋友。妳們只會去家庭計畫中心或渥森市（Waltham）的艾蜜莉・凱斯卡（Emily Cathcart）診所抗議——』

『那間是墮胎工廠啊！』她氣得口沫橫飛，然後舉起《聖經》以免又挨打。

湯姆並沒有打她，只是陰陰微笑著說：『癲狂的汁液是什麼，我不清楚，不過今晚瘋瘋癲癲的人確實是滿街跑。我把話講明了，獅子已經從籠子跑出來了，牠們最想吃的就是愛耍嘴皮的基督徒。今天下午三點左右，你們的言論自由已經被註銷了，勸妳明理一點。』他看著愛麗絲，然後看著柯雷，柯雷看見小鬍子的上唇微微顫抖著。『可以走了嗎？』

『可以。』柯雷說。

等到三人動身，離開大人物酒品店，繼續走向撒冷街交流道時，愛麗絲才說：『哇，你小時候的家人像她那樣啊？』

『我母親和兩個阿姨都是，』湯姆說：『「第一新英格蘭救贖基督教會」。她們把耶穌當成私人救星，教會反過來把她們當成私人鴿子來養。』

『令堂現在住哪裡？』柯雷問。

湯姆稍微瞄了他一眼。『天堂，除非她又被騙了。我敢打賭教會那些混蛋一定騙了她。』

5

交流道盡頭有個『停車再開』的標誌，附近有兩個男人正為了爭一桶啤酒而大打出手。硬要柯雷猜的話，他會猜那桶啤酒是他們從大人物酒品店解放出來的。現在啤酒桶倒在護欄邊，被撞出了凹痕，也流著啤酒泡沫。這兩人都長得虎背熊腰，而且都在流血，正以拳頭互扁對方。愛麗絲嚇得縮在柯雷身邊，柯雷一手摟著她，但是看見兩人打架，他反而覺得心安。他們在生氣，氣得怒髮衝冠，可是並沒有發瘋，不像市區的那些瘋子。

其中一個人禿頭，穿著NBA塞爾提克隊的夾克，以上勾拳打爛了對手的嘴唇，打得對手倒地。穿NBA夾克的男子走向前，被打倒的男人急忙閃開，然後站起來倒退走，吐了一口血水說：『愛喝就送你，欠操！』他用濃濃的波士頓口音大罵，還帶著哭音，『最好嗆死你！』

身穿波士頓塞爾提克隊夾克的禿頭作勢要衝過去打人，嚇得對方奔上一號公路的交流道。禿頭彎腰正想帶走戰利品，看見了柯雷、愛麗絲與湯姆，於是又直起了腰桿。現在他是一對三，而且還被打黑了一邊眼睛，耳垂也受了嚴重撕裂傷，鮮血從臉的一側涓流而下，但是柯雷看不出他臉上有一絲畏懼。話說回來，四周唯一的光源只有遠在里維爾的大火，光線微弱。他心想，假如祖父在，一定會說這男人的愛爾蘭牛脾氣高漲，而這種說法正好符合他夾克後面又大又綠的隊徽，上面有象徵愛爾蘭的三葉草圖案。

『看什麼看？』他問。

『沒事，只是路過。沒礙到你吧？』湯姆柔聲說：『我住撒冷街。』

『你想去撒冷街或下地獄都隨便你，』穿球隊夾克的禿頭說：『美國還是個自由的國家，對吧？』

『今晚嗎？』柯雷說：『太自由了。』

禿頭思考一下後哈哈笑了兩聲，笑得毫無感情。『發生了什麼鳥事？你們知道嗎？』

愛麗絲說：『都是手機惹的禍，手機把他們搞瘋了。』

禿頭抬起啤酒桶，動作輕鬆，讓酒桶傾斜止漏。『操他的手機，』他說：『我從來也不想要。「靈活通話時數」❼，到底是什麼鬼東西啊！』

柯雷也不知道。湯姆或許知道，因為他辦過手機，但是湯姆不吭聲，也許是不想跟禿頭長聊下去。和他聊天恐怕不是件好事。柯雷認為禿頭具有未爆手榴彈的多種特徵。

『市區鬧大火了？』禿頭問：『是不是？』

『對，』柯雷說：『看樣子，塞爾提克隊今年沒辦法在旗艦中心打球了。』

『反正是爛隊一支，』禿頭說：『總教練瑞佛斯（Doc Rivers）連社區少年球隊都教不好。』他扛著啤酒桶看著三人，臉的一側仍流著血，但他現在看起來不太想惹事，幾乎算是心平氣和。『你們走吧，』他說：『這裡太靠近市區，我可不想待太久，情況還會再惡化下去，至少一定還會再鬧幾場火災。那麼多人急著往北逃命，你認為他們記得先關家裡的瓦斯爐嗎？騙誰啊！』

三人開始前進後，愛麗絲站住了。她指向啤酒桶。『是你的嗎？』

禿頭以理性的態度看著她。『亂成了這樣，我什麼也不剩了，小妹，一毛錢也沒了，只剩今天，明天大概還有得混。這桶啤酒現在歸我管了，如果還有明天，喝剩了照樣歸我。滾吧，還不快滾？』

『再見。』柯雷說著舉起一手。

『我可不想跟你們走。』禿頭說，沒有笑容，卻舉起一隻手來回應。

三人走過了停車再開的標誌，正要過馬路到柯雷認為是撒冷街的地方，這時禿頭從背後高呼：『喂，帥哥！』

柯雷與湯姆同時回頭望，然後互看一眼，感到好奇。扛啤酒桶的禿頭如今只在上坡的交流道上形成黑影，看似手持棍棒的原始人。

『那些神經病到哪裡去了？』禿頭問：『該不會全死掉了吧？我才不信。』

『問得好。』柯雷說。

『他媽的的確是個好問題。好好照顧小妹妹啊。』他不等三人回應，便逕自扛著戰利品轉身，走上高速公路與人流會合。

❼rollover minutes，意指未用完的手機時數可加入下個月時數繼續使用。

6

不到十分鐘，湯姆說：『到了。』被烏雲遮蔽約一小時的月亮總算露臉，天空只剩破雲殘煙，彷彿戴眼鏡的小鬍子剛指示『天體燈光師』開燈。月光已擺脫病懨懨的橙色，現在的銀光照亮了眼前一棟民房，房子的顏色不是深藍就是綠色，甚至可能是灰色。由於街燈不亮，房子的顏色無法確定，但柯雷卻能看出房子整潔而美觀，只不過規模也許比第一眼的印象來得小。月光也助長了這種錯覺，但錯覺主要來自草坪上的台階。湯姆家的草坪長得整齊，整條街只有他家的門廊立了門柱，左邊有粗石搭建的煙囪，門廊上方有一面俯視街頭的屋頂窗。

『喔，湯姆，好美喲！』愛麗絲這話說得太欣喜了，聽在柯雷耳裡反而覺得她已經累到瀕臨歇斯底里的程度。柯雷並不覺得這棟房子哪裡漂亮，但他覺得這棟房子的屋主的確像是擁有手機的人，想必二十一世紀必備的大小玩意樣樣不缺。同一條街這一帶的房子也讓他有這種感覺。柯雷心想，運氣和湯姆一樣美妙的鄰居大概不多吧。他緊張地四下張望。由於停電了，附近的房子沒有一間亮著燈，也極有可能空無一人，只不過柯雷覺得有眼睛正在監視他們。

是瘋子的眼睛嗎？有手機瘋子在埋伏嗎？他回想起超短金與女強人，也想到身穿灰色西裝褲、領帶破碎的瘋子，想到咬掉狗耳朵的西裝男子。他回想起手拿汽車天線邊跑邊亂戳的裸男。不對，手機瘋子沒有監視的能耐，只會朝別人直撲而來。然而，如果這些民宅裡躲著正常人，那麼手機瘋子到底全跑哪裡去了？

柯雷不知道答案。

『大概稱不上美吧，』湯姆說：『不過至少還在，我已經夠安慰了。我本來算準一回來只見房子燒成了一個黑洞。』他伸手進口袋掏出一小串鑰匙。『客套一點的說法是，歡迎光臨寒舍。』

他們踏上走道，走上五、六階後，愛麗絲驚叫：『等一等！』

柯雷轉身，既感到疲憊又不能不警惕，只覺得可以開始體會戰鬥疲勞症候群的滋味。就連腎上腺素也累了。但是他回頭一看，並沒有看見任何人，沒有手機瘋子、沒有耳垂被扯破流血的禿頭，甚至也不見大唱末世藍調的聖經婆，只看見愛麗絲在湯姆家的步道與人行道交會之處跪下一腳。

『怎麼了，小愛？』湯姆問。

她站起來，柯雷看見她手裡多了一隻非常小的球鞋。『是貝比耐吉鞋，』她說：『你家有——』

湯姆搖搖頭。『我自己一個人住，除非也把瑞福算進去。他自認是王，不過只是區區一隻小貓。』

『不然，鞋子是誰留下來的？』她把視線從湯姆轉向柯雷，眼神疲倦又好奇。

柯雷搖搖頭。『不曉得，愛麗絲，丟掉算了。』

但柯雷知道她不肯丟；這種感覺似曾相識卻又令人迷惑到幾點。她把小球鞋摟在腰間，走到站在台階上的湯姆身邊。湯姆慢慢在昏暗的天色中找鑰匙。

聽見貓在叫了，柯雷心想。瑞福。

果然，湯姆的救命恩貓從裡面『喵嗚』叫著歡迎主人。

7

湯姆彎腰下去，瑞福跳進他的懷裡，得意地發出呼嚕呼嚕聲，拉長頸子嗅嗅湯姆精心修剪過的小鬍子。瑞福又名瑞福兒，都是拉斐爾（Rafael）的簡稱。

『對呀，我也想念你，』湯姆說：『我不再計較了，相信我。』他抱著瑞福兒走過封閉式的門廊，一面撫摸著貓頭。愛麗絲跟過去，柯雷殿後，關上門廊的門並鎖緊，然後跟上。

進了房子裡面後，湯姆說：『跟我往廚房走。』室內有一股宜人的清香，是家具亮光油的香味吧，柯雷心想。他聯想到的是，家裡瀰漫這種香味的男人都過著平靜的生活，不一定有女人陪伴。『在右邊的第二道門，跟緊一點。這走廊很寬，地板沒有東西，不過走廊兩邊擺了幾張小桌，黑得像墨水一樣，相信你們一定看得見。』

『看見了。』柯雷說。

『這笑話真冷。』

『你家有手電筒嗎？』柯雷問。

『有，也有一盞柯曼（Coleman）露營提燈，應該更好用。不過我們先進廚房再說。』

他們跟著湯姆在走廊前進，愛麗絲夾在中間，柯雷聽見她呼吸急促，想必她正在努力克服對陌生環境的恐懼，但她當然辦不到。拜託，連他自己都覺得毛骨悚然，頓失方向感。假如有個小小的燈光該多好，只可惜……

他的膝蓋撞到了湯姆說的小桌之一，某種易碎的東西搖了起來，發出像牙齒碰撞的聲音，柯雷做好了東西被摔碎的心理準備，也等著聽愛麗絲尖叫。愛麗絲尖叫差不多是無可避免的事實。但是小桌上的東西（不是花瓶就是小紀念品）卻決定多活幾天，最後搖回了原位。隨後，感覺像走了好遠，湯姆才又說：『就這裡，好，向右轉直角。』

廚房幾乎與走廊同樣暗，柯雷稍微想了一下這裡缺少了什麼東西，而湯姆必定覺得缺少了更多東西：附在微波爐上的數字鐘、電冰箱的運轉聲、鄰居投射過來的燈光。平常的話，鄰居的光線或許能從廚房洗手台上方的窗戶照進來，在水龍頭上照出點點光芒。

『餐桌在這裡，』湯姆說：『愛麗絲，我要去牽妳的手了，椅子在這裡，摸到了沒？講這樣感覺很像在玩蒙眼捉鬼的遊戲，對不起。』

『沒關……』她話還沒講完就小聲驚叫一下，嚇了柯雷一跳，不知不覺一手趕緊移向刀柄。他已經把腰間的這把刀視為己有。

『怎麼了？』湯姆口氣尖銳，『怎麼了？』

『沒事啦，』她說：『只是……沒事啦。是貓啦。牠的尾巴……碰到我的腿。』

『喔，對不起。』

『沒關係。是我太笨。』她的自責使柯雷在黑暗中皺眉。

『別這樣，』柯雷說：『愛麗絲，別怪罪自己。今天大家的確忙壞了。』

『忙壞了！』愛麗絲說著大笑起來，但是柯雷並不欣賞這種笑法，因為他聯想到愛麗絲大聲稱讚湯姆家的口氣。他心想，再憋下去也不是辦法，她的情緒總有爆發的一刻。爆發時，我怎麼辦？在電影裡，歇斯底里的女孩會被賞個大耳光，然後情緒一定會平穩下來，但是在電影裡，你總看得見她身在何方啊！

現在他還沒有必要打她耳光、搖她或是抱住她，不過等到她情緒爆發時，他也許會先試試這些方法。愛麗絲也許聽出自己笑得不太自然，控制住之後硬是吞下去，先是出現哽咽的喉音，然後倒抽一口氣，接著歸於平靜。

『坐下，』湯姆說：『妳一定很累吧。你也一樣，柯雷。我去找燈。』

柯雷摸到一張椅子，在幾乎看不見的桌子前坐下。他的眼睛這時應該已完全適應黑暗，但眼睛再尖也看不清周遭事物。褲腳有東西發出低聲，然後消失。是輕輕的貓叫聲，是瑞福。

湯姆的腳步逐漸離去後，他對愛麗絲的陰影說：『嘿，沒關係。瑞福兒剛才也嚇了我一跳。』只不過他並沒有被貓嚇到。

『我們只能原諒牠囉，』她說：『要不是牠，湯姆現在一定會跟那些人一樣瘋瘋癲癲，那不就太可惜了。』

『也對。』

『我好害怕。』她說：『明天太陽出來以後，你覺得情況會變好嗎？我是說，我會比較不害怕嗎？』

『不知道。』

『你一定在擔心老婆和小孩，擔心得半死吧？』

柯雷聳聳肩，揉揉臉。『最難接受的是無力感。因為，呃，我們分居了，而且……』他停下來搖搖頭。若非愛麗絲伸出手來握他，他一定講不下去。愛麗絲冷冷的手指堅定有力。『我們今年春天分居了，還住在同一個小鎮，我母親說這樁婚事是「草根婚姻」。我太太在小學教書。』

他上身靠向前去，希望在黑暗中看清她的表情。

『最難接受的是什麼，妳知道嗎？如果這種事發生在一年前，強尼會待在她的身邊。不過今年九月他開始唸國中，學校離家將近五英里。我一直想猜天下大亂前他是不是回到了家？他和同學都搭校車。我認為他已經回家了。我猜事發之後他一定直接回家找媽媽。』

或直接拿背包裡的手機打給她！恐慌鼠幸災樂禍地暗示……然後一口咬了下去。柯雷覺得自己的手指不禁緊握愛麗絲的手，他趕緊命令自己住手，但卻無法止住臉上與手臂上猛冒的汗水。

『可是你沒辦法確定吧？』她說。

『對。』

『我爸在牛頓市開了一間畫框和印刷店，』她說：『我確定他沒事，因為他這人很能自給自足，不過他一定會為我操心，擔心我和我的，呃，我的那個人。』

柯雷知道是哪個人。

『我一直在想，他會煮什麼晚餐？』她說：『這樣想未免太笨了，因為他連荷包蛋都不會煎。』

柯雷想問她父親有沒有手機，但卻覺得不妥，所以改問：『妳現在還好吧？』

『還好。』她說完聳聳肩。『反正他如果出事了，我也沒辦法讓時光倒流。』

他心想：小孩子亂講話。

『我兒子有手機，我跟妳講過了嗎？』這話聽在他自己的耳朵無異於烏鴉叫，聲聲刺耳。

『有，講過了。在我們過橋之前。』

『喔，那就好。』他不自覺地咬著下唇，趕緊逼自己別再咬了。『可是他常忘記充電。這一點，我大概也講過了吧？』

『對。』

『我真的無從得知。』恐慌鼠已經逃出籠子了，正在亂跑亂咬。

現在，她把兩隻手蓋在柯雷的手上。他不想接受她的安慰，因為他很難放鬆下來，全心接受她的安慰，但他最後還是順其自然，心想她需要付出的，可能多於他需要接受的安慰。兩人的手就這樣交疊著，坐在湯姆的廚房小桌前，旁邊是裝胡椒與鹽巴的罐子，這時湯姆從地下室回來，拿了四支手電筒與一盞仍放在紙箱裡的露營提燈。

8

露營燈發出的白光很強，因此手電筒派不上用場。雖然光線十分刺眼，但是柯雷仍然喜歡強光驅散陰影，只留下人與貓的身影。三人一貓的影子映在牆上，蹦跳出奇幻的氣氛，就像用黑綢紋紙裁出的萬聖節裝飾品。

『窗簾最好拉上。』愛麗絲說。

湯姆正在打開裝三明治的塑膠袋。這幾個袋子是從大都會餐飲店帶來的，上頭印著『打包袋』。他聽見愛麗絲的話後停止動作，好奇地看著她問：『為什麼？』

她聳肩微笑。柯雷認為這抹笑容是他在少女臉上見過最怪的微笑。她已擦掉了鼻子和下巴的血跡，但是黑眼圈仍在，而露營燈把整張臉的其他部位漂白成屍體般的慘白，微笑時牙齒在顫抖的嘴唇間露出極微弱的光輝，唇膏已經褪盡，假大人的化妝把笑容襯托得詭譎。他覺得愛麗絲像一九四○年代末的電影女星，飾演的是瀕臨精神崩潰的社交名媛。她在面前的桌上擺著小球鞋，用一隻手指兜得球鞋轉圓圈，每轉一下，鞋帶就跟著跳動並且敲出聲響。柯雷開始希望她能趕快崩潰，因為她憋得越久，最後爆發時情況會更加難以收拾。她已經釋放過一些情緒了，但是還不太夠。到目前為止，釋放情緒較多的人反而是柯雷。

『拉上窗簾的話，外面的人就沒辦法看到裡面。』她說著又轉動球鞋，她所謂的貝比耐吉鞋。球鞋轉呀轉，鞋帶在湯姆擦得光亮無比的桌面敲出響聲。『被看見的話就……糟了。』

湯姆望向柯雷。

『也對，』柯雷說：『整個街區只有我們亮著燈，對我們不太好，就算是在房子後半部亮燈也一樣。』

湯姆不發一語，起身拉上洗手台上方的窗簾。他也拉上了廚房另外兩扇窗的窗簾。他正要走回桌子，但卻改變方向去關廚房與走廊之間的門。愛麗絲繼續轉動桌上的貝比耐吉鞋。在無情的露營燈光下，柯雷看得出鞋子是粉紅色與紫色相間，只有小孩會喜歡。鞋子轉了又轉，鞋帶飛起來又敲出聲音，湯姆坐下後，皺著眉看著這一幕。柯雷心想：叫她從桌上拿開，跟她說，那東西不知道踩過什麼東西，放在桌上不衛生。被這樣一罵，她應該會忍不住大哭，這樣以後就不必擔心她情緒失控了。快罵她呀。我認為她也希望你罵她，所以她才一直轉著球鞋。

但湯姆只是從塑膠袋取出三明治，一種是烤牛肉加起司，另一種是火腿加起司，發給兩人。他從冰箱拿出一壺冰紅茶（一邊說：『還算夠冰。』），然後取出一包用剩的生漢堡肉給貓吃。

『算是獎賞牠，』他好像在為自己辯護一樣，『何況停電了，繼續放冰箱裡遲早會餿掉。』

牆上掛了一具電話，柯雷明知打不通還是照例試試看，這一次連撥號音都沒聽到。電話斷了線，變得無聲無息，就像……波士頓公園邊的女強人一樣。他坐回原位，開始吃三明治。他雖然餓，但卻沒什麼食欲。

愛麗絲只吃三口就放下來。『我吃不下了，』她說：『以後再說吧，我大概是太累了想睡覺。我想脫掉這身衣服。大概洗也洗不乾淨吧，我很想乾脆把這件討厭的衣服丟掉，有血又有汗的，臭死了。』她又轉動小球鞋，旁邊是只咬了幾口的三明治，下面墊著縐縐的包裝紙。『而且也聞得到我媽的味道。她的香水。』

大家一時想不出如何搭腔。柯雷的腦子一片空白。他的腦海產生了一閃即逝的影像：愛麗絲脫掉衣服後，只剩白色胸罩與內褲，無神的雙眼睜著直瞪，讓她更像紙娃娃。他具備畫家靈活而且有求必應的想像力，為這幅影像的肩膀與小腿添加了小小的亮片裝飾。柯雷被這幅畫嚇呆了，並非因為想像得太性感，而是毫無性感可言。遠方傳來極其微弱的爆炸聲：噗砰！

湯姆打破沉默，柯雷在心中感謝他。

『我可以借牛仔褲給妳穿，只要捲起褲腳，保證很適合妳。』他站起來。『妳穿上說不定很可愛，像女校表演「大河」❽時裡面的哈克。跟我上樓，我可以幫妳找些早上穿的衣服，今晚妳就睡客房裡。我的睡衣好多，多到穿不完。妳要不要露營燈？』

『只要手電筒大概就夠了。你確定嗎？』

『確定。』他說完，拿起一支手電筒，再遞給她另一支。他正要對小球鞋發表意見時，愛麗絲拿起球鞋，考慮過後卻又放下。他轉而開口說：『妳也可以盥洗一下，水可能不多，不過停電時，水龍頭大概多少能流一些自來水出來，流滿一臉盆應該沒問題吧。』他望向她背後的柯雷，『我一向都在地下室準備一箱礦泉水，所以不愁沒水喝。』

柯雷點頭。『愛麗絲，好好睡一覺吧。』

『你也一樣。』她呆滯地說，接著她以更加茫然的口氣說：『很高興認識你。』

❽《哈克歷險記》改編的音樂劇。

湯姆為她開門，兩人的手電筒光線跳著離開後，門又關上。柯雷聽見他們的腳步聲從樓梯傳來，然後從樓上傳來。他聽見嘩嘩的流水聲。無水可流時，水管會咕嚕作響，他等著聽這種停水的聲音，但在咕嚕聲出現前，水龍頭已經關上。湯姆剛才說一臉盆，她果然只用這麼多水。柯雷的身上也有血跡與泥巴，很想洗掉，而他認為湯姆也一樣，但是他猜這一樓一定也有浴室。湯姆注重外表，如果他的生活習慣與外表一樣乾淨，馬桶裡的水一定髒不到哪裡去，而且馬桶的水箱當然也有水。

瑞福兒跳上湯姆的椅子，開始在露營燈的白光裡舔爪子。露營燈會發出穩定的嘶嘶細響，但柯雷仍能聽見瑞福兒在打呼嚕。就瑞福而言，生活一切如常。

他想到愛麗絲在桌上轉著小球鞋，不知不覺納悶起來，想知道十五歲的少女有沒有可能精神崩潰。

『別傻了，』他對貓說：『當然有可能，每天都發生，而且能拍成電影，每個禮拜在電視上播個沒完。』

瑞福兒以睿智的綠眼看著他，繼續舔腳。繼續說下去呀，那對綠眼似乎在說，你小時候是不是被虐待過？你對你媽媽有沒有性幻想？

聞得到我媽的味道。她的香水。

把愛麗絲當成紙娃娃，在肩膀與雙腿畫上小亮片。

別傻了，瑞福兒的綠眼珠似乎在說，小亮片只能釘在衣服上，不能用在紙娃娃身上。你算哪門子畫家？

『失業的那一種，』他說：『給我閉嘴行不行？』他閉上眼皮，情況卻更糟，因為瑞福兒的綠眼脫離了貓身，在黑暗中浮沉，就像《愛麗絲夢遊仙境》裡柴郡貓的眼睛：親愛的愛麗絲，這裡的人全都瘋了。在露營燈沉穩的嘶嘶聲中，他仍然能聽見貓咪在呼嚕作響。

9

湯姆離開了十五分鐘。回來時，他把瑞福從椅子上趕走，然後一口咬下三明治。『她睡著了，』他說：『我在走廊等她穿上我的睡衣褲，然後一起把換下來的髒衣服丟進垃圾桶。她一碰枕頭，四十秒後就昏睡過去了。我相信丟掉了衣服之後，她也卸下了心頭的重擔。』

湯姆遲疑一下，『那身衣服的確很難聞。』

『你離開廚房的時候，』柯雷說：『我提名瑞福競選美國總統，大家以鼓掌歡呼的方式通過表決。』

『很好，』湯姆說：『選民睿智。投票的人有誰？』

『好幾百萬人，頭腦還清醒，用念力來投票。』柯雷把眼睛睜得很大，同時用手指點一點太陽穴。『我有讀心術。』

湯姆停止咀嚼的動作，然後又開始嚼三明治……但卻嚼得很慢。他說：『呃，在這種情況下，講這樣不太好笑吧。』

柯雷嘆了一口氣，喝了一點冰紅茶，逼自己再吃一些三明治。他告訴自己，如果吃不下，就把食物當成身體的汽油，不吃不行。『對，大概不太好笑，對不起。』

湯姆在喝冰紅茶之前舉杯敬他。『沒關係，你的努力我心領了。咦，你的作品夾呢？』

『放在門廊上。剛才進門時太暗，我想空出雙手，以免被湯姆的「死亡走廊」撞到。』

『好好笑。對了，柯雷，你家人的事，我為你感到難過。』

『還不是難過的時候，』柯雷說得稍嫌嚴厲。『該難過的事還沒發生。』

『……不過我真的很高興遇見你。我只想這樣講。』

『我也一樣，』柯雷說：『謝謝你提供安靜的地方給我過夜，我相信愛麗絲也一樣感激。』

『只要摩頓別天下大亂、別發生大火就好。』

柯雷點頭，勉強微笑。『但願如此。她手上那隻怪裡怪氣的小鞋子，你拿走了嗎？』

『沒有。她拿到床上一起睡了，當作是……我也不曉得，當成玩具熊吧。假如她能好好睡一晚，明天的狀況應該會好轉。』

『你認為她能好好睡嗎？』

『不認為，』湯姆說：『不過，如果她做惡夢醒來，我會過去陪她。如果她還是不敢睡，我可以上床跟她睡。她跟我睡在一起很安全，你該知道吧？』

『知道。』柯雷自知非陪她睡不可的話，他自己也不會亂來，但他聽出了湯姆的弦外之音。『明早天一亮，我馬上往北走。或許你和愛麗絲該跟我一起走。』

湯姆考慮半秒後問：『她父親怎麼辦？』

『套句她的說法，她說爸爸「非常自給自足」。她最擔心爸爸沒辦法自己煮晚餐填肚子。我認為她想說的是，她還不準備知道父親的下場。當然，到時候看她感覺怎樣再說吧！最好是把她帶在我們身邊。另外，我絕對不想往西進入那些工業城鎮。』

『西邊根本不能去。』

『對。』柯雷承認。

他本以為湯姆會跟他辯論西行的可能性。『今晚呢？我們應不應該輪流站崗？』

柯雷直到現在才考慮到這點。他說：『站崗有沒有用還是個問題。如果一群瘋子拿著槍和火把從撒冷街走過來，我們又能怎麼辦？』

『躲進地下室？』

柯雷考慮著。躲進地下室屬於碉堡防衛戰術，似乎是走投無路時的對策，但躲進地下室的話，瘋狂的暴徒或許會認為屋裡沒人，讓他們逃過一劫。他心想，總比在廚房任人宰割好多了吧！說不定死前還被迫看著愛麗絲被輪姦。

不會淪落到那種地步啦，他忐忑不安地想，被假想狀況搞糊塗了吧，摸黑嚇自己。不會淪落到那種地步。

但是不爭的事實卻是波士頓已經燒成廢墟，酒品商店也遭到洗劫，兩個男人為了一桶啤酒打得頭破血流。情況確實惡化到了這種地步。

在此同時，湯姆靜靜看著他，等他考慮清楚……這表示也許湯姆已經想通了。瑞福跳上他的大腿。湯姆放下三明治，摸摸貓背。

『不如這樣吧，』柯雷說：『你去拿兩條大棉被給我，我就在你家的門廊上過夜。你家的門廊是封閉式的，而且比馬路暗，如果有人來了，他們來不及看見我，就會先讓我看見了，尤其對方如果是手機瘋子，我應該更能早一步瞧見。我認為他們不像是懂得偷偷摸摸的人。』

『對，不是從背後嚇人的那一型。可是如果他們從後院攻進來呢？後院隔條巷子就是林恩街。』

柯雷聳聳肩，意思是防不勝防，只能盡力而為，但是他沒有說出來。

『好吧，』湯姆再咬幾口三明治後說。他把一小塊火腿餵給瑞福吃。『不過三點一到，你要過來叫我換班。如果愛麗絲到三點還沒醒，也許能睡個整晚。』

『看情況再說吧。』柯雷說：『對了，有個問題我不問也知道答案。你家應該沒槍吧？』

『沒有，』湯姆說：『連一罐防身用的催淚瓦斯都沒有。』他看著三明治然後放下。他提高視線望向柯雷時，眼神憂鬱了許多。他壓低聲音像在討論秘密似地說：『記得那警察槍斃瘋子前講的話嗎？』

柯雷點頭。嘿，老兄，還好吧？我問你怎麼了？警察的這句話，他想忘也忘不掉。

『我早就知道和電影不太一樣，』湯姆說：『但是從沒想過震撼力那麼強，而且來得又這麼突然……而且……那東西，那東西從腦袋爆出來的聲音……』

他忽然上身前傾，舉起一隻小手放在嘴前，把瑞福兒嚇得急忙跳下去。湯姆低聲乾嘔了三次，柯雷幾乎認定他會吐出來，已經做好了心理準備。他只希望自己不會跟著嘔吐，但是他認為可能免不了。他知道再多一點點刺激，自己也會跟著作嘔，因為他瞭解湯姆想講什麼。他說的是那陣槍響，以及隨後一堆濕黏物體嘩啦吐在水泥地的聲音。

湯姆克制下來，沒有嘔吐。他抬頭時眼眶泛著淚光。『對不起，』他說：『不該提那件事。』

『沒必要道歉。』

『我認為，如果想度過眼前的難關，我們最好想辦法讓神經遲鈍一點。我認為辦不到的人……』他停下後繼續說：『我認為辦不到的人……』他又停下來，講到第三次總算能講完整句，『辦不到的人可能會死。』

兩人在露營燈的白光中凝視對方。

10

『一離開波士頓，我就沒看見有人拿槍。』柯雷說：『一開始我沒仔細觀察，後來注意看才發現沒人帶槍。』

『你應該知道原因吧？大概除了加州之外，麻州是全美管制槍枝最嚴格的地方。』

柯雷記得幾年前在州界看過類似的告示板，後來告示板改成宣導酒駕的法令：酒後或嗑藥後開車，如經查獲，必須在拘留所過夜才可交保。

湯姆說：『如果警察查到車上藏了手槍，比如說藏在前座置物箱裡，就算跟登記證和保險卡放在一起，警察照樣能把你關上七年。假如你開的是小卡車，車上擺了一把子彈上膛的步槍，即使在狩獵季，也可能被罰一萬美元外加兩年的社區服務。』他拿起吃剩的三明治，仔細看了一陣後又放下，『如果你沒犯過重罪，法律允許你買手槍擺在家裡。要是你想申請執照帶著走，大概得找男童慈善會（Boys' Club）的歐馬利（O'Malley）神父當保證人才行。說不定還申請不到咧。』

『離開波士頓時沒看見槍，也許少犧牲掉幾條人命。』

『我完全贊同你的看法，』湯姆說：『不是有兩個人為了一桶啤酒打架嗎？謝天謝地，他們都沒有點三八手槍。』

柯雷點頭。

湯姆向後靠坐，手臂交叉在窄窄的胸前，然後看看四周。他的眼鏡反光。露營燈照出的光圈亮歸亮，但範圍卻不大。『話說回來，雖然當場見識過了手槍的威力，但是我倒寧願現在有把手槍。我還自認是愛好和平的人咧。』

『湯姆，你在這裡住多久了？』

『將近十二年，看著摩頓慢慢向下沉淪，快成大爛村了。還不至於啦，不過是遲早的事。』

『別管了，你想一下，鄰居有誰可能家裡有槍？』

湯姆立刻回答，『阿尼・倪可森，對面向右數第三間。他的Camry擋泥板貼了全國步槍協會的貼紙，也貼了兩個黃絲帶的標誌，另外也有支持布希和錢尼競選的舊貼紙……』

『大右派，那還用說……』

『另外，他的小卡車也貼了兩張步槍協會的貼紙。他的小卡車還加裝了露營架，十一月的時候可以北上貴州打獵。』

『外州人來打獵要付錢買許可證，緻州歡迎之至。』柯雷說：『明天我們去他家闖空門偷槍。』

湯姆看著他，當他是瘋子。『雖然他不至於像猶他州民兵型的人那樣疑神疑鬼……他倒是把麻州當成擁槍自重的德州……而且他還在草坪上插了**本戶安裝某某防盜系統**的標語，等於是警告別人：**臭小子，別自以為命大**。你應該常聽到步槍協會的政策吧？他們常說，一槍在手，除非在什麼情況下才肯放手？』

『好像是除非到死才肯放手……』

『答對了。』

柯雷傾身向前道出他認為的事實；三人一下一號公路的交流道，他就立刻明瞭了這個事實：摩頓只不過是亞美利堅手機合眾國裡的一個爛城，目前全國當機，沒有訊號，很抱歉，請掛掉後重撥。撒冷街一片荒涼。昨天過來的時候，這裡就有空無一人的感覺，不是嗎？

胡說。你覺得被人暗中監視。

真的嗎？就算他當時有被監視的感覺，歷經了天翻地覆的一日之後，能單憑這種直覺來採取行動嗎？太扯了。

『湯姆，你聽好，明天等到天全亮以後，我們可以派一個人去倪寇森這人的家……』

『是倪可森才對。你的點子恐怕不太明智。我在家練瑜伽的時候，常從窗戶看見他跪在自家客廳裡，玩著全自動的步槍，只等著世界末日那天用，看來終於被他等到了。』

『你不去我去，』柯雷說：『但要是今天晚上或是明天早上聽見倪可森家傳出槍聲，我就不去。要是看見有人死在他家草坪上，不管屍體有沒有槍傷，我也絕對不去。重播的「陰陽魔界」影集我也全看過了，演的全是人類文明到頭來不過是薄薄一層黑黑黏黏的東西而已。』

『如果你真的這麼堅持，』湯姆鬱悶地說：『我也沒什麼好說的了。』

『我會舉起雙手，然後按下門鈴。如果有人應門，我會說我只想討論一件事。情況最壞又能壞到哪裡？他頂多叫我滾蛋。』

『不對，最壞的情況是，他在門口擦腳墊上一槍送你上天堂，留下我一人照顧這個沒娘的少女，』湯姆氣憤地說：『「陰陽魔界」的笑話你儘管講，不過可別忘了今天在波士頓地鐵站外打架的那些人。』

『那些……我也不太清楚，不過那些人在醫學上被歸類為精神異常。湯姆，這一點無庸置疑吧。』

『不然，三句不離《聖經》的大媽呢？為了啤酒大打出手的那兩人呢？他們算精神異常嗎？』

不算，當然不算，但如果對面那戶有槍，他非弄到手不可。如果能弄到不只一把，他也想各拿一支給湯姆與愛麗絲。

『我想往北走一百英里以上，』柯雷說：『也許可以偷輛車來開一段路，也有可能必須徒步走回家。難道你要我只帶刀自保？我認真問你，你認真給我回答，因為我們一定會碰到帶槍的人。你不應該裝糊塗。』

『對。』湯姆說。他把兩手插進修剪整齊的頭髮，搞笑似的搓弄一陣，『我知道阿尼和他老婆貝絲大概不在家。他們愛槍，也愛電子玩意兒。每次他開那輛寶貝得不得了的底特律Dodge Ram卡車經過我家，我都看見他拿手機講個不停。』

『看吧？我就說嘛。』

湯姆嘆氣說：『好吧。明天早上再看情況吧。』

『就這麼說定了。』柯雷又拿起三明治，現在他稍微有點胃口了。

『他們全跑去哪裡了？』湯姆問：『你說的那些手機瘋子。他們去哪裡了？』

『不知道。』

『我把想法講來給你聽聽，』湯姆說：『我認為他們日落時爬進大樓和民房死掉了。』

柯雷看著他，滿臉疑問。

『用理性來想一下，你就能瞭解道理何在。』湯姆說：『幾乎能肯定的是，這是某種恐怖攻擊行動，你同意嗎？』

『這是最有可能的解釋，只是我實在搞不懂，不管手機訊號的破壞力再強，怎麼可能被人設計來做這種事？』

『你是科學家嗎？』

『你知道我不是。我是畫漫畫的人。』

『政府宣佈說，他們可以從兩千多英里的航空母艦發射導彈，精準到可以用電腦改變方向來炸穿地下碉堡的門，你也只能看著相片，相信這種科技確實存在。』

『湯姆‧克蘭西（Tom Clancy）難道會騙我？』柯雷面無笑容。

『如果那種科技存在，為何不能接受以手機訊號做武器的科技，至少假設一下嘛。』

『好吧，我洗耳恭聽。請別用太多術語。』

『今天下午三點左右，某個恐怖份子組織，甚至是某個不知名的小政權，發出了某種訊號或脈衝。目前我們只能假設這種訊號能被全球的手機接收傳送。但願不是這樣，但目前我們只能做最壞的假設。』

『攻擊結束了嗎？』

『不知道，』湯姆說：『不如你去找支手機來試試？』

『一針見血，』柯雷說：『我兒子每次講這句話都會漏風。』拜託上帝，希望他還能講話。

『好，如果這組織能發出訊號，讓聽見的人全發瘋，』湯姆說：『難道不可能在訊號裡加入一個指令，讓收到訊號的人過五小時之後自殺？或者命令他們去睡覺、停止呼吸？』

『我認為不可能。』

『有個瘋子從四季大飯店拿刀過街想砍我，我以前也認為不可能，』湯姆說：『也不認為波士頓有可能燒成平地，沒有手機而倖存的市民被逼得走密斯提克大橋和札金姆（Zakim）大橋逃命。』

他靠向前去，凝神看著柯雷。湯姆想相信這個假設，柯雷心想，別浪費太多唇舌跟他爭辯，因為他真的、真的想相信。

『從某種角度來看，這跟九一一事件後政府擔心的生化恐怖攻擊沒有兩樣，』他說：『只不過用的是手機，因為手機已經成為日常生活最重要的通訊工具，一瞬間能把全國人口收編為自己的軍隊，而這支軍隊可說是什麼都不怕，因為他們全發瘋了。這樣就能摧毀基礎建設。今天晚上，國民兵哪裡去了？』

『伊拉克？』柯雷不假思索地說：『路易西安納州？』

柯雷並不是在說笑，而湯姆也沒有笑容。『哪裡也找不到。整個國民兵的通訊基礎幾乎全建設在行動電話網路上，怎麼去動員？至於飛機，我看見的最後一架是墜毀在查爾斯和畢肯街的小飛機。』他停頓一下繼續說，直盯著餐桌對面柯雷的眼睛，『不知道是誰搞得這樣天下大亂。他們有他們自己崇拜的神。從他們住的地方看我們的時候，他們看見什麼？』

柯雷搖搖頭。湯姆的眼珠在眼鏡後面閃閃發亮，盯得他恍神。湯姆的神態幾乎像先知。

『他們看見我們又蓋了一座巴別塔……只不過建築在電子蜘蛛網上。他們只花了幾秒，兩三下就把蜘蛛網撥開，我們蓋的高塔也跟著倒下。事情發生時，我們就像三隻小蟲子，傻人有傻福，才沒被巨人踩死。他們有辦法搞成這樣，你卻認為他們沒辦法用訊號命令瘋子五小時後自動睡覺、停止呼吸？和用手機訊號攻擊來比較，這根本是雕蟲小技嘛！』

柯雷說：『我覺得上床時間到了。』

湯姆一時之間沒有反應，只是仍然稍微傾身向前，看著柯雷，彷彿無法瞭解這句話。接著他笑著說：『也對，有道理。我越講越激動。對不起。』

『沒關係，』柯雷說：『我倒認為瘋子自動死掉的事被你講對了。』他停了一下又說：『我是說……除非我兒子……我兒子強尼G……』他講不下去了，因為假如今天下午強尼想用手機，拿起來一聽卻接到超短金與女強人接到的訊息，柯雷倒認為兒子生不如死。

湯姆伸手到餐桌對面，柯雷用雙手接住他的手。他的手指纖長細緻。柯雷看著這幕三手交握的畫面，好像靈魂出竅了一樣，開口講話時也不覺得自己在講話，只是感覺嘴巴在動，淚水開始從眼眶落下。

『我好擔心他，』他的嘴巴在說：『我擔心他們母子兩人，不過最擔心的還是我兒子。』

『不會有事的。』湯姆說。柯雷知道他本意善良，但這句話卻引發他心中的恐懼，因為這句話只用在大事不妙的時候，意義相當於過一段時間你一定能釋懷，或是他去了更好的地方。

11

愛麗絲的驚叫聲打斷了柯雷的夢。他的夢境紊亂，但卻不見得不甜美。他夢見自己變回了六歲甚至更小，但絕對不超過六歲。他來到艾克朗市的俄亥俄州園遊會，置身賓果帳篷裡，躲在母親坐的長桌下面，看著如林的女腿，嗅著香香的木屑味，主持人用唸經的語調喊著：『B—12，各位，B—12！正好是陽光維他命！』

聽見少女驚叫時，他本想在潛意識中硬把叫聲融入夢境，當成星期六正午的哨聲，但卻只能假裝一小段時間。柯雷裹著大棉被，躺在門廊的沙發上，原本想守夜，看守了一小時之後自認外頭不會出狀況，至少今晚不可能，因此放心睡著了。但是他一定也相信愛麗絲不可能一覺睡到天亮，因為他的大腦一認出愛麗絲在尖叫，意識便頓時明朗，不至於一時搞不清楚睡在哪裡或發生了什麼事。原本他是躲在賓果桌下的小男童，轉眼間他就成了大人，舒舒服服地睡在湯姆門廊裡的長沙發上。他趕緊翻身站起來，小腿仍然裹著棉被。在屋內，愛麗絲‧麥斯威爾嚎叫出足以震碎水晶的音域，喊盡了昨日的驚恐，以一聲接一聲的尖叫來強調昨天的事絕對不可能發生，因此非得否認不可。

柯雷想解開纏住小腿的棉被，但一時解不開來，只好跳向內門，一面恐慌地把門拉開，一面回頭望向撒冷街，心想家家戶戶一定會開燈，只不過他知道現在停電。他心想一定有鄰居會走上自家草坪，也許是對面擁槍自重又愛電子小玩意的倪可森先生吧。他會破口大罵，叫人趕快叫那小孩閉嘴。阿尼‧倪可森會說：別逼我過去喲！別逼我過去斃了她！

也許她的尖叫聲會像滅蚊燈一樣把手機瘋子吸引過來。隨便湯姆愛怎麼幻想，要柯雷想像他們全死了，不如要他相信聖誕老公公在北極開了一間工作室。

撒冷街的這一帶，東邊緊臨摩頓市中心，上坡是湯姆說的格瑞納達高地（Granada Highlands）。現在，此地依然又黑又靜，毫無任何人移動的跡象，即使是里維爾市的火光也已經暗了下來。

柯雷終於扯開腳上的棉被，走進門去，站在樓梯腳，向上只見漆黑一片。這時他聽得見湯姆的講話聲，但卻聽不見他在講什麼，只覺得他的語音沉緩，具有安撫人心的作用。愛麗絲令人心寒的尖叫開始間斷，穿插著喘氣聲，接著變成啜泣聲與含糊的哭喊，逐漸形成文字。柯雷聽出其中一個詞：惡夢。湯姆的講話聲持續不斷，用單調而令人寬心的口吻撒著謊：一切平安，明天一早醒來，就會發現情況好轉了。柯雷想像他們並肩坐在客房的床鋪上，各穿了一套湯姆的睡衣褲，胸前口袋還繡了湯姆的姓名縮寫ＴＭ。要他畫的話，他就會這樣畫。想著想著，他不禁微笑了起來。

等到他認定愛麗絲不會再尖叫，他才走回門廊。外面雖然有點涼，但緊緊裹上棉被之後卻不至於冷得不舒服。他的左邊，也就是湯姆家以東的地方是商業區，他覺得自己可以看到廣場入口處的紅綠燈。另一邊是他們今天走來的地方，只有一棟棟民房。所有的人仍然躲在夜色築成的深壕裡。

『你們去哪裡了？』他喃喃說：『有些人頭腦還清醒，不是往北就是往西走。其他人呢？哪裡去了？』

街頭沒有人回答他。唉，說不定真的被湯姆說中了，手機對大家下令三點發瘋，八點去死。聽起來太棒了，反而不像真的，但他記得空白ＣＤ上市時他也有相同的感受。

前面的馬路只有一片寧靜，後面的房子也一樣靜。過了一會兒，柯雷向後靠著沙發，讓眼皮合上。他認為自己可能會打盹，卻不認為自己睡得著，但是他終究還是睡著了，這一次沒有做夢。天剛亮時，有條野狗走上前院的步道，探頭看著他躺著打鼾，睡在裹成繭的被窩中。狗看了一眼後走開，不疾不徐，因為今天早上豐頓可吃的東西到處都是，未來幾天也一樣。

12

『柯雷。醒醒啊。』

有隻手搖著他。柯雷睜開眼睛看見湯姆。他穿著藍色牛仔褲，上身是灰色工作服，正彎腰看著柯雷。前門廊盡是強烈的白光。柯雷下沙發時看了一下手錶，發現已經六點二十了。

『你非過來看看不可。』湯姆說。他的臉色蒼白焦慮，小鬍子兩端灰白凌亂，上衣的下襬一邊露出來，後腦的頭髮豎起來。

柯雷望向撒冷街，看見有條狗銜著東西小跑，經過了半個街區外的兩輛廢棄車，除此之外看不見任何動靜。他嗅得到微弱的燒焦味，心想不是波士頓就是里維爾。也許兩者都有，但至少風勢已經停歇。他把視線轉向湯姆。

『這裡看不到。』湯姆說。然後他壓低聲音再說：『在後院。我本來去廚房想泡咖啡，卻想到咖啡暫時泡不成了。也許是我多心了，不過……唉，我看了心情很差。』

『愛麗絲還在睡嗎？』柯雷在棉被底下摸索襪子。

『對，還好。別管鞋襪了，這裡又不是五星級大飯店。來吧。』

他跟著湯姆進門。湯姆穿著看起來很舒適的拖鞋。兩人通過走廊來到廚房，流理台上擺了一杯喝到一半的冰紅茶。

湯姆說：『我這人啊，早上一定要吸收一點咖啡因，不然沒辦法運作，所以我倒了一點來喝……你請便，還冰得很……喝到一半，把洗手台上的窗簾推開，向外看一看花園。沒有特別的原因，只想看看外面的狀況。結果我看見了……你自己看吧。』

柯雷望向洗手台上面的窗戶外面。屋子後面有個小巧的磚造露天用餐區，配備了一台瓦斯燒烤機。用餐區之外是湯姆家的後院，一半是草地，另一半是花園。最外圍是高高的木板圍牆，牆上有一道門。門開著，門栓一定是被人硬抽出來了，因為現在斜掛在門上，柯雷覺得看起來像手腕骨折的模樣。他突然想到，湯姆原本可以出去用瓦斯燒烤機來煮咖啡，可是卻發現花園裡坐了一個男人。他坐在一個想必是裝飾用的獨輪手推車旁邊，正吃著一塊南瓜裡的軟肉，邊吃邊吐南瓜籽。他身穿修車工的連身服，頭戴沾了油污的小帽，上面的B字已經褪色。衣服左胸用草書印了一個紅字喬治，顏色也已經淡去。每次他整張臉伸進南瓜去咬肉，柯雷都聽得見他吃得津津有味的聲音。

『可惡，』柯雷壓低聲音說：『又是瘋子。』

『對。既然來了一個，外面一定還有更多。』

『門栓是他打壞的嗎？』

『當然是他，』湯姆說：『我沒看見，不過我昨天出門時鎖著，我敢保證，因為我跟住同一街區另一邊的鄰居史高東尼處不來。他不止一次當著我的面說，懶得跟「我這種人」打交道。』他停頓一下，接著以更低的聲音繼續說，他原本就講得很小聲，這下子柯雷非得彎腰向前才聽得清楚。『最誇張的是什麼，你知道嗎？我認識坐在那邊吃南瓜的人。他在桑尼的德士古加油站上班，就在市中心。全市只剩那間加油站附設修車部，不對，應該說是「曾經」附設修車部。他幫我換過散熱器的管子。他還說，他去年跟弟弟去洋基體育場，看見紅襪當家投手柯特‧希林（Curt Schilling）痛宰洋基的「大個兒」藍迪‧強森。喬治原本待人還算和氣，結果看看他現在！坐在我花園裡生吃南瓜！』

『你們在講什麼啊？』愛麗絲從背後問。

湯姆轉身，神色惶恐。『妳最好別看。』他說。

『講這樣，她非看不可了。』柯雷說。

他對愛麗絲微笑，笑起來並不太困難。湯姆借她的睡衣口袋並沒有繡姓名縮寫，但睡衣卻是藍色，和他想像的一樣。而她穿這身睡衣的模樣可愛得不得了，褲腳捲到小腿後露出了腳丫子，頭髮也睡得亂七八糟。雖然昨晚做了惡夢，但看樣子她睡得比湯姆更好。柯雷敢打賭，她一定也比自己睡得好。

『又不是車禍，』他說：『只是有人在湯姆的後院吃南瓜。』

她站在兩人中間，雙手撐在洗手台的邊緣，踮起腳尖來向外望，手臂擦過柯雷，讓柯雷感受到她肌膚仍散發出被窩的暖意。她向外望了很久，然後轉向湯姆。

『你說他們全自殺了。』她這話讓柯雷不知道她是在指責或假裝罵人。大概連她自己都不曉得吧，他心想。

『我昨晚又不確定。』湯姆回應得彆腳。

『我倒覺得你昨晚的口氣很確定。』她再次向外望。柯雷心想，至少她沒有被嚇壞，神態反而出奇地鎮定，只不過她穿的睡衣稍微大了一號，使她有點像卓別林。

她說：『呃……你們來看看。』

『看什麼？』兩人一同說。

『看他旁邊的小獨輪車。看看輪子。』

柯雷已看見了她指出的現象：散落的南瓜殼、南瓜肉以及南瓜籽。

『他把南瓜砸在輪子上，好打開南瓜，吃裡面的東西。』愛麗絲說：『我猜他是那群瘋子之一……』

『沒錯，他的確是那群瘋子之一。』柯雷說。修車工喬治坐在花園裡，雙腿打開，讓柯雷看見他自昨天下午起忘了媽媽教過他上一號前要先脫褲褲。

『……可是，他還懂得把輪子當作工具。我不覺得瘋子有這種頭腦。』

『昨天不是有一個拿刀想砍人嗎？』湯姆說：『另外也有一個拿著兩根汽車天線亂戳。』

『對，可是……總覺得這不太一樣。』

『比較和平，是不是？』湯姆又向擅闖花園的人瞄一眼，『我可不想出去問個清楚。』

『不是啦。我指的不是比較和平。我也不知道怎麼解釋。』

柯雷知道她想形容的概念。昨天見到的侵略行為全屬盲目亂衝的動作，是隨手拿到東西就開戰的舉止。沒錯，當時有生意人拿刀亂砍，也有猛男舉著汽車天線跑，但是公園不也有一個人用牙齒咬下狗耳朵？超短金也用牙齒咬人。喬治的舉動跟他們似乎有很大的差別，而且原因不只是他正在吃東西而非行兇。可是，柯雷與愛麗絲一樣無法確切指出相異點。

『天啊，又來了兩個。』愛麗絲說。

一男一女從沒關的圍牆門走進來。女人年約四十，穿的是骯髒的灰色褲裝。男人年紀一大把，穿著慢跑短褲，T恤的正面印有**銀髮族站起來**的字樣。褲裝女的上衣是綠色，如今只成了破布條掛在身上，露出淺綠色的罩杯。老人的腳跛得嚴重，每走一步都必須向外伸展手肘以保持平衡，動作酷似單人踢踏舞。他乾瘦的左腿沾了血後凝結成塊，而且左腳的鞋子已經不見，運動襪也磨得破爛，滿是泥巴與血，掛在左腳踝拍來拍去。老人的白髮有點長，罩在無神的臉上猶如連衣帽。褲裝女發出重複的聲響，聽起來像：『咕姆！咕姆！』一面掃瞄著後院與花園。她看著喬治吃南瓜，彷彿喬治一點價值也沒有，接著她大步走過喬治身邊，走向僅存的小黃瓜，然後跪下去摘，開始嚼了起來。老人邁開大步走向花園邊緣，後來卻只呆呆在花園裡站了一陣子，好像終於沒電的機器人。他戴著金框小眼鏡……柯雷認為是老花眼鏡……那付眼鏡在晨曦中閃耀。看在柯雷眼裡，好像他曾經充滿智慧，如今卻成了智商零蛋。

三人擠在廚房向外凝視，幾乎忘了呼吸。

老人把視線轉向喬治。喬治扔開了一片南瓜殼，仔細看著其他幾片，然後選中其中一片，繼續把臉探進去吃早餐。新來了兩個人，他不但沒有攆人的意思，而且似乎根本沒注意到。

老人跛著腳步前進，彎下腰開始摘一顆足球大小的南瓜，距離喬治不到三英尺。柯雷回想起在地鐵站看見的那場激戰，屏息以待。

他感覺愛麗絲抓緊了他的手臂，被窩的暖意已經從她的手臂散盡。『他想做什麼？』她壓低嗓門問。

柯雷搖頭不語。

老人想咬南瓜，卻撞了一鼻子，若在其他場合，這個動作一定很滑稽。他的眼鏡被撞歪了，他用手扶正。這動作很正常，害柯雷差點以為老人並不屬於發瘋族。

『咕姆！』穿著襤褸上衣的女人大喊，丟開了吃了一半的小黃瓜。她相中了幾粒晚熟的番茄，爬過去摘，頭髮蓋住了整張臉，長褲的臀部沾滿了許多穢物。

老人瞧見了裝飾用的獨輪車，帶著南瓜過去，這時似乎看見了坐在一旁喬治。他偏頭看著喬治。喬治用染成橙色的一隻手指向獨輪車，這個動作柯雷再熟悉不過了。

『他的意思是「請用」，』湯姆喃喃說：『不可思議。』

老人在花園裡跪下，這動作顯然帶來相當大的痛楚，痛得他齜牙咧嘴，向漸亮的天空抬起滿是皺紋的臉，發出高興的呼嚕聲。然後他對準輪子舉起南瓜，研究著下降的路線數秒，年邁的二頭肌在顫抖，最後把南瓜砸下去，南瓜裂成了果肉豐富的兩半。接下來的事情發生得非常迅速。喬治把快吃完的南瓜放在大腿上，搖向前去，伸出染成橙色的大手一把揪住老人的頭，然後扭向一邊。即使隔著窗玻璃，廚房裡的三人仍能聽見老人頸骨被扭斷的聲響。老人長長的白髮飄起來，小眼鏡掉進了甜菜叢裡。老人的身體抽搐了一次，然後癱軟下去。喬治放開他。愛麗絲開始驚叫，湯姆連忙遮住她嘴巴。她的眼睛因為受驚而變得睜得老大，從湯姆的手上方繼續看。喬治又在花園裡挑了一塊南瓜，開始若無其事地吃了起來。

穿破衣服的女人四下看了片刻，態度從容，隨手又摘下一粒番茄咬下，紅色的汁液順著下巴流過沾滿體垢的脖子。她與喬治坐在湯姆的後花園裡吃蔬果。不知何故，柯雷想起了一幅他最愛的名畫：『和平王國』❾。

畫名溜出他的嘴巴，他渾然不知，直到湯姆用陰鬱的眼神看著他說：『和平王國已不復在了。』

13

五分鐘後，三人仍站在廚房窗口，這時遠方響起一陣警報，聽起來既疲憊又沙啞，彷彿不久即將故障。

『是什麼警報聲？』柯雷問。花園裡的喬治丟下南瓜，挖出一大顆馬鈴薯。這動作讓他更接近了身旁的女人，但是他對女人不表興趣。至少還沒有。

『我猜，最有可能是摩頓市中心的喜互惠超市（Safeway）發電機掛掉了。』湯姆說：『因為超市有很多必須冷藏的東西，萬一停電，裝了電池的警報器會發出警告，不過我只是猜想而已。就我所知，摩頓第一銀行和……』

『快看！』愛麗絲說。

女人停止摘番茄的動作，站起來走向湯姆家的東側，經過喬治時，喬治也起立，柯雷確定喬治會以對付老人的手法來殺她，因此整個人瑟縮起來，湯姆也伸手把愛麗絲轉過去，但

❾The Peaceable Kingdom，美國民俗畫家希克斯（Edward Hicks，一七八〇—一八四九）的畫作。

是喬治只是跟著女人走，繞過屋角後不見人影。

愛麗絲轉身趕緊走向廚房門。

『別被他們看見！』湯姆緊張地低聲呼喚，追著她過去。

『別擔心。』她說。

柯雷也跟過去，為三人的安危操心。

他們來到餐廳門口時，正好看見這一對男女經過餐廳窗戶，女的褲裝污穢，男的連身工作服更髒。由於湯姆事先放下了百葉窗卻沒有閉緊，所以他們經過時三人看得見一節節的身影。這一對並沒有向屋裡瞧，喬治緊跟著女人走，距離近到張口就能咬到女人的頸背。愛麗絲進入走廊，往湯姆的小辦公室前進，湯姆與柯雷也跟過去。小辦公室的百葉窗緊閉，但是柯雷仍能看見外面兩人快速通過時投射的影子。愛麗絲繼續沿著走廊往門口走去。屋內與封閉式門廊之間的門開著。柯雷起床時踢掉的棉被半露在長沙發之外，耀眼的曙光氾濫在門廊上，彷彿要引燃地上的木板。

『愛麗絲，小心一點！』柯雷說：『不要……』

她在門口站住了，只是向外看，隨後湯姆跟到她身邊，兩人的身高幾乎不相上下，並肩站時很容易被誤認為兄妹。兩人完全沒有採取防止外人看見的措施。

『我的上帝啊！』湯姆說得像被人扁得無法呼吸，身邊的愛麗絲哭了起來，哭得上氣不接下氣，像個哭累的小孩，像個被打慣了的小孩。

柯雷也跟過去。褲裝女正橫越湯姆家的草坪，喬治仍跟在後面，她邁出一步，喬治也跟著邁一步，幾乎是齊步走。來到路邊時，兩人的步伐稍微改變，因為喬治繞到她左邊，從跟屁蟲變成左護法。

撒冷街滿是瘋子。

柯雷初步估計少說也有一千人，但是觀察力敏銳的他隨即修正，憑著不帶感情的畫家之眼重新評估，認為最初的數字過於誇大。高估的原因是，他原以為街上空無一人，但卻突然人潮洶湧，讓他大吃一驚，而且居然全是那種人。錯不了。他們的臉孔茫然，眼神似乎對任何事情都視而不見，服裝髒亂又帶著血跡，有些人則是一身光溜溜，偶爾有人呱呱大叫或做出不自然的手勢。有個男人下身只穿白色緊身內褲，上身是馬球衫，一直重複敬禮的動作。有個體型偏壯的女人下唇被割成了兩塊肉，下排牙齒全露在外面。有個穿藍色牛仔短褲的高大少男走在撒冷街中間，一手拿著看似撬胎棒的東西，上面有血塊。有個印度或巴基斯坦的紳士經過湯姆家門前時，下頷停左右移動，牙齒也同步咯咯地響。有個男孩——天啊！和強尼的年齡差不多——一條手臂從肩膀脫臼了，走起路來擺來擺去卻沒有一絲痛苦的表情。有個貌美的妙齡女子穿著短裙與胸前開V字形的上衣，好像正在吃烏鴉紅紅的肚子。有些人呻吟著，有些人發出喉音可能想說話，但全體一致向東前進。柯雷不知他們是受到警報聲的吸引，或是嗅到了血腥，但他們全往摩頓市中心的方向走去。

『天啊！他們要去殭屍天堂。』湯姆說。

柯雷懶得回應。這些人不盡然是殭屍，但湯姆的形容還是相當貼切。柯雷心想，如果他們之中有人望向這邊，看見了我們，決定過來掃蕩，那我們就死定了，連逃命的機會都沒有，就算躲進地下室抵死對抗也一樣。至於去對面拿槍？想都別想。

柯雷一想到妻兒可能即將面對這些生物，而且極有可能正在與他們周旋，恐懼不禁漲滿了胸口。可惜這不是漫畫書，而他也不是漫畫大英雄，他只覺得茫然無助。三人躲在屋內或許暫時平安，但是就他所能預見的未來，三人休想走出家門一步。

14

『他們就和鳥類沒兩樣嘛！』愛麗絲說，她用手掌靠近手腕的地方擦去臉頰上的淚水，『就像一大群鳥。』

柯雷立即瞭解她的意思，衝動之下抱了抱她。剛才他看見喬治緊跟女人過去，但卻沒有扭斷她脖子，就產生了類似愛麗絲的感想。喬治與女人顯然腦袋空空，但是又形成了某種默契，一同走出前院。

『哪裡像鳥類？』湯姆說。

『你一定沒看過紀錄片「企鵝寶貝」。』愛麗絲說。

『企鵝有啥看頭？』湯姆說：『想看穿燕尾服、走起路來搖搖擺擺的東西，我去法國餐廳就看得到。』

『可是，你難道從沒注意過鳥類的習性？』柯雷問：『你一定看過。一到春天或秋天，鳥類全飛到同一棵樹上，不然就停在同一條電話線上……』

『有時候多到電線向下彎，』愛麗絲說：『然後想飛的時候一起飛走。我爸說，鳥群裡一定有人帶頭，不過國中地球科學的蘇利文老師說，鳥類一起飛是因為具有群體意志，就像螞蟻全從一個螞蟻丘爬出來，也像蜜蜂集體飛出蜂窩一樣。』

『向左飛或向右飛時，整群鳥動作一致，而且從不相撞，』柯雷說：『有時候飛得天空黑壓壓的，吵得人快抓狂。』他遲疑一下，『至少我住的鄉下如此。』他又停頓一下，『湯姆，你……呃……認不認得這些人？』

『認得幾個。那一個是波托瓦密先生，他開麵包店。』他指向下巴動個不停、咯咯咬牙的印度人，『那一個年輕的美女……我相信她在銀行上班。記得我提過史高東尼吧？他住在我這個街區另一邊。』

柯雷點頭。

湯姆如今臉色慘白，指著一個明顯懷孕的婦女。孕婦只穿了件長及大腿上半的罩衫，上面沾了食物，金髮垂在長了青春痘的臉頰邊，鼻子穿了一根鼻釘，反射著日光。『她是史高東尼的媳婦茱蒂。她不顧岳父的偏見，對我特別親切。』他接著改以不帶情緒的語調說：『看了好心痛。』

摩頓中心的方向傳來一記響亮的槍聲，嚇得愛麗絲大叫，但這一次湯姆沒必要遮她的嘴，因為她自己就伸手遮住了。遮不遮也無妨，反正街上的人沒有循聲望過來。剛才的槍聲——柯雷認為是獵槍——似乎也沒有驚動他們。他們只是照常向前走，速度沒有增加也沒有放慢。柯雷本以為會聽見另一記槍聲，卻只聽到尖叫聲，非常短促，來了又去，彷彿被人打斷了。

三人繼續站在門口，躲在門廊的影子裡觀望，沒有交談。馬路上所有人都往東走，雖然不見得是列隊前進，但卻亂中有序。柯雷雖然看見個別的手機瘋子唸唸有詞，有的跛著腳，有時候蹣跚而行，不時比畫奇怪的手勢，卻也從他們悄悄前進的動作看出秩序。他們令他聯想到二次世界大戰期間的新聞短片，聯想到一波接一波的轟炸機掠天而過。他想數數看總共多少人，數到兩百五十後便作罷。有男有女，也有青少年，也有不少與強尼年紀相仿的小孩。兒童的數目遠高於老人，但他也看見少數幾個十歲以下的幼童。脈衝事件發生後，一定留下了不少年幼的孤兒孤女，柯雷不敢想像他們的遭遇。

更不敢想像當時照顧他們的人正好帶著手機。

柯雷看見這些目光空洞的兒童，心想其中不知有多少人去年吵著要父母買手機，而且還要求手機得附上特別一點的鈴聲，就像強尼一樣。

『他們的意志相同，』湯姆這時說：『你們相信嗎？』

『我有點相信，』愛麗絲說：『因為……不然……他們還有自己的意志嗎？』

『她說得道理。』柯雷說。

一旦把他們視為禽鳥，就很難不把這種舉動視為群體遷徙的行為，路上群體逐漸稀疏，儘管過了半小時仍然持續不斷。有三個男人並肩走過，其中一個穿保齡球衫、一個穿了破爛的西裝，另一個下半臉被打爛了，只見乾血糊住的大洞。隨後來了兩男一女，三人排成一列，看起來活像在跳非洲舞。隨後有個露出一隻乳房的中年婦女，如果衣裝端正的話，她應該像個圖書館員。在她身邊齊步走的是個剛開始發育的內向少女，可能是圖書館的助理。人流有時會中斷一下，隨後又來了十幾人，幾乎排列成空心的方陣，就像拿破崙戰爭時代的部隊。柯雷開始聽見遠方傳來打仗似的聲響，有零星的步槍或手槍聲。有一次從較近的地方傳來大口徑的自動武器聲，噠噠聲拉得很長，也許就在鄰近的密德佛（Medford），或者就近在摩頓市。此外也少不了驚叫聲。多數聲音聽來遙遠，但是柯雷很確定他沒有聽錯。

柯雷推測，這一帶肯定仍有正常人，人數眾多，有些已經設法取得槍械彈藥，極有可能開始對手機瘋子掃射。太陽出來時瘋子也跟著出動，運氣不好的正常人就會碰上瘋子。他想到修車工喬治對老人伸出橙色的雙手，揪住老人的頭一把扭斷脖子，小小的老花眼鏡飛進了甜菜叢中，留在那裡，一直、一直留在那裡。

『我想去客廳坐下，』愛麗絲說：『不想再看下去了。也不想再聽。看了好想吐。』

『好。』柯雷說：『湯姆，你不如也一起去……』

『不用了，』湯姆說：『你去吧。我想繼續再觀察一下。我認為至少要留一個人看守，你覺得呢？』

柯雷點頭贊同。

『好吧，大約一個鐘頭後，你過來找我換班，然後我們輪流看守。』

『就這麼說定了。』

兩人開始轉身走向走廊，柯雷一手摟住愛麗絲的肩膀。湯姆說：『還有一件事。』

他們回頭看湯姆。

『我認為，假如明天想照計畫北上，我們三人今天應該儘可能多休息。』

柯雷細看著湯姆，想確定他的精神狀態是否正常。看樣子沒瘋，但是……

『你沒看見外面的狀況嗎？』柯雷問：『有沒有聽見槍聲？還有……』愛麗絲在場，他不願提『尖叫』兩字，只是現在她的神經已遲鈍許多，不太有必要為了保護她而講究措辭，『……吶喊的聲音？』

『我當然聽見了。』湯姆說：『不過昨晚那堆瘋子確實是躲起來了，不是嗎？』

一時之間，柯雷與愛麗絲都沒有動作，然後愛麗絲開始輕輕鼓掌，幾乎無聲，柯雷也開始微笑，笑得很僵，臉皮對笑容十分生疏，隨微笑而興起的希望幾乎令他感到痛苦。

『湯姆，你是個大天才，昨天可能被你猜中了。』柯雷說。

湯姆並沒有以微笑回應。『別誇獎得太早，』他說：『SAT學力測驗我考過幾次，從沒超過一千分。』

15

愛麗絲顯然心情好了許多，上樓去湯姆的衣櫥找白天的服裝。柯雷心想，愛麗絲心情好轉總是好現象。他坐在沙發上想著雪倫與強尼，盡量推想出母子如何應變、去過了什麼地方。在他的假設中，母子倆一定運氣夠好，事發後團圓在一起。想著想著，他開始打瞌睡，清楚夢見母子在雪倫任教的肯特塘小學。他們跟二、三十個人在體育館裡避難，用自助餐廳的三明治果腹，飲用小盒裝的鮮奶。他們……

愛麗絲從樓上喚醒了他。他看看手錶，發現自己在沙發睡了將近二十分鐘，睡得口水流到下巴。

『愛麗絲？』他走到樓梯腳，『沒事吧？』他看見湯姆也望過來。

『沒事。你可不可以上來一下？』

『可以。』他看著湯姆，聳聳肩，然後上樓。

愛麗絲人在客房裡。這間客房看來沒招待過太多客人。從床上的兩個枕頭來判斷，昨晚湯姆幾乎陪了她整晚，而從縐褶嚴重的床單看來，他極可能沒睡好。她找到了幾乎合身的卡其長褲，也穿上一件正面印有雲霄飛車輪廓的運動衫，下面是肯諾比湖樂園（Canobie Lake Park）的字樣。客房的地板有台大型手提音響，柯雷與朋友小時候哈這種東西哈得要命，就像強尼也吵著要那支紅色的手機。那時候，柯雷與朋友把這種音響稱為『貧民窟炸彈』或是『重低音轟天雷』。

『我在衣櫃裡找到的，電池好像還夠力，』她說：『我考慮打開聽聽廣播，可是又覺得很害怕。』

柯雷看著擺在高級硬木地板上的手提音響，也跟著害怕了起來，就好比看見上膛的手槍一樣。但是他內心興起了一股衝動，想把指著ＣＤ的功能指針扭到ＦＭ的位置。他想像愛麗絲也有相同的衝動，所以才喚他上樓。有時候明知手槍上膛，但還是忍不住手癢想碰一碰，現在這種感覺大概就和那種手癢的感覺差不多吧！

『兩年前我過生日時姊姊送的，』湯姆從門口說，嚇得兩人跳一下，『今年七月我才裝了電池，帶去海邊聽。小時候我們喜歡去海邊聽收音機，只是從沒帶過那麼大的音響去。』

『我也是，』柯雷說：『不過我以前倒是很想要。』

『我提著去新罕布夏州的漢普頓海灘，帶了一堆范海倫樂團（Van Halen）和瑪丹娜的CD，感覺卻不一樣，和以前差得太遠了。所以後來就收起來不用。我猜電台一定全停播了，對吧？』

『我敢打賭有些電台還在播。』愛麗絲說。她咬著下唇。柯雷心想，她再不趕快放開嘴唇，遲早會咬出血來。『我朋友說是八〇年代音樂的機器電台，那些電台都取了親切的名字，像是鮑伯或是法蘭克，不過全是從科羅拉多州同一部特大號的廣播電腦傳出來，然後透過衛星轉播。至少我朋友都是這樣說的，而且……』

她舔舔剛咬過的地方，嘴唇被咬得光滑，表皮以下已見血光，『而且，手機訊號不就是靠衛星轉播嗎？』

『我不曉得，』湯姆說：『長途電話大概是吧……打到大西洋對岸的電話是一定的……我猜只要找對了鬼才，一定有辦法把錯誤的衛星訊號駭進到處見得到的微波電塔去……靠微波電塔來傳遞訊號……』

柯雷知道他指的是鋼骨結構的物體，上面附有類似灰色吸盤的碟形天線。過去十年間，這些東西如雨後春筍般冒出來。

湯姆說：『如果能收到地方電台的訊號，說不定能聽到新聞參考參考，再決定下一步怎麼走……』

『好，假如那東西夾雜在電台呢？』愛麗絲說：『我擔心的就是這個。假如轉到了一個電台，聽見了我……』她再次舔舔嘴唇，然後繼續咬著，『……聽見了我媽聽見的訊息，那怎麼辦？說不定我爸也聽見了，喔，對了，他也新買了一支手機，功能好多好炫，可以看影片、可以自動撥號，還能上網。他愛死了！』她笑了一聲，摻雜了歇斯底里與懊悔，令人聽了頭暈，『假如轉到的電台正在播他們聽見的聲音呢？我爸媽和外面那些人都聽到了。你們願意冒這個險嗎？』

湯姆一時說不出話來，後來開口時，他講得謹慎，彷彿是想丟出一個點子來測試風向：『我們可以派一個人去冒險，另外兩個可以先離開，等到……』

『不行。』柯雷說。

『拜託不要！』愛麗絲說。她又快哭了，『你們兩個我都少不了，我需要你們兩人。』

三人圍著手提音響看。柯雷不知不覺聯想到中學時代讀過的科幻小說，有時是在海邊閱讀，手提音響播放的是超脫（Nirvana）樂團而非范海倫。其中幾本科幻小說描述世界末日之後，主角重建家園的故事。他們難免碰到挫折與難關，卻仍運用工具與科技重建世界。小說裡可沒寫到主角圍在臥房裡看著收音機發呆。他想著：*遲早有人會拿起工具或打開收音機，因為不這麼做不行。*

對，但今天早上不行。

他感覺自己像叛徒，但背叛的對象卻超乎他的理解。他彎腰提起湯姆的音響放回衣櫃，關上衣櫃的門。

16

大約一個小時後，井然有序的東向人流開始出現亂象。這時看守的人輪到柯雷了。愛麗絲在廚房吃他們從波士頓帶來的三明治，她說三明治吃完後才准碰罐頭食品。湯姆家的食品儲藏間大如衣櫥，裡面有不少罐頭，但是他們不知道要再過多久才能吃到新鮮的肉類。湯姆正在客廳的沙發上睡覺，柯雷聽見他滿足的打呼聲。

多數人往東走，柯雷注意到偏偏有幾人逆向前進。隨後柯雷察覺撒冷街的秩序稍有鬆動，這個變化非常細微，所以他的大腦認定他的觀察只是一種直覺而已。一開始，他認為只有因為有幾個人逆向前進才會造成這種錯覺，而這幾人比其他人更瘋癲。隨後他向下看到影子。原本人影排列出整齊的魚骨形，如今開始扭曲，轉眼間就變得毫無規律可言。

越來越多人開始往西走，有些人啃著雜貨店洗劫來的食品，也許來自湯姆剛提到的喜互惠超市。史高東尼先生的媳婦茱蒂捧著一大桶半融的巧克力冰淇淋，滴得罩衫正面全濕，鼻尖以下與膝蓋以上全是冰淇淋。巧克力沾得滿臉都是，讓她看起來像在表演黑人滑稽秀。波托瓦密先生雖然以前只吃素，但現在卻雙手捧著生漢堡肉邊走邊咬。有個身穿髒西裝的胖子正吃著看似部分退冰的羊腿，這時茱蒂‧史高東尼想搶來吃，卻被胖子朝她額頭正中央狠狠敲一下，她靜靜倒下去，就像被戰斧砍死的小公牛。她倒下時大肚子向下，壓在幾乎被踩爛的布瑞思（Breyers）巧克力冰淇淋桶上。

現在有很多人四處走動，也引發了不少暴力衝突，兇殘的程度卻遠不及昨天下午。至少從門口看不見殺戮激戰。在摩頓市中心，一開始就響得有氣無力的警報聲，老早已經停息。遠處持續傳來零星槍響，但自從市中心傳來一聲獵槍聲之後，就沒聽見近距離的槍聲了。柯雷觀察是否有瘋子想闖進民宅，但除了偶爾有人踏上草坪外，全然沒有升級到闖空門的跡象。他們多半在閒逛，偶爾想搶別人的食物，有時候會互打互咬。有三、四個人躺在街頭，不是斷了氣就是失去知覺，包括茱蒂在內。柯雷臆測，先前經過湯姆家門前的多數人還在摩頓市中心的廣場，不是大跳街舞，就是舉辦第一屆摩頓生肉祭。果真如此，謝天謝地。但原本大家目標一致，有如鳥類群體行動，現在秩序卻鬆動崩潰，讓他越想越奇怪。

正午過後，他開始覺得睡意沉重，進廚房時看見愛麗絲趴在餐桌上小睡，把她稱為貝比耐吉的小球鞋鬆鬆地握在一隻手裡。柯雷叫醒她時，她睡眼惺忪地看著柯雷，把小球鞋緊緊抱在運動衫前，好像擔心被搶走。

他問愛麗絲能不能從走廊盡頭看守一下子，不要睡著也不要被看見。她說她可以。柯雷相信她，幫她搬來一張椅子。她在通往客廳的門口站住了一會兒。『過來看。』她說。

柯雷從她背後看見瑞福睡在湯姆的肚皮上，柯雷哼了一聲表示好笑。

她在柯雷放下椅子的地方坐下，距離門口夠遠，有人望進來的話看不見她。她向外看了一眼後說：『已經不是集體行動了。發生了什麼事？』

『不知道。』

『現在幾點？』

他看了看手錶。『十二點二十分。』

『我們注意到他們成群結隊時是幾點的事？』

『我不知道啦，愛麗絲。』他盡量耐著性子，眼睛卻幾乎睜不開。『六點半吧？七點？不知道啦。重要嗎？』

『如果能記錄下來，可能很重要吧，你認為呢？』

他說他先睡一下子，等頭腦清醒後再思考。『讓我睡兩個鐘頭，然後叫湯姆或我起床。』他說：『如果出了差錯就提早叫。』

『再亂也不會亂到哪裡了，』她輕聲說：『上樓去睡吧，你看起來真的累壞了。』

他上樓進入客房，脫掉鞋子躺下。他思考愛麗絲所說的如果能記錄下來。可能她想到了什麼吧。機率太低了，不過也許……

這房間很舒服，非常舒服，採光良好，一躺進來，很容易忘記衣櫥裡有一台沒人敢打開的收音機，但是卻不容易忘記分居卻仍然深愛的妻子如今可能身故，更不容易忘記他不只深愛而且疼得不得了的兒子如今可能成了瘋子。儘管妻兒的念頭縈繞不去，身體畢竟還是非休息不可，而這間房最適合午睡了。關在他內心的恐慌鼠抽動了一下，幸好沒有亂咬，柯雷幾乎是一閉上眼皮就沉沉入睡。

17

這一次換愛麗絲搖他起床。她把紫色的小球鞋綁在左手腕，當成有點古怪的護身符，搖著柯雷時，球鞋也跟著晃來晃去。客房裡的日光起了變化，影子轉向另一邊，而且暗淡了不少。他轉身過來感覺尿急，由此可見睡了不算短的時間。他趕緊坐起來，看錶後發現竟然已經五點四十五分，不由得大驚失色。他睡了超過五小時。睡不好當然不只是昨晚的事。前天晚上他也輾轉難眠，因為隔天要去向黑馬漫畫社的人推銷作品。

『還好吧？』他抓住愛麗絲的手腕問：『怎麼讓我睡這麼久？』

『因為你需要多睡一點，』她說：『湯姆睡到兩點，然後我睡到四點，之後我們兩人就一起看守。下樓來看吧，很精采的。』

『他們又集體行動了嗎？』

她點頭。『不過這次的方向相反，而且不只這個。下樓看就知道。』

他解決內急後匆匆下樓。湯姆與愛麗絲站在通往門廊的門口，互相摟著腰。現在他們不必擔心被看見了，因為天空有雲，而且湯姆的門廊已經蒙上黑影。反正撒冷街上只剩少數幾人，全往西走，雖然稱不上是跑步，但也是以穩定的速度快步前進。有四個人成群走過街頭，跨過幾具橫陳的屍體，也跨過散落一地的食品，其中包括被啃成枯骨的羊腿，還有許多撕開的玻璃紙袋與紙箱，也有不少被棄置的蔬果。他們後面跟了一群人，共有六個，殿後的幾個走人行道。他們並沒有看著對方，但仍然能湊在一起走，通過湯姆家前方時簡直像一個單獨的個體，柯雷也發現他們連擺手的姿勢都整齊劃一。他們通過後，來了一個年約十四歲的少男，跛著腳，哞哞喊著含糊的牛聲，拚命想跟上。

『死掉的人和完全沒有意識的人，都被他們丟下來不管，』湯姆說：『不過倒是扶走了兩、三個還在抖動的人。』

柯雷尋找孕婦茱蒂卻沒有看見。『茱蒂呢？』

『有人扶走了。』湯姆說。

『所以說，他們又跟人類一樣了。』

『別想得太美。』愛麗絲說：『他們原本想扶一個走不動的人，結果這男人跌倒兩次之後，幫忙攙扶的人不想再發揮童子軍精神，只好……』

『殺了他，』湯姆說：『不是用雙手，不像喬治在花園裡的做法，而是用牙齒咬斷喉嚨。』

『我一看見狀況不對，趕緊轉移視線，』愛麗絲說：『可惜還是聽見了。他……慘叫了一聲。』

『放輕鬆，』柯雷輕輕捏了捏她的手臂，『放輕鬆。』

現在路上幾乎沒人。兩個落後的人走過來，雖然兩人多少肩並肩走著，但腳卻跛得很嚴重，毫無齊步走的姿態可言。

『他們想去哪裡？』柯雷問

『愛麗絲認為他們也許想進屋子裡，』湯姆的語氣興奮，『也許想在天黑之前躲起來。她說得可能有道理。』

『去哪裡？他們想躲進哪裡？有見到他們走進這條街上的任何一棟民房嗎？』

『沒有。』兩人同聲回答。

『他們並沒有全部回來，』愛麗絲說：『今天早上走撒冷街過去的人，絕對有很多還留在摩頓市中心或更遠的地方。他們可能往公共建築集合，例如說學校的體育館……』

學校的體育館。柯雷不喜歡這個例子。

『你們看過電影「活人生吃」⑩嗎？』她問。

『看過，』柯雷說：『電影院放妳進去看限制級，不會吧？』

她看著他，把他當成瘋子，或者覺得他是老古板。『我有個朋友買了DVD，很久以前，我唸國二的時候，有天晚上去她家過夜看的。』她的語氣好像在說很久遠的往事：那年『小馬快遞』⑪還沒倒閉，平原上的野牛多得黑壓壓。『在電影裡，所有的死人，呃，不是所有，只是很多死人活過來以後，全回到購物中心去了。』

湯姆瞪大眼睛看了她一秒，然後爆笑起來，不是小笑一聲，而是連續捧腹大笑，笑得非靠牆站才不至於跌倒。柯雷比較聰明，連忙關上屋內通往門廊的門。他不曉得街上落後的瘋子是否聽得見，但是他卻不自覺地回想起愛倫坡的短篇小說〈洩密之心〉（The Tell-Tale Heart）裡有個精神異常的敘事者，聽力靈敏到了極點。

『我是說真的啊！』愛麗絲說著雙手扠腰，小球鞋跟著擺動，『他們真的直接上購物中心去了！』湯姆笑得更厲害了，笑得膝蓋發軟，整個人慢慢癱向地板，哇哈哈狂笑著，兩手還拍著上衣。

⑩Dawn of the Dead，一九七八。

⑪一八六〇年美國創立的郵遞服務，為期不到一年。

『他們死了……』他喘著氣說：『……然後活過來……直接去購物中心。我的天啊！那個大牧師法維爾（Jerry Falwell）……』他又笑得前仰後合，淚水直直從臉頰落下。等到他總算稍微控制住自己，他說：『那個大牧師知道天堂就在新堡（Newcastle）購物中心嗎？』

柯雷開始大笑。愛麗絲也跟著笑起來，只不過柯雷認為她有點生氣，因為她本來想演繹出一套理論，結果兩人非但沒興趣聽，甚至連輕笑幾聲的反應也沒有，只是盡情縱聲狂笑。氣歸氣，旁人一開始笑哈哈，你不跟著笑也難，轉眼就忘掉了自己有點生氣這件事。

快笑停的時候，柯雷突然說：『假如天堂不像南方，我可不想去。』

三人又開始大笑。愛麗絲邊笑邊說：『如果他們集體行動，晚上回體育館、教堂和購物中心睡覺，別人拿機關槍一掃射，他們一死就是幾百人。』

先止笑的人是柯雷，隨後湯姆也笑不出來了。他看著愛麗絲，一面擦拭整齊小鬍子上的淚水。

愛麗絲點點頭。剛才這麼一笑，她臉上多了一抹紅暈，現在還面帶笑容。至少現在她已經從小美眉暫時出落成真正的美女。『如果他們全躲在同一個地方，也許一死就是幾千人。』

『天啊！』湯姆說著摘下眼鏡，開始擦拭鏡片，『妳認真起來了。』

『求生本能嘛。』愛麗絲說得理所當然。她低頭看著纏在手腕的小球鞋，然後抬頭看著兩人。她又點頭一下，說：『我們應該開始記錄他們的行為，他們一集體行動，我們就馬上記錄下來；他們開始回巢休息，我們也記錄下來，因為如果我們能歸納出他們的行動……』

帶他們離開波士頓的是柯雷，但是二十四小時後，帶大家離開湯姆家的卻是十五歲的愛麗絲。發號施令的人無疑是她。這一點柯雷想得越久，就越不覺得驚訝。

湯姆不是個貪生怕死的人，但是他並沒有領導的天賦。柯雷具有一些領袖特質，但是這天晚上大家出發時，原本智慧與求生欲望兼具的愛麗絲更具一分優勢，因為她已經接受了父母雙亡的事實，重新站了起來。離開湯姆家時，湯姆與柯雷都各有新的苦水要吞。柯雷開始陷入憂鬱，情緒低落得嚇人，他原本以為是因為他決定不帶走作品夾。其實留下作品夾本來就是無可避免的抉擇。但是過了幾小時之後，他才發現憂鬱的主因是他打從心底恐懼抵達肯特塘鎮後可能面對的現實。

對湯姆而言，他的苦處就簡單多了。他說什麼也不想留下愛貓。

『把門撐開，讓牠可以自由進出，不就得了？』愛麗絲說。心腸變硬的愛麗絲越來越果決。『湯姆，牠八成不會出事啦，糧食隨便翻就找得到，貓暫時不愁餓肚子。要再過很久，手機瘋子吃光了所有東西，才會開始動貓肉的歪腦筋。』

『牠會變野貓。』湯姆說。他這時坐在客廳沙發上，戴了毛氈帽，穿著有腰帶的雨衣，外型拉風，內心卻悲哀。瑞福兒趴在他大腿上打著呼嚕，一臉無聊。

『是啊，貓咪可以在野外求生，』柯雷說：『狗就不一樣了，看看那些小狗和大型狗，主人不在家，牠們只能等死。』

『瑞福已經跟了我好久，從牠還是小貓咪就進我家了。』他抬頭起來，柯雷看見他的淚水即將決堤。『而且，我把牠當幸福符。我的護身符。別忘了，牠救過我一命。』

『現在，你的護身符是我和愛麗絲。』柯雷說。他不願說出他曾經差點救了湯姆一命，但那的確是個事實。『對不對，愛麗絲？』

『對呀。』她說。湯姆幫她找來一件南美斗篷，她揹了一個背包，但是目前裡面只有手電筒用的電池，柯雷認為也少不了那隻令人毛骨悚然的小球鞋。幸虧至少她沒有把小球鞋繼續綁在手腕上。柯雷的背包裡裝了露營提燈，也多帶了幾顆電池。在愛麗絲的建議下，他們不多帶別的東西，因為她說反正有需要時可以邊走邊找，沒必要揹一大堆東西。『湯姆，我們是三劍客，我為人人，人人為我。現在，我們去對面的倪卡比家，看能不能找幾把古董滑膛槍。』

『是倪可森才對。』他仍然摸著愛貓。

她的頭腦夠精，或許也有足夠的同情心，所以沒拿隨便啦！這類青少年口頭禪來頂嘴，但是柯雷看得出她已經快要失去耐心了。他說：『湯姆，該上路了。』

『好吧。』他正要把貓推走，卻又抱起來對著耳朵中間猛親一下，瑞福只稍微瞇瞇眼皮。湯姆把貓放在沙發上站起來。『幫你準備了雙份的食物，就放在廚房的電爐旁邊，小子，』他說：『另外幫你倒了一大碗牛奶，怕你喝不夠，還把剩下的奶精也倒進去了。後門開著。盡量記得家在哪裡，也許……嘿，也許以後還見得到面。』

瑞福跳下沙發，走出客廳，翹起尾巴往廚房走去，頭也不回，因為貓性本如此。

柯雷的作品夾歪七扭八，前後各有一條水平的刀痕，就放在客廳牆角。柯雷經過作品夾時瞥了一眼，努力克制住伸手去碰的衝動。他想著裡面陪他生活已久的人物，這些人不但生存在他的畫室裡，也在他更加寬廣（他喜歡以這點來自誇）的想像空間裡活蹦亂跳。裡面有法拉克巫師、蹦跳仙傑克、愛睏阿金、惡毒莎莉，當然也少不了『暗世遊俠』。兩天前，他以為大家即將一炮而紅，現在卻被砍出了一個洞，只有湯姆的貓咪跟他們作伴。

他想到愛睏阿金離開卡尤塞族機器人羅比時，結結巴巴地留下了一句話：後……後會……有……有期了，各……各位先生！有……有朝一日，說不定我會再……再回來！

『後會有期了，各位。』他說出聲音來，有點擔心被聽見卻又不太擔心。再怎麼說，世界末日都到了。以告別語來說，這樣講未免太草率，但也應該夠了。愛睏阿金可能還會說：總……總比什麼都沒說來……來得好多了！

柯雷跟著愛麗絲與湯姆走到門廊，踏進柔柔的秋雨聲中。

19

湯姆戴著毛氈帽，愛麗絲的南美斗篷附有兜帽，湯姆也幫柯雷找到一頂紅襪隊的棒球帽，至少能暫保頭髮乾爽，前提是毛毛雨不能變大。假如下起大雨……哎，愛麗絲都說了，糧食應該不成問題，那麼應付惡劣天候的器材應該也不成問題才是。由於門廊的位置稍高，他們大約能瞭望撒冷街以外的兩個街區。礙於天色暗淡，他們無法看得仔細，但是路上確實只剩幾具屍體與瘋子吃剩的殘渣。

三人各佩了一把刀，刀鞘由柯雷製作。如果倪可森家裡果真有槍，他們很快就能升級。柯雷只能希望真是如此。他也許能再使出先前用過的屠刀，但是他無法確定自己能否狠下心來亂砍。

愛麗絲左手拿著手電筒，向湯姆望了一眼，確定他也帶了一支，然後點頭。她說：『好了，帶我們去倪可森家吧。』

『好。』湯姆說。

『如果看見有人走過來，我們就馬上站住，用手電筒對準他們。』她看著湯姆，然後轉向柯雷，態度有點焦躁。這事大家已經討論過了。柯雷猜她在大考前也同樣神經兮兮……而這件事確實是一大考驗。

『好，』湯姆說：『我們會說：「我們叫湯姆、柯雷和愛麗絲。我們是正常人。怎麼稱呼你們？」』

柯雷說：『如果他們也有手電筒，我們幾乎可以猜測……』

『不要猜測，千萬不能自以為是。』她的語氣心浮氣躁，牢騷味重，『我爸說，自以為是的人往往最後什麼都不是，知道嗎？』

『知道了。』柯雷說。

愛麗絲擦擦眼睛，究竟擦的是雨是淚，柯雷無從確定。他腦中有個一閃即逝的疑問：強尼是否正在某地哭著找爸爸？他想得心痛。柯雷希望兒子正在哭。他希望兒子仍有流淚的能力，仍有記憶。

『如果他們能回答得出來，能報出自己的名字，那就不會有問題，大概也不會有危險，』愛麗絲說：『對嗎？』

『對。』柯雷說。

『對。』湯姆附和得有點心不在焉。他望著馬路上，遠近都看不到人影，也沒有晃來晃去的手電筒光束。

遠方傳來幾聲槍響，聽起來像煙火。空氣瀰漫著燒焦味，終日不去。柯雷認為是因為下雨了，所以氣味才變得更濃。他心想，不知還要多久，腐屍味才會把飄浮大波士頓區上空的悶味化為惡臭。大概得看未來幾天的氣溫多高吧！

『如果碰到正常人，他們問我們在做什麼或想去哪裡，記得別講錯了。』她說。

『就說我們在找倖存者。』湯姆說。

『對。因為我們想救朋友和鄰居，反正我們遇見的人也只想繼續往前走。我們以後或許會想跟其他正常人聚在一起，因為人多比較安全，不過現在……』

『現在我們只想多拿幾把槍，』柯雷說：『如果有槍可拿的話。走吧，愛麗絲，該行動了。』

她擔心地看著柯雷。『出了什麼錯？我少帶了什麼東西？快跟我講，我知道我只是個小孩子。』

柯雷的神經已經像過於緊繃的吉他弦，但他仍耐著性子說：『小愛，妳什麼也沒錯，我只是急著想行動，反正我們大概不會碰見任何人，天色還沒全暗嘛。』

『最好別碰到人，』她說：『我的頭髮亂糟糟，而且有一片指甲撞壞了。』

兩男靜靜看了她幾秒，然後哈哈大笑。之後三人相處得更融洽，默契一直到最後都不曾稍減。

20

『不行，』愛麗絲說著發出作嘔的聲音，『不行，我實在不行。』更清楚的作嘔聲。接著她說：『對不起，我要吐了！』

她衝出露營燈的光線範圍外，進入倪可森家客廳的黑暗中。客廳與廚房以寬拱門連接。她跪在地毯上時，廚房裡的柯雷聽見柔和的叩地聲，隨後又傳來乾嘔聲，之後停了一下，倒抽一口氣後她開始嘩嘩嘔吐，柯雷幾乎覺得如釋重負。

『我的天啊！』湯姆說。他深深吸了一口氣，然後幾乎是咆哮著吐出一句話：『噢！我的老天爺啊！』

『湯姆。』柯雷說。他看見小個子湯姆站著發抖，知道湯姆瀕臨暈厥的邊緣。他當然會想昏過去，因為這遍地的血腥殘骸正是他鄰居的屍首。

『湯姆！』他踏進湯姆與廚房地板上的兩具屍首間，擋住湯姆眼前大半的血腥場面。在無情的露營燈白光下，血跡如墨水般黝黑。他用空出來的一隻手拍拍湯姆的側臉。『別暈倒！』他看見湯姆站穩後，稍微降低音量說：『去客廳照顧愛麗絲，廚房我來搞定。』

『進廚房做什麼？』湯姆問：『倪可森的太太貝絲在裡面，腦漿……腦漿到處都……』他咕噥一聲嚥下口水，『臉被轟掉了一大半，不過我認出她那件有白色雪花的藍色套頭毛衣。她女兒海蒂躺在中央料理台旁邊的地板上，我認得出來是她，不過她的模樣……』他搖搖頭彷彿想甩開眼前的景象，之後再問一次：『你進廚房做什麼？』

『我確定看見了我們要的東西。』柯雷說得鎮定，連他自己聽了也詫異。

『在廚房裡？』

湯姆想望向柯雷的背後，柯雷卻故意擋住。『相信我，你去照顧愛麗絲。如果她恢復了，你們倆就開始到處找其他的槍，如果挖到寶藏就大叫一聲。對了，小心一點，倪可森先生可能在家。我是說，我們可以猜測發生血案時他正在上班，不過愛麗絲的爸爸說過……』

『自以為是的下場往往什麼都不是，』湯姆說著擠出病懨懨的微笑，『知道了。』他正要轉身離開，卻又回頭說：『柯雷，不管待會兒要去哪裡，我都不想在這裡多待一分鐘。我不欣賞倪可森夫妻，不過他們畢竟是我鄰居，而且生前對待我的態度總比白痴史高東尼好太多了。』

『瞭解。』

湯姆按開手電筒，走進倪可森的客廳，柯雷聽見他低聲對愛麗絲說話安撫她。

柯雷硬著頭皮舉起露營燈，走進廚房，盡量繞過硬木地板上的血泊。血已經乾了，但除非不得已，他盡量不想讓鞋子踩到。

仰躺在中央料理台旁的少女身材高瘦。她紮了幾條馬尾巴，體態沒有什麼女人味，由此可判斷她比愛麗絲小兩、三歲。她的頭偏向一邊，角度很大，幾乎像是遭到刑求拷問的姿勢，一雙死人眼暴凸。她的頭髮是麥稈金色，但頭部左側有一記致命傷，那裡的頭髮幾乎全被地板的血跡染成了暗褐色。

她的母親依靠在電爐右側的流理台下面，氣派的櫻桃木碗櫃在這裡相接成一角。她的雙手被麵粉覆蓋成鬼魅般的白色，被咬過的雙腿血跡斑斑，張開成不太端莊的姿勢。柯雷在著手繪製限量發行漫畫《地獄血戰》之前，曾經上網蒐集到一組槍擊致命傷的相片，希望從中汲取靈感，可惜事與願違。槍傷講故事時用的是它們自己的語言，外人無從理解，而廚房裡的血案亦然。貝絲·倪可森左眼以上多半只剩血跡與軟骨，右眼珠轉進了眼眶的上緣，彷彿她死前拚命想看自己的頭裡有什麼東西。她後腦的頭髮還有一大坨的腦漿凝結在櫻桃木的碗櫃上，而她就是靠坐在這裡嚥下最後一口氣。幾隻蒼蠅嗡嗡繞著她。

柯雷開始乾嘔。他轉頭捂嘴，命令自己要把持住。在客廳裡，愛麗絲已經吐完了，柯雷聽得見她與湯姆正一面交談，一面深入其他地方，他不想再激起愛麗絲的吐意。

把她們當成假人吧，當成電影裡的道具。雖然他如此告訴自己，但是他知道這是辦不到的事情。

他把頭轉回來，這次注視的是地板上其他的東西，有助於穩定心情。他已經看見一把槍。廚房很寬敞，槍遠在另一邊，躺在冰箱與櫥櫃之間，只見槍管。當初一看見兩具女屍時，他的反射動作是轉移視線，因此能瞧見槍管純屬運氣。

可是，也許我早知道這裡肯定有槍吧！

他甚至看出槍原本擺在哪裡：在嵌入式電視與工業用的大開罐器間，牆上掛了一付槍套。湯姆說過，他們擁槍自重又愛電子小玩意。把手槍固定在廚房牆上，想用的時候隨手拿得到……真是兩全其美。

『柯雷？』愛麗絲自遠處問。

『什麼事？』

隨後是快步上樓的腳步聲，愛麗絲從客廳呼喊：『你剛才跟湯姆說，挖到寶藏時通知你一聲，我們剛才挖到了。樓下的書房至少藏了十幾把，有步槍也有手槍，全擺在一個玻璃櫃裡面，上面貼了保全公司的標記，看樣子我們可能會被逮捕……開玩笑的啦！要不要下來看？』

『待會兒再去，小愛。妳別過來這裡。』

『別擔心。你可別繼續待在那邊吐得唏哩嘩啦。』

他已經不想吐了，完全不想。廚房地板上另有其他物體，其一是擀麵棍，合情合理。中央料理台上有餡餅盤、大攪拌碗，也有一個色澤歡樂的黃罐子，上面標明麵粉。地板上的另一個物體躺在距離女兒不遠處，是青少年才會喜歡的藍色手機，佈滿了橙色的大雛菊圖樣。

柯雷儘管不願多想，卻能想見事發的經過。母親正在製作餡餅。她知道大波士頓區開始爆發了可怕的事，美國各地也有，甚至全世界都有。這樣的話，電視並沒有傳送瘋狂訊息給她，這一點柯雷敢保證。

但是她的女兒卻收到了，無庸置疑，而且是女兒主動攻擊母親。貝絲在動手之前，是否先跟女兒理論一番，然後才用擀麵棍逼她坐下去，或者直接痛打女兒？心痛、恐懼之餘她才出手，而非出自恨意？可惜擀麵棍不夠看，而且母親沒穿長褲，只穿套頭毛衣，光著兩腿。

柯雷幫貝絲拉下裙子，輕輕拉，蓋住臨終前弄髒的居家素色內褲。

女兒海蒂一定不超過十四歲，也許年僅十二歲，當時聽見手機傳來『發瘋吧』之類的訊息，一定立刻嘰呱咆哮著野蠻而無意義的話，例如：拉斯特或是噫啦、喀咂啦康！擀麵棍的第一擊敲得她站不起來，但是並沒有擊昏她，她反而開始咬母親的腿，不是小口小口咬，而是大口大口咬，不咬穿誓不罷休，有些傷口甚至深可見骨。柯雷不只看見齒痕，也見到了皮膚出現鬼魂似的刺青，應該是小海蒂牙齒矯正器到此一遊的紀念。母親因此再補上一棒，這一次出手比剛才重很多，也許她被咬得慘叫，毫無疑問的是她痛得受不了，幾乎是在無意識間棒打女兒。柯雷幾乎聽得見女兒頸骨折斷時冒出悶悶的『啪擦』聲。親愛的女兒就這樣喪生於品味一流的廚房，戴著矯正器一命嗚呼，走在科技尖端的手機掉在鬆開的一手旁。

廚房裡乾淨而且光線充足，當初把手槍擺在這裡是擔心遇到強盜或是強姦犯，誰知擺了這麼久卻用來對付自家人。母親在伸手拿槍前有沒有停下來思考片刻？柯雷不這麼認為。柯雷認為，母親一定根本想都沒有想，只想趕上女兒即將飄走的幽魂，只想趕緊對女兒解釋自己為什麼這麼做。

柯雷走過去拾起手槍。阿尼‧倪可森嗜槍成癮，柯雷推測他買的八成是自動手槍，甚至配備了雷射光瞄準器，但是這一把只是陽春型的寇特點四五左輪。他想了一下，這倒也合理，因為買槍時他考慮到這種槍可能比較適合妻子使用。遇到突發事件時，她不必裝子彈，不必因為忙著從炒菜鍵或佐料後面挖出彈匣而浪費時間。即使裝上了彈匣，她還得猛拉滑座以確定彈膛裡有子彈，所以他才買陽春型的手槍，只要向前亮出槍管就行了。柯雷這時輕鬆舉槍。他為《暗世遊俠》畫過同一種手槍，以不同角度畫了不下一千次。正如他所料，六顆子彈只缺一顆。他搖出剩下的一顆子彈，不用看就知道是什麼型號。貝絲手槍裡裝的是俗稱『警察殺手』的子彈，屬於嚴格禁止的彈藥，也稱為『開花彈』。這種子彈的威力強大，她的頭殼被轟掉了一半並不奇怪，令人稱奇的是居然只轟掉一半。他低頭看著靠在一角的女屍，忍不住哭了起來。

『柯雷？』這次是湯姆在喊，他正從地下室上來，『哇，阿尼這裡真是應有盡有啊！他還有把機關槍，被查到了保證送他進沃爾坡州立監獄吃牢飯。我敢打賭……柯雷？你沒事吧？』

『我來了。』柯雷邊說邊擦眼淚。他倒出左輪剩下的子彈，把槍插進腰帶，然後拔刀放在貝絲的流理台上，刀鋒仍在自製的刀鞘裡。看來他換到了更高級的武器。『再給我兩分鐘。』

『喲！』

柯雷聽見湯姆叩叩走下樓梯回地下室。他雖然仍在飆淚，但聽見湯姆『喲』的一聲，還是不禁會心一笑。他非記下這一幕不可：就算是家住郊區、心地善良的矮冬瓜同性戀，只要給他一整間槍械讓他隨便玩，他馬上就會模仿起史特龍，把『喲』字掛在嘴邊。

柯雷開始搜抽屜。打開第三個抽屜時，他發現一個沉甸甸的紅盒子，上面印著粗黑的**美國捍衛者牌點四五子彈五十組**，用擦盤子的毛巾蓋著。他把子彈盒放進口袋，然後去地下室與湯姆、愛麗絲會合。此地不宜久留，他希望越早走越好。問題是，他得想辦法勸他們別妄想帶走阿尼收藏的所有槍械。

他提著露營燈，來到廚房與客廳間的拱門，走到一半就停下來向後看一眼，看著地上的兩具女屍。他剛才幫貝絲拉下裙子其實無濟於事，屍體就是屍體，傷口暴露無遺，就像《聖經》〈創世紀〉裡諾亞喝醉剝光衣服被兒子撞見一樣一絲不掛。他大可去找個東西蓋屍，但是現在蓋住這兩具，以後要蓋到什麼時候才能停手？等到蓋上了雪倫和兒子的屍體嗎？

『願上帝憐憫。』他低聲說，但是他懷疑上帝會不會只因為他的要求，就特赦雪倫母子倆。他放下露營燈，看見地下室晃動的手電筒燈光，循著光線下樓去找湯姆與愛麗絲。

21

湯姆與愛麗絲都繫上了腰帶兼槍套，兩人各插了一把大口徑的手槍，而且是自動手槍。湯姆更在一肩圍上子彈帶。柯雷看了不知該哭還是該笑，甚至還有點想又哭又笑，但是這樣一來，他們一定會以為他開始歇斯底里了。當然，他的確是開始歇斯底里了。

地下室的牆上有一部薄形電漿電視，比廚房那部大了許多。另一部電視只稍微小一點，可以連接各種品牌的電玩遊戲機。假如時光倒流，柯雷倒很願意玩玩看，甚至越看越覺得垂涎三尺。屋主彷彿是想用懷舊風格緩和一下高科技的味道，在乒乓球桌旁的角落擺了一架席伯格牌（Seeberg）點唱機，鮮艷的色彩如今暗沉無生氣。當然，這裡也有槍櫃，從共有兩個槍櫃，鎖沒有打開，但是正面的玻璃已經敲碎。

『雖然被長條形的櫃鎖鎖住，不過愛麗絲去車庫找到工具箱，』湯姆說：『用扳手敲破玻璃。』

『輕輕鬆鬆。』愛麗絲謙虛地說：『我在車庫的工具箱後面找到這個，原本包在毛毯裡面。該不會是？……』她從乒乓球桌上拿起她講的東西，小心握著折疊式的槍托，拿給柯雷看。

『我的老天爺，』他說：『這東西是……』他瞇眼仔細看扳機護圈上方的壓印字樣，『我認為是俄製的槍。』

『一定錯不了。』湯姆說：『你認為是不是卡拉什尼科夫輕機槍（Kalashnikov）？』

『不曉得。找到了適用的子彈嗎？找看看有沒有符合槍上字樣的盒子。』

『找到了半打。每個盒子都好重。這是機關槍，對吧？』

『大概對吧。』柯雷扳動一條桿，『一個功能一定是單發，另一個功能是連續發射。』

『一分鐘能射幾顆？』愛麗絲問。

『不知道，』柯雷說：『不過應該是以秒計算吧！』

『嘩！』她的眼睛瞪大了，『你知道怎麼用嗎？』

『愛麗絲，農場的男孩十六歲就要學開槍，我想我應該也摸得出來該怎麼用吧！大概要先繳一盒子彈當學費，不過想上手不是難事。』他心想：上帝保佑，別讓槍在我手裡爆炸。

『這種東西在麻州合法嗎？』她問。

『現在合法了，愛麗絲。』湯姆面無笑容說：『該上路了嗎？』

『對。』她說完後望向柯雷，也許仍不太習慣發號施令。

『對。』他說：『往北前進。』

『我贊成。』愛麗絲說。

『好，』湯姆說：『往北前進。出發吧！』

GAITEN ACADEMY
蓋頓學院_
3

1

第二天早晨，陽光穿透雨霧而過時，柯雷、愛麗絲與湯姆來到北瑞丁（North Reading），在廢棄的馬場旁找到一間穀倉暫住。他們從穀倉門觀察到第一群瘋子開始出現，集體往威明頓（Wilmington）的方向走上六十二號公路，向西南前進。他們的衣服全都濕透了，而且破爛不堪，有些人甚至沒有鞋子可穿。正午之前，所有的瘋子已經走完了。到了下午四點，太陽從雲層中露臉，輻射出長長的光柱，瘋子開始集體往今早來的方向回去。許多人邊走邊吃東西。有些人攙扶走不動的人。就算今天出過人命，柯雷、湯姆與愛麗絲也沒有看見。

六、七個瘋子各扛著一種大東西，柯雷覺得眼熟，因為愛麗絲曾在湯姆的客房衣櫃裡找出這種東西。當時三人圍著這個東西站，不敢打開來聽。

『柯雷？』愛麗絲問：『為什麼有些人扛著手提音響？』

『我不知道。』他說。

『不妙。』湯姆說：『他們集結的行為不妙，他們互相扶持的行為也不妙，最最不妙的是看見他們扛著大型手提音響。』

『只有幾個帶了……』柯雷講到一半。

『看那個女人，在那邊。』湯姆打斷柯雷的話，指向六十二號公路上的中年婦女。她的步履蹣跚，捧了一個收音機兼ＣＤ音響，大小如客廳的托腳小沙發。她把音響緊緊抱在胸前，當成睡嬰來抱，電線從後面的收線孔裡掉出來，拖在路面上。湯姆接著說：『看了這麼多手提音響，卻沒看見有人帶了檯燈或烤麵包機。說不定這些人被設定成專找吃電池的收音機，然後打開電源開關，開始廣播那種聲音、脈衝、潛意識訊息之類的鬼東西。說不定他們想對付第一次攻擊的漏網之魚。兩位覺得呢？』

他們。大家最愛用的代名詞，充滿疑神疑鬼的念頭。愛麗絲已從不知哪裡掏出小球鞋，單手緊捏著，但是她開口時，語氣已經夠平靜了。『我認為不是這樣。』她說。

『不然是怎樣？』湯姆問。

她搖搖頭。『我也說不出來，感覺不是這樣就是了。』

『女人的第六感？』他面帶微笑卻沒有冷笑。

『也許吧，』她說：『不過我認為有件事很明顯。』

『什麼事，愛麗絲？』柯雷問。他隱約知道她想說什麼，而他沒猜錯。

『他們越變越聰明了，不是自己的頭腦變聰明，而是靠著集體思考。這樣講也許太誇張了，不過總比湯姆的假設來得可能。他們不太可能想收集一大堆吃電池的ＦＭ大砲收音機，一起打開來，把我們一砲轟到神經國去。』

『心電感應集體思考。』湯姆說完沉思起來。愛麗絲看著他。柯雷已經認定她的推理正確，這時望向穀倉門外，看著今天回巢的最後幾個瘋子，心裡想著，今晚一定得去找一本公路的地圖集。

湯姆點頭說：『這樣說應該沒錯。也許集體行動的動物都會心電感應、集體思考。』

『你是真的認同，還是只想讓我覺得……』

『我是真的認同妳的看法。』他說。他伸手去碰愛麗絲握著小球鞋的那隻手。愛麗絲現在捏球鞋的動作變快了。『真的真的認同。別再捏球鞋了，好嗎？』

她對他露出心不在焉的微笑，一閃即逝。柯雷看見後再次覺得她好美，真的好美，而且隨時可能崩潰。『那堆乾草看起來好軟，我好累，我想睡個長長的午覺。』

『去睡個夠吧。』柯雷說。

2

柯雷夢見一家三口團聚在肯特塘，正在自家後面的空地野餐。雪倫帶來了納瓦霍印地安毛毯，鋪在草地上，也準備了三明治與冰紅茶。天色忽然暗下來，雪倫指向柯雷的背後說：『快看！心電感應生物！』他轉頭卻只看見一群烏鴉，其中一隻大到遮住了太陽。接著，他開始聽見叮噹音樂聲，聽起來像富豪雪糕車播放的『芝麻街』主題曲，但是他知道曲子來自手機鈴聲。他在夢境裡嚇出了一身冷汗。他回頭一看，發現強尼已經不見了。他問兒子跑哪裡去時，心裡恐慌不已，已經知道答案了。雪倫說，強尼鑽進毛毯去接聽手機了。毛毯隆起了一團。柯雷鑽進去，一陣強烈的乾草香味撲鼻，他大聲阻止強尼接電話，千萬別接聽。他伸手想抓強尼，卻只抓到一顆冰冷的琉璃球，是他在『小小珍寶』精品店買的紙鎮，深處包裹著蒲公英的籽絮，恰似口袋中的一團雲霧。

這時湯姆搖醒他，告訴他手錶的時間已過九點，月亮已經高掛，今晚如果想趕路，就應該趁現在出發。柯雷從沒有這麼高興起床過。整體而言，他比較喜歡做賓果帳篷的夢。

愛麗絲用怪異的神態看著他。

『怎麼了？』柯雷邊說邊確定打開自動武器的保險。這個動作已是習慣成自然。

『你剛才在講夢話，一直講「別接，別接。」』

『大家都不應該接，』柯雷說：『不接的話，現在就不會這麼悽慘。』

『啊，可惜有誰抗拒得了鈴鈴響的電話呢？』湯姆問：『電話一響，你的球賽看不成了。』

『波斯先知查拉圖斯特拉（Zarathustra）如是說。』柯雷說。愛麗絲笑到哭出來。

3

月亮在雲朵間竄進竄出，柯雷心想，不就像小男生海盜尋寶歷險記的插圖。這時三人離開馬場，繼續往東前進。這一晚，他們開始遇見了同類。

柯雷換手拿自動步槍，因為裝滿了子彈，感覺重得不得了。他心裡想著：因為現在是我們的時間。白天是電話瘋子的天下，星星出來時，就歸我們稱霸。我們就像吸血鬼，被放逐到黑夜。靠近時，我們認得出同類，因為我們仍能交談；距離稍遠，我們一見背包即可辨識同類，而且越來越多同類也開始帶槍；但距離遙遠時，唯一能確定同類的手法只有搖搖手電筒光束。三天前，我們不只統治全地球，同樣也對絕跡的生物心存愧疚，因為人類為了享受全天候的有線新聞網與微波爐爆米花而破壞環境。現在呢？我們成了手電筒族。

他望向湯姆。『他們去哪裡了？』他問：『太陽下山後，那些瘋子跑去哪裡了？』

湯姆對他板著臉說：『北極。因為小矮人被傳染到狂馴鹿病，全病死了，這些人去北極代班，等新的一批小矮人報到。』

『天啊！』柯雷說：『昨晚是不是有人睡錯乾草堆、吃錯了藥？』

但是湯姆仍然不願微笑。『我好想我的貓。』他說：『不知道牠平不平安。你一定認為我好痴呆。』

『才不。』柯雷雖這麼說，心裡卻有點贊同，因為他擔心的對象是老婆與兒子。

4

他們來到小鎮巴勒德谷（Ballardvale），全鎮只有兩組紅綠燈。他們在一家兼賣卡片的書局找到公路地圖集，現在開始繼續往北前進。州際公路九十三號與九十五號形成了V字形，環境不無鄉村情趣，他們很慶幸這天決定在這裡紮營。三人遇見的同類多半往西走，因為聽說州際公路九十五號發生了慘重的車禍，路面塞得無法通行。往東走的人只有少數幾個，其中一人說，州際公路九十三號的威克菲德（Wakefield）交流道附近有油罐車引發大火，導致北上車輛延燒了將近一英里。這人說：『臭到像地獄的炸魚條。』

踽踽前行至安多福（Andover）近郊時，他們又遇到手電筒族，也聽見了一個謠傳。這個說法口耳相傳不絕，後來轉述的人個個當成是事實，說得斬釘截鐵：新罕布夏州與麻州的邊境被封鎖了。新罕布夏州的州警和警長特派警察接獲了格殺勿論的指示，不管來人是不是瘋子，一概先槍斃再說。

三人陪著一位老人走了一段路。老人臭著臉說：『警察老早就把格殺勿論當座右銘，只差沒刻在警車的車牌上招搖，現在不過是執行新版本而已。』他穿著名貴的輕大衣，揹了一個小背包，拿著加長型的手電筒，大衣口袋露出手槍的槍托。『如果你人在新罕布夏州，你可以自由生活，但是如果你想進來新罕布夏州，他媽的，等於是去送死。』

『這……未免太難以置信了吧。』愛麗絲說。

『信不信由妳啦，小妹妹。』老人說：『我遇見幾個人跟你們一樣想往北過州界，卻被嚇得趕緊往南逃回來，因為他們在敦斯特柏（Dunstable）北邊看見有人想進新罕布夏州，馬上被一槍打死。』

『什麼時候？』柯雷問。

『昨天晚上。』

柯雷另外想到幾個問題，但卻噤聲不問。大家一同走在塞滿空車卻仍可供行人通行的公路，走到了安多福時，臭臉老人與多數人轉向一三三號公路，往西方的羅沃爾（Lowell），只剩柯雷、湯姆與愛麗絲站在安多福的大馬路上，除了幾個拿著手電筒覓食的人外，這裡幾乎是空城。他們必須做出決定。

『妳相信嗎？』柯雷問愛麗絲。

『不相信。』她說完望向湯姆。

湯姆搖搖頭。『我也不信。我認為那老人的說法可疑，有點城市傳奇的味道。』

愛麗絲邊聽邊點頭。『現在的新聞已經傳不快，因為沒電話可用了。』

『對，』湯姆說：『他那種說法絕對是新一代的城市傳奇。不過話說回來，新罕布夏州有點鄉下，我朋友喜歡把那邊叫做「新倉鼠州」⑫。所以我才認為應該找偏僻一點的地方過州界。』

『就這樣辦吧。』愛麗絲說。一行人再次動身，在市區有人行道可走時盡量走人行道。

5

走出安多福的外圍前，他們見到一個男人把兩支手電筒串起來戴在頭上，兩邊的太陽穴各亮一支。這個人從IGA超市的破櫥窗走出來，友善地揮揮手，然後朝三人走來，繞過凌亂的購物推車，一面把罐頭放進像送報生的布袋裡。他走到一輛翻覆的小卡車旁，自我介紹是梅休因（Methuen）市的洛斯可・韓特，然後問他們想往哪裡去，柯雷回答緬因州後，韓特搖搖頭。

『新罕布夏州的邊界被封鎖了。不到半小時之前，我才碰到兩個掉頭回來的人，說警察是想辨識正常人和瘋子，可惜警察沒有盡力。』

『那兩個人有沒有親眼看到？』湯姆問。

韓特看著湯姆，說不定認為湯姆也瘋了。韓特說：『不相信別人的話也不行了，老弟。現在總不能打電話求證吧？』他停頓後說：『他們在撒冷和納許亞一帶燒屍體。那兩人說的，還說味道像烤豬。我要帶五個人往西走，想在日出之前多趕一些路。向西走的話通行無阻。』

『是你聽說的嗎？』柯雷問。

韓特面帶輕微的輕蔑看著他。『是這樣講的，沒錯。我老媽以前常說，聰明人一點就通。如果你們真想北上，一定要趁半夜過邊界，因為瘋子晚上不出來。』

『我們知道。』湯姆說。

頭插了兩支手電筒的韓特不理湯姆，繼續與柯雷對話，想必是把柯雷當成三人的領袖。『瘋子也不拿手電筒。拿手電筒的時候記得前後搖。要講話，而且要大聲講。瘋子也不會講話。我懷疑邊界的警察會不會放你們過關，不過如果走運的話，警察也許不會對你們開槍。』

『他們越來越聰明了。』愛麗絲說：『韓特先生，你應該知道吧？』

韓特哼了一聲。『他們現在成群走，也不會互相殘殺了。這樣算不算變聰明，我就不曉得了。不過他們見了我們照殺不誤，這點我敢確定。』

韓特一定看出了柯雷臉上的疑慮，因為他露出微笑，但卻被手電筒照成了難看的表情。『今天早上，我看見他們逮到了一個走出去的女人，』他說：『我親眼看見的。』

點頭說：『好。』

知道她出去做什麼。這事發生在托普斯菲（Topsfield），離這裡以東差不多五英

那一群人住在Motel汽車旅館。她正朝旅館走過來。不是用走的，她走得匆忙，

與『新罕布夏州』諧音。

幾乎是用衝的，邊跑還邊向後看。我看見她是因為我睡不著。』他搖搖頭，『很不習慣白天睡覺。』

柯雷想說遲早會習慣，但是他並沒有說出來，只看見愛麗絲又握著小球鞋求心安。他不想讓愛麗絲聽下去，但是也知道無法阻止她，原因之一是這段話屬於求生資訊，原因之二是反正目前充斥的就是這類消息。這份消息與新罕布夏州邊界的傳聞不同，他幾乎能篤定確有其事。這類消息聽多了，也許能開始歸納出一些脈絡與因果。

『她也許是想找個比較舒服的地方睡覺吧！就這麼簡單。她看見我這間汽車旅館心想：「有床舖的房間，就在Exxon加油站旁邊，過一條街就到了。」結果只走到一半，一群瘋子就從轉角出現，朝她走過去……你知道他們現在怎麼走嗎？』

韓特模仿玩具兵的走法，僵著身體朝他們走來，送報生的布袋跟著搖來晃去，與手機瘋子的姿態不盡相同，但三人能體會他想傳達的意思，所以點了點頭。

『結果她……』他向後靠在翻覆的小卡車邊，用雙手搔搔臉，『我講這話的用意是希望你們瞭解，不能隨便出去被抓到，別以為他們越來越正常就被騙出去，別只因為他們當中一、兩個偶爾運氣好，按對了手提音響上的按鈕，開始播起了ＣＤ……』

『你也看見了？』湯姆問：『聽見了音響？』

『對，兩次。第二次我看見一個男人，捧著音響搖來搖去，晃得ＣＤ跳音跳得好嚴重，不過ＣＤ還是照放。所以說，他們喜歡聽歌，不過，就算他們的腦筋恢復了一點點正常，我們也不能因此就放鬆戒心，你說是吧？』

『那女人後來怎樣了？』愛麗絲問：『跑出去被抓到的那個。』

『她想冒充成瘋子，』韓特說：『我站在房間的窗口邊看邊想：「哇，這女生真厲害，加油加油，繼續再裝一下，說不定有機會能突破重圍，跑進什麼地方躲起來。」因為瘋子不愛進室內。你們注意到了沒？』

柯雷、湯姆與愛麗絲搖頭。

韓特點頭繼續說：『他們還是肯進室內，因為我親眼看過，只是不喜歡進去就是了。』

『他們怎麼看穿她的？』愛麗絲又問。

『我不太清楚。大概是聞到味道了吧。』

『也可能是摸清了她的思想。』湯姆說。

『也可能是摸不清她的思想。』愛麗絲說。

『這我沒概念，』韓特說：『只知道他們當街把她撕開，最後把她扯成碎片，不蓋你。』

『這事發生在幾點？』柯雷問。他看出愛麗絲出現不支的現象，伸出一隻手摟住她。

『今天早上九點。在托普斯菲。所以說，如果你們在黃磚道⓭看見一群瘋子捧著手提音響，播放著〈為何不能交朋友〉……』他用戴在頭上的兩支手電筒照著三人的臉，陰森森地看著，『千萬別衝出去喊齊莫沙比⓮打招呼。』他停頓一下，『換了我，我也不想往北走。即使

⓭出自《綠野仙蹤》，女主角踏著黃磚道去向巫師討教。
⓮老影集『獨行俠』裡的招呼語。

警察不會在邊界對你們開槍，也是白走那一趟。』

但是之後，三人在超市的停車場稍稍請教他人後，仍然決定北上。

6

三人在北安多福稍停，站在横渡四九五號公路的人行天橋上。雲層又開始密佈，但是月亮露臉的時間夠長，讓他們看清無聲的公路共有六線道。他們來到天橋與南下車道交接的附近，看見有輛十六輪大卡車像斷氣的大象倒在路面上，有心人在周圍擺出了橘紅色的警示錐，更遠處有兩輛棄置的警察巡邏車，其中一輛側翻。大卡車的後半部燒得焦黑。在乍現的月光下，他們看不見屍體。有幾人在路肩吃力地往西走，但即使是路肩也是寸步難行。

『這下子我們可認清事實了吧？』湯姆說。

『不同意。』愛麗絲說。她的語氣漠不關心，『對我來說，這比較像暑假大片裡的特效，觀眾買一桶爆米花和可樂，欣賞世界末日……怎麼說？電腦動畫？CGI？在藍色布幕前比畫？還不簡單。』她抓住小球鞋的鞋帶舉起來，『我只需要這東西來面對現實。小到能握在手裡的東西。好了，我們走吧。』

7

二十八號公路上有許多空車，但這條比四九五號公路寬敞，到了凌晨四點，他們已經接近『兩支手電筒先生』韓特的家鄉梅休因。他們聽信了韓特的故事，趕緊在天亮前找地方躲起來。他們看上了二十八號公路與一一〇號公路交叉口的汽車旅館。這裡有十幾輛車停在各個房間前，但是柯雷認為這幅景象有荒廢之感。怎麼不荒廢？這兩條公路雖然可以通行，但得徒步才能過來。柯雷與湯姆站在停車場邊緣，把手電筒舉到頭上亂照。

『我們沒問題！』湯姆呼喊，『我們是正常人！正要進去！』

他們等了一會兒，裡面無人回應。招牌寫著：『甜蜜谷旅館，溫水游泳池，ＨＢＯ，團體另有優惠』。

『進去吧，』愛麗絲說：『我的腳好痛，而且不久就要天亮了，對不對？』

『看看這個。』柯雷說著從旅館的住宿登記處拾起一片ＣＤ，用手電筒照亮，是麥可・波頓的『醉情歌』（Love Songs）專輯。

『妳還說他們越變越聰明。』湯姆說。

『別太早下定論。』柯雷說著，三人繼續往房間走去，『ＣＤ的原主不管是誰，不是已經扔掉了ＣＤ嗎？』

『比較像不小心掉了。』湯姆說。

愛麗絲把自己的手電筒照在ＣＤ上。『這歌星是誰呀？』

『乖美眉，』湯姆說：『不知道比較好。』他把ＣＤ拿過來向後拋掉。

他們推一推緊臨的三道房門，動作盡量放輕，不想破壞門鎖，希望進了門之後還能鎖緊。有床好睡，他們睡掉了幾乎整個白天，沒有受到干擾，但當晚愛麗絲說她好像聽見遠方傳來音樂。不過她也承認，也許是夢境的一部分。

8

甜蜜谷旅館的大廳兼賣地圖，內容應比他們手上的公路地圖集來得詳盡。地圖陳列在被打碎的玻璃櫃裡，柯雷伸手取出麻州與新罕布夏州各一張，動作小心，以免手被玻璃割傷，這時看見有個年輕人躺在櫃台另一邊。年輕人用了無生氣的眼珠怒視著。柯雷的腦筋一時轉不過來，以為有人在屍體的嘴巴放了朵顏色奇怪的胸花，仔細一看才發現有淡綠色的尖端從屍體的臉頰穿出，這才聯想到陳列櫃的碎玻璃也是淡綠色。屍身穿的衣服有個名牌，上面寫著：**我名叫漢克，請向我詢問包週特價**。柯雷看著漢克時，不禁短暫回想起李卡迪先生。

湯姆與愛麗絲在大廳門邊等他。現在是晚上八點四十五分，天色已經全黑。『收穫如何？』愛麗絲問。

『這兩份應該夠用。』他說著遞給愛麗絲地圖，然後舉起露營燈，方便她與湯姆比對公路地圖集，同時規劃今晚的路線。對於強尼與雪倫，他盡量培養出宿命感，拚命告訴自己：發生在肯特塘的事情已經發生了。兒子與妻子不是沒事就是出事了，他不是找得到他們就是找不到。這種宿命觀時來時去。

情緒開始失控時，他告訴自己，能活下來已經算命大了，這一點百分之百正確。但不幸的是，脈衝事件爆發時他人在波士頓，以最快捷的路線北上肯特塘也要走一百英里，而他們現在的路線曲折蜿蜒。不過他正好碰上好人，這一點不容忘記。他把這兩位當成好朋友。此外，他也見到了不少運氣欠佳的人：爭啤酒桶的男人、舉《聖經》說教的胖婆、梅休因的韓特先生等等。

雪倫，如果強尼跟妳會合了，妳最好用心照顧他，否則我找妳算帳。

但是，假如強尼那天把手機帶在身上呢？假如他把那支紅色手機帶去學校，那怎麼辦？他最近不是比較常帶在身上嗎？因為好多同學都帶手機？

上帝啊。

『柯雷？你沒事吧？』湯姆問。

『很好。怎麼了？』

『不知道。你剛看起來有點……鬱卒。』

『櫃台裡面死了一個人，死狀很慘。』

『看這邊。』愛麗絲說。她在地圖上指出一條線，彎彎曲曲橫越州界線，到了培倫的東邊，好像接上新罕布夏州三十八號公路。『這一條好像不錯，』她說：『如果去那邊的公路往西走個八、九英里……』她指向一一〇號公路，『……應該就可以到。你們覺得呢？』一一〇號公路上的汽車與柏油在毛毛雨中閃現微光。

『應該可以吧。』湯姆說。

她把視線從湯姆轉向柯雷。她已經把小球鞋收起來（大概收進背包去了），但柯雷看得出她想拿出來捏一捏。他心想，幸虧她不抽煙，否則一天少說消耗四包。『如果警方在邊界設下了……』她說到一半就停了下來。

『到時候再擔心吧。』柯雷說，但是他並不煩惱。無論邊界有沒有警察，他都要去緬因州。縱使他必須像每年十月越過加拿大邊境去摘蘋果打工的非法外勞一樣，爬過荊棘叢，他也照爬不誤。如果湯姆與愛麗絲決定不跟他闖關，那就太可惜了，因為他很不願意離開他倆……但是他非闖不可，因為他一定要知道母子二人是生是死。

愛麗絲在地圖找到的蜿蜒紅線名叫多斯提（Dostie）溪路。走上這條路後，一路上幾乎無車無人，徒步四英里即可到達州界線，他們只看到不過五、六輛空車與一輛被撞壞的車。他們也通過兩棟民房，看見裡面有燈光，也聽見發電機呼呼運轉中，考慮著要不要進去，但卻立刻作罷。

『屋主說不定想保衛家園，搞不好跟我們打起槍戰。』柯雷說：『一定要假設裡面有人。發電機也許設定在停電時自行發動，一直運轉到燃料用完為止。』

『肯讓我們進去的舉動本來就不正常了，就算裡面住的是正常人，肯讓我們進去，我們又能怎樣？』湯姆說：『跟他們借電話嗎？』

來到某地時，他們也討論要不要『解放』（湯姆的用語）一部車，但最後也否決了。如果州界線有警方或義勇軍鎮守，開著雪佛蘭的Tahoe休旅車過去未免是自討苦吃。

所以他們一路徒步，而州界當然什麼也沒有，只見一個小小的告示板，因為這條路只是兩線道的鄉間柏油路，告示板寫著：**歡迎光臨新罕布夏州！**一路上靜悄悄，只有路旁樹林裡的滴水聲，偶爾傳來微風輕輕嘆息，有時或許也有動物蠢動的聲響。他們只有在看告示板時稍微停下來，然後就繼續動身離開麻州。

9

有個路標顯示新罕布夏州三十八號公路與曼徹斯特十九英里，多斯提溪路到這裡結束，三人獨行的情況也告一段落。走在三十八號公路時，行人仍寥寥無幾，但繼續走了半小時，最後轉進一二八號公路後，難民忽然多了起來，人潮川流不息。一二八號公路的路面寬敞，幾乎通往正北，隨處可見車禍。這條公路上的行人多半三、四人成群行動，柯雷覺得這些人居然各走各的路，不太關心其他人的死活。

他們遇上了一個年約四十的女人與一個大概比她大二十歲的老人，各推一台購物推車，裡面各躺了一個兒童。老人推的是男童，睡在推車上嫌擠了一點，但他卻有辦法蜷縮起來熟睡。柯雷與同行人經過這個不太搭調的家庭時，老人的推車滾輪掉了一個，推車立刻傾向一邊，年約七歲的男童跌了出來，幸好湯姆反應得快，攫住了他的肩膀，他才沒有跌得太嚴重，只擦傷了一腿的膝蓋。儘管傷勢不重，男童卻嚇壞了。湯姆抱他起來，男童因為不認識他而想掙脫，哭得比剛才更用力。

『可以了，謝謝，我來抱。』老人說。他把小孩接過去，陪他在路邊坐下，然後幫他吹一吹傷口。老人把他的傷口稱為『哺哺』。柯雷七歲大以後好像就沒聽過這種說法了。老人說：『葛列格里幫你親一親，不會再痛痛。』他吻了擦傷的地方，男童把頭靠在他的肩膀，已經開始睡著。葛列格里對湯姆與柯雷點頭微笑。他看起來幾乎累歪了。上個禮拜之前，他也許勤上健身房，六十歲還精壯得像一尾活龍，如今卻老了十五歲，活像拚了老命想趕快逃出波蘭的猶太人。

『我們沒事了。』他說：『你們可以走了。』

柯雷張嘴想說：為何不乾脆一起走？為什麼不能合作？老葛，你意下如何？他在青少年時期讀的科幻小說裡，主角一定會說：我們一起合作吧！

『對，還不快走，還在等啥？』女人搶在柯雷開口前說。她的推車裡的女童大約五歲，仍然繼續睡覺。女人站在推車旁，好像剛搶到超低價的商品，擔心被柯雷或他的朋友過來搶走。『想跟我要什麼是嗎？』

『娜塔麗，別這樣。』葛列格里耐著性子疲倦地說。

但是娜塔麗不聽，柯雷這才瞭解這一幕有多麼令人喪氣。他又不是等這女人來伺奉他吃午餐——『午夜』的午餐——如果這女人又累又害怕，因此疑神疑鬼，倒也情有可原。讓他喪氣到極點的是大家只顧著走自己的路，搖著手電筒，只低聲跟自己的小圈圈交談，偶爾換手提行李箱。有個小流氓騎著像沖天炮的機車過來，在汽車殘骸之間蛇行，壓過了路面的垃圾，路人見他過來紛紛讓開，嘴裡卻嘟囔著憎恨的話。柯雷心想，假如剛才的小男生不只擦傷，而是跌斷了頸骨，情況也不會有任何差別。路邊有個胖子氣喘咻咻，提著超重的行軍袋。柯雷心想，假如這胖子突然心臟爆發，倒在路邊，一定不會有人去幫他做心肺復甦術，當然也叫不成救護車。

沒有人幫她加油說：對，叫他滾蛋！也沒有人說：嘿，老兄，為什麼不嗆回去，叫她少囉唆？大家只是繼續向前走。

『……因為我們只剩這兩個小孩。我們自己都照顧不了，還想挑這個責任。他裝了「心利調整器」，如果「電慈」用光了，我們怎麼辦，你說啊？現在多了這兩個小孩！有人要小孩嗎？』她四下張望，神態激動。『喂！有沒有人要小孩？』

推車上的小女童動了起來。

『娜塔麗，妳吵醒了波西雅。』葛列格里說。

名叫娜塔麗的女人開始大笑。『算她倒楣！天都塌下來了！』四周的人繼續踏著難民的步伐前進，沒有人搭理，柯雷心想：原來一腳踩空了的感覺就是這樣。世界末日一到，人類就成了這副德行。這時沒有電視攝影機在拍，也沒有大樓失火，更沒有超人氣特派員安德森・庫柏（Anderson Cooper）說：『現在，我們把鏡頭交還給CNN位於亞特蘭大的主播。』國安部因神志紊亂而武功盡廢時，就是這番景象。

『我來揹小男孩好了，』柯雷說：『揹到你們找到適合讓他坐的東西為止。那部推車壞了。』他望向湯姆。湯姆聳肩後點頭。

『離我們越遠越好。』娜塔麗說著，手裡倏然多了一把槍，並不大，也許只是點二二的小手槍，但只要子彈射對地方，連點二二也不會辜負槍主的心意。

柯雷聽見左右兩邊各傳來拔槍的聲音，知道湯姆與愛麗絲也舉槍對準名叫娜塔麗的女人。看樣子，這也是世界末日的一景。

『娜塔麗，槍放下，』柯雷說：『我們現在就走。』

『去你的，百分之兩百答對了。』她說完用另一手的掌撥開遮住眼睛的一束頭髮。她似乎沒注意到柯雷身邊的年輕男子與更年輕的女人正舉槍對準她。現在，路過的人總算正眼看過來了，但他們唯一的反應是稍微加快腳步，趕緊通過衝突現場，避免見到流血的場面。

『走吧，柯雷。』愛麗絲輕聲說。她把空出來的一隻手放在他的手腕上，『以免有人挨槍子。』

三人繼續上路。愛麗絲用一隻手握著柯雷的手腕走著，把他當成男朋友。柯雷心想：只是半夜出來散散步。但是他不知道現在幾點，也不想知道。他的心臟狂跳。湯姆跟著他們走，但是剛離開現場時他一路舉槍倒退走，一直到三人來到轉彎處才轉過來。柯雷猜想，湯姆擔心如果娜塔麗最後決定動用小手槍，他至少做好了反擊的準備。因為反擊也是世界末日的做法之一，畢竟現在電話線路暫時中斷，請稍後再撥。

10

破曉前的幾小時，三人走在曼徹斯特以東的一〇二號公路，這時開始聽見音樂，起先非常微弱。

『天啊，』湯姆停下來說：『這曲子是〈小象走路〉。』

『是什麼？』愛麗絲好奇地問。

『是汽油一加侖兩毛五時代的大樂團演奏曲。大概是雷斯・布朗和聞名樂團（Les Brown and His Band of Renown）的歌曲吧。我母親以前有這張唱片。』

兩名男子走到三人的身邊，停下來寒暄幾句。這兩人年紀雖大，身體卻很硬朗。柯雷心想：就像剛退休的郵差逛英國小鎮科茨沃德。誰知道在哪裡。其中一人揹著登山背包，不是日常小背包，而是長至腰部、加了鋁框的大背包。另一人揹的是簡便背包，掛在右肩膀，另一肩扛著看似點三〇—點三〇步槍。

大背包的額頭皺紋遍佈，他伸出前臂拭去汗水說：『你母親那張大概不是雷斯・布朗的唱片，比較可能是唐・科斯塔⑮或亨利・曼西尼⑯。這兩人的唱片很暢銷。至於這一首嘛……』他把頭歪向幽魂似的音樂，『……這一首是勞倫斯・威爾克⑰，是我這輩子最喜歡的藝人。』

『勞倫斯・威爾克。』湯姆吸了一口氣，語氣近乎敬畏。

『是誰啊？』愛麗絲問。

『聽聽小象走路就對了。』柯雷說著笑起來。他累了，感覺無厘頭，忽然想到強尼會愛死這首曲子。

大背包以輕蔑的神態瞄了他一眼，然後繼續看著湯姆。『是勞倫斯・威爾克沒錯，』他說：『我的眼睛已經不太靈光了，但耳朵還很管用。以前每個禮拜六晚上，老婆和我必看他的節目。』

『道奇（Dodge）也玩得很盡興⑱。』小背包說。他只講這句，柯雷聽得一頭霧水。

⑮Don Costa，一九二五—八三，美國編曲、製作家。
⑯Henry Mancini，一九二四—九四，美國影視作曲家。
⑰Lawrence Welk，一九〇三—九二，美國藝人。

『勞倫斯‧威爾克和他的香檳樂團，』湯姆說：『好棒。』

『勞倫斯‧威爾克的樂團應該叫做香檳音樂製造者（Champagne Music Makers）⑲。』大背包說：『搞清楚再說嘛。』

『別忘了藍儂四姊妹（Lennon Sisters）和可愛的艾莉絲‧朗恩（Alice Lon）⑳。』湯姆說。

遠方的音樂換了一首曲子。『這一首是〈加爾各答〉。』大背包接著嘆氣說，『好了，我們也該上路了。今天很高興跟你們閒聊。』

『應該說今晚。』柯雷說。

『不對，』大背包說：『現在的晚上算是白天了。你難道沒注意到？祝兩位順心。妳也一樣，這位小女士。』

『謝謝你。』站在柯雷與湯姆間的小女士語氣微弱地說。

大背包開始前進，小背包以穩健的步伐跟在他旁邊。兩老的四周是浮浮沉沉的手電筒光束，眾人一同深入新罕布夏州。但大背包驟然停下來，回頭又講了一句話。

『你們頂多只能再走一個鐘頭，』他說：『然後找間民房或汽車旅館休息。你們知道鞋子的事吧？』

『什麼鞋子？』湯姆問。

大背包耐著性子望著他們，把他們當成不懂狀況的人。遠方隱約傳來的也許是〈加爾各答〉，這時變成一首波卡舞曲，在雨霧茫茫的夜晚顯得極不協調。而這個揹著大背包的老頭居然想聊聊鞋子。

『每進一間房子，記得把鞋子留在門階上，』大背包說：『別擔心，不會被瘋子偷走。這樣做可以讓別人知道這一間已經有人住了，請繼續往前另外找一間，以免……』他的視線落在柯雷帶著的大型自動武器，『……以免發生意外。』

『發生過這種意外嗎？』湯姆問。

『那還用說，』大背包的口氣淡然，令人不寒而慄。『人就是人嘛，難免製造意外。不過空房子多得是，你們沒有碰上意外的必要。鞋子擺外頭準沒錯。』

『你怎麼知道？』愛麗絲問。

他對她微笑，表情看來友善了許多。一般人很難不對愛麗絲微笑，因為她年輕，而且即使在凌晨三點，她仍然顯得楚楚可人。『別人講話時我專心聽。我講話的時候，別人倒不一定總是洗耳恭聽。你們聽進去了嗎？』

『聽進去了。』愛麗絲說：『聽別人講話是我的一大優點。』

『聽了之後傳下去。跟他們爭就已經夠麻煩了。』他不需要說明是誰，『跟我們自己人相處還出意外，那就太糟糕了。』

⑱該節目的贊助商是道奇汽車，片尾以這句置入性行銷語道別。

⑲勞倫斯．威爾克的曲子風格特別甜美，有一次一名舞者形容他的音樂聽起來，好像是冒著泡泡的香檳酒，從此『香檳音樂』之名不脛而走。

⑳都是以香檳音樂製造者成名的藝人。

柯雷想到舉起點二二小手槍的娜塔麗。他說：『有道理，謝謝你。』

湯姆說：『這一首是〈啤酒桶波卡〉，對不對？』

『答對了，小朋友，』大背包說：『手風琴是麥朗・佛羅倫（Myron Floren）彈的。願他長眠於天堂。建議你們去蓋頓過一宿，從這條路再走個兩英里就到，是個不錯的小村莊。』

『你們也打算去蓋頓休息嗎？』愛麗絲問。

『不對，我和羅夫可能還想繼續往前多走一點。』他說。

『為什麼？』

『小女士，因為我們行嘛，就這麼簡單。祝妳白天順利。』

這一次他們不再糾正他。他跟隨著小背包——也就是羅夫——拿的手電筒光線前進。儘管兩老年近七旬，轉眼間卻已消失在視線範圍之外。

『勞倫斯・威爾克和他的香檳音樂製造者樂團。』湯姆嚮往地說。

『〈小象走路〉。』柯雷邊說邊笑。

『為什麼道奇也玩得盡興？』愛麗絲想知道。

『因為它行嘛，我猜。』湯姆看見她一臉困惑，忍不住捧腹大笑。

11

大背包建議他們投宿的小鎮是蓋頓，而音樂正是從這裡傳出。柯雷青少年時曾去波士頓參加重金屬樂團ＡＣ／ＤＣ的演唱會，音響震得他耳鳴數日，蓋頓的音樂分貝雖比不上ＡＣ

／DC，卻讓柯雷回想起父母與他去緬因州南柏威克（South Berwick）參加的夏日樂隊演唱會。他把腦子轉回現實，認為最後一定會在蓋頓的公園找出音樂的來源，發現播放音樂的是個老人，雖不是手機瘋子，卻被亂象搞昏了頭，想播放這些輕鬆歌曲讓撤退家園的人欣賞，而他用的是必須裝電池的擴音器。

音樂的確來自蓋頓的公園，但這裡幾無人煙，只見零星幾人，靠手電筒與露營燈照明，吃著晚晚餐或早早餐。音樂聲來自公園以北。這時曲子已經從勞倫斯·威爾克變成喇叭演奏曲，音符輕柔得令人想睡。

『是馬沙利斯（Wynton Marsalis，知名爵士樂手），對吧？』柯雷問。他準備就此歇腳，也認為愛麗絲看似再也走不動。

『不是他，就是肯尼G。』湯姆說：『肯尼G下電梯時，你知道他講什麼嗎？』

『不知道，』柯雷說：『你正要告訴我。』

『「哇！這地方炫斃了！㉑」』

柯雷說：『好好笑，笑到我的幽默感被震垮了。』

『聽不懂。』愛麗絲說。

『不值得說明啦，』湯姆說：『各位請聽好，我們非休息不可了，我快累垮了。』

㉑原文是This place rocks!（直譯為：這個地方好搖滾啊！）因為Kenny G的曲風與搖滾樂正好相反，不喜歡他的人認為他的音樂很遜，只適合在電梯播放。

『我也一樣。』愛麗絲說：『我常踢足球，以為體力比別人好，可是我真的很累。』

『好吧，』柯雷附和，『三票表決通過。』

他們已經通過蓋頓的購物區，走的是又名一〇二號公路的緬因街，而根據路標，從這裡起，路名稱為學院街。柯雷對這一點並不訝異，因為他在蓋頓的近郊看見一個招牌宣稱歷史悠久的蓋頓學院在此，而柯雷曾耳聞過關於此校的風言風語。新英格蘭區的子弟若成績上不了艾克斯特㉒或密爾頓㉓，就會送來這裡將就。他本以為接下來的市街盡是漢堡王、汽車消音器修理行，以及連鎖汽車旅館，但新罕布夏州的一〇二號公路這一段兩旁是外表美觀的民房。問題是，幾乎家家戶戶的門口都擺了鞋子，有些房子甚至擺了多達四雙。

由於接近天亮，行人紛紛尋找休息處，人流因此大幅減少。三人通過西特革（Citgo）加油站的學院分站，接近蓋頓學院的正門車道。蓋頓學院的正門兩旁豎立著粗石柱。他們逐漸趕上正在前方行走的兩男一女。這三人的年齡近中晚年，一面在人行道上緩緩步行，一面檢查民房門口是否有鞋。女人跛得很嚴重，其中一男攙扶她的腰前進。

蓋頓學院在左邊，柯雷發現音樂從學院裡面傳來（這時已轉為弦樂伴奏的緩板〈帶我飛上明月〉（Fly Me to the Moon））。他這時注意到兩件事，其一是此處的垃圾特別多，多數散落在人行道轉入砂石面的出入車道附近，而這些垃圾是被撕破的袋子、吃了一半的蔬菜、被咬剩的骨頭。柯雷另外注意到的是門口站了一老一少，老人駝背拄著枴杖，少年帶了一盞以電池供電的提燈，放在雙腳之間。少年的年齡大抵不超過十二歲，正靠著一根粗石柱打瞌睡，穿著看似學校制服的服裝：灰長褲、灰毛衣、有校徽的深紅褐色外套。

走在柯雷前方的兩男一女來到學院門口時，身穿粗呢西裝外套、手肘有補釘的老人高聲對他們說：『嗨，三位！嗨，聽我說！請你們過來好嗎？我們可以讓三位暫住，不過條件是先……』他的嗓門尖銳洪亮，是講堂後排也聽得清清楚楚的嗓門。

『沒什麼條件不條件了，』女人說：『我長了四個水泡，一腳兩個，快走不動了。』

『可是，我們有很多間……』老人講了一半，想必是被扶著女人的男人瞪了一眼，因此噤聲。兩男一女走過車道與掛一個招牌的石柱。招牌掛在兩個復古的S形鐵鉤下，寫著**蓋頓學院，成立於一八四六年。『年輕的心靈是黑暗中的明燈。』**

老人被他這麼一瞪，氣餒得又駝背下去，但他隨即看見柯雷、湯姆與愛麗絲走來，再度挺直腰桿，似乎又想喊話，卻認定扯開喉嚨喊話的方法不靈光，只好以枴杖戳一戳身邊男童的肋骨。男童猛然驚醒，直起身子。老人與男童背後有幾棟磚造建築，矗立在黑暗的緩升坡地上，而〈帶我飛上明月〉也換成同樣弛緩的曲子，可能是〈你讓我活蹦亂跳〉㉔。

『喬丹！』他說：『換你上陣了！請他們進來！』

名叫喬丹的男孩被嚇了一跳，對著老人眨眨眼，然後望向前來的三位陌生人，面帶陰沉而不信任的神情，令柯雷聯想到《愛麗絲夢遊仙境》的三月兔與睡鼠。也許是他看錯了──或許沒錯──但他實在累得糊塗了。『唉，他們也一樣啦，校長，』他說：『他們不會進來啦。

㉒Exeter，寄宿中學，九到十二年級。
㉓寄宿學校，幼稚園到十二年級。
㉔I Get a Kick out of You，一九三四，百老匯名曲。

沒有人肯進來。我們明天晚上再試試。我好睏。』

柯雷顧不得自己累不累，只想問清楚老人的意向……除非湯姆與愛麗絲百般不肯。柯雷想問個清楚的原因之一是，這男孩讓他想起強尼，但最主要的原因是男孩死了心，認定在這個不勇敢又不美麗的新世界不會有人肯幫他與老人的忙。

這一老一少看情況只好自救。只不過，看樣子沒過不久，他們值得挽救的東西也會不見。

『快問啊。』老人催促，再用枴杖尖端輕戳喬丹，可是沒有戳到喬丹喊痛的地步。『跟他們說，我們可以提供住宿，空間大得很，條件是他們必須先去看。這情況非找別人來看不可。如果他們也拒絕，我們今晚只好到此為止。』

『好的，校長。』

老人微笑時露出一嘴大板牙。『謝謝你，喬丹。』

男童百般不情願地走向三人，沾滿灰塵的鞋子已見磨損，上衣的尾巴露出毛衣下緣。他一手提著滋滋微響的電燈，熬夜整晚的眼眶黑了兩圈，頭髮髒到非大洗一番不可的程度。

『湯姆？』柯雷問。

『我們去看看他想要什麼，』湯姆說：『因為我看得出你想問個清楚，不過……』

『兩位先生？對不起，兩位先生？』

『等一下。』湯姆對男孩說，然後把視線轉回柯雷，眼神凝重，『再過一個小時就要天亮了，也許一個小時不到。老頭說有地方可以讓我們住，他最好別騙人。』

『當然沒騙人，先生，』喬丹說。他看起來像死了心卻忍不住心生希望，『好多房間。宿舍的房間有好幾百個，另外還有「奇譚姆居」。去年大作家托拜爾斯‧伍爾夫（Tobias Wolff）來過，他就在那裡過了幾夜。他來本校講解他的小說《老校》（Old School）。』

『那本我讀過。』愛麗絲語帶興趣地說。

『沒帶手機的男生全跑光了，帶手機的全……』

『不講我們也知道了。』愛麗絲說。

『我靠獎學金來這裡唸書，原本宿舍在哈洛維。我也沒有手機，想打電話回家時只能跟女舍監借電話，常被其他同學取笑。』

『我倒覺得最後被笑的人是他們，喬丹。』湯姆說。

『是的，先生。』他很有禮貌地說，但藉著滋滋作響的提燈，柯雷看不見笑容，只見悲哀與疲憊，『能請三位過來見教頭嗎？』

雖然湯姆肯定也很累，卻以完全客氣的說法回應，彷彿大夥站在陽光普照的園廊上，也許是正在開家長茶會，忘記了現在是凌晨四點十五分，置身於遍地垃圾的學院街邊。『榮幸之至，喬丹。』湯姆說。

12

『我以前把手機稱作惡魔對講機。』老人查爾斯‧亞爾戴說。他在蓋頓學院擔任英文系主任長達二十五年，脈衝事件發生時他是全學院的代理校長。現在的他拄著柺杖往上坡走，腳步敏捷得令人咋舌。他走在人行道上，盡量別踩到遍佈車道上的垃圾。喬丹走在身旁看護著他，其他三人則跟在後面走。喬丹擔心老人會失去重心，柯雷則唯恐老人心臟病發作，因為老人邊爬坡邊講話，儘管坡度不大，想必也很吃力。

『惡魔對講機的說法當然只是開玩笑，只是嘲謔語，只是滑稽的誇大之詞，但說實在話，我向來不喜歡行動電話，尤其是在學術環境裡。就算我提議將手機趕出校園外也無濟於事，一定會被否決。提議禁止潮來汐往，說不定比較省事，對吧？』他急喘了幾聲，『過六十五歲生日時，我弟送了我一支，結果電被我用完了……』喘了再喘，『從此懶得去充電。手機能發出輻射線，你知道嗎？沒錯，輻射量極其微小，不過還是……而且那麼靠近人頭……接近大腦……』

『教頭，等我們到彤尼球場（Tonney）再說吧。』喬丹說。教頭的枴杖戳到爛水果滑了一下，一時之間向左傾斜，角度大得驚人。

『也好。』柯雷說。

『對，』教頭說：『只不過……我想講的重點是，我一向信不過手機。當初開始用電腦時就不是這樣。我一碰電腦就像鴨子得水。』

來到坡頂時，校園的要道出現岔路，左邊蜿蜒至幾乎可肯定是宿舍的建築，右邊通往講堂、一簇行政辦公室，以及一條在黑暗中隱現白光的拱門道。蜿蜒如河的垃圾從拱門下流過。亞爾戴校長帶著他們向右走，盡量繞過垃圾，由喬丹攙扶他的手肘前進。音樂此時轉為貝蒂‧米勒（Bette Midler）的〈翼下之風〉（Wind Beneath My Wings），從拱門另一邊傳來，柯雷在骨頭與洋芋片空袋之間看見十幾片被丟棄的CD，內心逐漸興起不祥的預兆。

『呃，校長？教頭？也許我們應該直接……』

『不會有事的，』教頭回應，『小時候玩過大風吹吧？誰沒玩過。這就和大風吹一樣，只要音樂不停，我們就不必擔心。我們趕快去看一下，然後再去奇譚姆居。奇譚姆居就是校長公館，距離彤尼足球場不到兩百碼。我以人格保證。』

柯雷望向湯姆。湯姆聳聳肩，愛麗絲點點頭。

喬丹碰巧回頭看（神態相當焦慮），瞧見了三人互動的默契。『你們應該去看看，』他告訴三人，『教頭說得有道理，你們不看不知道。』

『看什麼啊，喬丹？』愛麗絲問。

但喬丹只是看著她，黑暗中只見他年少的大眼珠睜著。『等一下就知道。』他說。

13

『哇靠！』柯雷說。他自以為這話說得像驚恐時喉嚨全力吼出的聲音，也許摻雜些許憤怒的成分，但實際出口的卻像被鞭打時發出的嗚咽。原因之一是音樂聲這時非常接近，音量大到將近很久前聽AC／DC演唱會的分貝，但最主要的原因是他被嚇呆了。現在播放著黛比・布恩㉕，正以純情少女的歌喉詮釋〈你照亮我的生命〉（You Light Up My Life），即使

㉕Debby Boone，一九五九—，美國流行歌星。

音量已開至極限，也難與AC／DC的〈地獄鐘聲〉（Hell's Bells）相提並論。歷經了脈衝事件，也歷經撤退波士頓的波折，他自以為心情已經麻痺，卻被眼前這一幕震呆了。

印象中，這一類的預科學校不會低俗到組織美式足球隊，何況美式足球屬於動粗的運動，但顯然此校非常重視。彤尼足球場的兩旁是看台，可供多達一千名觀眾欣賞球賽，上面插了許多彩旗，被過去幾天的陣雨淋得狼狽不堪。足球場另一邊有個巨型記分板，上緣列出斗大的字母。由於環境暗黑，柯雷看不清上面寫的字，但即使是在白天，他大概也看不清楚。最重要的是，光線足以讓他看清足球場的地面。

在足球場的草皮上，手機瘋子像罐頭裡的沙丁魚仰躺著，肩並肩、腿靠腿、臀接臀，覆滿了整座足球場，注視著破曉前的漆黑天空。

『我的天主啊！』湯姆的聲音模糊，因為他一手捂住嘴巴。

『扶住小女孩！』教頭大喊：『她快昏倒了！』

『沒事……我還好。』愛麗絲說，但柯雷一手攬住她時，她癱靠在柯雷身上，呼吸急促，眼睛睜著卻呆滯如嗑藥後的神態。

『連露天看台下面也有。』喬丹說。他的神態篤定，平靜中幾乎帶有炫耀的成分，柯雷聽了一時不敢相信。這種口氣如同小男生怕朋友恥笑，見到死貓眼眶裡蛆潮洶湧卻假裝不覺得噁心，然後連忙轉身彎腰嘔吐。『我和教頭認為，他們把沒機會康復的人抬到下面去放。』

『要說「教頭和我」，喬丹，「我」要用主格。』

『對不起，教頭。』

戴比•布恩宣洩完詩意，音樂暫歇片刻，勞倫斯•威爾克與香檳音樂製造者的〈小象走路〉再起。柯雷心想：道奇也玩得很盡興。

『他們串連了多少台手提音響？』他問亞爾戴校長，『他們怎麼辦得到？拜託，他們沒有大腦啊，就像殭屍一樣！』柯雷突然產生恐怖的念頭，不合邏輯卻別具信服力。『是你做的嗎？為了讓他們安靜，或者……我不知道……』

『不是他。』愛麗絲說。她安然從柯雷的臂彎裡輕聲說。

『對，你提的兩個假設都錯。』教頭告訴他。

『兩個？我又沒……』

『他們絕對是忠實愛樂人士，』湯姆沉思著說：『因為他們不喜歡進屋子裡。不過，CD放在裡面對吧？』

『而且是用手提音響播放的。』柯雷說。

『現在沒時間解釋了，因為天空已經開始亮起來，而且……喬丹，你來講吧。』

喬丹很聽話，以有背沒有懂的語調複誦出課文：『正常的吸血鬼一定在雞啼之前全回來。』

『沒錯，在雞啼之前，現在先看一眼就好。你們不知道有像這樣的地方吧？』

『愛麗絲知道。』柯雷說。

大家只是看著。由於夜色的確開始退去，柯雷發現足球場上的眼睛全睜著。他很確定瘋子並沒有注視著特定事物，只是……睜著。

這裡的大事不妙了，他心想，集體出沒只是開端。

這裡屬於新英格蘭區，人種多為白人。擠在一起的人體與無神的臉孔已經夠嚇人了，睜眼呆視夜空的模樣更增添了莫名的恐懼。不太遙遠的某處，最早起的鳥兒開始鳴唱，不是烏鴉，但教頭聽了身體仍陡然抽動，兩腳蹣跚起來。這一次扶住他的人是湯姆。

『走吧，』教頭對大家說：『走一小段路就可以到奇譚姆居，不過現在該出發了。濕氣這麼重，我的骨頭比平常更不聽使喚。喬丹，過來扶手肘。』

愛麗絲從柯雷的臂彎掙脫，過去老人的身邊，卻被老人以搖頭微笑阻止了。『有喬丹就行了，我們現在互相照顧，對吧，喬丹？』

『是的，教頭。』

『喬丹？』湯姆問。他們逐步接近一棟都鐸式的住所，房子蓋得大而浮誇，柯雷認為這就是奇譚姆居。

『校長？』

『記分板上面有字，我看不清楚。上面寫什麼？』

『歡迎校友返校參加週末園遊會。』喬丹幾乎微笑起來，但他繼而一想，今年的校友園遊會辦不成了，看台上的旗子早已開始破爛，喬丹臉上的光彩也頓時消散。若非他倦意濃重，他應該仍能把持住自己，無奈時辰已晚，破曉時分將至，他們正走向校長公館，而他是蓋頓學院碩果僅存的學生，仍穿著灰色與深紅褐色的制服。他忍不住痛哭失聲。

14

『太豐盛了，教頭。』柯雷說。他自然而然習慣了喬丹的稱呼語，湯姆與愛麗絲亦然。
『謝謝。』

『對，』愛麗絲說：『謝謝，我一輩子從沒一餐吃掉兩個漢堡——至少沒吃過這麼大的。』

時間是隔天下午三點，他們坐在奇譚姆居的後門廊上。喬丹口中的教頭查爾斯‧亞爾戴用小瓦斯爐烤了漢堡肉讓大家果腹。他說漢堡肉安全無虞，因為自助餐廳的冰庫發電機一直運轉到昨天正午才停擺，而且他取出漢堡肉時，上面果然仍凍了一層霜，而且像曲棍球的圓盤一樣硬。他說在五點前用爐火烤肉大概都還算安全，但謹慎起見，他希望大家提早用餐。

『他們聞得到烤肉味嗎？』柯雷問。

『他們聞不聞得到，我們不想實驗看看吧？』教頭回應，『是不是啊，喬丹？』

『是的，教頭。』喬丹對著第二個漢堡咬下一口。喬丹的反應逐漸遲鈍下來，但是柯雷認為喬丹仍然盡量聽從校長的指示。『在他們醒來之前，以及在他們從市區回來之前，我們必須躲進室內。他們白天都去市區，搜刮得一乾二淨，就像小鳥在田裡啄食穀物一樣。是教頭說的。』

『我們在摩頓市看過，不過這裡回家的時間比較早，』愛麗絲說：『只是我們不知道他們的家在哪裡。』她斜眼看著放在淺盤上的幾杯布丁。『我可以吃嗎？』

『當然可以。』教頭把淺盤推向她。『吃得下的話，再來一個漢堡，反正不吃也會壞掉。』

愛麗絲嘟囔一聲搖搖頭，卻拿起一杯布丁，湯姆也跟著取用。

『他們每天離開的時間幾乎沒變，但回家的行為卻開始越來越慢，』教頭若有所思地說：『為什麼？』

『覓食越來越難？』愛麗絲問。

『也許是……』他吃下最後一口漢堡，然後用紙巾仔細包裹住吃剩的部分。『妳知道嗎？這一帶有很多瘋人群，方圓五十英里粗計有十幾群。從往南走的正常人口中得知，沙道恩（Sandown）、富利蒙（Fremont）和坎迪亞（Candia）也有這種群體。他們白天到處覓食，幾乎是漫無目標，也許連帶尋找ＣＤ，晚上就回原地休息。』

『你敢確定嗎？』湯姆說。他吃完了一杯布丁，伸手再拿。

校長搖搖頭。『麥考特先生，現在凡事都沒有定論了。』他的長髮蒼白凌亂，在午後輕風中微微波動著，柯雷認為一看就知道是英文系的教授。雲飄走了，後門廊讓他們能看盡校園風光，極目所及之處一個人影也沒有。每隔一段時間，喬丹會繞過屋子去偵察通往學院街的下坡路動態，然後回報狀況仍然一切正常。『你們沒看過瘋子棲息的其他場所？』

『沒有。』湯姆說。

『話說回來，我們都摸黑趕路，』柯雷提醒校長，『而現在天色一暗，真的暗到什麼東西都看不見。』

『也對。』教頭說。他悠悠說：『如同le moyen age。喬丹，翻譯一下這句法文。』

『中古時代。』

『很好。』他拍拍喬丹的肩膀。

『即使聚集的人數眾多，天色太暗也不容易看見，』柯雷說：『他們連躲都不必躲。』

『對，所以他們不需要躲起來，』校長亞爾戴說著以雙手拱出尖頂形，『至少還不必躲。他們聚集在一起……去爭食……集體的思考可能在爭食的時候才稍微解體……也許微乎其微。也許每隔一天，解體的程度變得更小。』

『曼徹斯特已經燒得精光了，』喬丹突然說：『從這裡就看得見大火，對不對，教頭？』

『對，』校長附和，『看得令人傷心又害怕。』

『聽說想進南下麻州的人會在州界被槍斃，是真的嗎？』喬丹問：『大家都這樣說。也有人說，想離開新罕布夏州只能往西走，只有和佛蒙特州交界的地方能安全通過。』

『一派胡言，』柯雷說：『我們也聽說新罕布夏州不讓人過界，結果還不是進來了。』

喬丹對著他瞪大眼睛片刻，然後噗哧爆笑出來，笑聲在靜謐的空氣裡清亮而美妙。隨後遠方傳來一記槍響，較近的地方也傳來或憤怒或恐懼的喊叫聲。

喬丹止住了笑聲。

『昨晚他們躺在足球場上，模樣好怪，』愛麗絲輕聲說：『說明一下吧。還有，他們為什麼聽歌？其他的群體晚上也聽音樂嗎？』

校長望向喬丹。

『對，』喬丹說：『全是輕音樂，沒有搖滾樂，沒有鄉村歌曲……』

『我猜應該也沒有古典樂吧，』校長插嘴，『即使有，至少也不放聽起來吃力的古典樂。』

『是他們的搖籃曲，』喬丹說：『教頭和我是這樣推測的，對不對，教頭？』

『教頭和「我」記得用主格，喬丹。』

『是的，主格，教頭。』

『我們的確有此推測，』校長說：『不過我懷疑其中可能仍有蹊蹺。對，大有蹊蹺。』

柯雷驚恐得不知如何應對。他望向同伴的臉，得知他們也有同感，不僅是困惑，也帶有畏懼之餘不願被點醒的神態。

亞爾戴校長傾身向前說：『恕我直言。我必須直言，因為這是一生的習慣。我想請各位幫我做一件壞事。我認為動手的時間很短，而且只做一次也許徒勞無功，但不試試看如何得知呢，對不對？像這些個……群體，他們之間以什麼方式溝通，我們也無從得知。無論如何，我不肯束手讓這些個……東西搶走我的學校，也霸佔整個人間。我早就想動手了，可是我實在太老，喬丹的年紀也太小了。他真的太小了。不管他們現在變成了什麼東西，不久前都還是人類，所以我絕不會讓喬丹插手。』

『教頭，能幫忙的地方我一定幫！』喬丹說。柯雷心想，他的語意堅決如穆斯林教的少年，宛如纏上了炸藥腰帶後抱定了必死的決心。

『喬丹，你的勇氣我心領了，』校長告訴他，『但我認為不妥。』他用親切的神態看著男童，但視線一轉向其他人時，態度嚴肅了許多，『你們有武器，功能強大，我卻只有單發的點二二步槍，而且恐怕也不能用了。我檢查過槍管，應該是沒問題才對，可是即使槍本身沒問題，彈匣閒置已久，恐怕也失靈了。不過，本校有個規模不大的工程車隊，附設了一個加油站，可以用汽油來終結他們的性命。』

他一定看出眾人臉上的惶恐，因為他點了點頭。對柯雷而言，校長已非《萬世師表》㉖裡親和的老師，而是油畫裡的清教徒長老，判處他人服『足枷』刑時連眼皮也不眨一下，焚燒疑似女巫的人時也毫不留情。

他特別對柯雷點頭，柯雷能確定這一點。『我沒有講錯。我知道這話聽來難以相信，不過，嚴格說來這不算殺人，只算消滅害蟲。我無權逼你們做任何事。幫不幫我放火都不要緊……重要的是你們務必把訊息傳下去。』

『傳給誰？』愛麗絲用微弱的語氣問。

『逢人宣傳，麥斯威爾小姐。』他的上身靠在餐餘的上空，絞刑法官的目光尖銳，只見小而白熱的兩個光點，『務必把他們的行為告訴大家，他們這些人聽了惡魔對講機的鬼聲後成了妖魔。在無法挽回之前，被剝奪天日的人必須聽到這消息。』他一手移向臉的下半部，柯雷看見他的手指微微顫抖。他年事已高，旁人很容易認為手抖不足為奇，但柯雷之前從沒

㉖Goodbye, Mr.Chips，同名小說改編為一九三九年的電影。

看過他發抖。『我們擔心很快就無法挽回了，對不對，喬丹？』

『是的，教頭。』喬丹絕對知道內情，因為他一臉驚恐。

『怎麼了？他們發生了什麼事？』柯雷問：『跟音樂有關，對不對？那些手提音響串連成一氣了？』

校長驟然疲態畢露，肩膀垮了下去。『他們沒有串連在一起，』他說：『我說過，你的兩個假設都不成立，還記得嗎？』

『記得，不過我不曉得你的意……』

『的確是有個播音系統，裡面有片ＣＤ，這一點你答對了。喬丹說，只有一片合輯，所以才反覆播放同樣幾首。』

『真不幸。』湯姆喃喃說，但柯雷幾乎沒聽見，只想理解亞爾戴校長的話：他們沒有串連在一起。怎麼可能？不可能嘛！

『你說的手提音響，作用其實是播音系統，擺在足球場外圍，』校長繼續說：『而且全開著。晚上一到，可以看見小小的電源指示燈……』

『對，』愛麗絲說：『我昨晚注意到了一些紅燈，只是沒多想。』

『……不過，裡面什麼也沒有，沒有ＣＤ也沒有錄音帶，而且音響之間沒有電線相接。這些音響只是奴隸，只能接受並轉播主音響的訊號。』

『如果他們的嘴巴張開，音樂也會從嘴巴裡發出來，』喬丹說：『只不過很小聲……差不多像在講悄悄話……不過還是聽得見。』

『不對，』柯雷說：『小朋友，是你想像出來的，絕對是。』

『我自己倒沒聽見，』校長說：『但我的耳朵已經不靈光，不像以前愛聽金．文森和藍帽樂團（Gene Vincent and the Blue Caps）的那時代了。喬丹和他的朋友會說：「古早以前。」』

『對，教頭，你真的是「老學究」派。』他說得嚴肅卻不失溫柔，無疑帶有敬愛。

『是啊，喬丹，我的確是。』校長同意。他拍拍喬丹的肩膀，然後把注意力轉向其他人。『如果喬丹說他聽見了……我相信他。』

『不可能吧，』柯雷說：『又沒有收發器。』

『他們就是收發器，』校長回應，『自從脈衝事件之後，他們就具備這種機能。』

『等一等。』湯姆說。他像交通警察舉起一手，然後放下，開始講話，卻又再次舉起手來。喬丹坐在校長旁邊，靠著不太牢靠的校長，緊盯著他。最後湯姆說：『我們談的是心電感應嗎？』

『用心電感應來形容這個現象還不夠貼切，』校長回答，『但何必講究術語呢？我願意用冷藏室裡所有的冷凍漢堡肉來做賭注，今天之前，你們三人一定用過心電感應這個詞。』

『你贏了兩個漢堡。』柯雷說。

『是啊，只不過集結行動的現象跟我們見過的不一樣。』湯姆說。

『為什麼？』校長揚起糾纏的眉毛。

『這個嘛，因為……』湯姆無以為繼，柯雷知道為什麼。集結行為並沒有什麼不同之處。

群體行動並不是人類常態，三人從湯姆家的觀察已經導出這個結論。當時他們觀察到修車工喬治跟著一身髒褲裝的女人走過前院，往撒冷街前進，雖然喬治緊跟在女人背後，一口就能咬到她的頸子……但是他卻沒有動口。為什麼？因為對手機瘋子而言，啃咬的階段已經結束，緊接而來的是集結階段。

至少同類相咬的階段已結束。除非……

『亞爾戴教授，一開始的時候，他們見人就殺……』

『對，』校長說：『我們能逃過一劫是萬幸，是不是，喬丹？』

喬丹打了一陣哆嗦，點頭說：『同學們到處亂跑，甚至有的老師也不例外。見人就殺……咬人……嘰哩呱啦講些沒意義的東西……我跑進溫室躲了一陣子。』

『我躲在這一棟的閣樓，』校長說：『從上面的小窗向下觀察，看著校園——我心愛的校園——淪為地獄。』

喬丹說：『沒死的人就往市區跑走了。現在，很多人回來了，就躺在那裡。』他朝足球場的大致方位點頭。

『綜合以上的觀察，我們導出什麼結論？』柯雷問。

『我想你知道，瑞岱爾先生。』

『叫我柯雷就好了。』

『柯雷，我認為現在的情況不只是一時的亂象，而是戰爭的開端。這場仗打起來為時不長，場面卻極為血腥。』

『這話未免講得言過其實……』

『沒有。雖然我只憑個人和喬丹的觀察來推論，但這一群的人數眾多，我們看著他們來來去去……也見到他們休息。他們已經停止自相殘殺，但卻仍然持續殺害我們歸類為正常人的人類。我認為這的確近似戰爭行為。』

『你親眼看見他們殺害正常人？』湯姆問。他身邊的愛麗絲打開背包，取出貝比耐吉握在一手。

校長面色凝重地看著湯姆。『我看過。很遺憾的是，喬丹也看到了。』

『想不看也沒辦法，』喬丹流著淚說：『實在太多了。我看過一男一女，快天黑了，不知道在校園裡做什麼，不過他們一定不知道彤尼足球場的情況。女的受傷了，男的扶著她走，結果碰到大約二十個瘋子正從市區回來。男人想揹她走。』喬丹的聲音開始哽咽，『如果只有他自己，他也許可以逃命成功，不過有了她拖累……他只走到霍頓廳宿舍，跌倒之後就被他們追上，被他們……』

喬丹突然把頭埋進校長的外套。校長今天下午換穿了炭灰色的外套，用大手撫摸著喬丹光滑的頸背。

『他們好像知道敵人是誰，』校長沉思著說：『可能就包含在最初的訊息裡。各位認為呢？』

『也許吧。』柯雷說。這種說法令人不太舒服，但的確有幾分道理。

『至於他們晚上為什麼靜靜躺在那邊，睜著眼睛聽音樂……』校長嘆了一口氣，從外套口袋取出手帕，用不帶感情的姿態為男孩擦淚。柯雷看出校長已經得出了結論，但卻對結論極為恐懼也極為確定。『我認為他們是正在執行「重新載入」的動作。』他說。

15

『你們注意到了小紅燈吧？』校長以洪亮到講堂最後一排也聽得見的嗓門說：『我數到了至少六十三……』

『噓！』湯姆以氣音說，只差沒一手打在老校長的嘴巴上。

校長鎮定地看著他。『我昨晚以大風吹來描述，你忘記了嗎？』

湯姆、柯雷與校長這時站在旋轉柵欄外，通往彤尼足球場的拱門就在背後。雙方同意之下，他們讓愛麗絲與喬丹留守奇譚姆居。從足球場飄散出來的音樂這時是爵士樂演奏的〈伊帕內瑪海灘來的女孩〉（The Girl from Ipanema）。柯雷認為對手機瘋子而言，這個版本也許屬於登峰造極之作。

『我沒忘記，』湯姆說：『你說，只要音樂沒停，我們就不用擔心。我只是不想被例外失眠的瘋子咬破喉嚨而已。』

『不會的。』

『何以這麼肯定，校長？』湯姆問。

『因為，套個書名來說，這種現象不能「稱為睡眠」㉗。過來吧。』

校長開始走下一條水泥坡道，是球員通往足球場的走道。他看見湯姆與柯雷落後幾步，因此耐著性子回頭看。

『不冒點風險，得到的知識會少得可憐，』他說：『而在存亡的關頭，知識能決定生死，兩位認為呢？快來吧！』

湯姆與柯雷隨著老校長的枴杖聲走下通往球場的坡道，柯雷超前湯姆幾步。沒錯，他看見了圍在足球場四周的手提音響紅色電源燈，大約六、七十個，每隔十到十五英尺處有一個不算小的音箱，四周圍躺著人體。在星光下，這些人體看得令人頭皮發麻。各個人體並無重疊之處，各人有自己的位置，但每個人之間都幾乎毫無空隙，連手臂也交纏以節省空間，讓旁觀的人產生一種錯覺，以為覆蓋在足球場上的是紙娃娃。音樂從黑暗中升起。柯雷心想：就像在超市聽見的音樂。從黑暗中升起的除了音符還有臭氣，是泥土混合腐敗蔬菜的氣息，遮蓋不了人類屎尿與累積多日的體臭。

足球門已被推向一旁，傾倒在地，球網已經脫線，校長繞過球門走向足球場。這裡開始躺了遍地的人體，其中一名男子年約三十，穿著NASCAR賽車的T恤，手臂盡是參差不齊的咬痕，從袖口到手腕都是，而且有發炎的跡象。他一手拿著紅帽，讓柯雷聯想到愛麗絲最愛的小球鞋。這人茫然盯著星空，貝蒂・米勒又開始歌頌撐起她翅膀的風。

『嗨！』校長以沙啞又刺耳的嗓門大喊，同時用枴杖尖端直戳男子的腰，一直戳到男子放屁，『嗨，聾了嗎？』

㉗《就稱為睡眠吧！》（Call It Sleep）是美國作家Henry Roth於一九三四年發表的小說。

『住手！』湯姆的語氣略帶不滿。

校長瞪了他一眼，抿抿嘴做出蔑視他的表情，然後用楞杖的末端插進男子握的小帽。小帽被楞杖挑起，飛到約略十英尺外，掉在一名中年婦女的臉上。柯雷看得出神，帽子滑向一邊，露出一隻呆滯的眼睛。

年輕人原本握小帽的手舉起來，動作緩慢，猶如仍在睡夢中，然後握拳，接著把手放下。

『他以為又握到小帽了。』柯雷低聲說。他看得出神。

『也許吧。』校長回應的語氣不帶太多興趣。他用楞杖末端戳著年輕人發炎的咬痕，照理說他會痛得慘叫，但他卻無動於衷，只是繼續盯著天空，貝蒂・米勒的歌聲轉為狄恩・馬丁㉘。『楞杖直接插進他喉嚨，他也不會抗議，他身邊的人也不會跳起來保護他。只不過，如果現在是白天，他們絕對會把我五馬分屍。』

湯姆在手提音響之一旁邊蹲下。『這裡面裝了電池，』他說：『從重量就分辨得出來。』

『對。每一台都有。這些音響的確需要電池。』校長考慮一陣後，又加了一句不該加的話：『至少暫時如此。』

『我們可以直接進攻，對不對？』柯雷說：『就像一八八〇年代的獵人，直接進去把他們像旅鴿一樣趕盡殺絕。』

校長點頭說：『趁旅鴿坐在地上，一隻隻敲碎牠們的腦袋，對不對？比喻得真貼切。不過，我用枴杖太慢，恐怕得敲上半天。就算動用你們的機關槍，恐怕也快不到哪裡去。』

『即使夠快，我的子彈也不夠。這裡少說也有……』柯雷再次將視線轉向成群躺下的人體，看得頭隱隱發疼，『少說也有六、七百人，而且還不把露天看台底下的人算進去。』

『校長？亞爾戴先生？』這時湯姆講話了，『你什麼時候……你最初怎麼……』

『我怎麼發現他們沉睡得多深？是不是想問這個？』

湯姆點頭。

『第一晚，我出來觀察，當時的人數當然遠比現在少。我之所以出來看，原因很單純，就是按捺不住好奇心。喬丹沒跟過來，日夜顛倒讓他難以適應。』

『你出來看是冒著生命危險，你知道嗎？』柯雷說。

『我別無選擇。』校長回應，『就像被催眠似的。我很快就理解到，雖然他們眼睛睜著，卻毫無一點意識。我只用枴杖做了幾項簡單的實驗就證明他們睡得太深了。』

柯雷考慮到校長不良於行，想問他當初是否考慮過假設錯誤，實驗時反被瘋子追著跑，到時候怎麼辦？但柯雷沒有開口問。即使問了，校長無疑會重申剛才講過的道理：不冒險得不到知識。喬丹說得對，校長的確是個非常老學究派的人。柯雷絕不願回到十四歲，站在他面前等著被處罰。

此時亞爾戴校長對柯雷搖搖頭。『六、七百人的估計低太多了。這是一座標準足球場，

㉘Dean Martin，一九一七—九五，好萊塢歌影星。

面積有六千平方碼㉙。』

『多少人？』

『照他們緊挨的樣子來算，少說也有上千人。』

『而且他們正在神遊太虛，對不對？你確定嗎？』

『確定。雖然每天都會清醒一點，但卻無法恢復原狀。相信我，喬丹的觀察力很敏銳，他也有同感。再怎麼清醒，這些東西仍然稱不上是人類。』

『可以回去了吧？』湯姆問。他聽起來身體不舒服。

『當然。』校長同意。

『稍等一下。』柯雷說。他在賽車T恤的年輕人身旁跪下，雖然不想做卻逼自己出手。他以為原本握著小紅帽的手會抓住他。一跪下去，地表的臭氣更濃。他原以為嗅覺已經麻痺，這時卻仍然覺得難以忍受。

湯姆說：『柯雷，你在做……』

『別出聲。』柯雷彎腰靠向年輕人半開的嘴。

柯雷遲疑一下，接著逼自己再靠近，直到看得見男子下唇有唾液反射出微光。起初他以為是想像力作祟，但再靠近兩英寸後，他終於可以肯定自己不是在做白日夢（現在他幾乎嘛嘴就能親吻到這個似睡非睡的東西。年輕人的T恤正面還印了NASCAR賽車手瑞奇・柯雷文〔Ricky Craven〕的大名）。

喬丹說過：很小聲……差不多像在講悄悄話……不過還是聽得見。

柯雷聽見了。不知何故，男子的聲帶能超前手提音響合奏的歌曲半拍，唱的是狄恩‧馬丁的〈遲早等到愛〉（Everybody Loves Somebody Sometime）。

柯雷站起來，膝蓋劈啪發出類似手槍發射的聲響，差點嚇得他驚叫。湯姆舉高提燈看著他，瞪大眼睛。『怎麼了？到底怎麼了？你該不會說，喬丹說的話——』

柯雷點頭。『好了，回去再說。』

走上斜坡一半，他粗魯地抓住亞爾戴校長的肩膀。校長轉身面對他，絲毫不以為忤。

『你說對了，校長，我們必須解決掉這些人，越多越好，越快越好。我們可能只剩這機會了。我說錯了嗎？』

『沒錯，』校長回答，『可惜被你講對了。我說過，這是戰爭，而一打起仗來，不是你死就是我活。不如我們先回去再詳談？我想喝杯熱巧克力。我是野蠻人，喜歡摻幾滴波本。』

來到斜坡頂端，柯雷再回頭看最後一眼。彤尼足球場雖暗，但在北邊強烈的星光下仍依稀可見遍地人體，從東延伸到西，從南覆蓋到北。假如碰巧看見，可能一時看不懂足球場上是什麼東西，但看懂了之後……看懂了之後……

他的視線出現詭異的幻覺，一時之間他幾乎以為看見他們在呼吸，八百到一千具人體如同單一生物體，同步動作。他被嚇壞了，轉身以近乎跑步的步伐急忙跟上湯姆與亞爾戴校

㉙約五千平方公尺。

長。

16

校長在廚房泡好了熱巧克力，大家坐在起居室，就著兩盞油燈的光線飲用。柯雷以為老校長會建議大家稍後去學院街招募更多自願軍，但是他似乎很滿意現有的人馬。

校長告訴他們，工程車隊使用的加油站來自四百加侖的油塔，因此行動時只要拔掉塞子就行。而且溫室裡有三十加侖的噴灑器，至少有十幾個。也許他們可先用小卡車載噴灑器，然後倒車開下其中一條坡道……

『等一下，』柯雷說：『開始討論策略之前，教頭，如果你對這個事件有套理論，我願聽聽看。』

『有是有，但不是什麼正式的理論。』老校長說：『不過喬丹和我具有觀察力和直覺，我倆也有相當多的經驗……』

『我是電腦迷。』喬丹邊喝熱巧克力邊說，神態陰鬱但不脫自信，柯雷認為他有一種莫名的魅力，『百分之百的電腦痞，幾乎從小就開始打電腦。足球場的那些東西真的是在重灌系統，額頭上只差沒有閃著**軟體安裝中，請稍候。**』

『我聽不懂。』湯姆說。

『我懂，』愛麗絲說：『喬丹，你認為脈衝事件真的是脈衝，對不對？當初聽到的人……硬碟全被洗光了。』

『那還用說嘛。』喬丹是個客氣的小孩，不至於說『廢話嘛』。

湯姆看著愛麗絲，滿面疑惑，但柯雷知道湯姆並不傻，也不相信湯姆有那麼鈍。

『你家有電腦，』愛麗絲說：『我在你的小辦公室看見過。』

『有是有……』

『你也安裝過軟體吧？』

『有，可是……』湯姆說到一半，定睛凝視愛麗絲，愛麗絲也回望湯姆，『他們的大腦？你指的是，他們的大腦？』

『不然你以為人腦是什麼？』喬丹說：『人腦本來就是一個大硬碟，裡面是生物體的線路，沒人知道共有多少位元組，至少有十億的N次方吧。位元組無限多。』他雙手貼在小而細緻的耳朵上說：『就存在兩耳之間。』

『我不相信。』湯姆說，但音量很小，而且臉上還帶著憔悴的神色。柯雷認為湯姆口是心非。柯雷回憶當時震盪波士頓的狂潮，不得不承認喬丹的理論具有說服力。他也覺得可怕：數百萬甚至數十億的人腦同步報銷，就像用強大的磁鐵洗掉舊式電腦的硬碟一樣。

他不知不覺憶起超短褐，她只旁聽到超短金的粉紅手機，然後嚷著：你是誰？發生了什麼事？你是誰？我是誰？接著反覆以手掌根部拍打額頭，全速衝向路燈杆，連撞了兩次，把價值不菲的牙齒矯正心血撞成了碎片。

你是誰？我是誰？

手機根本不是她的，她只是旁聽到，因此沒有正面接收到脈衝的衝擊。

柯雷想像事物時，腦海通常只浮現影像而非文字，此時幻想到一幅栩栩如生的電腦螢幕，上面寫滿了：你是誰？我是誰？你是誰？我是誰？你是誰？我是誰？你是誰？我是誰？最後在螢幕最底下註明了與超短褐同樣悲慘又不爭的命運：

系統當機

超短褐相當於被洗掉一半的硬碟？聽來雖然可怕，但感覺起來卻是斬釘截鐵的事實。

『我主修英文，不過小時候涉獵不少心理學，』校長告訴大家，『當然，我是從佛洛依德開始讀，對心理學有興趣的人都會從佛洛依德下手……然後讀容格㉚……阿德勒㉛……接著讀遍了整個心理學領域。潛藏在所有心理學背後的是更大的理論：達爾文的理論。套句佛洛依德的話，生存的最高指導原則由「本我」的概念表達出來。以容格的話來說，表達的方式是更為廣義的「血意識」（相對於心意識）。我認為，這兩人都不否認，假如所有的意識思維、所有的記憶、所有的推理能力在轉眼間從人類心智中清除殆盡，最後剩下的就是精純而可怕的東西。』

他停頓一下，環視四周其他人發表看法，但眾人卻不發一語。校長看似滿意地點點頭，繼續講解下去。『雖然佛洛依德派和容格派沒有明言，但卻強烈暗示了人類也許有個核心、單一的基本載波，或者，套用喬丹比較熟悉的語言：一條百洗不掉的程式。』

『也就是最高指導原則。』喬丹說。

『對，』校長說：『追根究柢，人類根本不是什麼「智人」。人類的核心是瘋狂，最高指導原則是兇殺。達爾文不好意思直說的是，人類統治地球並非因為智慧最高，甚至也不是最卑鄙，而是因為人類一直是最瘋狂的動物，也是叢林裡最兇殘的畜生，五天前脈衝事件暴露出來的，正是人性本惡的事實。』

17

『你說人類的本性是瘋子和殺人兇手，我拒絕相信。』湯姆說：『天啊！你怎麼解釋雅典的帕德嫩神殿？米開朗基羅的「大衛」雕像又作何解釋？又怎麼會在月球留下一塊「謹代表全人類為和平而來」的板子？』

『那塊板子上面也印了尼克森的大名，』校長一表正經地說：『他雖然是貴格會教徒，但卻稱不上愛好和平。麥考特先生……湯姆……我沒興趣對人類做出判決。不過，假如由我來判決人類，我會在判決書上指出，人類出了米開朗基羅，也出了薩德侯爵㉜；出了印度聖雄甘地，也出了納粹頭目艾希曼㉝；出了黑人民運領袖金恩，也出了賓拉登。簡而言之：導致人類主宰地球的基本特質有兩項，其一是智慧，其二是對擋路者殺無赦，絕不手軟。』

㉚Jung，一八七五—一九六一，瑞士心理學家。
㉛Adler，一八七〇—一九三七，奧地利精神病學家。
㉜Sade，性虐待一詞的由來。
㉝Eichmann，一九〇六—六二。

他靠向前去，用晶亮的眼珠審視大家。

『人類的智慧最後戰勝人類的殺手本能，理智後來凌駕於嗜血衝動之上。而這也可以說是求生之道。這兩項特質最後可能在一九六三年十月古巴飛彈危機時攤牌，但這一點我們擇期再議。事實上，在脈衝事件之前，多數人類把最險惡的一面壓抑在心底，脈衝一來，心裡的所有東西被一掃而空，最後只剩醜陋的核心。』

『有人放惡魔出籠了，』愛麗絲喃喃說：『是誰放的？』

『是誰並不重要，』校長回答，『我懷疑他們不知道自己做了什麼壞事……或者不知道有多嚴重。他們匆忙做了幾個實驗，也許花了幾年的時間，甚至可能只花幾個月，自以為能釋放出恐怖主義的破壞風暴，結果卻釋放出無盡暴力的海嘯，而且情況不斷變異。儘管這幾天的情況恐怖，事後回想起來，這幾天可能是兩場風暴之間的寧靜，而這幾天也可能是我們採取行動的唯一機會。』

『不斷變異，什麼意思？』柯雷問。

校長並不回答，只轉頭對十二歲的喬丹說：『年輕人，請你來解釋吧。』

『是的。嗯……』喬丹停下來思考，『人的意識心智只運用到大腦的極小比例，這一點大家知道嗎？』

『知道，』湯姆說得稍嫌狂妄，『我讀過。』

喬丹點頭。『即使加上大腦控制的所有自主神經功能，再加上潛意識的東西，例如說做夢、不由自主的想法、性慾等等，人腦被運用到的部分少之又少。』

『大神探，我甚為震驚。』湯姆說。

『湯姆，少在那邊耍嘴皮了！』愛麗絲說。喬丹對她微笑，眼中充滿崇拜。

『不是耍嘴皮，』湯姆說：『這小子真的很厲害。』

『的確，』校長說得一本正經，『喬丹的英文雖然偶爾不合標準語法，但是他可不是靠遊戲技高一籌才獲得獎學金的。』他看見喬丹不好意思，於是親切地伸出瘦骨如柴的手指，摸摸喬丹的頭，『請繼續說。』

『呃……』喬丹努力說著。柯雷看得出他正絞盡腦汁。接著，喬丹似乎又找對了話鋒。『如果大腦真的是硬碟，裡面幾乎是空的。』他看出只有愛麗絲聽得懂。『這樣比喻好了：預覽訊息上面大概會寫**百分之二使用中**，**百分之九十八可用**。那百分之九十八可以做什麼用，沒人有概念，不過大腦的潛力無窮，以中風的病人來說……他們為了恢復走路和講話的能力，有時候會用到病發前大腦休眠的部分，就像人腦會繞過壞死的區域，重新連線，運用相似的部分，只不過運用到的是另一邊的大腦。』

『你研究過這東西？』柯雷問。

『我對電腦和自動控制系統有興趣，這只是自然而然的延伸讀物。』喬丹聳聳肩說：『另外，我也讀過不少電腦科幻小說，例如：威廉・吉布森㉞、布魯斯・史德林㉟、約翰・薛

㉞William Gibson，一九四八—。
㉟Bruce Sterling，一九五四—。

立[36]……』

『尼爾・史蒂芬森[37]？』愛麗絲問。

喬丹咧嘴笑得燦爛。『尼爾・史蒂芬森真的太神了！』

『言歸正傳。』校長出言責罵，但是語氣非常溫和。

喬丹聳肩說：『如果電腦硬碟被洗掉了，就沒辦法自行恢復運作……除非是在葛列格・貝爾[38]的小說裡面。』他再次咧嘴笑，這一次卻笑得倉卒，而柯雷認為他相當緊張，想必原因之一是他被愛麗絲電到了。『人類就不一樣了。』

『可是，中風病人能再學走路是一回事，靠心電感應來串連一大堆手提音響又是另外一回事，』湯姆說：『差距太大了。』他說出『心電感應』時四下張望，彷彿怕被別人恥笑。沒有人笑他。

『對，但是中風病人即使病情嚴重，也比被脈衝到的手機用戶好上幾千萬倍。』喬丹說：『我和教頭……應該用主格，「教頭和我」認為，脈衝事件除了清光了大腦的東西，除了留下百洗不掉的那一條程式，脈衝同時也觸動了某種東西，而這東西大概在所有人腦潛伏了幾百萬年，就藏在休眠狀態的百分之九十八硬碟中。』

柯雷把在倪可森家廚房地板撿到的左輪插在腰間，這時他一手悄悄伸向槍托。『就像有人扣動了扳機。』他說。

喬丹的神情開朗起來。『對，完全正確！變異型的扳機，假如沒碰到大規模全面清除的現象，絕對不會被觸發。外面那些人已經不算人了，而那些人正在轉變，正在建築一個，一個……』

『一個單一的有機個體，』校長插嘴說：『我們如此相信。』

『對，不只是一個群體，』喬丹說：『因為他們能透過ＣＤ唱盤做的事情只是開端，就像小小朋友開始學穿鞋子。想想看，給他們一個禮拜，或者一個月，或者一年，他們能學會的東西一定很多。』

『可能不是像你說得那樣。』湯姆說，但他的嗓子乾得像快斷的木條。

『也可能被他猜對了。』愛麗絲說。

『我確定他說得對。』校長也附和。他啜飲著加了酒的熱巧克力。『話說回來，我已經老了，再混也混不久。無論各位達成什麼決議，我照做就是了。』他稍微停頓一下，兩眼從柯雷飄向愛麗絲再移向湯姆。『當然，我只順從適切的決議。』

喬丹說：『跟你們說，幾個分散各地的群體會盡量結合在一起。如果他們現在聽不見彼此的聲音，不久以後就聽得見。』

『狗屁！』湯姆不安地說：『講什麼鬼故事。』

『也許吧，』柯雷說：『不過值得深思。現在晚上歸我們使用。假如他們決定少睡幾小時，或是不再害怕黑夜，到時我們怎麼辦？』

㊱John Shirley，一九五三—。
㊲Neal Stephenson，一九五九—。
㊳Greg Bear，一九五一—。以上皆為美國科幻小說家。

有幾秒鐘的時間，大家說不出話來，外面的風勢漸起。柯雷喝的巧克力原本只是微溫，現在幾乎全冷掉了。他再度抬頭時，愛麗絲已經把杯子放到一邊，改握著耐吉護身符。

『我想洗掉他們全部，』她說：『足球場上的那堆人，我想除掉他們。我之所以不用「殺」一字，是因為我認同喬丹的說法。而且我為的不是造福全人類。我只想幫我爸媽報仇。我爸應該已經往生了。我知道，我感覺得到。我想幫我朋友薇琪和黛絲報仇。她們跟我很要好，不過她們隨身帶著手機，而我知道她們現在變成了什麼模樣，也知道她們睡在哪裡，睡在像那座該死足球場的地方。』她向校長瞄了一眼，臉紅起來，『對不起，教頭。』

校長揮揮手，示意她不必道歉。

『辦得到嗎？』愛麗絲問校長，『我們能把他們清除掉嗎？』

世界末日降臨時，正逐步退休的查爾斯‧亞爾戴擔任代理校長。現在的他齜牙笑著，露出老殘的牙齒，柯雷但願自己手上多了原子筆或畫筆，能捕捉這表情。校長的表情中毫無一絲同情。

『麥斯威爾小姐，我們可以試試看。』他說。

18

第二天凌晨四點，湯姆坐在蓋頓學院兩座溫室之間的野餐桌。歷經脈衝事件後，溫室毀損嚴重。湯姆穿的是在摩頓時換上的Reebok球鞋，蹲在野餐桌的長椅上，雙手撐著頭，膝蓋支撐著手臂，風把他的頭髮吹得忽左忽右。愛麗絲坐在他對面，用雙手撐著下巴，幾支手電筒的光線在她臉上照出斜角與陰影。在強光的照耀下，儘管她一臉疲憊，容貌仍清新可人。在她這個年齡，燈光怎麼照都能襯托出美麗的一面。校長坐在她身邊，只是滿臉倦怠。較靠近野餐桌的一間溫室裡，兩盞露營油燈如緊張的幽魂飄浮著。

露營燈在溫室較靠近野餐桌的這端會合。儘管溫室門的兩側玻璃板已經被砸出了大洞，柯雷與喬丹仍然把門打開才進去。幾分鐘後，柯雷在湯姆身邊坐下，喬丹則一如往常坐在校長身旁。喬丹一身汽油與肥料的氣味，在沮喪的情緒中顯得更濃烈。柯雷在桌上的手電筒間丟下幾組鑰匙。對柯雷而言，一直在這裡坐到幾百萬年後再被考古學家挖掘出來也無所謂。

『對不起，』校長輕聲說：『知易行難。』

『是啊！』柯雷說。當初說說確實很容易：在溫室噴灑器裡加滿汽油，把噴灑器抬上小卡車後面，把車開過彤尼足球場，澆濕球場的兩端，然後劃一根火柴。他本想對校長說，當初小布希進犯伊拉克的計畫看起來也同樣簡單明瞭——裝滿噴灑器，劃一根火柴就好，可惜事與願違。這樣做，只會殘忍得沒有道理。

『湯姆？』柯雷問：『你還好吧？』他早已明瞭湯姆這人的耐力不強。

『還好，只是累了。』他抬頭對柯雷一笑，『不喜歡大夜班。我們接下來怎麼辦？』

『不如上床睡覺去，』柯雷說：『再過大約四十分鐘就天亮了。』東方的天空已開始露白。

『太不公平了。』愛麗絲說，她生氣地擦擦雙頰，『我們那麼努力，結果卻白忙一場！』

這一天在此之前，五人的確努力過，只可惜一事無成。每一次小有斬獲，都是亂忙一通的結果，被柯雷的母親知道的話，她一定會罵他胡搞瞎搞。柯雷有點想怪罪校長……也怪罪自己，只怪當初對校長的灑油計畫照單全收。現在的他多少認為自己太傻，亞爾戴畢竟是個年邁的英文老師，大家怎能聽信他火燒足球場的建議。輕信他的建議，不就等於是帶刀去加入槍戰？話雖這麼說……當時亞爾戴的建議聽起來的確不錯。

但後來發現，工程車隊的儲油塔被鎖在一間小屋裡，這才知道當初想得太美。他們進了附近的辦公室，提著露營燈瘋狂翻箱倒櫃了將近半小時，最後才在管理員的辦公桌後的木板上找沒有記號的鑰匙。喬丹試了其中幾把，終於打開了小屋的門。

隨後，他們發現只需拔掉塞子的說法也不盡正確。儲油塔的出油口有個蓋子，而非塞子，而且蓋子和小屋的門一樣鎖著。所以大家返回辦公室，又提著露營燈翻箱倒櫃，最後找到了看似符合出油口的鑰匙。為防停電無法抽油出來，因此出油口設計在儲油塔的底部，而愛麗絲指出，如果不找條水管或虹吸管，蓋子一打開，這裡絕對會鬧油災。他們只好去找符合蓋口的油管，找了一個鐘頭卻連勉強合適的管子也找不到。湯姆倒是找到一個小漏斗，大夥兒一看只差沒笑掉大牙。

由於工程車隊的鑰匙全無記號（防止司機以外的員工辨識），與個別車輛配對又是一段試驗的過程，但至少這一次耗時較短，因為車庫後只停了八輛工程車。

最後是溫室。他們只在溫室找到八個噴灑器，而非十二個，而且每個容量只有十加侖，而非三十加侖。就算他們能直接拿噴灑器去接油，汽油也會灑得全身都是，結果只能接滿八十加侖可灑的汽油。湯姆、愛麗絲與校長想以八十加侖的普通無鉛汽油來噴灑一千個手機瘋子，因此才走出溫室來到野餐桌，柯雷與喬丹則繼續逗留溫室，想尋找較大的噴灑器，但卻一無所獲。

『倒是找出了幾個小型的灑農藥機，』柯雷說：『以前的人習慣稱為飛灑槍。』

『我們也找到了大一點的噴灑器，』喬丹說：『可惜裡面全裝滿了除草劑或肥料之類的東西，想要用噴灑器的話，必須先把裡面的東西倒光，所以不戴口罩不行，以免先把自己毒死。』

『現實最讓人心痛。』愛麗絲落寞地說。她看了小球鞋片刻，然後把鞋子收進口袋。喬丹拿起配對成功的一把工程車的鑰匙。『我們可以開車進市區，』他說：『市區有一間「信實五金行」，保證有噴灑器。』

湯姆搖搖頭。『到市區的路有一英里以上，而且主要道路上全是被撞壞的車和空車，就算能繞過其中幾輛，也不可能一路暢通。此外，也別想開上草坪。這裡的民房蓋得太靠近了。所以大家乾脆用走的。』他們見過少數幾個騎單車的人。即使裝了車燈，以任何速度騎單車都是件危險的事。

『輕型卡車有沒有可能鑽小巷子走？』校長問。

柯雷說：『明晚再探討可能性吧，可以先徒步去探勘路線，然後回來開車。』他考慮一陣，『五金行大概也有各式各樣的水管。』

『你好像興趣缺缺。』愛麗絲說。

柯雷嘆氣說：『只要有一點點障礙，小巷子就行不通了。就算我們明天的運氣比今晚好，最後還是只會白忙一場。我不太確定。也許休息一下之後會比較樂觀。』

『當然會，』校長附和，但他的口氣不太真誠，『對大家都好。』

『學校對面那間加油站呢？』喬丹的口氣不抱太大的希望。

『哪個加油站？』愛麗絲問。

『他講的是西特革，』校長回答，『喬丹，還是老問題，加油站的儲油箱汽油多多，只可惜沒電。何況，我猜加油站的容器最多只能裝二到五加侖。我真的認為……』但他沒有說出感想，只講到一半，『怎麼了，柯雷？』

柯雷回想起跛腳走過加油站的兩男一女，其中一男摟著女人的腰。『西特革，』他說：『加油站的名字是不是這個？』

『對……』

『賣的不只是汽油吧，我想。』他連想也不用想，他根本就知道，因為當時有兩輛大卡車停在加油站旁邊。他看見了大卡車，當時卻沒有多想，因為沒理由多想。

『我搞不懂你在……』校長說著陡然停住，眼神與柯雷相接，展現特殊而無情的微笑時再度顯露老殘的牙齒。他說：『喔，對了。喔！天啊！對了，天啊！』

湯姆左看右看，越看越糊塗，愛麗絲也是。喬丹只是等著。

『你們兩個在心靈交流什麼，不妨說來聽聽？』湯姆問。

柯雷正準備解說，因為他明確理解出一條可行之道，而且這點子棒得不分享太可惜。這時足球場的音樂逐漸消失。平時瘋子一早起床時，音樂通常會啪嚓一聲停止，但此時卻彷彿有人把音響踢下電梯井，音樂聲越拉越遠。

『他們提早起床了。』喬丹壓低嗓門說。

湯姆抓住柯雷的前臂。『跟以前不一樣，』他說：『而且其中一台該死的手提音響還在播放……我聽得見，聲音非常微弱。』

風勢很強，柯雷知道風向來自足球場，因為臭味濃重，摻雜了腐食、腐肉，以及數百具不愛盥洗的人體，也送來了勞倫斯・威爾克與香檳音樂製造者的歌聲，悠悠演奏著〈小象走路〉。

隨後從西北方的某處傳來怪聲，也許在十英里之外，也許三十英里，在這種風勢下很難判斷距離。這種鬼魅似的聲響近似飛蛾撞窗的悶撲聲，之後一片寂靜……一片寂靜……然後足球場上非睡非醒的生物做出回應。他們的呻吟音量比遠方大得多，是一種空盪如鐘的嘟囔鬼聲，向黑色星空傳送而去。

愛麗絲捂住嘴巴，小球鞋從手腕猛衝向前，眼珠暴凸。喬丹摟住校長的腰，把臉埋進老校長的腰際。

『柯雷，你看！』湯姆說著站起來，蹣跚走向破溫室之間的帶狀草坪，邊走邊指著天空。『看見了沒？我的天啊，你看見了沒？』

就在西北方，在悶哼聲傳來的遠處，地平線上冒出一團橙紅色的火光，越來越旺，風繼續傳來可怕的聲音……足球場也再度以類似的聲音呼應，只是比遠方更嘹喨。

愛麗絲走向湯姆與柯雷，校長也跟過去，一手摟著喬丹的雙肩。

『那邊是什麼地方？』柯雷指向火光問。這時亮度已開始轉弱。

『可能是葛倫瀑布鎮，』校長說：『也可能是利托頓（Littleton）。』

『不管是什麼鎮，這下子一定被烤焦了，』湯姆說：『被放火燒掉了，而且也被足球場上的這堆人發現了。他們聽見了。』

『或者感應到了。』愛麗絲說。她哆嗦一陣，然後直起身體，露出牙齒，『希望如此！』

彷彿為了呼應她這句話，足球場又傳來呻吟，是眾多人聲匯聚而成的呼喊，表達的是同情，又或許是感同身受的悲憤。仍在播音的最後一部手提音響繼續播放，柯雷推測這一部就是主機，CD就裝在這台。十分鐘後，其他手提音響又開始大合唱，恢復時也是越來越靠近，就像剛才停止時也是越拉越遠。曲子是木匠兄妹合唱團的〈靠近你〉（Close to You）。此時校長拄著枴杖，腳跛得更加明顯，帶著大家回到奇譚姆居。不久後，音樂又停了……但這次是啪嚓一聲停止，與昨天早晨相同。遠方不知幾英里外傳來微弱的一記槍聲，接著萬籟俱寂，氣氛詭異，只待白日取代黑夜。

19

太陽開始從東邊地平線的樹梢射出幾道紅光時，他們觀察到瘋子再度離開足球場，秩序井然，隊伍緊密。方向是蓋頓的鬧區與鬧區周圍的地段，隊伍越走越向外擴散，下了坡道後走向學院街，彷彿對破曉前的反常現象毫不知悉。但柯雷並不相信。他認為想去西特革加油站採取行動的話，非趁今天趕緊下手不可。白天外出可能需要動槍，但因為瘋子只在日出日落時集體走動，他願意在大白天冒險出去。

他們在餐廳觀察瘋子。愛麗絲說瘋子在做『活人生吃』的晨間運動。之後湯姆與校長進廚房，柯雷發現他們坐在餐桌前，在一道日光下喝著半溫不熱的咖啡。柯雷正要說明他稍後想做的事，喬丹卻摸摸他的手腕。

『有些瘋子還沒走。』喬丹說。隨後他壓低嗓門說：『有些是我同學。』

湯姆說：『不是全去逛Kmart超市、尋找藍燈特價品了嗎？』

『你最好看一下。』愛麗絲從門口說：『這算不算……怎麼說呢……又向前進化了一步，我不清楚，不過可能算是。八成是吧。』

『當然是。』喬丹鬱悶地說。

根據柯雷估計，留下來的手機瘋子約有一百人。這些人正從看台下抬出屍體，一開始只是徒手抬到足球場南邊的停車場或長形的低矮磚造建築後面，回來時兩手空空。

『那棟房子是室內跑道，』校長說：『體育用品全保存在裡面。另一邊有個陡坡，我猜他們把屍體抬上斜坡丟出去。』

『一定是。』喬丹說，他聽起來不太舒服。『那下面是沼澤一片，屍體會爛光光。』

『反正已經在爛了，喬丹。』湯姆柔聲說。

『我知道。』他的語氣比剛才更加不舒服，『被太陽一曬，會腐敗得更快。』他停頓一下說：『教頭？』

『什麼事，喬丹？』

『我看見諾亞‧查茲基了，他是你戲劇閱讀社的學生。』

校長拍拍喬丹的肩膀，臉色非常蒼白。『別去多想了。』

『很難不去想，』喬丹低聲說：『有一次，他幫我拍照，用的是他的……用他的，不講也罷。』

接著出現新的進展。二十幾個抬屍人從最大的人群中脫隊而去，連停下來討論的動作也沒有，直接走向被砸碎的溫室，以V字形前進，讓旁觀者聯想到大雁之類的候鳥。喬丹認出的諾亞‧查茲基也在其中。其他的抬屍人看著他們離去，看了幾秒後繼續走下斜坡，三人齊頭並進，繼續從露天看台底下抬出死屍。

二十分鐘後，溫室小組回來了，這時改排成一列，有人依然空手，但多數人推了搬運大袋石灰或肥料時用的獨輪車或手推車。不久後，手機瘋子開始運用手推車與獨輪車來處置屍體，工作進度也加快。

『果然是向前進化了一步。』湯姆說。

『不只一步，』校長說：『不但打掃環境，還懂得使用工具。』

柯雷說：『我有不祥的預感。』

喬丹抬頭看他，臉色蒼白又疲倦，遠比實際年齡成熟。『我也是。』他說。

20

五人睡到下午一點。起床後，確定收屍小組已完成作業，前去與搜刮市區的瘋子會合，五人才出發，來到蓋頓學院門口的粗石柱。柯雷原本主張他與湯姆兩人就辦得到，卻被愛麗絲調侃說：『少臭美了，自以為是蝙蝠俠和羅賓。』

『哎喲，人家我一直想當天才小助手嘛。』湯姆故意講得有些嗲聲嗲氣，卻被愛麗絲用撲克臉瞪了一下，只好認輸說：『對不起。』愛麗絲仍然一隻手握著已經有點破敗的小球鞋。

『你們兩個儘管去馬路對面的加油站，』她說：『那倒也說得過去，不過其他人可以在馬路這邊幫你們把風。』

校長當時建議喬丹留守奇譚姆居，喬丹正想一口答應下來，卻被愛麗絲問：『喬丹，你的眼力怎樣？』

他微笑以對，再次露出微微崇拜的表情。『還好，很不錯。』

『你打過電玩嗎？開槍的那種？』

『當然，打過好幾千次。』

她把自己的手槍遞過去，兩人的手指接觸時，柯雷看見喬丹微微顫抖，如同被敲了一下的音叉。『如果我叫你舉槍射擊──或是亞爾戴校長叫你開槍──你肯扣扳機嗎？』

『當然肯。』

愛麗絲注視著校長，表情是叛逆中帶有歉意。『人手短缺，不得已。』

校長只好接受。現在，五人來到了西特革加油站對面，距離鎮中心仍有一小段路。從這個角度，很容易看見另一個稍小的招牌：**學院液化石油氣**。而在加氣站的旁邊有一輛小汽車，車門開著，表面已蒙上一層灰塵，看似棄置已久。這座瓦斯站的大玻璃窗已經被砸碎。新英格蘭區北部碩果僅存的榆樹不多，這裡的右邊長了一株，而停放樹蔭下的是兩輛丙烷瓦斯車，形狀近似巨型的瓦斯筒，車身漆了**學院液化石油氣與成立於一九八二年**，服務新罕布夏州南部。

學院街的這一帶毫無瘋子的蹤跡，雖然柯雷看見的民房前門廊多數擺了鞋子，但有幾間卻沒有。難民潮似乎漸漸枯竭了。他警告自己：別太早斷定。

『教頭，柯雷，那裡寫的是什麼東西？』喬丹問。他指向馬路中間。這裡當然仍是一〇二號公路，但是這天下午天氣晴朗而寂靜，最靠近他們的聲響只有鳥鳴與風吹樹葉的沙沙聲，很容易讓人忘記這條路曾經車水馬龍。喬丹指的柏油路面，讓人用鮮粉紅色的粉筆寫了幾個字，但柯雷從這角度看不清楚。他搖搖頭。

『準備好了沒？』他問湯姆。

『好了。』湯姆說。他盡量說得漫不經心，但長滿鬍碴的頸邊卻有一條血管急速脈動著。『你是蝙蝠俠，我是天才小助手。』

他們拿著手槍過馬路。柯雷把俄製的機關槍留給愛麗絲，心想她不得不動槍時，八成會被後座力震得像陀螺一樣兜起圈子。

粉紅色的粉筆在硬砂石路上寫著：

卡什瓦克=無話
（KASHWAK=NO—FO）

『你看得出意義嗎？』湯姆問。

柯雷搖搖頭。他看不出意義何在，而且現在也懶得解謎。他只想離開馬路中央，因為站在這裡他感覺像一碗飯中間的螞蟻。這時他突發奇想，而且不是第一次產生這種想法：他寧可出賣自己的靈魂，也要知道兒子是否平安，而且在兒子置身之地，不會有人塞槍給電玩小高手。感覺很怪。他自以為已經決定了任務的優先順序，不再一心二用，但這些想法卻照來不誤，每一波的感覺既新又痛苦，如同擺不平的哀傷。

離開這裡，強尼。你不該待在這裡。你不該來，你的時辰未到。

瓦斯車上沒有人，車門鎖住，但也無所謂，今天他們走運了，鑰匙正掛在辦公室的木板上，上方有個標語：**午夜至上午六點不准拖吊，沒有例外**。每個鑰匙圈吊著一個迷你瓦斯筒。走到門口途中，湯姆拍了一下柯雷的肩膀。

兩個手機瘋子並肩走在馬路中間，沒有齊步走，一男一女。男人拿著一盒Twinkies夾心蛋捲吃著，臉上塗滿了奶油、碎屑與糖霜。女人拿著一本咖啡桌大小的書，攤開在眼前。柯雷看她時，聯想到唱詩班的歌手捧著特大本的聖歌集。這本書的封面是柯利犬跳過輪胎鞦韆的相片。女人倒拿著書，柯雷看了不禁寬慰許多。這兩人的表情空洞而凋殘，而且離群獨行，表示中午還不是集結的時刻，柯雷看了覺得安心。

但他看見那本書卻心覺不妙。

那本書讓他覺得大事不妙。

一男一女漫步走過門口的粗石柱，柯雷看得見愛麗絲、喬丹與校長睜大眼睛向外窺視。兩個瘋子踏過路面上的謎語卡什瓦克＝無話，這時女人伸手想搶夾心蛋捲，男人把盒子拿開，女人把書扔掉（落地時封面朝上，柯雷看見書名是《全球最愛的百大名犬》），再次伸手去搶。男人賞她一巴掌，打得她骯髒的頭髮飛起來，在靜肅的環境裡顯得特別響亮，但兩人仍繼續向前走。女人發出一聲：『噢！』男人回應（柯雷認為像是在回應）：『咿嚶！』女人伸手想搶夾心蛋捲盒，此時兩人正通過西特革加油站。這次男人高舉一手，以弧形向下捶她的脖子，然後另一手再從盒子裡取出夾心蛋捲來吃。女人停下腳步，只是望著他。幾秒鐘後，男人也停下來，因為他已經超前幾步，這時背對著她。

加油站辦公室裡被日光曬暖了，寂靜無聲，此時柯雷卻感覺到異狀。他心想：不對，不是辦公室，是我自己的感覺。是喘不過氣的感覺，就像爬樓梯爬得太快。

然而，異狀或許連辦公室裡也有，因為……

湯姆踮腳尖，對著他的耳朵講悄悄話：『你感覺到了沒？』

柯雷點頭指向辦公桌。室內無風，也察覺不出窗框縫有微風鑽進來，桌上的紙張卻微微擺動著。煙灰缸裡的煙灰也開始懶懶繞圈，宛如浴缸排水孔放水的情形。煙灰缸裡有兩個煙蒂，不對，有三個，而轉動中的煙灰似乎正把煙蒂推向中心。

男人轉身望向女人，女人也注視著他，兩人就這樣互看。柯雷解讀不出這一對的表情，卻能感覺自己手臂上的寒毛颼颼動了起來，也聽見微弱的叮叮聲。發聲的是鑰匙，吊在不准拖吊下方的木板上。鑰匙也動了起來，彼此輕輕敲著，動作微乎其微。

『噢！』女人伸手說。

『咿嚶！』男人說。他穿著顏色褪得差不多的西裝，黑皮鞋也失去了光彩。六天前，他可能是中階經理人、業務員，或是公寓大樓管理員，現在他關心的財產只有那盒夾心蛋捲。他把盒子舉到胸前，黏黏的嘴巴一直動。

『噢！』女人堅持著，這時同時伸出兩手，用遠古流傳至今的手勢表示『給我』，此時辦公室裡的鑰匙敲得更響了。雖然停電，天花板的日光燈卻噗滋滋作響，閃了幾下，然後又恢復平靜。在辦公室外，中間加油台的注油嘴掉在水泥島上，敲出沉甸甸的金屬哐啷聲。

『噢！』男人說完肩膀癱了下去，全身的張力也隨之消失，空氣中的張力也消散了，垂掛辦公室內的鑰匙靜下來，煙灰也在金屬煙灰缸內徐徐轉動最後一圈，然後停下。柯雷心想，若非外面掉了一個注油嘴，煙灰缸裡的煙蒂湊成一堆，他一定不會注意到發生了什麼事。

『噢！』女人仍不願收回雙手，男人向前走進她搆得著的範圍，她一手拿走一個夾心蛋捲，開始連包裝紙咬下去。柯雷再次感到安心，卻只是稍感寬慰而已。這一對繼續拖著腳步慢慢往市區走去，女人只停下來從嘴角吐出被嚼成一團的帶餡玻璃紙。她對《全球最愛的百大名犬》不表興趣。

『剛才怎麼一回事？』湯姆以抖音悄悄說。這時男女已將近脫離視線。

『我不曉得，不過我覺得不妙。』柯雷說。他拿到了瓦斯車的鑰匙，把其中一組遞給湯姆。『你會開手排車吧？』

『學開車的時候，我就開手排車。你呢？』

柯雷耐心微笑著。『湯姆，我是異性戀，異性戀的男生不用教，天生就會開手排車。』

『哈哈，真好笑。』湯姆聽得心不在焉，只顧著望向怪男女漸行漸遠的背影，而他頸側的血管跳動得比剛才更快。『世界末日，百無禁忌，想獵殺同志的人儘管來，對吧？』

『答對了。如果他們練成了剛才那種鬼招，異性戀也只能等死。好了，我們該動工了。』

他正要走出辦公室的門，湯姆卻拉住他。『聽好，馬路對面那三個，剛才可能感覺到了，也可能沒有。如果他們沒有，我們最好暫時別講出去。你認為如何？』

柯雷考慮到不願讓校長離開視線的喬丹，也考慮到愛麗絲總是把小怪鞋放在伸手可及之處。他也想到這兩個小孩黑了眼圈，然後想到今晚的計畫。以末日終戰來形容也許太強烈，卻也不算太超過。手機瘋子儘管現在不成人形，畢竟以前是好端端的人類。活活燒死一千人，心理負擔未免太沉重。一想到這裡，連他的想像力也覺得很痛苦。

『我同意。』他說：『上坡時記得換低檔，好嗎？』

『換到最低檔就是了。』湯姆說。兩人此時往瓦斯筒形狀的車子走去。『像這種卡車，你認為會有多少檔？』

『有前進檔就夠了。』柯雷說。

『照這兩部停的位置來看，你啟動時只能先找倒車檔。』

『去他的，』柯雷說：『連該死的木板圍牆都不能直接壓過去，世界末日又有什麼好處？』

他們果真壓了過去。

21

『學院坡』被校長與唯一的學生稱為綿延長坡，從校園向下通往大馬路。草地仍青翠，只開始散見幾片落葉。下午近傍晚時分，學院坡仍空曠無人，毫無手機瘋子歸巢的跡象，這時愛麗絲開始在奇譚姆居的大走廊來回踱步，每繞一回就在客廳的廣角窗前稍停，向外觀望。這扇廣角窗的景觀不錯，向外可見學院坡、兩座大講堂以及彤尼足球場。小球鞋又被她纏在手腕上。

其他四人坐在廚房裡喝著罐裝可樂。『瘋子不回來了。』她走完其中一圈時說：『瘋子聽到風聲，大概能解讀我們的思想吧，知道我們在盤算什麼，所以乾脆不回足球場了。』

她繼續踱完樓下的長走廊兩圈，走到客廳大窗時不忘向外看，最後又進廚房看喬丹與校長。『不然就是大遷徙。大家有想過嗎？說不定冬天到了，他們就像該死的知更鳥飛去南方了。』

她不等回應掉頭就走，在走廊上來來去去，來來去去。

『她就像《白鯨記》的亞哈船長（Ahab）被大白鯨氣炸了。』校長有感而發。

『阿姆痞歸痞，罵Moby卻罵得有道理㊴。』湯姆落寞地說。

『湯姆，我沒聽懂，再講一次好嗎？』校長說。

湯姆只是揮揮手。

喬丹看了一下手錶。『現在比他們昨晚回來的時間還早了將近半小時，她急什麼急？』他說：『不如我去勸她吧。』

『再勸也沒用，』柯雷說：『讓她自己去乾著急吧。』

『她心裡怕得半死，對不對，教頭？』

『你不怕嗎，喬丹？』

『怕，』喬丹以細小的聲音說：『怕斃了。』

愛麗絲重回廚房時說：『他們不回來說不定最好。不管他們是不是用新方法對大腦重灌系統，我敢打賭他們正在搞鬼。今天下午那兩個出現的時候，我就感覺到了。男的拿著夾心蛋捲，女的捧著書。你們看到了嗎？』她搖頭後說：『搞什麼鬼！』

她不等別人回答，逕自掉頭繼續去巡廊，小球鞋吊在手腕下。

校長看著喬丹。『小朋友，你那時有感覺嗎？』

喬丹遲疑後說：『我是覺得怪怪的，脖子上的毛拚命想站起來。』

校長把視線轉向餐桌對面的兩人。『你們呢？你們比我們靠近得多。』

多虧愛麗絲及時出現，他們才不必回答。她跑進廚房，雙頰紅暈，眼睛圓睜，球鞋底在瓷磚上吱嘎響。『他們來了。』她說。

22

四人從廣角窗看見瘋子從學院坡下面排隊走來，逐漸回流，長長的影子在綠草上投射成巨大的風車形。來到校長與喬丹稱為彤尼拱門的地方時，長龍開始滙聚，大風車似乎在金黃的夕陽中轉動，但是巨大的身影已經開始靠攏收縮。

愛麗絲再也無法不握小球鞋了，她把球鞋從手腕扯下來，開始猛捏不止。『他們會看穿我們佈下的陷阱，馬上轉身就走。』她壓低嗓門講得很快，『他們開始讀書了，至少腦筋好到能看出陷阱。』

『看著辦。』柯雷說。他幾乎確定瘋子一定會走上彤尼足球場，即使瘋子看見足球場有異狀，集體意識因此不安起來，也照樣會回原位睡覺，因為天色將近全黑，他們無處可去。母親以前常唱給他聽的兒歌此時有一段飄過他的腦海：小小男孩，你辛苦了一天。

『我希望他們走開，又希望他們留下來，』她的嗓門低到不能再低，『我覺得自己快爆炸了。』她神經病似的小笑一聲，『該爆炸的是他們，對吧？是他們才對。』湯姆轉身看她

㊴老少兩代雞同鴨講。《白鯨記》是Moby Dick，湯姆講的Moby是電子舞曲製作人，曲風迥異的饒舌歌星Eminem常在歌曲裡譏諷Moby。

時，她說：『我沒事啦。我還好，所以少囉唆。』

『我只想說的是，會發生的事就會發生。』他說。

『少給我那一套新世紀的狗屁。你的口氣像我老爸。』一顆淚珠滾下臉頰，她不耐煩地以手掌根部擦掉。

『愛麗絲，定下心來，乖乖看。』

『我盡力而為，行嗎？盡力就是了。』

『還有，別一直亂捏球鞋了，』不常發脾氣的喬丹煩躁地說：『吱吱叫呀叫的，我聽得快抓狂了。』

她低頭看著小球鞋，彷彿感到詫異，然後把球鞋的鞋帶綁回手腕。五人看著手機瘋子聚集在彤尼拱門前，逐一通過，很少看見推擠與迷糊的舉動，秩序比參加返校週末美式足球賽的觀眾還好，這一點柯雷非常確定。走到足球場另一邊時，瘋子再度分散，穿越了中央廣場，排隊走下斜坡。五人等著看瘋子察覺不對勁而停下腳步，但是瘋子一步也不停。落後的最後幾個人多半受了傷，由旁人攙扶著跟上，但仍以緊密的隊形向前走。最後幾人進場過了很久，漸紅的夕陽才落至校園西側的宿舍後方。瘋子又回籠了，一如家鴿歸巢，也像飛回卡畢斯卓諾的燕子一樣㊵。漸暗的天空開始出現星星後不到五分鐘，狄恩・馬丁又開始高歌〈遲早等到愛〉。

『我剛才是白操心了，對不對？』愛麗絲說：『有時候我好笨。老爸常這樣罵我。』

『沒那回事，』校長對她說：『所有笨蛋都有手機，所以他們才淪落到外面，妳才會跟我們聚在一起。』

湯姆說：『不知道瑞福過得好不好。』

『我也想知道強尼的狀況，』柯雷說：『強尼和雪倫。』

23

同一天晚上秋夜風高，月亮已縮回上弦。十點時，湯姆與柯雷站在足球場主場端的樂隊區裡，正對面有個高度及腰的水泥路障，靠球場的一側附上厚厚的防撞墊，靠他們這邊則有幾個生鏽的樂譜架，也有淹腳目的垃圾，因為強風把破袋與紙屑吹到這裡累積成堆。他們的後面與上方，愛麗絲與喬丹站在旋轉柵欄的旁邊，高大的校長拄著細枴杖站中間。

黛比・布恩的歌聲響徹球場，輕快又莊嚴的音樂由揚聲器一波波傳遞而來。照常播放下去的話，下一首是鄉村歌手黎安・沃麥克㊶的〈我希望你跳舞〉（I Hope You Dance），接著回到勞倫斯・威爾克與香檳音樂製造者，但也許今晚無緣聽到下一首。

風勢增強，帶來了室內跑道後方沼澤的腐屍味，也送來了足球場的泥土味與活人的汗臭。前提是那些東西還稱得上是活人，柯雷心想，然後對自己閃現一個又小又不甘心的微笑。自圓其說是人類的一大嗜好，也許是最大的嗜好，但他今晚不願自欺：他們當然自認是活

㊵When the Swallows Come Back to Capistrano，一九四〇年流行歌曲。

㊶Lee Ann Womack，一九六六—。

人。無論他們是什麼東西，無論他們正蛻變成什麼，他們自稱是活人，一如他剛才的稱呼。

『你還在等什麼？』湯姆喃喃說。

『沒事，』柯雷也喃喃回答，『只是……沒事。』

從愛麗絲在倪可森的地下室找到的槍套中，柯雷抽出貝絲・倪可森的老式寇特點四五左輪。這把手槍已重新填裝子彈。愛麗絲原本要給他威力強大的那把機關槍。這槍到目前為止仍未試射過，但他回絕了。他認為如果這把左輪達成不了任務，大概其他的槍也沒轍。

『機關槍一秒射三、四十發子彈，當然比較好用，』她說：『一下子就能把那兩輛瓦斯車打得稀巴爛。』

他當時不否認這事實，但也提醒愛麗絲，今晚的目標並非毀滅瓦斯車，而是引燃瓦斯。接著他也說明阿尼・倪可森幫太太取得的點四五開花彈殺傷力有多強，而這種子彈以前的綽號是達姆彈。

『好吧，如果左輪失靈，你還是能試試看速戰爵士（Sir Speedy），』這是大家為這把俄製機關槍取的綽號，『除非足球場上的那些人，呃……』她不願用攻擊一詞，只是以沒拿球鞋的手指稍微比畫走路的動作。『那樣的話，快閃。』

記分板上有條返校週末的彩旗被風扯掉，在擁擠的昏睡手機人上空飄舞。足球場四周有手提音響的紅色電源燈似乎在黑暗中浮沉，其中只有一台裡面有ＣＤ。彩旗打中了瓦斯車之一的擋泥板，拍動了幾秒，然後溜開飛進夜空。兩輛瓦斯車並排停在足球場正中央，聳立在躺成一堆的人群中形同金屬平台。有幾個手機瘋子睡在瓦斯車底下，旁邊也睡得很擠，有些人甚至緊靠著車輪睡覺。柯雷再次想起十九世紀的旅鴿，停在地上時被獵人拿棒子活活打死，以致於二十世紀初旅鴿已告絕種……旅鴿畢竟只是鳥類，腦子很小，無法重灌系統。

『柯雷？』湯姆低聲問：『你確定要開槍嗎？』

『不確定。』柯雷說。如今箭在弦上，他有太多疑問尚待解答，其中一個是，假如出了差錯該怎麼辦。另一個是，假如一切順利該怎麼辦。因為旅鴿不具備復仇的能力，反觀足球場上的那些東西……

『不過我還是要動手。』柯雷說。

『那就動手吧，』湯姆說：『因為撇開別的因素不談，〈你照亮我的生命〉（You Light Up My Life）再播下去，連死老鼠都會氣炸。』

柯雷舉起手槍，用左手緊握右手腕，把準心對準左邊那輛瓦斯車的儲氣槽。他會朝左邊那輛開兩槍，然後朝右邊再開兩槍。如果有必要再射擊，槍膛裡仍剩兩發，可以各補上一槍。如果各打了三槍還沒效果，他可以試試愛麗絲說的那把機關槍。

『爆炸的話趕快臥倒。』他告訴湯姆。

『別擔心。』湯姆說。他的臉縮了起來，等著槍響，也等著隨之而來的場面。

黛比・布恩的名曲逐漸進入結尾前的高潮，柯雷忽然覺得有必要趕在黛比結束前動手。他心想：這麼近還打不中，你就是猴子。然後扣下扳機。

他沒有機會再開一槍，因為沒有必要。儲氣槽的中央冒出一朵鮮紅色的花，而在紅光中，柯雷看見原本平滑的金屬表面破了一個深洞，地獄看似就在洞裡，而且迅速擴張。然後紅花變成了河流，紅色轉為橙白色。

『趴下！』他邊喊邊推湯姆的肩膀，倒在較矮小的湯姆身上，此時夜晚亮成了日正當中的沙漠，一陣轟然巨響之後是驚心動魄的『砰！』聲，震撼了柯雷的每一根骨頭，碎片飛過頭上。他認為湯姆正在慘叫，但他無法確定，因為連續又來了幾聲轟然巨響，空氣瞬間變得熱、熱、熱。

他一手抓住湯姆的後頸，另一手抓住衣領，開始拖著他走上通往旋轉柵欄的水泥斜坡。礙於足球場中央的極度強光，柯雷的眼睛瞇成了細縫，幾乎全閉。有個巨大的東西降落在他右邊的備用看台上。他想也許是整塊引擎。他踩到了金屬碎片與扭曲的金屬桿，認定腳下的東西原本是蓋頓學院的樂譜架。

湯姆驚叫著，眼鏡被震歪了，但他站直身體後看起來毫髮無傷。他與柯雷跑上斜坡，如同從罪惡之城蛾摩拉（Gomorrah）逃出的居民。柯雷看得見老少三人的身影在前方形成修長而像蜘蛛的影像，這時他發現有東西正掉在他們周圍：手臂、大小腿、一片擋泥板、頭髮著火的女人頭。背後傳來第二聲『砰！』的巨響，也許是第三聲，這一次輪到柯雷驚叫。他被自己的腳絆倒了，撲向前去，四周的熱度迅速上升，亮度也極為驚人：他感覺自己彷彿站在上帝的私人舞台上。

我們闖了什麼禍？他邊想邊看著地上一團口香糖、一包被踩扁的Junior Mints巧克力薄荷糖、一個百事可樂的藍色瓶蓋。我們糊塗闖禍，今後勢必以自己的生命付出代價。

『站起來！』湯姆說。他認為湯姆是扯開喉嚨大叫，但湯姆的聲音卻像來自一英里以外。他感覺湯姆修長細緻的手指拉扯著他的手臂，接著愛麗絲也來了，拉扯著另一隻手，而她在火焰照耀下簡直令人目眩。他看得見纏在手腕上的小球鞋前後左右搖擺著。她被撒了一身的血滴、碎布，以及仍在冒煙的肉塊。

柯雷掙扎起身，卻又不支，跪下一邊膝蓋，愛麗絲再度用蠻力拉他站起來，背後的丙烷如噴火龍般狂嚎。這時喬丹也來了，拄著枴杖緊跟在後的是校長，他的臉色紅暈，每一道皺紋流滿了汗水。

『不行，喬丹，趕快帶他離開這裡！』湯姆吶喊，喬丹把校長拉開，以免擋路。校長蹣跚走著，喬丹冷酷地摟住他的腰。一具戴了臍環的軀體掉在愛麗絲腳邊，仍在燃燒中，被她一腳踹出斜坡。踢了五年的足球，柯雷記得她說過。一片燃燒的襯衫墜落在她後腦，柯雷連忙替她揮掉，幸好她的頭髮沒有因此起火。

來到斜坡最上面，瓦斯車的一個輪胎靠在最後一排的貴賓座位邊，被轟斷的輪軸仍附著在上，車輪持續燃燒著。假使輪子掉在他們行進的路線上，他們可能因此變成烤肉——以校長而言幾乎是必死無疑。幸好他們仍能擠身而過，憋氣以免吸入油污的滾滾濃煙。片刻之後，他們鑽過旋轉柵欄，喬丹與柯雷各站校長的一邊，幾乎是將他抬著走。校長的枴杖亂揮，打了柯雷兩記耳光，但通過車輪三十秒之後，他們已來到彤尼拱門之下，站定後回頭望向露天看台與中央記者席上的擎天火柱，五人的表情一致，全是麻木而不敢置信的模樣。

起火的返校彩旗拖著幾粒火星，飄落在大售票亭旁邊的柏油地上。

『你事先知道會這樣嗎？』湯姆問。他的眼睛四周是白色，額頭與臉頰則變得紅通通，小鬍子被燒掉了半邊。柯雷聽得見他在講話，但聲音感覺遙遠。一切聲音都如此，彷彿耳朵塞滿了棉花球，或者塞了打靶用的耳塞。阿尼・倪可森帶老婆去他們最愛的靶場時，一定叫她戴上耳塞，然後夫妻倆開始磨練槍法，腰部大概一邊夾著手機，另一邊則佩戴了呼叫器。

『你事先知道會這樣嗎？』湯姆想搖一搖他，卻只從他衣服正面由上而下撕掉一塊布。

『廢話，當然不知道，你瘋了不成？』柯雷的嗓音已啞得不能再啞，乾得不能再乾，聽起來像被烤過了似的。『我要是知道，怎麼還會拿手槍去站那裡？要不是我們站在水泥路障後面，我們早就被轟成兩半或人間蒸發了。』

不可思議的是，湯姆開始奸笑。『我撕壞了你的上衣，蝙蝠俠。』

柯雷很想一拳捶破他的頭，也想抱抱他、親親他，慶幸自己能活下來。

『我想回奇譚姆居去。』喬丹說，他的語調無疑帶有恐懼。

『我們務必撤退到安全的距離之外。』校長附和。他的身體抖得厲害，兩眼凝視著拱門與露天看台之上的熊熊大火。『謝天謝地，風往學院坡的方向吹去。』

『你走得動嗎？教頭？』湯姆問。

『謝謝你，可以。如果喬丹能扶我，我確定能走到奇譚姆居。』

『我們兩個一起扶。』愛麗絲說。她用近似滿不在乎的態度擦掉臉上的血肉，只留下幾抹血痕。柯雷從未在真人世界裡看過她這種眼神，只在幾幀相片以及五〇、六〇年代受漫畫啟發的畫作看過。他記得小時候有一次參加漫畫大展，聆聽漫畫家華勒斯・伍德[42]講解如何刻劃所謂的『恐慌眼』，如今柯雷總算在這位十五歲郊區女孩的臉上見識到了。

『愛麗絲，快走吧，』他說：『我們得趕快回奇譚姆居打包，不快離開這裡不行。』此話一出口，他覺得有必要再講一遍，讓自己聽聽看是否有道理。講第二次時，聽起來除了有道理之外還多了一份恐懼。

她可能沒有聽見。她的表情興高采烈，充滿了凱旋的喜悅。她就像萬聖節的小孩，回家途中糖果吃到想吐。她的瞳孔充滿火焰。『命再大也活不過這場火。』

湯姆緊握著柯雷的手臂，痛得他覺得手臂被曬傷。『你怎麼了？』

『我覺得我們做錯了一件事。』柯雷說。

『你是說，在加油站的時候？』湯姆問他。在歪斜的眼鏡之內，他的目光咄咄逼人。

『那對男女在爭那盒該死的……』

『不對，我只是覺得我們做錯了一件事。』柯雷說。其實他是重話輕說。他知道他們做錯了事。『走吧，今天晚上非走不可。』

『你說的就算數，』湯姆說：『走吧，愛麗絲。』

她跟著大家走向通往奇譚姆居的步道。出門前，他們點了兩盞油燈，放在大廣角窗裡。愛麗絲走了幾步路，再度回頭看。記者席已經著火，露天看台也一樣。足球場上空的星星已經不見，連月亮也成了魅影，在囂張的瓦斯火柱上方的熱煙裡跳著狂野的舞步。『他們死了，他們不見了，他們被烤得酥酥脆脆了。』她說：『燒吧！燒個夠吧……』

㊷Wallace Wood，一九二七—八一。

就在此時，呼號聲再起，這一次不是來自十英里外的葛倫瀑布，也不是利托頓，而是來自正後方。這一次的呼號聲也不像鬼魂或幽靈，而是痛苦的哀嚎驚叫，像是從沉睡中驚醒發現即將被活活燒死的人。柯雷確定呼號聲出自單一個體，而且具有知覺。

愛麗絲尖叫著蓋住耳朵，眼珠在火光裡暴凸。

『回頭！』喬丹抓著校長的手腕說：『教頭，我們一定要去拿回來！』

『太遲了，喬丹。』校長說。

24

一小時之後，背包比先前飽滿了一些，靠在奇譚姆居的正門旁，每一包都塞了兩件上衣，也帶了幾袋堅果與巧克力糖果、幾瓶鋁箔包果汁、幾袋牛肉乾條、電池與備用手電筒。柯雷剛才一直嘮叨著湯姆與愛麗絲，叫他們盡快收拾行囊，現在柯雷自己卻屢屢衝進客廳窺視廣角窗外的情況。

瓦斯火柱終於開始減弱，但露天看台的火勢仍然很旺，記者席也是。彤尼拱門也難逃火舌，現在宛如鐵匠舖裡的馬蹄鐵，在黑夜裡發光。足球場上的生物絕對無一能倖免，愛麗絲剛才說得對，但在回奇譚姆居的途中，儘管大家盡全力扶校長，校長仍像老酒鬼似的踉踉蹌蹌，他們也兩度聽見其他人群的鬼叫聲隨風傳來。柯雷告訴自己，呼號聲中沒有怒意，是他自己想像力太豐富，是因為他太愧疚了，他殺了人，他葬送了一整群人的性命，所以才產生幻覺。但他不完全相信。

的確是鑄下錯事一樁，但他們又能奈何？就在這天下午，他與湯姆感應到了瘋子逐漸凝聚的力量，也親眼見識到了他們的能耐，而當時只有那兩個人，只有兩個。怎能坐視他們壯大？

『動手該死，袖手旁觀也該死，左右不是人。』他講給自己聽，然後轉離窗口。不知看了祝融肆虐體育館多久，他抗拒看錶的衝動。索性向恐慌鼠投降吧，反正再抵抗也不是辦法。如果他投降了，恐慌鼠會快步轉攻其他人，先從愛麗絲下手。愛麗絲產生了某種自制力，設法振作起來，但她的自制力仍嫌薄弱。薄到下面擺報紙照樣看得見小字。愛玩賓果的母親會這麼說。雖然年紀還小，但愛麗絲還是硬裝出開朗的假象，多半是想做做榜樣給另一個小朋友看，以免小弟弟整個人崩潰。

另一個小朋友。喬丹。

柯雷匆匆走回前廳，發現門邊仍未擺出第四個背包，這時看見湯姆單獨下樓。

『小孩呢？』柯雷問，他的耳力恢復了一些，但仍然覺得自己講話的聲音太遙遠，而且像陌生人。他自知這種現象會持續一陣子。『你不是去幫他整理行李……校長說他從宿舍帶了一個背包過來……』

『他不肯來。』湯姆揉揉臉的側面，神態既疲倦又悲傷失神。而且小鬍子被燒掉了半邊，看起來也很可笑。

『什麼？』

『柯雷，小聲一點。我只是轉告給你聽，幹嘛兇我？』

『好，你解釋給我聽一聽道理何在，看在老天的份上。』

『教頭不肯走，他也不走。他說：「你總不能逼我吧。」如果你真的想今晚出發，我相信他是死心不走了。』

愛麗絲從廚房衝出來。她已經盥洗過，頭髮紮在後腦勺，換上一件幾乎長到膝蓋的上衣，但皮膚仍紅通通。柯雷覺得自己也被燒傷了。他心想，現在沒擠水泡就算走運了。

『愛麗絲，』他說：『麻煩妳發揮女性的溫情攻勢對喬丹……』

她急得奔過柯雷，當作他沒講過話。來到門口時，她在背包前跪坐下去，一把扯開背包。柯雷看得一頭霧水，只見她開始拉出背包裡的東西。他望向湯姆，看出湯姆臉上寫著諒解與同情。

『什麼事？』柯雷問：『到底在找什麼鬼東西？』這種氣急敗壞的心情他最熟悉不過了。分居前的一年，雪倫常惹得他心情焦躁煩悶，而這種心情偏偏挑這時候冒出來，更讓他痛恨自己。話說回來，可惡，現在最不需要的就是節外生枝。他把雙手插進自己的頭髮。

『找什麼？』

『看看她的手腕。』湯姆說。

柯雷看過去。她的手腕仍纏著骯髒的鞋帶，小球鞋卻不見了。他的心情一沉，感覺好荒謬。也許不太荒謬，如果愛麗絲覺得重要，即使只是一隻小球鞋也有天大的重要性。

她原本在背包裡塞了一件T恤與運動衫（正面印有**蓋頓後援會**的字樣），這時被她拋向半空中，電池在地上滾動，備用的手電筒也撞在瓷磚地板上，摔裂了鏡片。看到這裡，柯雷已能確定的是她不像雪倫一樣在發少奶奶脾氣，不像雪倫發現榛果咖啡或小胖猴冰淇淋㊸被吃光時發的那種脾氣，而是毫不修飾的恐懼。

他走向愛麗絲，在她身邊跪下，握住她的兩隻手腕。他能感受到分秒飛逝，心知早該上路了，但他也感受到她的脈搏快如閃電。他也看出愛麗絲的眼神中沒有恐慌，充滿了哀傷，也能瞭解那隻球鞋是她生命的寄託，球鞋代表著她的父母親、朋友、貝絲·倪可森母女、彤尼足球場的大火，以及所有的事物。

『不在背包裡面！』她哭叫著，『我以為打包進去了卻沒有！我到處都找不到！』

『好了，小愛，我知道。』柯雷仍然握著她的手腕。現在他抬起纏著鞋帶的那隻手。

『看見了沒？』他等到確定她的目光聚焦，然後挑一挑鞋帶兩端。鞋帶原本打了兩個結，如今只剩下一個。

『變得太長了，』她說：『以前沒有這麼長。』

柯雷盡量回想最後一次看見小球鞋的情景。他明知今天做過的事情繁雜，這點小事不可能記住，但他發現居然記憶猶新。最後一次見到球鞋是在第二輛瓦斯車爆炸之後，當時她正幫湯姆扶他站起來，球鞋仍纏在鞋帶上蹦跳。當時的她渾身是血，也黏著破布與小塊人肉，但球鞋確實仍纏在手腕上。他極力回憶著，她把燃燒中的軀體踢開斜坡時，球鞋是否還在。不見了。也許是後見之明，但他認為那時候球鞋已經不見。

㊸Chunky Monkey，Ben & Jerry's冰淇淋公司的香蕉核仁巧克力冰淇淋。

『鞋帶自己鬆掉了，小愛，』他說：『鞋帶鬆掉，鞋子就掉了。』

『你是說鞋子是自己掉的？』她擺出不敢相信的眼神，淚水開始滑落。『你確定嗎？』

『相當確定。』

『那鞋子是我的幸運符。』她低聲說，淚水嘩嘩直落。

『不對，』湯姆伸出一隻手抱住她，『我們才是妳的幸運符。』

她看著湯姆。『你怎麼知道？』

『因為妳先找到我們，』湯姆說：『而且我們還在這裡。』

她擁抱湯姆與柯雷，三人就這樣站了半晌，在前廳裡互擁，腳邊散落一地的是愛麗絲的行李。

25

火勢蔓延到一座講堂，校長說是『哈克利』廳。隨後在凌晨四點前後，風勢緩和下來，火也不再延燒。旭日東升時，蓋頓的校園彌漫著丙烷、焦木與大批焦屍的臭味。晴朗的新英格蘭十月清晨被灰黑色的煙柱抹黑了，而奇譚姆居裡的人還在。最後，產生了一連串的骨牌效應：除非坐車，校長走不了，可是車子根本開不了；校長不走，喬丹也不肯走，連校長也勸不動喬丹；遺失幸運符的愛麗絲雖已稍微釋懷，但卻拒絕扔下喬丹；愛麗絲不走，湯姆也不肯走，而柯雷不願意扔下湯姆與愛麗絲。讓他心驚的是，這兩位新交的朋友竟然暫時比親生兒子來得重要。雖然他仍然確定繼續待在蓋頓後果不堪設想，何況待在刑案現場勢必付出慘痛的代價，但最後還是走不成。

他以為天一亮，心情會舒坦一些，情況卻不然。

五人在客廳窗口觀望等待，仍在悶燒的足球場當然不會有人活著走出來，也不再傳來呼喊聲，只聽見火苗持續下探體育系辦公室與更衣室，燒出劈啪悶響，而地表的露天看台已經快被燒盡。套句愛麗絲的用語，睡在足球場上約莫一千人的手機瘋子已經被燒得酥酥脆脆。焦屍的氣味濃烈，吸入後附著在喉嚨不去，感覺可怖。柯雷已經嘔吐過一次，也知道其他人也吐了，連校長也不例外。

我們做錯了一件事。他再度心想。

『你們三個早該上路了，』喬丹說：『我們不會有事啦。我們以前不是過得好好的，對不對，教頭？』

亞爾戴校長置若罔聞，只顧著端詳柯雷。『你昨天和湯姆進了加油站辦公室，到底發生了什麼事？那件事一定讓你心裡毛毛的，否則你現在不會有這種表情。』

『是嗎？什麼表情？』

『就像嗅出了陷阱的動物。是不是被路上那兩個人看見了？』

『不盡然。』柯雷說。他不喜歡被人描述為動物，卻無法否認自己的確是在苟延殘喘，一邊吸收氧氣與飲食，另一邊排放二氧化碳與糞便，就這麼簡單。

在這之前，校長已經開始用大手不停揉上腹部偏左的地方。柯雷認為，他這動作正如他的許多手勢，具有一種莫名的戲劇性，倒也不完全像在裝模作樣，但卻是有意讓講堂最後排的學生也看得見。『不然又是什麼？』校長問。

因為別無選擇了，柯雷不想再保護老少三人，於是一五一十描述在加油站辦公室目睹的現象。原本那對男女動手爭一盒過期的零食，卻演變出異象，包括紙張拍動、煙灰缸裡的灰燼開始像浴缸放水時兜著圈子、掛在木板上的鑰匙叮叮作響、注油嘴從加油箱上掉落。

『我也看見注油嘴掉下來。』喬丹說，愛麗絲跟著點頭。

湯姆提到他覺得呼吸急促，柯雷也表示有同感。兩人盡量解釋空氣中逐漸凝聚某種力量的感受。柯雷說，就像雷雨來襲前的感覺。湯姆說，不知為什麼，空氣就是令人覺得憂慮。太沉重了。

『然後，他讓她拿走兩個盒子裡的鬼東西，結果所有的現象馬上消失。』湯姆說：『煙灰不再轉動，鑰匙也靜下來，雷雨來襲之前的感覺也消失了。』他望向柯雷求證，柯雷點頭。

愛麗絲說：『為什麼不早說？』

『因為說了也無濟於事，』柯雷說：『我們照樣只想燒掉他們的巢穴。』

『對。』湯姆說。

喬丹突然說：『你們認為，手機瘋子快練成了靈異超能力，對不對？』

湯姆說：『喬丹，你用字太深奧了。』

『例如：有人只靠念力就能移動東西，或者情緒失控時，無意間也能產生超能力。只不過，像是念力和懸浮力這種靈異超能力……』

『懸浮力？』愛麗絲幾乎是狂吼出來。

喬丹不予理會，繼續說：『……只是旁枝，靈異超能力的主幹是心電感應。你們擔心的是不是這個？心電感應的能力。』

湯姆的手指伸向小鬍子被燒掉地方，摸摸被燙紅的皮膚。『對，我是有想過。』他停頓下來，偏著頭說：『聽起來像自作聰明，大概吧。』

喬丹又置若罔聞。『先假設一下好了，假設他們真的正在培養心電感應能力，而不只是靠集結本能來行動的殭屍，那又怎樣？蓋頓學院的這群已經死光光了，死時還不知道被誰燒死，因為他們躺在那裡，睡著他們那種覺。所以說，如果你擔心他們會用心電感應把我們的姓名和特徵傳真給新英格蘭區各州的好友，你是窮操心了。』

『喬丹……』校長開口卻又皺眉，繼續揉著上腹部。

『教頭，你沒事吧？』

『沒事。去樓下浴室幫我拿善胃得，好嗎？順便帶一瓶緬因州的波蘭泉。乖孩子。』

喬丹匆匆去跑腿。

『該不會是潰瘍吧？』湯姆問。

『不是，』校長回答，『是壓力太大。是一個老……不能說是老朋友……老毛病吧。』

『你的心臟還好嗎？』愛麗絲壓低嗓音說。

『大概吧。』校長說著露牙微笑，快活得令人錯愕。『如果善胃得吃了沒效，只好重新假設……不過目前為止一向是藥到病除。現在麻煩多得是，少一件總是比較好。啊，喬丹，謝謝你。』

『不客氣。』十二歲的喬丹連胃藥遞給他一杯水，面帶慣有的笑容。

『我認為你該跟他們一起走。』亞爾戴校長吞下胃藥後說。

『教頭，恕我直言，他們不可能發現，絕對不可能。』

校長望向湯姆與柯雷彷彿在發問。湯姆舉起雙手，柯雷只是聳聳肩。柯雷大可說出心中話，反正大家一定知道他在想什麼：我們做錯了一件事，再待下去只會錯上加錯。但他覺得說出來也沒用。喬丹表面上心意堅決而固執，內心卻是嚇到半死，無奈怎麼勸也勸不動。此外，現在已經天亮。白天是他們的天下。

他摸摸小喬丹的頭髮。

『不跟你辯了，喬丹，我想去睡個覺。』

喬丹的神情幾乎是如釋重負到極點。『太棒了，我也該去睡覺了。』

『我想先喝杯全球知名的奇譚姆居半冷巧克力，然後再上樓，』湯姆說：『我一定會去刮掉這半邊的鬍子。待會如果聽見了有人哀哀叫，就知道是我。』

『可以讓我參觀嗎？』愛麗絲問：『我從小就想看大男人哀哀叫。』

26

三樓只有兩間小臥房，柯雷與湯姆同睡一間，另一間讓愛麗絲獨睡。柯雷正要脫鞋就寢，突然有人輕輕敲了一下房門後自行進來。站在門口的是校長，顴骨上方被大火烤出了兩團鮮紅，其他部分則如死灰。

『你沒事吧？』柯雷站起來問：『吃了胃藥還沒效，是不是心臟的問題？』

『我很高興你問這問題，』校長回答，『我不十分確定剛才是否埋下了種子，現在總算能確定。』他瞄向背後的走廊，然後以枴杖末端關上門。『瑞岱爾先生──柯雷──請仔細聽我說，除非絕對必要，否則別插嘴問話。今天傍晚或入夜之後，我會被人發現死在床上，你到時一定要說，果然是心臟有問題，肯定是昨晚太操勞導致心臟病發。瞭解了嗎？』

柯雷點頭。他聽懂了，同時硬把反射性的抗議壓了回去。舊世界或許容得下抗議，此時卻行不通。他明瞭校長提議做這種事的原因。

『如果喬丹起了一點疑心，認為我可能為了放他走而自殺，他可能會因此自我了斷，因為他年紀雖小，卻把照顧我視為神聖的義務，值得嘉獎。即使他不自殺，至少也會陷入我童年時長輩所謂的「黑色迷遊」（black fugue）。我死了，他會為我深深哀悼，這情有可原。假如被他發現我為了送他離開蓋頓而自戕，他就不會只是傷心了事，你瞭解這個道理嗎？』

『瞭解。』柯雷說，接著他又說：『教頭，請再等一天吧。你考慮做的事……可能沒有必要。說不定我們不會有事。』這句話連柯雷自己也不相信，但無論如何，亞爾戴校長的心意已決。柯雷只需看看校長滄桑的臉、緊閉的唇以及閃亮的目光，就心知肚明了。儘管如此，他還是試著再勸一次：『再多等一天吧，說不定不會有人來。』

『那些慘叫聲你也聽見了，』校長說：『那是怒吼啊。他們一定會來。』

『也許吧，可是……』

校長舉起枴杖來制止。『就算他們能看穿彼此的心意，也能解讀我們的想法，你的腦袋還有什麼值得解讀的東西？』

柯雷沒有回答，只是盯著老校長的臉。

『即使他們無法解讀心意，』校長繼續說：『你又能建議怎麼做？待下來，過一天算一天、過一個禮拜算一個禮拜？等到雪花飄零？還是等到我終於老死？我父親活到了九十七歲。更何況，你還有妻兒。』

『我太太和兒子不是沒事就是出了事，我已經能坦然以對。』

他睜眼說瞎話，也許被亞爾戴校長看穿了，因為校長面帶令人不安的笑容說：『你兒子還不知道爸爸是否安好，你認為他也能坦然以對嗎？才過短短一個禮拜。』

『這一招出得太卑鄙了。』柯雷說。他的嗓音不太穩定。

『有嗎？我倒不知道我們正在對打。反正也沒裁判在場。只有我們這兩個膽小鬼。』校長瞥向關上的門，再把視線轉回柯雷。『問題非常簡單，你不能留下來，我不能走。最好的辦法是讓喬丹跟你一起離開。』

『可是，這不就像讓斷了腿的馬安樂……』

『沒這回事。』校長打斷他的話，『馬自己不會安樂死，人類卻會。』有人打開房門，進來的是湯姆。校長幾乎連眼皮也不眨，話鋒立即轉彎，『你呢？有沒有考慮畫插圖，柯雷？我指的是幫書本作畫？』

『呃，對大多數出版社來說，我的風格太花稍了，』柯雷說：『我倒是幫葛蘭特

（Grant）和優雷利亞（Eulalia）這類專出奇幻書刊的小出版社畫過書衣。也幫泰山作者波羅斯[44]的《火星》系列畫過圖。』

『霸沭星！』[45]校長高呼，用力揮舞著枴杖。接著他又開始揉上腹部，臉皺成一團。『可惡的胃酸！對不起，湯姆，我只是在睡覺前上來閒聊一下。』

『沒關係。』湯姆看著他走出去，等走廊上的枴杖聲遠去，他轉身問柯雷，『他沒事吧？臉色蒼白成那樣。』

『我想不會有事。』他指向湯姆的臉。『不是說要去刮掉剩下的半邊嗎？』

『愛麗絲徘徊不去，我決定不刮了，』湯姆說：『我喜歡她這小孩，不過她有些地方太邪惡了。』

『你太疑神疑鬼了。』

『多謝你的分析，柯雷。才只過一個禮拜，我就開始想念我的心理醫生了。』

『外加被迫害情結和誇大妄想。』柯雷把雙腳甩上窄床，把雙手枕在頭下，注視著天花板。

『你希望我們離開這裡，對不對？』湯姆問。

『那還用問。』他用全無抑揚頓挫的平板語調說。

[44] Edgar Rice Burroughs，一八七五—一九五〇。
[45] 火星系列中，火星人自稱火星是『Barsoom』。

『不會有事的，柯雷，真的。』

『隨你去說吧，只可惜你有被迫害情結和誇大妄想。』

『有道理，』湯姆說：『幸好我另外有自卑情結，也有每隔大約六星期來一次的自我意識月經，所以還能平衡。而且再怎麼說……』

『……時候不早了，睡一覺再說吧。』柯雷到此為止。

『也對。』

對話到此的確產生了一陣心安。湯姆又說了一句話，但柯雷只聽見『喬丹認為……』就沉沉入睡。

27

柯雷尖叫著驚醒過來。最初他真的以為自己驚叫失聲，他慌忙向房間另一邊的床鋪望去，只看到湯姆仍然安詳睡著，睡前還摺了某個東西蓋在眼睛上，也許是毛巾吧。這時柯雷才相信剛才沒有驚叫出來，只是在做夢。也許他喊出了什麼聲音，但並不足以吵醒室友。

房間裡一點也不暗，因為現在是下午三點左右，但湯姆就寢前放下了百葉窗，至少房間內光線暗淡。柯雷待在原地片刻，繼續仰躺著，嘴巴乾得像木屑，心臟在胸腔猛跳，震得耳朵噗噗響，宛如有人踩著絨布奔跑的聲音。除此之外，奇譚姆居一片死寂。大家雖然還沒完全適應晝伏夜出的生活，但昨晚的行動累得大家筋疲力竭，睡得特別熟，目前他聽不出房子有絲毫動靜。屋外有隻鳥啼叫著，相當遙遠的某處——不是蓋頓，他心想——有個固執的警報器哇哇叫個不停。

他做過比這更恐怖的夢嗎？也許有一次。強尼誕生後的一個月左右，柯雷夢見自己從嬰兒床抱起兒子換尿布，胖嘟嘟的小身體卻在他手中變得支離破碎，像是隨便組裝而成的假人。那個惡夢他能夠解析——初為人父的恐懼、擔心搞砸好事的恐懼。而他至今仍有這種恐懼，亞爾戴校長也看得出來。但今天的惡夢又作何解釋？

無論作何解釋，他都不想忘掉，而他從經驗得知必須立刻採取行動。

房間裡有張書桌。床腳有柯雷脫下後縐成一團的牛仔褲，口袋插了一支原子筆。他把筆抽出口袋，赤腳走向書桌坐下來，打開大腿上方的抽屜，找到了他要的一小疊空白信紙，每一張最上端印有**蓋頓學院以及年輕的心靈是黑暗中的明燈**。他撕下一張，放在桌面上。光線雖暗卻還夠亮。他推開筆帽，停止動作幾秒，儘可能回想夢境。

他、湯姆、愛麗絲以及喬丹四人被排在運動場中央。這運動場不像彤尼足球場，應該比較接近美式足球場吧？背景有個鋼骨建築，上面有個忽明忽暗的紅燈。他不知道球場上搭建的是什麼建築物，但知道四周滿是觀眾，每人一張破臉，衣服也破爛，是柯雷已經看慣的人種。他與另外三人被……被關在籠子裡嗎？不對，是被罰站在平台上。雖然沒有柵欄，平台仍覺得像是籠子。柯雷不清楚為何有這種感覺。他已經漸漸淡忘夢境的某些細節。

湯姆站在隊伍的尾端，有個男人朝他走過去，這個男人很特殊，他把一隻手放在湯姆的頭上方。他們四人站在平台上，照理說這男人摸不到湯姆的頭才對，但他卻辦得到。他以拉丁文說：『此人——精神異常。』數千名群眾對著他以英文狂喊：『別碰！』聲音整齊劃一。男人來到柯雷的面前重複同樣的動作，然後來到愛麗絲面前，把一隻手舉在她的頭上，用拉丁文說：『此女——精神異常。』然後一手伸向喬丹頭上以拉丁文說：『此童——精神異常。』他每講一次，群眾就隨之呼喊：『別碰！』

這人是主持人？或者是幫主？在整個過程中，他與群眾都沒有開口，因此發言與呼應純粹是以心電感應來進行。

接著，柯雷讓右手自由聯想，由右手與控制右手的特定腦細胞來發揮。柯雷開始在白紙畫出圖像。夢境中有污衊也有被逮到的感覺，全程雖恐怖，令人心寒的程度卻不及伸手過來的那個人。他把手伸向各人的頭上方，掌心向下，恰似郡畜產園遊會時的牲口拍賣場主持人。柯雷覺得，只要能在紙上描繪出那個人的長相，就能捕捉到那份恐懼。

他是黑人，頭形尊貴，長了一張苦行僧的臉，身體瘦長，幾乎到了瘦骨嶙峋的地步。他的頭髮滿是深色的小捲，緊貼頭皮，一側被砍出了醜陋的三角形傷口。他的肩膀瘦薄，臀部幾乎不存在。在他的鬈髮下，柯雷快筆素描出寬闊而尊嚴的額頭——飽滿的學者型天庭。隨後他在額頭素描出一道刀傷，皮肉向下翻，遮住了一邊眉毛。他的左頰被扯開來，可能是被咬到。他的左下唇也裂開下垂，看起來像疲憊的冷笑。眼睛成了問題。柯雷怎麼畫都覺得不對勁。在夢中，那個人的雙眼充滿了意識，但卻也是死氣沉沉。柯雷試了兩次後暫時擱置，先畫他穿的上衣，以免記憶流失。他穿的是青少年俗稱蓋頭衣的連帽長袖上衣（他用正楷註明紅色，再畫箭頭指向衣服），胸前寫著白色的大寫字母。這黑人太瘦，衣服正面垮了一部分，遮住了字體的上半部，但柯雷仍能確定正面印的是哈佛。他正要開始用正楷填上，這時起了一陣哭聲，輕柔而壓抑，來自正下方。

28

是喬丹在哭。柯雷一聽就知道。他趕緊穿上牛仔褲，同時回頭看湯姆，但湯姆一動也不動。柯雷心想：這傢伙睡昏頭了。他打開門出去，然後關上門。

愛麗絲把蓋頓學院的T恤當睡衣穿，正坐在二樓的樓梯歇腳處，雙手抱著小喬丹。他把臉壓在她的肩膀上。她聽見柯雷赤腳走下樓梯的聲音，抬頭搶先講了一句話，『他做了一個惡夢。』愛麗絲說。幸虧愛麗絲搶先一步，否則柯雷可能會說出日後後悔莫及的話：是校長嗎？

聽了愛麗絲的話，柯雷說出腦海浮現的第一個念頭，因為此時這問題事關重大。『妳有沒有做夢？』

她皺起眉頭。她沒穿鞋子，頭髮紮成一條馬尾巴，臉部的曬傷彷彿在海灘玩了一天，看起來就像小喬丹一歲的妹妹。『什麼？沒有。我聽見他在走廊哭，心想反正也該起床了，就……』

『等我一下，』柯雷說：『待在這裡別走。』

他回到三樓的房間，一把從書桌拿走素描，這一次湯姆猛然睜開眼皮，四下張望，表情有驚懼也有迷惘，接著他定睛注視柯雷，心情也隨之鬆懈。『重回現實了。』他說。接著他一隻手揉揉臉，另一隻手的手肘支撐起身，說：『感謝上帝。天啊！幾點了？』

『湯姆，你是不是做了夢？惡夢？』

湯姆點頭。『好像吧。有，我聽見有人在哭。是喬丹嗎？』

『對。你夢見什麼？還記不記得？』

『有人罵我們是瘋子。』湯姆此語一出，柯雷的心沉到了谷底。『我們大概真的是瘋子吧，其他就想不起來了。為什麼問？你該不會也……』

柯雷不想再耽擱下去，拔腿衝出房間下樓，在喬丹身邊坐下時，喬丹還東張西望，一副茫然又畏懼的模樣。現在的喬丹完全沒有電腦神童的架式了。若說愛麗絲紮了馬尾巴，臉皮被曬得紅通通後看起來像十一歲，喬丹可說是退化到了九歲。

『喬丹，』柯雷說：『你做的夢……你的惡夢，還記不記得？』

『快忘光了，』喬丹說：『他們把我們趕上看台罰站，他們看著我們，好像我們是……我也不曉得，把我們當成野生動物吧……只不過他們說……』

『說我們發瘋了。』

喬丹睜大眼睛。『對！』

柯雷聽見背後有腳步聲，是湯姆下樓了。柯雷並沒有回頭看，只是拿出素描給喬丹看：『主持人是這一個嗎？』

喬丹沒有回答，他沒有必要。他一看就縮脖子轉頭，抓住愛麗絲，再度把臉埋進她的胸口。

『什麼東西？』愛麗絲一臉困惑地問。她伸手去拿素描，卻被湯姆拿走。

『天啊！』他說著交還素描，『夢快被我忘光了，不過我還記得他被咬開的臉頰。』

『他的嘴唇也是。』喬丹躲在愛麗絲的胸口說：『嘴唇還下垂。就是他把我們指給所有人看。給他們看。』他打了一陣哆嗦。愛麗絲揉揉他的背，然後兩手交叉在他的肩胛骨，以便抱得更緊。

柯雷把素描放在愛麗絲面前。『有印象嗎？夢見過這人嗎？』

她搖搖頭，正要說沒印象，奇譚姆居的前門外卻傳來重物滾動的長音巨響，隨後是一連串鬆散的輕敲聲。愛麗絲尖叫。喬丹抓她抓得更緊，彷彿想把自己埋進她體內，同時放聲大哭。湯姆抓著柯雷的肩膀。『完了，到底是……』

門外繼續傳來滾動的巨響，聲音拖得很長。愛麗絲又尖叫一聲。

『槍！』柯雷大叫，『去拿槍！』

一時之間，四人全在日光充足的樓梯歇腳處動彈不得，接著又聽見長長的重物滾動聲，聽起來就像骨頭滾動的聲音。湯姆衝上三樓，柯雷也跟著過去，一度因為穿了長襪而打滑，趕緊抓住欄杆才沒摔倒。愛麗絲把喬丹推開，往自己的房間奔去，T恤的下緣拍打著腿。歇腳處只剩喬丹瑟縮在角柱邊，直盯著樓下，用又濕又大的眼睛注視著前廳。

29

『別輕舉妄動，』柯雷說：『我們一步步慢慢來，懂嗎？』

前門外傳來長而鬆散的滾動聲後不到兩分鐘，三人已經下樓站在樓梯腳，湯姆拿著尚未試射過的速戰爵士，愛麗絲一手一把九厘米的自動手槍，柯雷則拿著貝絲•倪可森的點四五手槍。昨晚場面雖然混亂，但是他卻沒把槍搞丟，後來才發現是插在腰帶上，但他完全不記得自己有收槍的舉動。喬丹仍然瑟縮在歇腳處，從上面看不見樓下的窗戶，柯雷認為這樣或許是件好事，可是下午出大太陽，奇譚姆居裡的光線卻出奇暗淡，這可絕對不是件好事。

光線之所以暗淡，是因為手機瘋子聚集在每一扇窗外，向內窺視著屋裡的人。瘋子有數十人，甚至多達數百，每張臉是異樣的朦朧，多數有打架後的污痕以及大亂一星期後的傷口。柯雷也看見了缺牙缺眼的人，有的耳朵裂開，也有瘀青、燒傷、焦黑的肌膚，以及一團團烏黑的腐肉。他們默不作聲，籠罩在一種貪婪渴望的氣氛中，而昨天下午空氣裡彌漫的感覺又出現了，那種幾乎難以控制的巨大力量旋轉著，令人難以呼吸。柯雷一直以為三人手上的槍會飛起來，槍口倒過來對準三人射擊。

『港口海鮮店禮拜二有優待，我常去光顧，店主在水族箱裡養了幾隻龍蝦，我現在總算能體會牠們的感覺了。』湯姆緊張地小聲說。

『別輕舉妄動，』柯雷又說：『讓他們先採取行動。』

可是並沒有人先採取行動，只傳來又一聲滾動聲，柯雷認為像有人在前門廊扔下東西。接著，擠在窗外的生物後退，彷彿聽見了只有他們聽得見的某種訊號，因此成排後退。照理說，平常現在不是他們集結的時間，但顯然情況已經變了。

柯雷走向客廳的廣角窗，左輪握在身邊，湯姆與愛麗絲也跟去，看著手機瘋子撤退。對柯雷而言，他們已經不像瘋子了，至少以他能理解的範圍是如此。手機瘋子倒退著走，姿態詭異而靈巧，每個人之間都保持一點點距離，從不碰觸他人，最後退到奇譚姆居與彤尼足球場之間停下。足球場已成廢墟，仍在冒煙。這群人就像倉卒成軍的部隊，站在滿地落葉的練兵場，用不太茫然的眼神逗留在校長公館上。

『為什麼他們的手腳黑漆漆的？』有個怯弱的聲音問。三人轉頭看見喬丹。柯雷倒沒有注意到外面沉默的數百人手腳盡是黑炭與灰燼，但他還來不及回應，喬丹就回答了自己的問題。『他們去看過了，對不對？當然看過。他們去看我們怎麼對付他們的朋友。他們現在生氣了，我感覺得到，你呢？』

柯雷不想說對，但他當然能感覺到。那種沉重、緊張的感覺瀰漫著，那種勉強以電網包住雷電的感覺，的確是怒氣。他回想到超短金直咬女強人的脖子，也想到在波尤斯敦街地鐵站勝出的老婦人邁步走進波士頓公園時，鐵灰色的短髮還滴著血。柯雷也回想起那個年輕裸男，只穿了球鞋，兩手各拿一根汽車天線跑步，同時朝天猛戳。那麼多怒氣，難道開始集結後就消散一空嗎？才怪。

『我感覺到了，』湯姆說：『喬丹，如果他們具有靈異能力，為什麼不乾脆叫我們自我了斷，或是自相殘殺？』

『或者讓我們的頭自動爆掉，』愛麗絲的聲音顫抖，『看老電影的時候看過。』

『我不知道。』喬丹說。他抬頭看柯雷。『襤褸人去哪裡了？』

『是你幫他取的綽號？』柯雷低頭看自己拿在手裡的素描，看著他被咬開的肌膚，被扯破的袖口以及鬆垮的藍色牛仔褲。他心想，『襤褸人』這綽號還算貼切，不如就用這名字來稱呼穿哈佛衣的男人。

『要我取綽號，我就把他叫做大麻煩。』喬丹以薄弱的聲音說。他再次向外看著新來的人，少說也有三百，也許多達四百人，最近才從附近的某個城鎮趕來。接著喬丹轉頭看著柯雷。『你有沒有看見他？』

『只在做惡夢時看見。』

湯姆也搖頭。

『對我來說，他只是紙上的素描，』愛麗絲說：『我沒有夢見他，也沒有看見外面有誰穿連帽衫。他們去足球場做什麼？是想認屍嗎？你們認為呢？』她看起來一臉懷疑，『足球場不是還很燙嗎？絕對是。』

『他們在等什麼？』湯姆問：『如果他們不準備攻擊我們，也不逼我們拿菜刀互砍，又是在等什麼？』

柯雷忽然知道他們在等什麼，也知道喬丹口中的襤褸人在哪裡。柯雷的中學代數老師迪維恩會說，這是悟出解題之道時大叫啊哈！的一刻。他轉身往前廳走去。

『你要去哪裡？』湯姆問。

『去看他們留下什麼東西。』柯雷說。

大家連忙跟過去。率先趕上的是湯姆。他趁柯雷的手還在門把上，連忙說：『這恐怕不好吧。』

『也許不好，但是他們正期望我們這麼做，』柯雷說：『而且你知道嗎？我認為如果他們想殺死我們，我們早就死了。』

『他說得對。』喬丹用氣若游絲的聲音說。

柯雷打開門。奇譚姆居的前門廊很長，有舒適的柳條家具，也能看見學院坡向下通往學院街，最適合在晴朗的秋天下午坐在門廊上欣賞，無奈現在柯雷最沒有這種閒情逸致。站在門階底的是一群手機瘋子，排成箭頭隊形，最前面站了一個人，後面是兩個人，然後依次是三、四、五、六人，總數二十一。最前面的人正是柯雷夢見的襤褸人，簡直像從他的素描裡跳出來一樣。襤褸人果然穿著破爛的紅色連帽衫，正面確實印有哈佛的字樣。被咬開的左臉頰已被縫在鼻子一邊，以白線縫的兩針手法拙劣，傷口固定前，縫線在黑皮膚扯出淚珠狀的小點。第三針與第四針已經脫線，留下了扯裂的傷痕。柯雷想，縫傷口時可能是用釣魚線來充數。向下垂的嘴唇露出了整齊的牙齒，看似不久前接受過醫術高超的牙齒矯正師治療，而當時的世界較無暴戾之氣。

前門外疊了一堆黑色的物體，淹沒了踏腳墊，向左右兩邊延伸。這些物體的形狀扭曲，一眼看去近似出自半瘋雕塑家之藝術品。不到一秒，柯雷就認出這些物體是足球場那群人的手提音響，只是現在已被融得難以辨識。

接著愛麗絲尖叫一聲。柯雷開門時，有幾個被烤得扭曲的音響跌了下來，而原本極可能疊在最上面的一個東西也跟著跌落，因此被半埋在音響裡。柯雷來不及阻止她向前走。她放下一手的自動手槍，撿起剛才令她尖叫的東西。是她的小球鞋。她把球鞋像嬰兒般摟在胸前。

柯雷望向站在她另一邊的湯姆，湯姆也注視著他。他們三人並沒有心電感應的能力，但此刻無異於擁有超能力，因為湯姆以眼神問：接下來怎麼辦？

柯雷把注意力轉回襤褸人。他心想：不知道人能不能察覺到自己的心思正在被解讀，也不知道自己現在是否正在被襤褸人解讀。他對襤褸人伸出雙手，其中一手仍然握著槍，但襤褸人或他率領的人似乎不以為意。柯雷打開手心向上：你想要什麼？

襤褸人微笑不語，笑容中全無笑意。柯雷自認能看出那對深褐色的眼珠帶有怒氣，但是他認為只是表面的情緒，襤褸人的心裡其實什麼感覺也沒有，就像看著洋娃娃微笑一樣。

襤褸人偏頭豎起一指，表示等一下。彷彿事先套過招，坡路下方的學院街正好傳來許多尖叫聲，是垂死的慘叫，伴隨而來的是幾聲來自喉嚨深處的呼號，是掠食性動物的吼聲，吼聲並不多。

『你們在幹什麼？』愛麗絲大罵。她站向前去，一手狂捏著小球鞋，前臂的肌腱暴凸形成陰影，宛若有人用鉛筆在她的皮膚上畫出長長的直線。『你們對下面的人做了什麼事？』

柯雷心想：何必多問，不用想都知道。

她舉起仍握著手槍的另一手，被湯姆攫住，在她開槍前從她手中把槍搶過來。她轉向湯姆，用空出來的一手亂抓著他。

『還給我，聽到了沒？沒聽見是不是？』

柯雷把她拉開。這一切全看在喬丹的眼裡。他站在門口，眼睛睜得好大，滿面驚懼。在此同時，襤褸人站在箭頭隊形的尖端，一副以微笑遮掩怒意的表情，而潛藏在怒意底下的是……什麼也沒有，就柯雷所能看出的範圍而言，什麼也沒有。

『反正保險已經關了。』湯姆迅速瞄了一眼手槍，『感謝天主施小恩。』然後他對愛麗絲說：『妳想害死我們不成？』

『你以為他們會簡簡單單放我們走？』她哭得唏哩嘩啦，很難聽得懂她在講什麼，鼻孔掛了兩條透明的鼻涕。蓋頓學院門口的那條兩旁種了樹的馬路傳來驚叫聲與慘叫聲，有個女人哭喊著：不行，拜託，不要，求求你。隨後言語被一陣痛苦的哀嚎取代。

『他們打算怎麼對付我們，我不曉得，』湯姆以盡量平靜的語調說：『不過，假如他們有意要我們死，不必殺人給我們聽。愛麗絲，看看他——他們在馬路上做的壞事是想給我們一個警惕。』

下方傳來幾聲自衛的槍響，次數不多，多數聲音只是痛苦的慘叫與驚恐的叫聲，全來自緊鄰蓋頓學院的地區，是瘋人群被燒死的地方。慘叫聲絕對維持不到十分鐘，但有時候，柯雷心想，時間真的是相對的。

感覺像過了好幾個小時。

30

叫聲終於停息時，愛麗絲默默低頭站在柯雷與湯姆之間。前門裡面有張桌子，原本用來擺公事包與帽子，現在她已經把兩支自動手槍都放在桌上。喬丹握著她的手，向外望著站在坡道開頭的襤褸人與手下。目前為止，小喬丹還沒注意到教頭失蹤了，柯雷認為他很快就會發現。等他發現後，悽慘的一天即將進行到下一幕。

艦褸人向前走了一步，攤開雙手微微鞠躬，彷彿在說：任君差遣。接著他抬頭看，一手舉向學院坡與更遠的大馬路，仍然緊盯著融化手提音響後方的門口四人。對柯雷而言，他的意思很明顯：馬路歸你們使用，還不快去。

『這樣吧，』他說：『我們先釐清一件事。我相信，既然你們人多勢眾，儘管可以對我們趕盡殺絕，不過除非你回總部鎮守，明天一定會有別人掌控全局。因為我以人格擔保，我第一個收拾的人就是你。』

艦褸人雙手摸臉頰，睜大眼睛，好像在說：不會吧！背後的人仍如機器人般面無表情。

柯雷繼續看了片刻，然後才輕輕關上門。

『對不起，』愛麗絲悶悶地說：『我剛才聽慘叫聲聽得一時受不了。』

『沒關係，』湯姆說：『又沒少一塊肉。不過，他們倒是幫妳找到了小球鞋。』

她看著球鞋說：『他們撿到球鞋，所以才發現兇手是我們嗎？他們像獵犬一樣嗅出味道了嗎？』

『不對。』喬丹說。他坐在雨傘架旁的高背椅上，看起來渺小、滄桑又疲乏。『他們只是用這種方式來說他們認得妳。至少我是這麼認為。』

『對呀，』柯雷說：『我打賭，他們來門口之前就知道是誰幹的。一定是從我們的夢裡發現的，就和我們從夢裡認出他的長相一樣。』

『我並沒有……』愛麗絲只說到一半。

『因為妳當時正要醒過來，』湯姆說：『我猜不用過多久，妳也會夢見他。』他停頓一下，『前提是，他還有話要說。柯雷，我搞不懂，下手的人是我們，他們不應該不知道是誰幹的，這一點我敢保證。』

『對。』柯雷說。

『他們若想宰掉我們，直接攻進來就好了，困難度不會超過平白殺害一堆無辜的民眾。為什麼不直接殺我們報仇？我的意思是，我瞭解復仇的概念，不過他們不殺我們反而去濫殺無辜，我實在搞不懂為……』

這時喬丹滑下椅子，四下張望，臉上倏然爆發憂慮的神態。他問：『教頭在哪裡？』

31

一直到了二樓的樓梯歇腳處，柯雷才跟上喬丹。『等一下，喬丹。』他說。

『不行。』喬丹說。他的臉從來不曾如此蒼白震驚，頭髮成了頭上的一叢亂草，柯雷心想只是太久沒理髮了吧，但是看起來那頭亂髮好像一根根全豎了起來。喬丹說：『樓下鬧得那麼大聲，他應該會下來才對！如果他沒事，應該會下來找我們。』他的嘴唇開始顫抖，『他昨天不是一直揉胸口嗎？如果不只是胃酸逆流，又會是什麼病？』

『喬丹……』

喬丹不想聽。柯雷敢打賭，現在的他已經把襤褸人與跟班拋向九霄雲外，至少暫時不會放在心上了。他掙脫柯雷的手，直奔走廊，邊跑邊叫嚷：『教頭！教頭！』走廊牆上掛了幾幅遠溯至十九世紀的人頭畫像，這時低頭皺眉瞪著他。

柯雷回頭向樓梯下看了一眼，愛麗絲幫不上忙，因為她正坐在樓梯腳，低頭凝視著該死的小球鞋，模仿哈姆雷特捧著猶理克（Yorick）的顱骨沉思中。幸好湯姆開始踏著不情願的步伐上二樓。『情況會變得多糟？』他問柯雷。

『這個嘛……喬丹認為，如果教頭好端端的，應該會下樓來，而我傾向認為教頭……』

喬丹開始尖叫，有如電鑽發出的女高音，像矛一樣刺穿了柯雷的頭腦，嚇得他愣在樓梯與走廊相接處至少三秒，或許長達七秒鐘。先動作的人反而是湯姆。柯雷的腦筋只有一個想法：平常人看見有人心臟病發作，不會叫成那樣。老校長一定是失手了，也許是服錯了藥。柯雷在走廊上走到一半，聽見湯姆驚呼：『……噢我的天喬丹別看……』整句話幾乎連成了一個單字。

『等我！』愛麗絲從柯雷背後呼喊，但柯雷沒有等她。校長的小套房門開著，書房裡有書本以及派不上用場的暖杯爐，書房另一邊的門通往臥室，門也沒關，光線從臥室照進了書房。湯姆站在書桌前，把喬丹的頭抱在自己肚子上。校長坐在辦公桌另一邊，坐在旋轉辦公椅上，上身把椅背壓向後，彷彿用僅存的一眼直盯著天花板，亂七八糟的白髮從椅背向下垂。柯雷覺得他看起來就像鋼琴師在演奏會上彈完高難度曲子的最後一個和弦後，仰頭望向天空。

柯雷聽見愛麗絲哽咽著哭喊出驚恐的聲音，卻幾乎無法集中精神，只覺得自己成了行屍走肉。他走向書桌，看著吸墨紙上的一張紙。雖然紙上有血，但是他仍然能認得出上面寫的字。校長的字體優美而且清楚。喬丹若能講話，一定會稱讚他至死仍秉持老學究的風範。

aliene geisteskrank

insano

elnebajos vansinnig fou

atamagaokashii gek dolzinnig

hullu

gila

meschuge nebun

dement

柯雷只懂英語，但是中學時選修過法語，所以現在還看得懂一些，他一看就知道紙上寫了什麼，也瞭解了這些文字的意義。襤褸人希望他們走，也知道亞爾戴校長年紀太大又罹患風濕，無法同行，所以逼校長坐在辦公桌前，用十四種語言寫下『精神失常』這個單字。校長寫完後，襤褸人逼他用這支粗重的鋼筆刺進自己的右眼，戳入眼球後方那顆聰明又年老的頭腦裡。

『為什麼是他而不是我們？為什麼是他們逼他自殺的，對不對？』愛麗絲岔了嗓子。『為什麼是他而不是我們？他們到底想幹什麼？』

柯雷想到襤褸人朝學院街比出的手勢。學院街也是新罕布夏州的一〇二號公路。手機瘋子嚴格說來已不算瘋子，或這可以說是用全新的方式裝瘋賣傻，而且他們只想逼這四人上路。上路之後又怎麼辦，柯雷想不出來，或許想不出來更好，或許無知也是一種福氣。

4

FADING ROSES, THIS GARDEN'S OVER

媽咪，玫瑰開始凋謝了，這座花園完了_

1

後走廊的盡頭有個櫃子，裡面存放了六條上等亞麻桌布，其中一條成了亞爾戴校長的壽衣。裹住校長遺體後，愛麗絲自願把桌布縫合起來，無奈技巧不好，精神狀態不穩，最後只哭成了淚人兒。湯姆接手，把桌布拉緊，使兩端重疊，然後開始縫合，只見他的手高低起伏著，幾近專業水準，動作敏捷。柯雷認為就像拳擊手用右手捶著隱形沙袋練拳。

『別亂說笑，』湯姆頭也不抬，『我很感激你在樓上做的事。那種事我死也做不出來。不過現在我沒辦法接受笑話，連無傷大雅的《威爾與葛雷絲》㊻那種笑話也不想聽。我幾乎快撐不下去了。』

『好。』柯雷說。他現在最不想做的事就是開玩笑。至於他剛才在樓上做的事……總該有人幫校長把眼睛裡的筆拔出來吧！四人絕不肯讓校長連筆一起下葬，柯雷只好動手去拔。他握著鋼筆開始扭轉，視線轉向書房的一角，盡量不去想自己在做什麼，也不去思考為何卡得這麼緊。他大致上有辦法不去多想，但卡在眼眶裡的筆最後脫骨而出時磨出一種聲響，隨即有個黏黏的小東西脫落掉在吸墨紙上。原來是已彎曲變形的筆尖。他認為筆尖脫落聲將令他永生難忘，但最重要的是，他成功地把該死的筆拔了出來。

屋外將近一千個手機瘋子站在足球場與奇譚姆居之間的草坪上。足球場仍然冒著煙。下午的大半時間，他們都在草坪上站著，到了五點左右才默默往蓋頓鬧區的方向集體移動。柯雷與湯姆把裹著壽衣的教頭抬下後面的樓梯，把遺體放在後門廊上。倖存的四人聚集在廚房，吃著他們所謂的早餐，看著外面的影子越拖越長。

喬丹的食欲好得驚人，臉色紅潤，說起話來也手舞足蹈。他回憶在蓋頓學院的求學過程。他的老家在威斯康辛州的麥迪遜，自稱是內向而交不到朋友的電腦狂。他稱讚校長對他的心智開導有方。小喬丹敘述得有條不紊，神情開朗，令柯雷越來越坐立難安。他先是瞄見了愛麗絲的眼神，繼而看見了湯姆，這才發現他們也有同感。喬丹的精神狀態失衡了，但大家苦無對策，總不能帶他去看心理醫生吧！

天色全暗之後不久，湯姆提議叫喬丹去休息，喬丹說要等教頭下葬之後才肯睡覺。他說可以把教頭埋在奇譚姆居後面的菜園，還說教頭生前把那一小片菜園稱為『勝仗菜園』，只不過教頭從來沒有向喬丹說明典故[47]。

『就選菜園好了。』喬丹微笑說，他的臉頰火紅，眼眶雖然瘀青，眼珠子卻晶亮有神，散發出的光彩可能是受到感召、心情愉快或是瘋狂，也可能三者皆是。『菜園的土地不但鬆軟，而且一直是他最喜歡的地方……我說的是外面那片。各位覺得如何？他們已經走了，而且晚上還不會出來，這個習性還沒變，我們可以提著油燈去挖洞。如何？』

一番考慮後湯姆說：『有沒有鐵鍬？』

『當然有，放在園藝工具室裡。還好，不必去溫室拿。』喬丹居然笑了出來。

[46] Will & Grace，以同性戀笑話為主題的情境喜劇。
[47] victory garden。第一、二次大戰期間，美國、加拿大與英國的民眾為紓解糧食危機而在自家後院開闢的蔬果園。

『就這麼辦吧，』愛麗絲說：『埋葬教頭，一了百了。』

『然後你可要去休息喲。』柯雷看著喬丹說。

『當然，當然！』喬丹不耐煩地大喊。他從椅子站起來，開始在廚房裡踱步。『快嘛，各位！』彷彿急著想玩捉鬼遊戲。

他們去奇譚姆居後面的菜園挖掘了墓穴，在豆藤與番茄藤間下葬了教頭。湯姆與柯雷抬著裹了壽衣的遺體，然後把遺體放進大約三英尺深的墓穴。忙了半天，他們的身子暖呼呼，一直到動作告一段落才注意到天氣變冷，瀕臨降霜的氣溫。頭上的星星閃亮，但地表的濃霧正湧上學院坡。學院街已被翻騰而來的白霧淹沒，只有最高大的古宅屋頂尖角才能探出濃霧之上。

『要是有人能吟唱一段好詩就好了。』喬丹說。他的臉頰比剛才更紅，但眼珠已退回深陷的眼窟，儘管穿了兩件毛衣照樣發抖，呼氣時形成小小的煙團。『教頭喜歡詩，他覺得詩最讚了。他這人是……』喬丹的嗓音整晚出奇地輕快，講到此處終於哽咽了起來，『他是百分之百的老學究型人物。』

愛麗絲把他抱過來，喬丹掙扎幾下後就隨她抱了。

『這樣吧，』湯姆說：『我們先好好蓋住他，以免他著涼，然後我來背些詩給他聽，好不好？』

『你真的背得出來？』

『真的。』湯姆說。

『你好聰明喔，湯姆，謝謝你。』喬丹以微笑表達感激之意，卻笑得疲憊而恐怖。

填土比較容易，只不過他們不得不從菜園其他部分挖土過來填，最後才填平。動作完畢後，柯雷又流汗了，也嗅得到自己的體臭。好久沒洗澡了。

愛麗絲一直抱住喬丹，不想讓他幫忙，但他掙脫開來，赤手捧土進墓穴。柯雷用鐵鍬的背面把土壓實後，小喬丹累得眼神變得呆滯，站起來時像喝醉了酒。

儘管如此，他望向湯姆：『快呀，你自己答應的。』柯雷幾乎以為喬丹會接著說：好好給我唸，先生，不然我送你吃一顆子彈。操的是濃厚的西班牙腔，就像山姆‧畢金柏㊽西部片中的嗜血匪徒。

湯姆站在墳墓的一端，柯雷心想那邊應該是墳墓的頂端吧，但他過於疲憊，記不清楚了。他甚至無法確定教頭的名字是查爾斯或羅伯特。霧氣如爬藤繞上湯姆的腳踝，也在枯死的豆藤間纏繞。湯姆脫下棒球帽，愛麗絲也脫帽致意，柯雷伸手卻想到自己沒戴帽子。

『對嘛！』喬丹高喊。他面帶微笑，恍然大悟後露出一臉狂熱，『脫帽致敬！向教頭脫帽致敬！』他自己沒戴帽子，但仍然比畫出脫帽的動作，然後假裝朝天空拋去。柯雷再次為他的精神狀態隱隱擔憂。『好了，該唸詩了！快唸啊，湯姆！』

『好，』湯姆說：『不過你不能再大小聲了，莊重一點。』

喬丹把一隻手指按在嘴唇上，表示他瞭解，柯雷看出他眼神含有心碎之情，這才放心，

㊽Sam Peckinpah，一九二五—八四，美國導演。

顯然喬丹還沒有失去理智。失去了忘年之交沒錯，但尚未喪失理智。

柯雷等著看湯姆接下來怎麼辦。柯雷好奇的是，湯姆會不會朗誦一首佛洛斯特㊾的詩，也許會來一段莎士比亞。校長絕對會欣賞莎翁的作品，即使只是《馬克白》裡的送別名句〈你我三人何時重逢〉也行。也許湯姆甚至會即興編一首自製的詩。但他沒料到湯姆會以低沉而四平八穩的語調朗誦這一段：

『耶和華啊，求祢不要向我止住祢的慈悲。願祢的慈愛和誠實，常常保佑我。因有無數的禍患圍困我．我的罪孽追上了我，使我不能昂首，這罪孽比我的頭髮還多，我就心寒膽戰。耶和華啊，求祢開恩搭救我。耶和華啊，求祢速速幫助我。』

愛麗絲握著小球鞋，站在墳尾低頭啜泣，聲聲急促而低沉。

湯姆一手放在新墳上空，伸出掌心，手指向內握，繼續朗誦：『願那些尋找我、要滅我命的，一同抱愧蒙羞。願那些喜悅我受害的，退後受辱。願那些對我說「阿哈、阿哈」的，因羞愧而敗亡。死者安息於此，歸為塵土……』

『我好難過，教頭！』喬丹用啞掉的尖嗓吶喊，『我真的好難過，你不應該這樣走，你死了我好難過……』他的眼睛翻白，癱倒在新墳旁。濃霧對他伸出貪婪的手指。

柯雷抱他起來，摸摸喬丹脖子的脈搏，強勁而且規律。『只是暈倒而已。湯姆，你唸的是什麼？』

湯姆看起來手足無措而尷尬。『《聖經》〈詩篇〉第四十篇被我拿來隨便篡改。我們把他扶進去……』

『不行，』柯雷說：『如果不是太長，朗誦完再說吧。』

『對，請繼續朗誦，』愛麗絲說：『唸完。意境好美，就像在刀割的傷口塗上藥膏一樣。』

湯姆轉身再次面對墳墓，似乎振作起精神，也許只是扮演了適合自己的角色。『死者安眠此地，歸為塵土，生者站立此地，窮苦無依；主啊，為吾人著想；祢是吾人的救星。喔！上帝，刻不容緩。阿門。』

『阿門。』柯雷與愛麗絲同聲說。

『把小朋友抬進去吧，』湯姆說：『這裡冷得要命。』

『是在第一新英格蘭救贖基督教會學到的嗎？向先知之母學的？』柯雷問。

『那還用說，』湯姆說：『背了許多《聖經》詩篇，有背就有點心吃。我也學會怎麼站在街角乞討，也學會去西爾斯百貨的停車場，拿著一疊「置身地獄百萬年也不得杯水可喝」的傳單，在二十分鐘內發完。我們把小喬丹搬上床去吧。我打賭他至少能一覺睡到明天下午四點，醒來時心情會比現在好得太多。』

『破臉頰的那個人趕我們走，要是他回來了，發現我們還是沒走，那怎麼辦？』愛麗絲問。

柯雷認為這話問得好，但他不認為答案需要經過深思。襤褸人不是對這四人寬限一天，

㊾Robert Frost，一八七四—一九六三，美國詩人，以《新罕布夏州》詩集首次獲得普立茲獎。

就是不肯寬限。柯雷把喬丹扶上樓，放到床上，然後發現自己已經累得管不了那麼多了。

2

凌晨四點左右，愛麗絲睡眼矇矓向柯雷與湯姆道晚安，蹣跚上樓就寢。兩位男士坐在廚房裡，喝著冰紅茶，交談不多。兩人似乎已無話可說。在即將破曉之前，東北方又傳來嘹喨的呻吟聲，從遠方飄來後變得鬼魅，破霧而來，嗡嗡嗚嗚的聲響近似泰勒明電子琴㊿在陳年恐怖片裡的音效。就在音量開始減弱時，蓋頓鬧區又以較大的音量回應，而襤褸人已經帶領著數量更多的一群人往蓋頓鬧區而去。

湯姆與柯雷走出前門，推開門前的那堆被燒得變形的手提音響，然後步下門廊階。他們什麼也看不見，四處盡是白茫茫一片。站了片刻後，他們重返屋內。

遠方的鬼叫以及蓋頓鬧區的呼應都沒能吵醒愛麗絲與喬丹，讓柯雷與湯姆慶幸不已。湯姆翻閱著馬路地圖集。地圖集已被揉得扭曲，四角也翹起來。湯姆說：『聲音可能從霍克塞特（Hooksett）或桑庫克（Suncook）傳過來的。這兩個城鎮就在蓋頓的東北邊，人口不算少——呃，對新罕布夏州而言，人口算滿多的。我在想，多少個手機瘋子被解決掉了？怎麼解決的？』

柯雷搖搖頭。

『越多越好，』湯姆面帶薄弱而意興闌珊的微笑說：『希望至少有一千人，而且是被正常人用文火去慢慢煮。我一直想到某家連鎖餐廳發明出「烘烤雞」這個詞，拿來大打廣告。

我們明晚動身嗎？』

『如果檻褸人讓我們活過今天，我猜我們該出發了吧。你認為呢？』

『我想不出其他辦法了，』湯姆說：『不過柯雷，告訴你，我感覺自己像待宰的牛，進了錫板隔成的走道，一路被趕進屠宰場裡。我幾乎嗅得到其他牛兄牛弟的血味。』

柯雷也有同感，但同樣一個問題再度浮現：如果他們集體的意志是大屠殺，為何不乾脆在這裡殺個夠？昨天下午就能動手，何必在門廊擺一堆被燒壞的手提音響和愛麗絲心愛的小球鞋？

湯姆打哈欠說：『要去睡了。你還能撐一、兩個鐘頭嗎？』

『大概行吧。』柯雷說。事實上，他的睡意從未如此稀薄過。他的肉體疲憊不堪，但頭腦卻動個不停。有時候，他的腦筋會稍微靜下來，但一回想起拔筆時筆在教頭眼眶骨磨出的聲音，以及金屬刮過骨頭的低磨聲，他的腦筋又開始不停運轉。『為什麼要問？』他問湯姆。

『因為如果他們決定今天宰了我們，我寧願用自己的方式了斷，』湯姆說：『他們的方式我已經見識過了。你同意嗎？』

柯雷心想，如果校長真的是讓檻褸人領軍的集體意志逼得用鋼筆戳眼，剩下的四人可能會發現自己根本無法自殺。要是說給湯姆聽，湯姆絕對不肯上床睡覺，所以柯雷只是點點

㊿一九一九年由俄國人泰勒明（Theremin）發明，常用於科幻電影的音效。

頭。

『我去拿樓上所有的槍。你帶了那把點四五的大手槍，對吧？』

『對，貝絲・倪可森的專用手槍。』

『好，晚安了。如果看見他們過來，或是感應到他們過來，記得大喊一聲。』湯姆停頓一下，『如果你來得及喊的話，如果他們肯讓你喊的話。』

柯雷看著湯姆離開廚房，心想湯姆總是走在他前頭，心想他多麼欣賞湯姆，多想再進一步認識他，卻也想到進一步認識的機會並不高。而強尼與雪倫呢？他從來沒有覺得他們如此遙遠過。

3

同一天上午八點，柯雷坐在勝仗菜園一端的長椅上對自己說，假如沒有累成這樣，他會咬牙站起來，去幫老傢伙立個像樣的墓碑。即使立了墓碑，大概也不會太持久，但撇開校長其他的優點不說，至少就照顧最後一個學生的這點而言，他值得嘉獎。問題是，他不知自己能不能站起來，拖著腳步進屋去叫醒湯姆來換班。

不久後，他們即將迎接清冷而唯美的秋日，而這種天氣最適合摘蘋果製做蘋果酒，適合在後院玩簡單版的美式足球。現在濃霧未散，強烈的晨光卻能穿透，把柯雷坐的小世界照得一片白，亮得他睜不開眼睛。空氣裡懸浮著細微的小水珠，宛若數百個超小型彩虹轉盤在疲憊的眼睛前打轉。

耀眼的白光出現了紅紅的東西，乍看之下，襤褸人的連帽紅衣似乎離開身體載浮載沉，往柯雷坐的菜園方向飄來，靠近之後襤褸人深褐色的臉孔與雙手才從衣領與袖口出現。這天早上，他把連衣帽拉上，只顯出一張被毀容的笑臉以及半生不死的雙眼。

飽滿如學者的額頭上，有一道刀傷。

污穢又寬垮的牛仔褲，口袋被扯破了，連續穿了一星期。

單薄的胸前註明了哈佛。

貝絲・倪可森的點四五插在柯雷的腰帶槍套裡，他連碰也沒碰。襤褸人來到他面前十步左右停下。他……它……站在教頭的墳墓上，柯雷認為這並非無心之舉。

『你想幹什麼？』他問襤褸人後立刻回答自己：『想。告訴你。』

他坐著直盯襤褸人，驚訝得說不出話來。他本以為襤褸人只會心電感應。襤褸人這時咧嘴笑，由於下唇裂傷嚴重，所以笑得勉強，他也同時伸出雙手，彷彿在說：哎喲，別大驚小怪嘛。

『想說什麼盡快說吧。』柯雷告訴他，然後盡量做好心理準備，等著自己的口舌再度被劫走。他發現這種事沒辦法做心理準備。他覺得自己被變成木偶，坐在腹語師的膝蓋上傻笑。

『走。今晚。』柯雷說完，突然清醒過來：『閉嘴，別再耍我了！』

襤褸人擺出十足的耐心等著。

『多下一點工夫，我大概能擺脫你的控制，』柯雷說：『不太確定，不過我想應該辦得到。』

襤褸人等著，表情說著：鬧夠了沒有？

『來吧，』柯雷說，接著又說：『我可以帶。更多人來。我今天。自己來。』

柯雷考慮到襤褸人的意志能與一整群瘋子結合起來，因此知難而退。

『走。今晚。向北。』柯雷等到確定襤褸人暫時不會再借用唇舌，這時才問：『去哪裡？為什麼？』

這一次他的嘴巴不再動起來，但一幅景象卻霎時浮現眼前，清晰無比，他不知是自己在想像，或是襤褸人把明亮的濃霧當成螢幕，在上面投射出學院街路面上出現的粉紅粉筆字：

卡什瓦克＝無話

『我不懂。』柯雷說。

但襤褸人已經開始離去。柯雷看見他的紅衣又像離身懸浮起來，遁入明亮的濃霧中，隨後連紅衣也消失，留下柯雷坐在原地。他略感欣慰的是，反正他本來就想往北走，而且爭取到了一天的寬限期，表示沒有必要站崗了。他決定不叫人換班，直接上床睡，讓其他人睡個夠。

4

喬丹醒來後神智清楚，但昨天神經質似的伶牙俐齒已不復見。他小口咬著硬如石頭的半個焙果，遲鈍地聽著柯雷敘述今早與檻褸人見面的經過。柯雷講完後，喬丹把地圖集拿過去，先參考最後的目錄，然後翻至緬因州西部的那頁。『有了，』他指向富萊伯格（Fryeburg）上方的小鎮，『東邊是卡什瓦克（Kashwak），西邊是小卡什瓦克，幾乎就在緬因州和新罕布夏州交界線上。我就覺得對這名字有印象，因為我記得那個湖。』他點一點地圖，『幾乎跟緬因州的瑟貝葛（Sebago）湖一樣大。』

愛麗絲靠近去閱讀湖名。『卡什……卡什瓦卡馬克，沒唸錯吧。』

『地圖註明屬於未定區，代號是TR—90。』喬丹說。他也點著地圖上的這地方。『明白這地方之後，想搞懂卡什瓦克=無話就容易多了，對不對？』

『那地方是手機的訊號死角，對吧？』湯姆說：『沒有行動電話的基地台，也沒有微波塔。』

喬丹對他微笑得有氣無力。『對，我猜住那邊的人很多會裝小耳朵，至於手機嘛……你答對了。』

『我還是不懂，』愛麗絲說：『是通訊死角的話，表示居民多少應該沒事，檻褸人何必把我們保送到那邊去？』

『不如先問，昨天何必放我們一條生路。』湯姆說。

『也許他們是想把我們當成導彈，把我們送過去炸爛那地方。』喬丹說：『幹掉了我們，也幹掉當地居民，一石二鳥。』

四人默默考慮著這一點。

『去了才知道嘛，我們去吧，』愛麗絲說：『不過，我可不想炸死任何人。』

喬丹用鬱悶的眼神斜眼看她。『教頭的下場妳不是沒看到。假如他們夠狠，到時候妳還有選擇的餘地嗎？』

5

蓋頓學院對面的民房門外大部分仍然擺著鞋子，但這些豪宅的門不是打開，就是被人從鉸鏈扯下來。他們往北出發時，看見民宅的草坪上散落著幾具屍體，其中幾具是手機瘋子，但多數是倒楣的無辜百姓。這些正常人腳上沒穿鞋子，但其實根本不必看腳，因為許多人早已五馬分屍，四肢不全了。

經過學校後，學院街再次轉為一〇二號公路，遭殘殺的屍體在路旁綿延了半英里。愛麗絲堅決閉眼走路，把自己當盲人，只讓湯姆牽著走。柯雷也勸喬丹閉眼讓他牽，但喬丹只是搖搖頭，遲鈍地走在中央分向線上，瘦小的身體揹著背包，頂著一頭待剪的亂髮。隨便瞄了幾眼血腥的場面後，他低頭看著球鞋走。

『死了好幾百人啊。』湯姆說。當時是八點，天色已經全暗，但他仍能看清不願目睹的太多景象。有個女童蜷縮死在學院街與史波佛街交叉口的停車號誌下，上身是白色水手裝，下面穿著紅長褲，年紀不超過九歲，沒穿鞋子。二十碼之外有棟民房的門開著，她大概就是從這裡被拖出來，一路尖聲討饒。湯姆又說：『好幾百人。』

『也許沒那麼多，』柯雷說：『我們這一類的人有些帶了刀槍，射殺了不少那些雜碎，也砍死了幾個。我甚至看見有人被箭……』

『是被我們害死的，』湯姆說：『你認為，我們這種人還剩幾個？』

這問題在四小時之後獲得解答，當時他們在路邊的野餐區吃冷掉的午餐，這條路是一五六號公路，路標指出此地是風景休息區，向西可欣賞福林特丘（Flint Hill）的史蹟。柯雷心想，可惜在此享用午餐的時間是午夜，餐桌兩端得各擺一盞油燈才能看清楚環境，要是用餐的時間是中午，四周的景觀一定賞心悅目。

正餐吃完了，開始吃點心——餿掉的奧立歐巧克力夾心餅——這時有一群人辛苦地走來，共有六、七人，全是老人，其中三個推著滿是生活物資的購物推車，人人身上都帶了槍械。四人從學院出發至今，這是首度看見活的正常人。

『嘿！』湯姆對他們揮手呼喊。『這邊還有空桌，過來休息一下吧！』

他們望過來。兩女當中較年長的一位像祖母，白髮蓬鬆，在星光下閃耀。她開始揮手卻又放下。

『是他們啊！』男人之一說，口氣帶有憎恨或恐懼，柯雷一聽便知，『那群是蓋頓幫的人。』

另一名男子說：『下地獄去吧，老弟。』他們繼續走，甚至稍微加快腳步，只不過像祖母的那個人跛著腳，必須有旁邊的男人扶她走過一輛速霸陸追撞一輛鈦星的現場。

愛麗絲跳起來，差點打翻了一盞油燈。柯雷抓住她的手臂。『省省吧，小妹妹。』

她不理會。『至少我們做了一點事！』她對著他們背後大罵，『你們呢？你們連個屁都沒放！』

『我倒是可以講講我們沒做的事。』其中一名男子說。這一小群人已通過風景休息區了，因此他必須回頭才能回話。這附近兩百碼沒有空車，所以他回頭就能嗆聲。『我們沒有害一大群正常族被殺。妳大概沒注意到吧，他們人數比我們多……』

『屁啦，你又怎麼知道！』喬丹大罵。柯雷這才發現，走出蓋頓鎮界到現在，這是喬丹頭一次開口。

『是真是假都不重要，』男人說：『不過，他們真的能搞奇奇怪怪的東西，威力強得很，信不信由你。他們說，如果我們別惹他們，也別去管你們，他們就不會對我們不利……我們說，好呀。』

『白痴才會相信他們講的鬼話。』愛麗絲說。

男子把頭轉向前，高舉一手搖了一搖，比出『去你的』加『再見』的手勢，不再多說。四人看著他們推著購物車離開視線，然後坐著大眼瞪小眼。野餐桌到處刻著遊人的姓名縮寫。

『現在總算知道了，』湯姆說：『我們被放逐了。』

『如果手機人要我們跟其他人去同一個地方，我們就不算被放逐。』柯雷說：『剛才那幾個怎麼稱呼其他人？正常族？』柯雷接著又說：『說不定我們是另一種人。』

『哪一種？』愛麗絲問。

柯雷知道，但他不想形諸言語，因為那些話不適合在三更半夜說出來。『現在我只對肯特塘有興趣，』他說：『我想要——我需要試試看能不能找到老婆和兒子。』

『他們待在原地的機率不會太高吧？』湯姆以慣用的親切低音問：『我是說，不管他們的情況是好是壞，是正常人還是手機人，八成都已經離開了吧？』

『如果他們沒事，一定會留言給我，』柯雷說：『不管怎麼說，肯特塘總是我心中的一個目標。』

除非四人抵達肯特塘，達成柯雷的心願，否則柯雷不想知道為何襤褸人叫他們去一個令人痛恨又恐懼的地方。

既然手機人知道卡什瓦克是手機死角，那裡又能安全到什麼程度，柯雷也不想知道。

6

四人緩緩往東前進，目標是十九號公路，因為走這條可以通過州界進入緬因州，可惜這一晚他們沒走到十九號公路。新罕布夏州這一地帶條條道路通羅徹斯特，而這個小城市已經被燒成廢墟，餘火仍旺盛，散發出近乎輻射光的射線。愛麗絲帶領大家往西繞了半圈，以避開最熾熱的部分。他們幾度在人行道上看見有人寫了**卡什瓦克=無話**，有一次還被人噴漆在美國郵局的郵箱上。

『會被罰幾千億美金，還會被押去古巴的關達納摩灣（Guantanamo Bay）服無期徒刑喲。』湯姆說，面帶病懨懨的微笑。

繞道走的結果，他們必須穿越羅徹斯特購物中心的大停車場。早在抵達停車場之前，他們就聽到某個新世紀爵士三人組的靡靡之音從擴音器傳來。柯雷把這種歌曲歸類於商家為刺激購物慾而播放的音樂。停車場堆滿了腐敗的垃圾，淹沒了仍停在這裡的車子的車輪蓋。他們嗅得到隨微風傳送的屍臭味。

『有一群棲息在這附近。』湯姆有感而發。

就在購物中心旁的墓園裡。四人原本會繞過墓園的南邊與西邊，但離開停車場後，四人來到墓園附近，透過樹木的枝葉看見手提音響的紅眼珠。

『我們應該去收拾他們。』愛麗絲忽然提議。這時一行人已重回北緬因街。『這附近一定停了一輛丙烷車吧。』

『對呀，太帥了！』喬丹說，他握起雙拳在頭的兩邊揮動，眉飛色舞的神情是四人離開奇譚姆居至今首見，『幫教頭報仇！』

『我反對。』湯姆說。

『怕惹毛了他們嗎？』柯雷問。愛麗絲的提議雖瘋狂，但他卻發現自己居然站在愛麗絲那邊。再去燒死另一群手機人確實不智，但話說回來……

他心想：就衝著這首〈潸然欲淚〉（Misty）來蠻幹一場吧。翻唱這首歌的藝人無數，就屬這版本最難聽。就算扭斷我的手臂我也聽不下去了。

『我反對。』湯姆說。他似乎正在思考。『看見那邊那條馬路沒有？』他指向購物中心與墓園之間的道路，上面擠滿了被棄置的車輛，幾乎每一部的車頭都指向與購物中心相反的方向，意味著脈衝事件爆發後，大家都急著趕回家，這些人想知道發生了什麼事，想知道家人是否平安，毫不考慮就拿起車內的電話或手機。

『那條馬路怎樣？』他問。

『我們散步過去走一段路，』湯姆說：『要非常謹慎。』

『你看見了什麼，湯姆？』

『不說比較好，也許是我多心了。別走人行道，找樹蔭走。而且剛才那條路塞得不像話。這邊會有不少屍體。』

在敦布利街與西區墓園之間躺了數十具屍體，已腐爛到了極點。〈潸然欲淚〉結束了，取而代之的是〈我把心留在舊金山〉（I Left My Heart in San Francisco），這個版本唱得有如止咳糖漿般甜膩。此時四人已經來到樹林的邊緣，隱約可見手提音響電源燈的點點紅光。隨後柯雷看見了別的東西，停下腳步。『天啊。』他低聲說。湯姆點頭。

『什麼東西？』喬丹低聲說：『到底是什麼東西？』

愛麗絲沉默不語，但柯雷可從她面對的方向判斷她的反應，而且她的肩膀下垂看起來好像吃了敗仗，表示的確看見了他看見的東西。墓園四周有幾個男人手持步槍，正在看守墓園。柯雷抱著喬丹的頭轉至正確的方向，小喬丹的肩膀也開始下垂。

『我們走吧！』喬丹低聲說：『這臭味聞了好想吐。』

7

羅徹斯特以北大約四英里是梅若斯角，仍然可以看見南方地平線上的紅光若隱若現，這裡又有野餐區，不僅設有餐桌，而且還有岩石砌成的小炭火堆。柯雷、湯姆與喬丹去撿拾乾柴，愛麗絲自稱參加過女童軍，生了一小盆旺盛的火，然後加熱了三罐她所謂的『遊民豆』，證明了野外求生的身手果然不俗。四人吃著豆罐頭時，有兩小群的正常人經過。他們抬頭看這四人，卻沒有人揮手或講話。

肚子裡的餓狼不再亂叫後，柯雷說：『湯姆，看見剛才那些人了沒？剛才從購物中心停車場看見的那些人？我在想，你應該改名叫鷹眼。』

湯姆搖搖頭。『純粹是湊巧看見。遠遠看見羅徹斯特的餘燼也是碰巧。』

柯雷點頭。四人都看見了。

『在停車場的時候，我正好望向墓園那邊，角度不偏不倚，時間點也湊巧，所以才看見兩支步槍的槍管反射出油光。我在心裡嘀咕，怎麼可能，八成是鐵做的圍籬吧，或者是別的東西，可是……』湯姆嘆了一口氣，看著吃剩的豆子，然後擺到一邊，『你們也看見了。』

『那幾個有可能是手機瘋子。』喬丹說，但這話連他自己也不願苟同。柯雷聽得出來。

『手機瘋子才不會上夜班。』愛麗絲說。

『說不定他們需要的睡眠時間縮短了。』喬丹說：『說不定被新程式設定成這樣。』

柯雷每次聽喬丹把手機人形容成有機電腦，彷彿正在日復一日進行上載的動作，柯雷總是感到脊背發涼。

『而且，喬丹，手機人也不拿槍，』湯姆說：『他們用不著。』

『看樣子他們找到了幾個叛徒來站崗，好讓他們多睡美容覺。』愛麗絲說。她的語調表面是脆弱的輕蔑，淺層的底下是淚水。『希望那些叛徒全下十八層地獄。』

柯雷默不作聲，但是他不知不覺想起今晚稍早遇見的那批老人。推著購物車的那幾個老人把四人稱為蓋頓幫時，語氣帶有恐懼與憎恨。柯雷心想：不如罵我們是狄林傑51的同路人。隨後他又想到：我已經不把他們當作『手機瘋子』了，現在改稱呼他們是『手機人』。怎麼會這樣？隨之而起的念頭更讓他難安：叛徒什麼時候才不算叛徒？他認為，等叛徒成為明顯多數時，叛徒就不算叛徒了。到了那時候，不是叛徒的人反而成了……

充滿浪漫情懷的人稱之為『地下工作者』，不然就稱呼他們為逃犯。

或者直接說他們是歹徒。

他們趕路到了名為海茲站（Hayes Station）的村莊，找了一間傾頹的汽車旅館『低語松』，從這裡一個路標，上頭寫著：**十九號公路，離山佛德區柏威克市肯特塘七英里**。在各自進房睡覺前，他們沒有把鞋子放在門外。

看情況，擺鞋子是多此一舉了。

8

柯雷又來到那座可惡的室外球場中間，再度站在平台上，不知道為何動彈不得，成為眾人矚目的焦點。地平線上有個類似骨架的東西，頂端有個閃爍的紅燈。這座球場比麻州的法

51 一九〇三—三四，美國銀行搶匪。

克斯伯羅（Foxboro）體育場還大。另外三人排隊與他站在一起，但這次除了四人之外還有其他人。類似的平台縱向排開。湯姆的左邊站了一位孕婦，穿著無袖的哈雷機車T恤。柯雷的右邊是一位年長的紳士，還不到教頭的年齡但也不年輕了。這個老人把灰白的頭髮往後紮成馬尾，長長的馬臉看起來很聰明，但卻因為害怕而皺起了眉頭。站在老人另一邊的是一個較年輕的男人，戴著破舊的邁阿密海豚隊小帽。

現場觀眾有數千人，柯雷從中看出了幾個他認識的人後並不訝異。平常做夢時，不也常出現這種現象嗎？本來跟一年級的老師共擠電話亭向世界紀錄挑戰，剎那間又來到帝國大廈的觀景樓台上與『天命真女』（Destiny's Child）三人組的所有成員親熱。

天命真女並未現身柯雷夢中，但他看見了手持汽車天線往天空直戳的年輕裸男，只不過裸男穿上了黃斜紋長褲與乾淨的白T恤。柯雷也看見尊稱愛麗絲為小女士、揹著大背包的老人，也見到了像祖母的跛腳女人。柯雷與同夥人站在差不多是五十碼線的地方，老婦人指著柯雷，然後對她身邊的女人說話……而她身邊這女人是懷了史高東尼先生孫子的媳婦。柯雷發現這一點後並不驚訝。跛腳祖母說：那幾個就是蓋頓幫的人。史高東尼先生的媳婦翹起整片上唇冷笑。

救救我啊！站在湯姆旁邊的女人說，而她呼救的對象是史高東尼先生的媳婦。我跟妳一樣想生孩子！救救我！

妳早該覺悟了，現在才後悔太遲了。史高東尼先生的媳婦回應。柯雷這才發現，一如先前的夢境，沒有人真正開口講話。

襤褸人開始向罰站的隊伍走來，每走到一人面前便向頭上伸一手，與湯姆向教頭的墳墓伸出一手致敬的動作一樣：伸出掌心，手指向內握。柯雷看得見襤褸人的手腕戴著類似識別手環，閃閃發光著，也許是類似急症警示器的東西。看到這裡，柯雷發現這座球場有電，球場的強光燈組正大放光明。他也發現了另一件事。他們被罰站在平台上，襤褸人卻能伸手到他們頭上，原因是襤褸人的雙腳並沒有碰地，而是懸浮在地上四英尺。

『此男——精神異常，』他用拉丁文說：『此女——精神異常。』襤褸人每講一次，群眾便齊聲以英文吶喊：『別碰！』而所謂的群眾包括手機人與正常族，因為兩者已無差異。在柯雷的夢裡，這兩種人是相同的。

9

接近傍晚時柯雷醒來，蜷曲成球，抱著被睡塌的汽車旅館枕頭。他走到屋外，看見愛麗絲與喬丹坐在停車場與客房之間的走道邊。愛麗絲用一隻手摟著喬丹，喬丹把頭靠在她肩膀上，一隻手摟著她的腰。喬丹後腦勺的頭髮豎起來。柯雷走過去，坐在他們身邊。在他們附近，通往十九號公路與緬因州的公路一片荒涼，只見一輛被撞毀的機車，以及一輛聯邦快遞的郵車停在白線上，後門開著。

柯雷坐在他們身邊說：『你們……』

『此童，精神異常。』喬丹頭也不抬地說：『此童就是在下。』

『在下是此女。』愛麗絲說：『柯雷，卡什瓦克是不是有座超大的美式足球場？如果有的話，我才不想過去。』

背後有道門打開，有人走過來。『我也不想去，』湯姆說著坐下，『我先聲明，我在精神方面的毛病很多，不過卻從來沒有求死的願望。』

『我不是十分確定，不過那邊頂多有個小學吧，』柯雷說：『想唸中學的小孩可能都搭公車去塔西摩（Tashmore）就讀。』

『那一座是虛擬體育場。』喬丹說。

『什麼？』湯姆說：『你的意思是，像電玩裡的體育場？』

『我是說，那座球場就在電腦裡面。』喬丹抬頭，視線仍然固定在前方的荒涼公路。這條公路可通往山佛德、柏威克以及肯特塘。『別管是不是虛擬的體育場了，我覺得不重要。如果手機人跟正常人都不肯碰我們，又有誰肯？』柯雷從未在兒童的眼睛看過如此像成人的痛苦，『有誰肯碰我們？』

沒有人回答。

『襤褸人肯碰我們嗎？』喬丹問，他的語調稍微提高，『襤褸人肯碰我們嗎？也許吧。因為他正在看，我感覺他正在監視。』

『喬丹，你越扯越遠囉。』柯雷說，但他認為喬丹的推理雖怪，卻不無邏輯脈絡可循。如果有人對這四人傳輸夢境，讓他們夢到被罰站在平台上，也許襤褸人的確在監視。畢竟，不知道地址的人不會隨便寄信。

『我不想去卡什瓦克，』愛麗絲說：『不管那裡是不是手機死角，我都不去了，寧願去……去西部的愛達荷州。』

『去卡什瓦克或愛達荷或是其他地方之前，我想先回肯特塘，』柯雷說：『連趕兩晚的路就能走到。我希望你們三位能一起來，不過，如果你們不想跟，或不能跟，我也能諒解。』

『柯雷不見黃河心不死，我們就成全他吧，』湯姆說：『到了肯特塘之後，我們再思考下一步怎麼走。除非有誰能提出更好的意見？』

沒有人提得出來。

10

十九號公路有些路段的路面開闊，有時長達四分之一英里的南北雙向路線都沒有來車，因此成了『暴衝族』練身手的好地方。暴衝族一詞是喬丹發明的，用來描述此地呼嘯而過、不顧死活的飆車族。這些人通常在馬路中間飆車，而且一定開著遠光燈。

柯雷一行人一看見車燈接近，就會連忙離開路面，如果前方有車禍現場或有車拋錨，他們不是站到路肩邊緣就是索性跳進雜草裡。喬丹把這些障礙物稱為『路礁』。暴衝族飆車時會咻的一聲飛過，車上的人經常會呼呼亂叫（幾乎一定是喝多了酒）。如果路上只有一輛拋錨車，也就是只有一個小路礁，駕駛十之八九會選擇繞過。如果馬路被塞得無法通行，駕駛可能會設法繞道，不過較有可能的做法是棄車徒步往東走，走到相中了可飆的車再上車繼續飆。他們只喜歡一時看得順眼的跑車。柯雷心想，這些人飆車的路線必定混亂曲折……而這些人大部分也都是些混帳東西，只是混亂世界中的亂象之一。如此形容剛諾爾似乎也貼切。

剛諾爾是柯雷踏上十九號公路第一晚見到的第四個暴衝族。他呼嘯而過時，用車頭燈掃過站在路邊的這四人，看上了愛麗絲。他探出車窗，黑髮被風吹向後方，叫嚷著：『幫我吹雞雞，幼齒淫娃！』他駕駛的是黑色凱迪拉克Escalade休旅車。車上的人歡呼揮手，其中一人大喊：『好呀！』聽在柯雷的耳朵裡，這話像是以南波士頓口音表達的高潮極樂。

『風度翩翩嘛。』愛麗絲只以這句回應。

『有些人啊，完全沒有——』湯姆還來不及說飆車族沒有什麼東西，就聽見陰暗的前方不遠處傳來緊急煞車聲，緊接著是空盪的巨響以及玻璃嘩啦破碎的聲音。

『死定了。』柯雷說著拔腿向前跑。他才跑了不到二十碼，就被愛麗絲超前。『慢慢來，他們可能對妳不利！』他吶喊。

愛麗絲舉起自動手槍給柯雷看，然後繼續奔跑，不久後將他遠遠拋在後頭。

湯姆追上柯雷時已上氣不接下氣。喬丹跟在湯姆身旁跑過來，喘得前仰後合。

『如果……他們受重傷，我們……該……怎麼辦？』湯姆問：『叫……救護車嗎？』

『我不知道。』柯雷說，但他想起愛麗絲舉槍的情景。他知道該怎麼辦。

11

到了公路下一個彎道時，三人總算趕上愛麗絲。她站在休旅車的後面。休旅車已經側翻倒地，安全氣囊也適時啟動。出事的經過不難判別。剛轉彎過來的地方棄置了一輛與油罐車一樣大的牛奶車，休旅車轉彎時的時速高達六十英里，煞車不及便一頭撞上。暴衝族無論是不是混帳，都已經盡了全力，休旅車才不至於全毀。他昏昏沉沉地繞著被撞壞的休旅車走，同時撥開臉上的頭髮，額頭有道割傷，鼻子也流著血。柯雷走向休旅車，球鞋踩在破成碎粒的安全玻璃上。他向內看，除了司機之外，車上的乘客只剩一人。他拿著手電筒四處照照，看見方向盤上有血跡。車禍之後，其他乘客四肢健全還能逃離肇事現場，也許是靠反射作用吧！留在車上的這人一頭長長的髒紅髮，身形弱小似蝦，年紀約在十八、九歲上下，臉上有嚴重的痘疤，齙牙，講起話來吱吱喳喳，讓柯雷聯想到華納卡通裡那條崇拜史霸克（Spike）的小黃狗52。

『你還好吧，剛納？』這位乘客問。柯雷心想，用南波士頓腔來唸，『剛諾爾』就成了『剛納』。『哇靠，你的血流成這樣。操，我還以為我們翹辮子了。』接著他對柯雷罵，『看什麼看？』

『少囉唆。』柯雷說。在這種狀況中，他的態度不算不客氣。

紅髮少年指著柯雷，然後轉頭對鮮血直流的朋友說：『他就是那幫人其中一個，剛納！他們就是那一幫人！』

『閉嘴，哈洛德。』剛諾爾說得一點也不客氣。接著他望向柯雷、湯姆、愛麗絲與喬丹。

52出自華納『樂一通』（Looney Tunes）卡通節目。史霸克是一條惡霸型的牛頭犬。

『讓我幫你看看額頭的傷口。』愛麗絲說。她已經把手槍放回槍套，拿下了背包，正在翻找背包裡的東西。『我這裡有ＯＫ繃和消毒紗布墊，也有雙氧水。擦了雙氧水會刺痛，不過總比被細菌感染好吧？』

『他剛才把妳罵得那麼難聽，妳還對他這麼好。跟我最虔誠的時候比起來，妳更有基督徒的風範。』湯姆說。他已將掛在肩上的速戰爵士放下來，拿著肩帶，看著剛諾爾與哈洛德。

剛諾爾年約二十五，留了一頭搖滾樂團主唱的黑色長髮，這時沾滿了鮮血。他望向牛奶車，然後看著休旅車，最後再看著愛麗絲。愛麗絲一手拿著紗布墊，另一手拿著一瓶雙氧水。

『小湯和阿福和那個愛挖鼻孔的落跑了。』紅髮蝦說。他挺起那張小小的胸膛繼續說：『只有我夠義氣，剛納！靠，老哥，你血流得太慘了。』

愛麗絲把雙氧水倒在紗布墊上，然後朝剛諾爾走出一步，剛諾爾立刻向後退一步。『別靠近我，妳有毒。』

『是他們沒錯啦！』紅髮少年高呼，『夢裡就是這幾個！錯不了啦！』

『別靠近我，』剛諾爾說：『賤婆娘。你們全別靠近。』

柯雷突生一股想槍斃他的衝動，但柯雷並不訝異。剛諾爾的外表與行為就像一條被逼進角落的惡犬，露出尖牙準備咬人。別無餘地時，不就是以這種方式解決惡犬嗎？不正是一槍解決？不同的是，現在並非別無餘地。何況，如果愛麗絲被罵成幼齒淫娃還能扮演善心人士以對，他或許應該壓制想處決剛諾爾的衝動。但在放走兩個痞子前，他想問清楚一件事。

『你說的夢，』他說：『裡面有個……我也不知道……有個類似心靈嚮導的人嗎？會不會穿了紅色連帽衫？』

剛諾爾聳聳肩，從上衣撕下一塊布拭去臉上的血。他稍微恢復了神智，似乎較能掌握狀況了。『有，哈佛。對吧，哈洛德？』

瘦小的紅髮男點頭。『對，哈佛，有個黑人。只不過那才不是夢。如果你們不曉得，跟你們講也沒屁用。那些夢是廣播啊！趁我們睡覺的時候對我們廣播。你們沒收到，是因為你們有毒。對不對，剛納？』

『你們四個倒大楣了。』剛諾爾以低沉有力的語調說，然後抹抹額頭，『別碰我。』

『我們要往北走，』哈洛德說：『對不對，剛納？北上去緬因找地方住。沒被脈衝到的人全想去那邊，不會有人對我們亂來。我們可以打打獵、釣釣魚，自力更生。是哈佛說的。』

『他講你就信？』愛麗絲說，她的語氣聽起來很驚奇。

剛諾爾豎起一指微微搖動，『閉上妳的狗嘴。』

『你最好少囉唆，』喬丹說：『我們有槍。』

『想槍斃我們，門都沒有！』哈洛德尖聲說：『把我們槍斃了，你覺得哈佛會對你們怎樣，你這個臭矮冬瓜？』

『不怎麼樣。』柯雷說。

『你別……』剛諾爾才講了兩個字，柯雷就向前跨出一步，用貝絲・倪可森的手槍揮向他的下頷。槍管末端的準心在剛諾爾的下頷劃出了一道新傷口，但柯雷希望這個教訓比他方才拒絕的雙氧水更具療效。柯雷料錯了。

剛諾爾向後倒向牛奶車的側面，用震驚的眼神注視柯雷。哈洛德衝動之下向前走，但湯姆拿著速戰爵士瞄準，也向他搖了一下頭，要他別輕舉妄動。哈洛德退縮回原地，開始咬著骯髒的指甲，濕潤的眼睛睜得又圓又大。

『我們馬上就走，』柯雷說：『不過勸你們至少再待個一小時，因為被我們看到的話就慘了。放你們一條生路，算是送你們的禮物。再被我們看見的話，別怪我們把禮物討回來。』

他退向湯姆與另外兩名同伴，兩隻眼睛仍然直盯著滿臉是血的剛諾爾。剛諾爾的表情是盛怒中帶有不敢置信的神色，看起來好像古時候的馴獅人法蘭克・巴克㊾，想單憑意志力來馴獸。『還有一件事。手機人叫所有的「正常族」去卡什瓦克，真正原因我不清楚，不過我倒知道牛仔趕牛集中時通常會做什麼事。下一次你半夜下載播客（podcast）節目時不妨思考一下。』

『去你的。』剛諾爾說完不再與柯雷互瞪，把視線轉向自己的鞋子。

『走吧，柯雷，』湯姆說：『我們該走了。』

『別再讓我們看見，剛諾爾。』柯雷說。但事與願違。

剛諾爾與哈洛德一定是設法超前了，也許是趁白天四人休息時，多走了五到十英里。他們這天睡在『州界汽車旅館』，距離緬因州只剩約兩百碼。兩個飆車痞子一定是先去鮭魚瀑布的休息區，把偷開來的另一部車停在六、七輛空車之間。詳情並不重要，重要的是，這兩人超前後伺機而動，只等柯雷一行路過。

柯雷幾乎沒注意到逐漸靠近的引擎聲，也沒聽見喬丹說：『又來了一個暴衝族。』這裡算是他的家鄉，所經之處可見熟悉的標誌，例如：州界汽車旅館以東兩英里的富利諾（Freneau）龍蝦餐廳。對面是老薛冰品（Shaky's Tastee Freeze）。在騰柏爾（Turnbull）鎮的迷你廣場豎立的是張伯倫（Joshua Chamberlain）將軍塑像。他越走越覺得置身栩栩如生的夢境。一直到看見老薛店面上聳立的塑膠大甜筒，他才發現自己原以為歸鄉的希望渺茫。甜筒裡的冰淇淋尖端朝星空捲曲，整個招牌看起來平凡，卻又像瘋子做惡夢時夢見的怪東西。

『這路上雜物太多，不適合飆車。』愛麗絲說。

他們靠邊走，這時後面的山坡亮起了車頭燈。白線上躺了一部倒栽蔥的小卡車。柯雷心想，後方的來車八成會撞上這輛，但山坡上的暴衝族駛下坡頂不久，車頭燈立刻左轉，輕易繞過小卡車，在路肩行駛了幾秒，然後再兜回路面。柯雷事後臆測，剛諾爾與哈洛德一定事

53 Frank Buck，一八八四—一九五〇，美國動物收集家、導演。

先探勘過這段路，精心記下各個路礁的方位。

四人站在路邊看，最靠近來車的人是柯雷，愛麗絲站在他的左邊。愛麗絲的左邊是湯姆與喬丹。湯姆一手隨意搭在喬丹的肩膀上。

『哇，他真的想硬闖。』喬丹的語調不含一絲警覺，只是隨口說說。柯雷也沒有提防警覺，對即將發生的事毫無預感，已經完全忘記了剛諾爾與哈洛德。

四人站立的地方以西約五十英尺有輛跑車，也許是英國的MG車，車身的一半停在路面。哈洛德駕駛著暴衝車，轉彎避免撞上這部跑車，只是小轉幾度，卻也許因此讓剛諾爾失去準頭。也許不然。也許柯雷本來就不是剛諾爾下手的目標，也許他一心想對付的人正是愛麗絲。

今晚哈洛德開的是外觀平凡的雪佛蘭轎車，剛諾爾跪在後座，上半身探出車窗，雙手握著一塊凹凸不平的煤渣磚，含糊地喊了一聲：『呀哈哈哈！』以前柯雷以自由投稿的身分畫過漫畫書，書裡就畫過類似的叫聲。剛諾爾喊了一聲後出手，煤渣磚以致命的姿態穿越黑夜飛了一小段路，正中愛麗絲的頭顱側面。柯雷永遠也忘不了那種聲音。她原本握的手電筒應聲跌出鬆開的手，在硬砂石路面照出圓錐形的光線，照亮了碎石與一片尾燈的碎玻璃，照得碎玻璃像假紅寶石般發光。也許她拿著手電筒，所以才成為絕佳的攻擊標靶，只不過當時四人手裡都各握了一支。

柯雷在她身邊跪下，呼喊著她的名字，這時機關槍驟然狂射，他聽不見自己的呼聲。一直無緣試射的速戰爵士總算登場了，槍嘴的閃光在暗夜裡陣陣發亮，照出了愛麗絲血流如注的左臉。噢，天啊，那還算是臉嗎？

隨後槍火停息，湯姆叫嚷著：『槍管一直往上翹，壓也壓不下來，可能會對天射完一整個彈匣。』喬丹則尖叫著：『她有沒有受傷？有打中她嗎？』柯雷不禁回想昨晚她好心拿雙氧水想幫剛諾爾消毒包紮額頭的傷口。當時她說：擦了雙氧水會刺痛，不過總比被細菌感染好吧？不趕快替她止血不行。分秒不宜遲。他剝開身上的夾克，然後脫掉裡面的毛衣，用毛衣裹住她的頭，包成近似中東人的頭巾。

湯姆拿著手電筒亂照，碰巧照見了肇事的煤渣磚後停下。煤渣磚表面盡是血肉與頭髮，喬丹看見後開始尖叫。儘管暗夜冷冽，柯雷仍然汗流浹背，喘著氣開始用毛衣包裹愛麗絲的頭。毛衣瞬間濕透。他的雙手感覺像伸進了又暖又濕的手套。這時湯姆的手電筒照到了愛麗絲，看見她的鼻子以上被毛衣裹住，近似網路流傳的伊斯蘭極端份子的人質相片，臉頰（僅剩的臉頰）與脖子被鮮血淹沒。看到這幅景象，湯姆也開始尖叫。

過來幫我，柯雷想說，你們兩個別再叫了，快過來幫我救她。但他喊不出聲音來，只能壓住濕透的毛衣，壓在軟如海綿的那一側。柯雷回想到當初遇見她時，她也在流血。既然那次後來沒事，這一次應該也只是虛驚一場。

她的雙手漫無邊際地抽動，手指在路邊攪起小陣小陣的泥沙。快拿小球鞋給她啊！柯雷心想，可惜球鞋放在她的背包裡，而她躺在背包上，就這樣躺在路邊，頭骨的一邊被心存報復的瘪三砸碎了。他看見她的雙腳也在抽搐，他也仍然能感覺到她的血不停湧出，滲透毛衣後流到他的雙手。

我們來到了世界末日。他心想。他仰頭望天，看見了夜星。

13

愛麗絲一直沒有真正暈厥，但也沒有完全恢復意識。湯姆終於控制住情緒，幫忙靠路邊走把她抬上坡。這裡有個樹林。柯雷記得這裡有座蘋果園，想到雪倫與他來這裡摘過蘋果，那時強尼還小，夫妻倆的相處還算融洽，不會為了錢與志願與未來吵架。

『頭受了重傷，不能隨便亂移動。』喬丹恐慌地說。他緊跟在後，手提著愛麗絲的背包。

『沒空管那麼多了，』柯雷說：『她活不下去了，喬丹。她的情況不太好。就算送到醫院，大概也沒救。』他看見喬丹的臉開始垮下去，光線足以照出表情，『我很難過。』

他們把她放在草地上。湯姆拿著有吸嘴的波蘭礦泉水給她喝，她居然喝了一些。喬丹取出貝比耐吉來給她，她也接下來，不停捏著，小球鞋也被血染紅。然後三人就等著看她死去，等了整晚。

14

她說：『爹地自己說過，剩下來的全給我，所以不能怪我囉。』這時大約半夜十一點。她的頭下墊著湯姆的背包。湯姆在背包裡塞了從甜蜜谷旅館帶走的毛毯。那間旅社在梅休因的近郊，如今恍若隔世。當時的情況雖差，卻比現在更好。湯姆的背包也已被鮮血浸透。她用僅剩的一隻眼凝視星空，左手張開，癱在身邊的草地上，已經有一個小時毫無動作，右手則不停捏著小球鞋，緊握……鬆手，緊握……鬆手。

『愛麗絲，』柯雷說：『妳渴不渴？想不想再喝一點水？』

她沒有回答。

15

柯雷的手錶指著十二點四十五分時，她想去游泳，正在徵求某人的同意。十分鐘後她又說：『那些衛生棉我不喜歡啦，好髒喲。』說完呵呵笑，笑聲自然，讓人聽了心驚，也吵醒了打瞌睡的喬丹。他見了她的狀況又開始哭，最後索性一個人移到一旁去哭個夠。湯姆想坐到他身邊安撫他，卻被他罵走。

兩點過一刻，一大群正常族走過下方那段路，手電筒光線在黑暗中起伏。柯雷走向斜坡邊緣對下面呼叫。『你們當中有沒有醫生？』他問，不抱太大的希望。

手電筒光線打住。斜坡下的人影喃喃討論起來，然後有個女人朝上大聲說：『別來煩我們。你們別靠近。』她的嗓音相當甜美。

湯姆也來到斜坡的邊緣。『「利未人亦自路邊經過❺❹。」』湯姆向下喊話，『出自欽定版的《聖經》，意思是去妳的。』

❺❹出自《聖經》的〈路加福音〉，意指見死不救。

他們背後的愛麗絲突然以有力的語調說：『車上那兩人已被收拾。這不是對你們施恩，而是對他人警告。盼你們瞭解。』

湯姆用冰冷的手握住柯雷的手腕。『天啊，她聽起來像意識清醒。』

柯雷用雙手握住湯姆的手說：『講話的人不是她，而是穿紅連帽衫的黑人，只是把她當作……傳聲筒。』

湯姆在黑暗中睜大眼睛。『你怎麼知道？』

『我就是知道。』柯雷說。

下面的手電筒光線逐漸移開，不久後就消失，柯雷反而覺得慶幸。這是他們自家的事，閒人勿近。

16

三點半，愛麗絲在沉沉的黑夜中說：『喔，媽咪，好可惜喲！玫瑰開始凋謝了，這座花園完了。』隨後她的語調開朗起來。『會不會下雪？下雪的話，我們來堆個城堡，我們堆成樹葉，堆成小鳥，堆成小鳥，堆出一隻手，堆成藍色的，我們……』她越講越小聲，仰頭看星空。星星在夜空中如時鐘運轉。夜色寒冷。他們幫她多裹了幾層。她每呼一口氣便形成白煙。血終於止住了。喬丹坐在她身邊，撫摸著她早已死去的左手，這手只等她身體其餘部位跟上。

『放那首扭腰擺臀的歌，我喜歡，』她說：『就是霍爾與奧茲（Hall & Oates）二重唱的那首。』

17

五點二十，愛麗絲說：『這件衣服全世界最漂亮。』三人全聚集在她身旁，因為柯雷說她大概快走了。

『什麼顏色，愛麗絲？』柯雷問，原以為她不會回答，但她竟然回話。

『綠色。』

『妳打算穿去哪裡？』

『女士來桌就座。』她說。她一手仍揑著小球鞋，但動作已減緩。她半邊臉的血已凝結出珐瑯質的光彩。『女士來桌就座，女士來桌就座。李卡迪先生鎮守崗位，女士來桌就座。』

『沒錯，小愛，』湯姆輕聲說：『李卡迪先生真的鎮守崗位。』

『女士來桌就座。』她僅剩的一眼轉向柯雷，然後再度用剛才的嗓音發話，而柯雷幾天前也聽過這嗓音從自己嘴巴傳出，這次她只講一句話：『你的兒子在我們這裡。』

『你騙人！』柯雷低聲說，雙拳緊握。若非他發揮自制力，恐怕會對垂死的愛麗絲出拳。『你混帳！你說謊！』

『女士來桌就座，一同品茶。』愛麗絲說。

東方出現了第一道光芒，湯姆坐在柯雷身邊，一手放在柯雷的手臂上躊躇著。『如果他們看得穿心思，』湯姆說：『那麼他們就可以輕易得知你有個兒子，也知道你為了兒子擔心得要命，就和上網用Google查資料一樣簡單。那傢伙可能是利用愛麗絲來整你。』

『我瞭解。』柯雷說。他另外也瞭解一件事實：她用哈佛黑人嗓音說的話很可能是真的。『我一直在想什麼，你知道嗎？』

湯姆搖搖頭。

『我兒子還小的時候，大概三、四歲吧，那時我和老婆雪倫還處得來。我們叫他強尼G。每次電話一響，他會跑過來大聲問：「找……找……我……我？」（fo-fo-me-me）把我們笑翻了。如果是外婆或公公打來的，我們會說：「找……找……你……你。」然後把話筒交給他。我還記得那時話筒比他的小手大好幾倍……貼在他耳朵上時更……』

『柯雷，別再講了。』

『而現在……現在……』他講不下去，而且也沒有必要講下去。

『快過來，你們兩個！』喬丹高喊，語調愁苦，『趕快！』

他們回到愛麗絲躺的地方。她已經坐起上身，脊椎僵硬成弧形，不停顫抖抽筋，僅剩的一隻眼睛在眼眶裡暴凸，嘴唇兩側向下垂，然後忽然間放鬆了全身肌肉，講了一個不知道是誰的名字『亨利』，捏了球鞋最後一下，之後連手指也放鬆，小球鞋掉出來。她嘆了一口氣，張開雙唇呼出最後一縷極其稀薄的白煙。

喬丹看著柯雷，然後望向湯姆，然後視線再轉回柯雷。『她已經……』

『對。』柯雷說。

喬丹縱聲大哭。柯雷再讓愛麗絲仰望越來越淡的星辰幾秒，然後用掌心為她合上眼瞼。

19

距離果園不遠處有間農莊，他們在工具室裡找到幾支鐵鍬，把她葬在蘋果樹下，小球鞋讓她握在手裡。三人都認為這是她的心願。應喬丹要求，湯姆再次朗誦〈詩篇〉第四十篇，但這次他難以唸完整段。三人各講一件愛麗絲生前的事跡。克難式的葬禮進行到這階段，一群為數不多的手機人從北邊路過，注意到了三人卻不過來打擾。柯雷絲毫不訝異。他們三人是瘋子，碰不得……他相信剛諾爾與哈洛德必定正後悔當初不該招惹他們。

他們在農莊裡睡掉了大半個白天，然後動身前往肯特塘鎮。柯雷心知找到兒子的機率不大，但仍不放棄一線希望，希望能打聽到強尼或雪倫的消息。只要知道她還活著，他沉重的心情或者能稍稍舒坦，因為他的心情沉重無比，一如披著縫滿鉛塊的斗篷。

KENT POND
肯特塘鎮_

5

1

他以前的房子——脈衝事件前強尼與雪倫居住的那棟房子——位於莉佛里巷。從肯特塘中心的交通號誌燈往北走，過了兩條街就到。這棟房子是房地產廣告所謂的『高潛力待修屋』，有些廣告則稱之為『新家庭之屋』。柯雷與雪倫同住這裡時曾開玩笑說：『新家庭之屋』大概會一直住成『養老之屋』。她懷孕時，小倆口曾討論如何為新生兒命名。雪倫說，如果生下來是『性別偏女』的話，就取名為『奧莉維亞』。她說這樣一來，這家人就出了莉佛里巷裡唯一的小莉。夫妻倆笑得多開懷。

柯雷、湯姆與喬丹來到緬因街與莉佛里巷的交叉口。喬丹臉色蒼白，沉思不語。想問他問題時，必須連問兩、三次才回答。這時剛過午夜，風勢不小，時序已進入十月的第二個星期。柯雷站在路口猛盯著街角的警告標誌『停車再開』。過去四個月，他時常來自己的老房子拜訪兒子。在停車標誌上，被人以模板噴漆的核電仍在，如同他前往波士頓那天一樣。停止……核電。停止……核電。他一時無法理解。問題不在噴漆的本身，他完全懂噴漆的含意，他了解那只不過是有人藉噴漆來表達政治立場。如果仔細看的話，也許可以在全鎮各地的停車標誌找到相同的噴漆，說不定到春谷（Springvale）與亞克頓（Acton）也找得到。他搞不懂的是，為何整個世界變了，噴漆卻存活了下來。不知何故，柯雷總覺得只要一直盯著停止……核電看，孤注一擲地盯下去，絕對會從標誌裡打開一個蟲洞，像是科幻電影裡的時光隧道，他可以一頭鑽過去，把這一切扭轉回原狀，讓這片黑暗消失無蹤。

『柯雷？』湯姆問：『你沒事吧？』

『我的房子就在這條街。』柯雷說，彷彿可用這話來解釋一切。接著，他雖然還不知道該做什麼，但卻拔腿就跑。

莉佛里巷是條死巷子，全鎮這一邊的巷道全通往肯特丘山腳後結束，肯特丘其實是座被侵蝕得差不多的小山。莉佛里巷的兩旁種植橡木，地上掉滿了枯葉，被柯雷的腳踩得劈啪響。巷裡也有許多拋錨的車輛，其中兩部對撞，車頭的散熱罩糾纏在一起，活像兩部機器在熱吻。

『他要去哪裡？』喬丹在他背後呼喊。柯雷討厭喬丹口氣中的恐懼，但他無法停腳。

『沒關係，』湯姆說：『隨他去吧。』

柯雷在空車之間穿梭，手電筒的燈光在他面前跳躍、抽戳，戳到了鄰居科列茲基先生的臉。強尼小時候去理髮時，科列茲基先生總是不忘送他一根Tootsie Pop棒棒糖，那時的強尼一聽電話鈴響會喊找……找……我……我。如今科列茲基先生躺在自家門前的人行道，被橡葉埋葬了一半，鼻子已經不見。

我絕對不能發現他們死了。這念頭在他腦海裡隆隆響，反覆不停。愛麗絲死了，我不能再看見他們也死了。隨後，他又想到：假如非死一個……希望是雪倫。這念頭令他痛恨自己，但在身心壓力難耐時，大腦幾乎只說實話。

房子位於巷尾的左邊（以前每次與雪倫回家，他總是開玩笑似的提醒雪倫房子就在巷尾的左邊，然後古怪地笑一笑。這玩笑已冷了多時，但他還是照說不誤）。門前的車輛入口通往側面一間整修過的小屋，僅能容納一輛車，柯雷已經跑得氣喘如牛，但並不想放慢腳步。

他奔向車道，踢開擋在前面的樹葉，感覺右腰的刺痛越來越厲害，嘴巴深處也嚐到了銅腥味，呼吸在喉嚨形成咻咻聲。他舉起手電筒照進車庫。

空盪盪。問題是，這算好消息還是壞消息？

他轉身，看見湯姆與喬丹的手電筒朝他蹦跳上斜坡。他把自己的手電筒照向後門，看見了後門時心臟幾乎跳進了喉嚨深處。他衝上三層門階來到門廊，跌了一下，伸手去撕玻璃上的紙條時差點一手刺穿防風門。紙條的一角只以膠帶黏住。如果他來遲了一個小時，甚至晚到了半個鐘頭，呼呼吹個不停的夜風一定會把紙條吹上山去，飄向遠方。雪倫這女人就是這樣粗心，也不多費一點心貼好紙條，至少也該……

留紙條的人並非雪倫。

2

喬丹走上車道，站在門階的下面，手電筒照向柯雷。湯姆辛苦地趕上，呼吸急促，踩著枯葉過來時踏出極大的聲響。他在喬丹身邊站住，把燈光照在柯雷手上已攤開的紙條，然後慢慢把光柱向上移，聚焦在柯雷被震呆的臉孔上。

『可惡，我忘記丈母娘有糖尿病。』柯雷說著把貼在門上的紙條遞給湯姆與喬丹一起看。

爹地：

發生了可怕的事情你可能知道了，希望你收到這封信時一切平安。我跟米其・史坦曼和喬治‧甘卓恩在一起，到處都有人發風，我們認為是手機在搞鬼。爸，告訴你壞消息，我跟同學來這裡是因為我好害怕。我本來想把手機打壞，可是手機不見了。最近媽常把我的手機帶在身上，因為你知道外婆病了，媽媽想隨時打電話掌握。我該走了天啊我好害怕，有人害死了科列茲基伯伯。到處都有人死了發風了，就像恐怖片一樣，不過我們聽說大家（正常人）都去鎮議會集合，我們也正要過去。也許媽會在那裡，可是天啊，我的手機被她拿去了。爹地如果你平安回家**請過來接我**。

兒子

強尼‧蓋文‧瑞岱爾

湯姆看完這張錯字連篇的紙條後，對柯雷說話，語氣親切又不失慎重，但卻比最危急的警語更能讓柯雷嚇得魂飛魄散。他說的是：『去鎮議會聚集的人，現在大概早已各分東西了，你也知道吧？事情已經過了十天，全世界發生了天大的變動。』

『我曉得。』柯雷說。他的雙眼感覺刺痛，自己也聽得出嗓音開始波動。『我也曉得他母親大概……』他聳聳肩，用不太穩定的手揮向落葉滿地的車道以外的地方，而車道以外只見斜坡與黑夜，『不過，湯姆，我非去鎮議會看一下，否則不甘心。他們可能在那裡留言。他可能留了話給我。』

『也對，』湯姆說：『沒錯，你非去走一趟不行。等我們到了鎮議會再決定下一步怎麼走。』他以同樣親切得令人受不了的語調說。柯雷幾乎但願被他調侃，希望聽見湯姆說：拜託喲，沒用的東西，你該不會真以為還見得到兒子啊？媽的，醒醒吧。

喬丹再讀了留言一遍，也許讀了三、四次。即使柯雷目前的心境混合了驚恐與哀傷，他仍想向喬丹解釋兒子的文筆欠佳不是沒有原因。強尼的拼字與作文技巧之所以不好，是因為當時一定身受極大的壓力，而且是趴在門廊上匆匆寫字，兩個朋友則站在一旁看著外面亂成一團。

喬丹這時放下紙條說：『你兒子長什麼樣子？』

柯雷差點問為什麼，想了一下後決定別問比較好，還不是時候。『強尼幾乎比你矮一個頭。壯壯的，頭髮深褐色。』

『不是瘦瘦的，也不是金髮。』

『對，金髮的瘦子比較像他朋友喬治。』

喬丹與湯姆互看一眼，神情凝重，但柯雷認為其中不無鬆了一口氣的意味。

『怎麼了？』他問：『怎麼了？快告訴我。』

『在這裡的對面，』湯姆說：『你剛沒看見，因為你一直跑。離你家三戶的對面死了一個男生，瘦瘦的，金髮，揹的是紅背包……』

『是喬治・甘卓恩。』柯雷說。強尼常揹藍背包，上面有幾道會反光的貼紙，而喬治常揹的是紅背包，柯雷知道。『四年級那年的歷史課，他和強尼合作了一個清教徒村，得了A+的成績。喬治不可能死掉。』但他幾乎敢肯定死的就是喬治。柯雷在門廊上坐下，木板被他壓出熟悉的吱嘎聲。他用雙手摀住臉。

3

鎮議會位於米爾街與池塘街交會口，面臨鎮公園與名為肯特塘的湖。鎮議會是維多利亞風格的白色大建築，停車場裡，除了工作人員專用的位置外空無一車，因為車子全塞在前往鎮議會的兩條馬路上。鎮民盡量開到動彈不得了才下車走過來。對柯雷、湯姆與喬丹這些遲來的人而言，這趟路走來辛苦。鎮議會周遭的兩個街區之內擠滿了車輛，連草坪也不例外。有六、七棟民宅被焚毀，有些火場仍在悶燒。

臨走前，柯雷在莉佛里巷把男孩的屍體蓋住。男孩的確是強尼的朋友喬治。前往肯特塘鎮議會的途中，他們另外看見了數十具腫脹惡臭的腐屍。屍體雖多達數百，柯雷在黑暗中卻連一個人都認不出來。即使在大白天，他可能也認不太出來。烏鴉已忙了一個星期半。

柯雷的心思不斷轉回趴在血泊中的喬治・甘卓恩。強尼在紙條寫著，他跟喬治與米其走在一起。這兩個同學是強尼今年上了七年級結交的好友。照這麼說來，發生在喬治身上的事絕對發生在強尼貼了紙條之後，絕對在三個同學離開瑞岱爾家以後。既然趴在路上的只有喬治一個人，柯雷推測強尼與米其至少活著逃離了莉佛里巷。

當然了，自以為是的下場是什麼都不是，他心想，這是愛麗絲・麥斯威爾傳的福音，願她安息。

話說回來，殺害喬治的人也可能追殺另兩個同學，追到了別處後再下毒手。也許是追到了緬因街，或是達格威街，或是鄰近的月桂巷，然後再拿瑞士屠刀或兩支汽車天線戳死……

他們來到了鎮議會停車場的外緣。整齊但卻大致空曠的柏油停車場廣達一英畝，他們的左邊有輛小卡車本想開上停車場，卻陷入水溝的泥淖中，只差停車場不到五碼。在他們的右邊，有具女屍的喉嚨被扯破了，五官也被野鳥啄成了黑洞與血淋淋的緞帶，頭上仍戴著波特蘭海狗隊的棒球帽，皮包仍掛在手臂上。兇手再也不對金錢感興趣了。

湯姆一手放在他肩膀上，嚇了他一跳。『別再去想可能發生過的事了。』

『你怎麼知道……』

『不懂心電感應也猜得出來。如果找到了你兒子——八成是找不到了，不過如果真的找到——他一定會源源本本講給你聽。找不到的話……事發經過還重要嗎？』

『對，當然不重要。可是，湯姆……我認識喬治·甘卓恩啊。同學有時候會叫他康乃迪克，因為他家以前住康州。他來我家後院吃過熱狗和漢堡，他爸常來我們家陪我看新英格蘭愛國者隊㊺的比賽。』

『我能瞭解。』湯姆說：『我能瞭解。』然後他對喬丹兇一句：『別再看她了，喬丹，再看她也不會站起來走路了。』

喬丹不理，繼續盯戴著海狗隊小帽、被烏鴉啄過的屍體。『手機人恢復了基本層次的程式後，開始幫忙照顧自己人，』他說：『一開始只是合作把屍體從露天看台下面抬出來，然後丟進沼澤去，雖然不算什麼，卻也盡了一點力。反過來說，他們卻從不抬走我們的屍體，只是把屍體留在原地等著腐爛。』他轉身面對柯雷與湯姆。『不管他們說什麼或答應做什麼，我們都不能相信，』他嚴厲地說：『一定不能，好嗎？』

『我完全贊成。』湯姆說。

柯雷點頭。『我也一樣。』

湯姆把頭歪向鎮議會的方向。鎮議會仍亮著幾盞緊急照明燈，裡面想必裝了長效電池。緊急照明燈在工作人員的車子上灑出病態的黃光，車子周圍則堆滿了樹葉。『我們進去看看還留下什麼吧。』

『對，去看看。』柯雷說。毫無疑問，強尼已經不在裡面了，但他內心仍存在一線希望，懷抱著孩子氣、寧死不認輸的個性，仍盼望聽見有人大喊：『爹地！』然後衝進他的懷抱，而他摟住的是活生生的兒子，是這場夢魘裡最真實的負擔。

4

一見到鎮議會的雙扉門，他們就能確定裡面空無一人。緊急照明燈還有電，但光線卻逐漸暗淡，他們藉著燈光看見門上草草塗了幾個大字，塗料是紅色油漆，乍看之下猶如乾掉的血跡：

卡什瓦克＝無話

55 NFL美式足球聯盟隊伍。

『這個叫做卡什瓦克的地方，離這裡多遠？』湯姆問。

柯雷思考後回答：『我猜是八十英里，幾乎在這裡的正北方，可以走一六〇號公路，不過到了TR之後怎麼走，我就不清楚了。』

喬丹問：『到底什麼是TR？』

『TR－90是還沒劃定行政區的鄉下地方，有兩個小村莊，幾座採石場，北邊也有一個荒涼的密克馬克（Micmac）印地安保留區，不過大半是樹林，只住了熊和鹿。』柯雷試著推開鎮議會的門，門應聲打開，『我想看看這地方。你們不想來也無所謂，在外面等就行了。』

『哪裡的話，我們也想進去，』湯姆說：『對不對呀，喬丹？』

『當然。』喬丹嘆氣說。他就像被交代了艱難的家事似的，接著他微笑了，『嘿，有電燈咧。以後見不見得到電燈還是問題呢！』

5

強尼．瑞岱爾沒有從黑壓壓的房間衝出來投入父親的懷抱，但鎮議會裡烹飪的餘香猶存。脈衝事件爆發之後，鎮民帶了瓦斯烤爐與手提炭爐到鎮議會集合。在最大的一廳外有個長方形的公告欄，原本用來公佈本鎮大事與即將舉辦的活動，現在則貼了約莫兩百張字條。柯雷緊張得幾乎喘起氣來，開始細看公告欄，認真的神態好比學者，自認尋獲了失傳已久的抹大拉馬利亞（Mary Magdalene）福音。柯雷擔心可能發現的事實，也害怕找不到。湯姆與喬丹識相地退到大會議室去，這裡散落著難民睡過幾晚的雜物，想必難民曾在這裡空等救星。

柯雷閱讀了公告欄上的留言，發現集結此地的倖存者認定不該苦等救援。這些人相信拯救全世界的契機就在卡什瓦克等著他們。卡什瓦克是個窮鄉僻壤，北區與西區是百分之百的手機死角，可能整個TR—90都收不到手機訊號，為何大家一心想去卡什瓦克，公告欄上的紙條並未說明。多數人似乎假設，看見留言的人不需解釋也明白原因，彷彿是『人人都知道，大家一起去』。即使是最詳盡的留言也難掩既驚駭又欣喜的心情。多數留言僅止於：盡速踏上黃磚道，前進至卡什瓦克者得救。

柯雷由上而下閱讀完公告欄四分之三，看見一張艾芮絲・諾蘭留的字條。她在小小的鎮圖書館擔任志工，柯雷和她很熟。她的字條底下有另一張字條，被遮住了一半，上頭寫的是柯雷眼熟的筆跡，是渾圓的草寫，正是兒子留的紙條。他心想：喔，親愛的上帝，感謝祢，萬分感激。他把紙條從公告欄撕下，動作謹慎，以免撕破。

這張留言註明了日期：十月三日。柯雷盡量回想十月三日的晚上他人在何地卻印象模糊。是在北瑞丁，還是在梅休因附近的甜蜜谷旅館？他認為那天待在穀倉裡休息，但是無法確定，因為感覺過去的事件全混沌成一團。如果他回想得太用力，會開始認為頭兩邊各戴一支手電筒的男人就是拿汽車天線朝天空亂戳的年輕人，也會認為李卡迪先生自盡的手法是吞食碎玻璃而非上吊，更會認為在湯姆菜園裡偷吃小黃瓜與番茄的人是愛麗絲。

『別再想了。』他低聲告訴自己，然後專注於兒子的字條。這一次兒子的拼字改善了，文章也較有條理，但柯雷仍一眼看得出字裡行間的悲苦。

十月三日

親愛的爸爸：

希望你還能活著看見這張留言。我和米其得救了，可是喬治不幸被同學休伊・達頓抓到，好像被他害死了。幸好我和米其跑得快才沒被抓走。我覺得都怪我不好，不過米其他說有誰知道休伊變成了手機人，不應該怪罪自己。

爸爸，更壞的消息還在後頭。媽媽也變成了手機人，我今天看見她跟『群體』走在一起。現在我們把他們叫成『群體』。她的外表不像有些人那麼慘，可我知道如果我跑出去找她，她連自己兒子也認不出來，一看見我馬上會要我的命。如果你看見她，別被她騙了，不過事實就是事實，我很難過。

我們明天或後天就要去北邊的卡什瓦克，米其他媽媽在這裡，我嫉妒得想掐死他。爸爸我知道你沒手機，大家都知道卡什瓦克很安全。如果你看見這張紙條請過來接我。

全心愛你的兒子

強尼・蓋文・瑞岱爾

即使得知雪倫罹難的消息，柯雷尚能強忍悲傷的情緒，但他看到兒子特地把這句『全心愛你的兒子』裡的『心』字寫成了大寫時，不禁悲從中來。他親吻兒子的簽名，然後望向公告欄，視覺變得不可靠，因為眼前的事物出現了雙重、三重影像，接著震成了毫無交集的個體。他以沙啞的嗓音縱聲哭喊，釋放心痛。湯姆與喬丹趕過來。

『怎麼了，柯雷？』湯姆問：『什麼事？』他看見了柯雷手上的帶線黃紙，是從一疊草稿紙上撕下的一張。他從柯雷手上輕輕拿走，與喬丹快速掃瞄一遍。

『我要去卡什瓦克。』柯雷沙啞地說。

『柯雷，去那裡恐怕不太好吧。』喬丹謹慎地說：『呃，因為我們，你也知道，在蓋頓學院做了那件事。』

『我不管。我非去卡什瓦克不可，我要去找我兒子。』

6

肯特塘鎮議會的難民在拔營前去ＴＲ—90和卡什瓦克時，留下了不少物資。柯雷、湯姆與喬丹吃著過期麵包與罐頭雞肉，飯後點心是綜合水果罐頭。

吃到最後時，湯姆靠向喬丹喃喃說了一句話，喬丹點頭，兩人站起來。『柯雷，對不起，我和喬丹想商量一件事，可不可以離開一下？』

柯雷點頭。他們走開後，柯雷再開一罐綜合水果罐頭，同時再看強尼的留言第九、第十次，幾乎背得出來了。愛麗絲的死也在他腦海裡留下深刻的印象，但如今愛麗絲慘死一事卻恍若隔世，就像發生在另一個版本的柯雷身上，而這個版本的柯雷是許久以前剛剛打好草稿的版本。

他吃完後，把字條收起來，這時湯姆與喬丹正好從走廊回來。律師已經不存在了，但他們這種私下討論的行為，就像法官與律師在法庭密商一樣。湯姆再次一手摟著喬丹的小肩膀，兩人面有難色卻強作鎮定。

『柯雷，』湯姆說：『我們商量過了，決定……』

『你們不必跟我走，我完全能諒解。』

喬丹說：『我知道他是你兒子，不過……』

『你也知道我只剩下他了，因為他母親……』柯雷笑了一聲，笑得毫無感情。『他母親雪倫。說來其實諷刺，我一直把強尼的手機當成紅色的小響尾蛇，擔心強尼被咬，心想如果能二選一，我倒希望被咬的人是雪倫。』好了，總算一吐為快，這話如同鯁在喉嚨的一塊肉，差點噎得他窒息。『這樣想，我有什麼感受，你們知道嗎？就像我跟撒旦談了條件，而撒旦竟然幫我實現了願望。』

湯姆聽不進去。輪到湯姆講話時，他講得十分謹慎，彷彿把柯雷視為未爆地雷，生怕不小心踩到。湯姆說：『他們痛恨我們。他們一開始痛恨所有人，現在進化到只恨我們三個。不管卡什瓦克那邊為何值得一去，只要是他們想出的點子，肯定不是什麼好事。』

『如果他們重灌系統到了更高的層次，可能升級到了和平共存的境界。』柯雷說。講再多也沒用了，湯姆與喬丹絕對看得出來。柯雷非去不可。

『我不太相信。』喬丹說：『記得那個比喻吧？把牛群趕進通往屠宰場的走道？』

『柯雷，我們是正常人，算是一好球，』湯姆說：『我們燒死了他們的一群人，這算兩好球和三好球，三振出局了。和平共存的法則不適用在我們身上。』

『怎麼可能適用？』喬丹附和，『襤褸人說我們是瘋子。』

『而且碰不得，』柯雷說：『所以我應該不會出事，對吧？』

此話一出，其他兩人似乎再也無話可說了。

7

湯姆與喬丹決定往正西方前進，越過新罕布夏州的邊界進入佛蒙特州，把卡什瓦克＝無話拋在腦後，盡快離開卡什瓦克，越遠越好。柯雷說，十一號公路行經肯特塘會出現近九十度的彎道，三人可同時走這條路出發。他說：『我可以往北走上一六〇號公路，你們兩個可以一路往西走到新罕布夏州中間的拉孔尼亞（Laconia）。這條路線稍有曲折，但是有什麼關係？反正你們兩個也不急著趕飛機吧？』

喬丹用掌心揉揉眼睛，然後把頭髮從額頭撥向後。喬丹這個手勢柯雷見多了，知道喬丹累得無法集中精神。他會思念這個手勢，他會思念喬丹，更會思念湯姆。

『但願愛麗絲還在，』喬丹說：『她一定能勸你別去。』

『她勸不動的。』柯雷說。話雖這麼說，但是他仍全心希望愛麗絲能有機會走完這一遭。他全心希望愛麗絲有機會做好多事情，十五歲就過世實在太令人惋惜了。

『你目前的計畫讓我聯想到「凱撒大帝」的第四幕，』湯姆說：『到了第五幕，所有人都被自己的劍插死了。』這時三人正繞過塞在塘街上的空車前進，有時甚至需要攀爬而過。背後的鎮議會緊急照明燈正緩緩暗下，前方是代表鎮中心的交通號誌燈，停了電的號誌在輕風中搖曳。

『去你的，別觸我霉頭。』柯雷說。他對自己發誓過，別對他們發脾氣，只希望儘可能在分手前快快樂樂的，現在卻被這兩人囉唆得心情浮動。

『對不起，我累得沒辦法幫你加油了。』湯姆說。他在離十一號公路交流道兩英里的路標旁停下。『另外，容我直言，我心痛得沒辦法跟你道別。』

『湯姆，對不起。』

『假如我認為你成功的機率有兩成……好吧，就算只有百分之二的勝算……唉，講再多也沒用了。』湯姆把手電筒照向喬丹，『你呢？最後還想講什麼，勸一勸這個傻瓜？』

喬丹考慮一陣後慢慢搖頭。『教頭有一次跟我講過，』他說：『想知道他說什麼嗎？』

湯姆以手電筒微微比出敬禮的手勢以示諷刺，光束跳到了艾歐卡（Ioka）電影院的看板，照出了湯姆・漢克斯的新片名稱，也照到了隔壁的藥房。『講來聽聽吧。』

『他說「人腦精於算計，但屬靈卻充滿渴慕，其心亦知心之所向」。』

『阿門。』柯雷把語調放得非常輕柔。

三人在市集街往東走，而這條路與19A公路重疊了兩英里。走完了一英里時，人行道終止，進入了鄉村地帶。再走完一英里之後，又見到一個停電的號誌燈，也看見一面路標指出十一號公路的交流道。有三個人露頭裹著睡袋坐在十字路口，柯雷用手電筒照到時，一眼認出其中一名男子。這名年長紳士的長臉充滿智慧，花白的頭髮紮成馬尾。另外一名男子戴的邁阿密海豚隊小帽也很眼熟。接著湯姆把光束照向老人身旁的婦女說：『是妳。』

由於女人裹在睡袋裡，只露出一個頭，柯雷不知她是否身穿無袖的哈雷機車T恤，但柯雷知道如果那件T恤不在她身上，一定放在十一號公路路標附近那兩個小背包裡。而他也知道這女人身懷六甲。在低語松汽車旅館休息時，在愛麗絲遇害前兩晚，他夢見了這三人，夢見他們站在長方形的體育場裡，站在平台上，被高高的燈光照著。

灰髮長者站起來，讓睡袋自然滑下。他們帶了步槍，但長者舉起雙手表示兩手空空，女人也做了同樣的舉動。睡袋一落到她腳邊，她懷有身孕便成了不爭的事實。頭戴海豚隊帽子的男子身材高大，年約四十，也跟著舉起雙手。三人就這樣在手電筒燈光裡站了幾秒鐘，然後灰髮男子從胸前口袋取出黑框眼鏡戴上。男子的上衣睡縐了。他在冷冽的夜色中吐出白煙，呼氣上升至十一號公路的路標，而路標的兩個箭頭分別指向西與北。

『果然，果然，』他說：『哈佛校長說你們可能會往這裡走，果然沒錯。那傢伙的腦筋不賴，擔任哈佛校長嫌年輕了點。而且依我淺見，他去見有意慷慨解囊的捐款人之前，最好先挨一挨整容手術。』

『你是誰？』柯雷問。

『年輕人，你照到我的眼睛了，先拿開手電筒，我很樂意自我介紹。』

湯姆與喬丹放下手電筒，柯雷也放下，但一手仍擺在貝絲・倪可森的手槍槍托上。

『我叫丹尼爾・哈特威克，麻州赫瓦丘人。』灰髮男子說：『這位小姐是丹妮絲・林克，同鄉。她右邊的男士是雷依・惠堅卡，來自葛羅夫蘭。』雷依微微鞠了個躬，模樣逗趣、迷人又彆扭。柯雷放下手槍。

『不過我們的姓名已經不重要了，』丹尼爾・哈特威克說：『重要的是我們是什麼樣的人，至少對手機人而言。』他臉色凝重地看著對方，『我們是瘋子，跟你們一樣。』

8

這三人帶了一個瓦斯爐，丹妮絲與雷依開始煮著一小餐食物，六人就在爐邊聊起天來。雷依以麻州的口音說：『這些罐頭香腸煮硬一點，滋味還不錯。』講話的人主要是丹尼爾。他先聲明現在是凌晨兩點二十分，三點一到，他準備帶『敢死小組』繼續上路。他說他想在天亮前趁手機人動作前多趕幾英里路。

『因為他們晚上不會出來，』他說：『我們至少可利用這一點。以後他們的程式齊全了，也許有辦法晚上行動，不過……』

『你們也這麼想？』喬丹問。愛麗絲過世後，這是喬丹首次打起精神，他抓住丹尼爾的手臂。『你們也認為他們在重灌程式，就和電腦硬碟被洗……』

『……被洗掉了，對，對。』老丹把這道理講得像是全世界最基礎的東西。

『你們……以前是……科學家嗎？』湯姆問。

老丹對他微微一笑。『我以前代表赫瓦丘藝術與科技學院的整個社會系，』他說：『如果哈佛校長會做惡夢，他最怕夢見的就是在下。』

丹尼爾、丹妮絲與雷依摧毀的不只一群，而是兩群手機瘋子。這一行人的人數最初多達六人，當時是脈衝事件後的兩天，他們只想逃出赫瓦丘，卻無意間在汽車報廢場後面的空地撞見了一群。那時的手機人還是手機瘋子，仍然搞不清楚狀況，見正常人就宰，也不放過自己人。那一群只有大約七十五人，數目不算大，他們用汽油對付。

『第二次是在納許亞，我們改用從建築工地小屋裡找到的炸藥，』丹妮絲說：『那時查理、拉爾夫與亞瑟已經走了。拉爾夫對亞瑟是想走他們自己的路，查理呢，可憐的查理，他心臟病發作死了。言歸正傳。雷依懂得炸藥裝置的方法，因為他以前在道路工程隊待過。』

雷依低頭蹲在鍋子旁，一手攪拌著香腸旁邊的豆子，舉起另一手揮一揮。

『之後呢，』老丹說：『我們開始看見卡什瓦克＝無話的字樣。我們一看就覺得正合我意，是不是啊，丹妮絲？』

『對，』丹妮絲說：『暫停抓鬼，大家別再躲了。我們跟你們一樣，原本就往北走，開始看見卡什瓦克＝無話之後，加快腳程繼續北上。那時候，不太想去卡什瓦克的人只有我，因為我先生被脈衝事件奪走了，我小孩一出生就沒爸爸，要怪都得怪那些王八。』她看見柯雷皺了皺眉頭，趕緊說：『對不起，我們知道你兒子去了卡什瓦克。』

柯雷詫然無語。

『沒錯，』老丹說。雷依開始在餐盤舀上食物，傳給大家，老丹接下一盤後說：『哈佛校長無所不知，無所不見，也掌握了所有人的檔案資料……即使不是如此，他也希望大家有這種錯覺。』他對喬丹眨一眨眼，喬丹居然竊笑了起來。

『老丹跟我解釋過了，』丹妮絲說：『有個恐怖組織，或許只是兩、三個突發奇想的瘋子躲在車庫裡，發明了脈衝傳送出去，卻不知最後會演變成這樣。手機人只是照指示行動，發瘋時不需負責，現在腦筋稍微正常了，也不需負責，因為……』

『因為他們受制於某種集體規章，』湯姆說：『就像候鳥遷徙一樣。』

『是集體規章，卻不算是候鳥遷徙。』雷依端著自己的餐盤坐下說：『老丹說，他們純粹是想求生存，我認同他的見解。不管他們求的是什麼，我們一定要先找個地方躲雨，這道理懂嗎？』

『我們燒死了第一群之後就開始做夢，』老丹說：『威力很強的夢。此人，精神異常——非常有哈佛的味道。後來我們炸死了納許亞那群人，哈佛校長親自現身，還帶了差不多五百個最親近的朋友。』他小口小口地吃著東西，吃得很快。

『還在你們的門階留下很多被融化的手提音響。』柯雷說。

『有些被融化了，』丹妮絲說：『不過多半是碎片。』她微笑了，笑得薄弱。『那倒沒關係，反正他們的音樂品味太俗氣了。』

『你叫他哈佛校長，我們叫他襤褸人。』湯姆說完放下餐盤，打開背包，翻找一陣後取出柯雷的素描。柯雷畫出夢境的那天也是教頭被迫自殺之日。丹妮絲一看素描，眼睛睜得好圓。她把素描傳給雷依看，雷依看得吹了一聲口哨。最後傳到老丹手上。他看了之後抬頭望向湯姆，神態多了一分敬意。『是你畫的？』

湯姆指向柯雷。

『你很有繪畫的天賦。』老丹說。

『我以前上過課，』柯雷說：『作品難登大雅之堂。』他轉向湯姆。地圖也放在湯姆的背包裡。『從蓋頓到納許亞有多遠？』

『頂多三十英里。』

柯雷點頭後轉向老丹。『他有對你們講話嗎？穿紅色連帽衫的那個人？』

老丹望向丹妮絲，她卻轉移視線。雷依把頭轉回小瓦斯爐，做出熄火收拾起來的動作。柯雷明白了。他說：『他透過你們哪一個發言？』

『我，』老丹說：『感覺很恐怖。你們也體驗過？』

『對。想阻止他發言的話，倒不是沒有辦法，不過我們想知道他在動什麼腦筋。你認為他是想藉機顯示自己有多行嗎？』

『可能吧，』老丹說：『不過我認為沒那麼簡單，我認為他們沒有言語的能力。他們確實能發聲，我也不懷疑他們具有思考能力，只是我不認為他們能真的開口講話。不過，若認為他們具有人類的思考能力就大錯特錯了。』

『應該說，他們「還沒有」具備言語能力。』喬丹說。

『對。』老丹說。他看了一下手錶，連帶影響了柯雷也看錶。已經兩點四十五分了。

『他叫我們往北走，』雷依說：『他也說：卡什瓦克=無話，還說我們休想再放火燒群體了，因為他們開始派人站崗……』

『對，我們在羅徹斯特也看見有人站崗。』湯姆說。

『你們也看見不少卡什瓦克=無話的標語囉。』

三人點頭。

『單從社會學的角度來看，我一開始就對這些標語產生質疑。』老丹說：『我質疑的不是標語的起源，因為脈衝事件爆發後不久，想必會有倖存者推論手機訊號死角是世上最安全的地方，所以開始寫下卡什瓦克＝無話的標語。我質疑的是為何這個標語能散播得那麼快。社會發生劇變後分崩離析，瓦解了所有正常的通訊形式，只剩口耳相傳的方法。然而，只要我們承認某一個群體採用了新的通訊形式，這個疑問就不難解開。』

『心電感應。』喬丹幾乎低聲說出這詞。『他們。手機人。是他們叫我們北上卡什瓦克。』他把驚懼的目光投射到柯雷，『果然是該死的屠宰場走道。柯雷，你不能說去就去啊！別中了檻褸人的計！』

柯雷還沒來得及回應，老丹又開始講話。他的心態是教師的天性：授業解惑是他的職責，而插嘴是他的特權。

『抱歉，我真的必須加快速度講解。有東西想讓你看看，其實是哈佛校長命令我們帶你們去看……』

『是在夢中命令，還是親自現身？』湯姆問。

『是我們夢到的，』丹妮絲輕聲說：『我們只親眼見過他一次，是在燒死納許亞那群之後，而且只是遠遠看見他。』

『他是想過來刺探我們的情況，』雷依說：『我認為是。』

大家你一言我一語的，老丹只有乾瞪眼的份，等得滿面氣急敗壞。等到大家講完了，他才繼續說：『既然順路，我們也願意照辦……』

『這麼說來，你們也要北上？』這一次插嘴的人是柯雷。

老丹這時是氣上加氣，匆匆看了一下手錶。『如果你仔細看路標，就知道路標不只指一個方向。我們要往西走，不是北上。』

『那才對嘛，』雷依喃喃說：『我這人笨歸笨，腦筋卻沒有秀逗。』

『指給你們看，是我們的本意，而不是遵從他們的指示，』老丹說：『對了，既然提到哈佛校長或你們說的襤褸人，我認為他親自現身可能是走錯了一步棋，也許錯得離譜。他其實不過是群體意識派出的一個代理，任務是跟正常人和我們這種發瘋的正常人打交道。我的理論是，現在全世界都出現了這種超大群體，而每一群都各推派出一個代理，也許不只一個。不過，別誤以為襤褸人是真人，你們跟他對話的時候，對象其實是他代表的整個群體。』

『別賣關子了，快帶我們去看他想讓我們看的東西吧。』柯雷說。他努力讓語調平靜。他的腦海波濤洶湧，唯一明確的思緒是，只要他能趕在強尼到卡什瓦克之前抵達，無論卡什瓦克的狀況如何，他仍有救回兒子的機會。理性告訴他，強尼肯定已經抵達卡什瓦克，但另一種聲音告訴他，強尼在途中可能遇到事情被耽擱了，或是與他同行的整群人受到了延誤，或是打消了前往卡什瓦克的主意，而這種推斷並不完全不合邏輯，而是確有可能。更有可能的是，TR—90一帶最壞的狀況只不過是手機人設立了保留區，把正常族隔絕起來而已。到頭來，最後就如同喬丹引述亞爾戴校長所言：人腦精於算計，但屬靈卻充滿渴慕。

『往這邊走，』老丹說：『不太遠。』他取出手電筒，開始走上十一號公路北向車道的路肩，燈光指向腳前。

『抱歉，我不想去，』丹妮絲說：『見過一次就夠了。』

『我認為這個現象的用意是討好你們，』老丹說：『當然，另一個用意是強調目前的當權者是手機人，我們這小群人和你們只有乖乖聽話的命。』他停下腳步說：『就是這裡；昨天做夢時，哈佛校長特別要我們看見這條狗的圖案，以免我們找錯房子。』手電筒的光束停留在路邊的一個民房信箱，信箱的側面被人漆了一條柯利牧羊犬，『很遺憾，喬丹最好也看一下，這樣才知道對手是什麼樣的狠角色。』他把手電筒舉得更高。雷依讓自己的手電筒光束與老丹的手電筒會合，照亮了一棟小康的木造平房，平房坐落在小小的草坪上。

剛諾爾被撐成大字形，釘在客廳窗戶與前門之間，只穿著染血的Joe Boxers四角內褲，大如鐵道釘的釘子固定手、腳、前臂與膝蓋。也許真的是鐵道釘，柯雷心想。哈洛德岔開雙腿坐在剛諾爾的腳邊，胸前也被血染紅了一片，就像柯雷初遇愛麗絲時的模樣，不同的是哈洛德流的不是鼻血。他把飆車友人釘成大字後，自己拿了一片碎玻璃劃破了喉嚨，玻璃仍在他手裡閃耀。

剛諾爾的脖子掛了一條繩子做的項鍊，繩子繫了一片厚紙板，上面用深色的大寫字母寫了三個拉丁字：JUSTITIA EST COMMODATUM。

9

『如果你們看不懂拉丁文……』老丹正要說。

『我中學唸過，雖然不熟，但還是懂這句的意思，』湯姆說：『「正義已伸張」。意思是已經幫愛麗絲償命了。教訓膽敢對「碰不得」的人動手的人。』

『答對了。』老丹說完關掉手電筒，雷依也熄燈，『用意也在警告其他人。他們通常不殺正常人，但非下毒手時絕對下得了手。』

『我們瞭解，』柯雷說：『我們在蓋頓燒了他們一群之後，他們採取過報復的手段。』

『他們也在納許亞做了同樣的事，』雷依嚴肅地說：『我到死都記得那種慘叫聲，靠，真恐怖。這東西也一樣。』他指向黑暗中的平房，『他們逼瘦小的那個把高大的那個釘成十字架，還逼高大的那個不准動，釘完了以後，他們再逼瘦小的那個割自己的喉嚨。』

『跟教頭的遭遇一樣。』喬丹說著握住柯雷的手。

『是他們的念力，』雷依說：『老丹認為一部分的念力叫大家往北去卡什瓦克，也許有一部分的念力也叫我們繼續往北走，而我們也告訴自己，往北走的目的只是帶你們來看這個，也看能不能勸你們一起走。』

柯雷說：『艦褸人有沒有跟你們說我兒子的事？』

『沒有，不過如果有的話，一定是想通知說你兒子跟其他正常族在一起，你可以去卡什瓦克跟兒子歡喜團圓。』老丹說：『不如先忘掉在平台上罰站，忘掉哈佛校長對著歡呼的觀眾罵我們是瘋子，因為你跟兒子團圓是不可能的事，那個結局不會發生在你身上。我相信，你已經假想過了各種可能的快樂結局。最主要的一個假想情境一定是，卡什瓦克和許許多多的手機死角類似野生動物保護區，裡面住滿了正常族，沒被脈衝事件影響到的人去了那裡就不會有事。這位小朋友剛才說，艦褸人是想趕牛走進通往屠宰場的走道，我倒認為這個比喻的可能性遠比你的假想高。但是，即使假設他們不會對卡什瓦克的正常族不利，你認為手機人會原諒我們這種人嗎？我們是群體殺手啊。』

柯雷無法回答。

在黑暗中，老丹又看了一下時間。『已經三點了，』他說：『我們回去和丹妮絲會合。她應該已經幫我們收拾好了行李。分手或決定一起走的時候到了。』

可是要是我跟你們一起走，那就等於是要我跟兒子分手。柯雷心想。他絕不願意就此罷休，除非他發現小強尼死了。

或是變了。

10

『你們又怎麼指望能抵達西部？』五人往路標走回去時，柯雷問：『晚上暫時是我們的天下，不過白天屬於他們，而你也看得出他們的身手。』

『我幾乎能確定，只要我們醒著，就有辦法讓他們進不了大腦，』老丹說：『需要費一點工夫，不過並非辦不到。我們可以輪班睡覺，至少暫時如此。只要別靠近群體，我們可以做的事情很多。』

『意思是盡快去新罕布夏州西部然後進入佛蒙特州，』雷依說：『遠離他們整軍待發的地區。』他把手電筒照向斜倚睡袋上的丹妮絲。『準備好了嗎？小妮？』

『準備好了。』她說：『我只希望你們讓我分擔一些行李。』

『妳懷了小孩，』雷依充滿愛心地說：『已經夠累了，而且睡袋也必須帶走。』

老丹說：『有些地方還開得了車。雷依認為有些鄉間小路或許能一路跑個十幾英里，暢通無阻。我們也有幾份不錯的地圖。』他跪下一膝，挑起背包，同時抬頭以挖苦的神態看著柯雷，『我知道機率不高。如果你懷疑我智商有問題，告訴你，我不是傻瓜。不過我們消滅了他們兩群，害死了他們幾百人，可不想被叫上平台去罰站。』

『我們另外有項優勢。』湯姆說。柯雷懷疑湯姆是否瞭解這句話表示他已經加入了老丹的陣營。也許湯姆瞭解吧！湯姆一點也不笨。『他們要活捉我們。』

『對，』老丹說：『我們說不定真能活下去。柯雷，這個階段對他們來說還早，他們還在織網。我敢打賭，他們的網破洞一定很多。』

『就是嘛，他們連衣服都不知道該換。』丹妮絲說。柯雷很欣賞她，她看來已有六個月的身孕，也許預產期更近也說不定。她的身材雖嬌小，韌性卻很強。但願愛麗絲能認識她就好了，他心想。

『我們很有可能找到破洞，』老丹說：『從佛蒙特州或紐約州越界到加拿大。五個總比三個強，六人更勝五人。有六個人的話，三個人睡覺時可派另三人站崗，逼走可惡的心電感應，組織我們自己的小群體。意下如何？』

柯雷緩緩搖頭說：『我想去找兒子。』

『柯雷，再考慮一下，』湯姆說：『拜託。』

『別再勸他了，』喬丹說：『他已經下定主意。』他張開雙臂擁抱柯雷。『希望你找得到兒子，』他說：『就算你找得到，我們大概也永遠也碰不到面了。』

『怎麼碰不到面？』柯雷說。他親吻喬丹的臉頰，然後向後退一步。『我會去抓一個會心電感應的人，把他手腳纏在背後，肚子朝下吊起來當作指南針。說不定就綁架襤褸人來用。』他轉向湯姆，伸出一隻手。

湯姆對他的手視而不見，只是張臂摟住柯雷，親了一邊臉後再親另一邊。『你救過我一命。』他低聲對柯雷的耳朵說，吐氣既熱又癢，臉頰拂過柯雷的臉。『讓我們救你一命吧。跟我們走。』

『不行，湯姆，我非去找兒子不可。』

湯姆向後站開，注視著他。

『我瞭解，』他說：『我瞭解你的心願。』他擦擦眼睛。『可惡，我這人最不會講再見，連跟自己的貓道別都講不出話來。』

11

柯雷站在路口的路標旁，看著五人的燈光漸行漸遠。他把目光集中在喬丹的手電筒，而喬丹的燈光是最後消失的一個。他們登上西邊的第一座小山時，似乎有一、兩秒的時間只剩喬丹的燈光，在黑夜裡形成小小的光點，彷彿喬丹停下腳步回頭望。喬丹的燈光晃了晃，然後也跟著消失了，四周恢復黑暗。柯雷嘆了一口氣，嘆氣聲很不穩，帶有淚意，然後他揹起自己的行囊，開始走十一號公路的泥土路肩，往北前進。三點四十五分左右，他進入了北柏威克，離開了肯特塘。

PHONE-BINGO
手機賓果_

1

柯雷知道手機人不敢對他亂來，所以恢復了較正常的生活，開始白天趕路。他成了碰不得的人物，而且手機人希望他北上至卡什瓦克。問題是，他已經習慣晝伏夜出的日子。他心想：就差沒裹著斗篷躺進棺材而已。

和湯姆、喬丹分手後，他來到春谷的近郊，這時天色已露紅曦，氣溫低迷。春谷林業博物館旁邊有棟小房子，或許是管理員的宿舍，看起來很舒適，柯雷破壞了側門的門鎖，闖了進去。他在廚房找到了燒柴薪的火爐與手動式抽水機。小屋裡也有一間擺設整潔的小儲藏室，裡面物資充足，尚未遭人洗劫。他用一大碗燕麥粥慶祝這項大發現，在燕麥上撒了奶粉，再加滿滿幾匙的砂糖，最後撒上葡萄乾。

他也在儲藏室找到鋁箔包裝的濃縮培根蛋花湯，整整齊齊排放在架子上，有如一本本平裝書。他煮了其中一包，剩下的全裝進背包裡。這一餐豐盛得出乎意外，吃完飯後，他一進後面的臥房便沉沉入睡。

2

公路兩旁搭起了長長的帳幕。

這裡不是十一號公路，沒有農莊、小鎮與開闊的原野，每隔十五英里也不見附設加油站的便利商店。這裡是經過窮鄉僻壤的公路，兩旁林木密集，蔓延到了路旁的溝渠。公路中央的白線兩旁各排了一條長龍。

靠左右走，擴音器發出的人聲喊著，左邊右邊各排一行。

這聲音聽起來像艾克朗市的州園遊會賓果主持人，但柯雷沿馬路中央線靠近時發現，這種擴音器發出的人聲全出自想像，全是襤褸人的聲音。只不過，襤褸人只是……老丹怎麼稱呼他來著？……只是一個代理，柯雷聽見的是整個群體的聲音。

左邊右邊各排一行，沒錯，就這樣走。

我人在哪裡？為什麼沒人罵我說：『喂，老兄，照順序排，別插隊！』

在前方兩行人像下交流道一樣向路邊岔開，一行走進靠左的路邊帳幕，另一行走進靠右的路邊帳幕。外燴公司在炎熱的午後辦戶外自助餐時，習慣搭設的就是這種長形的帳幕。柯雷看見人龍最前方與帳幕交接處分成了較短的隊伍，共有十到十幾行，看似想欣賞演唱會的歌迷拿著入場券等著工作人員撕票。

站在人龍向左右岔開之處的是襤褸人，仍然穿著破爛的紅色連帽衫。

靠左右走，各位先生女士。嘴巴不動。全靠群體的力量增強心電感應。向前走，人人有機會在進入無話區前打電話給心愛的人。

這話讓柯雷大吃一驚，但嚇到他的是熟悉的事物──如同十或二十年前聽過的笑話的笑點。『這裡是哪裡？』他問襤褸人，『你在幹什麼？這裡到底是怎麼一回事？』

但襤褸人並沒有看他，而柯雷知道原因。這裡是一六○號公路進入卡什瓦克之處，而他正在做夢。至於這裡是怎麼一回事……

是手機賓果，他心想，是手機賓果，帳幕裡面的人就是在玩手機賓果。

請繼續往前走，各位女士先生，襤褸人傳送著聲音。距離日落只剩兩小時，我們希望在入夜下班前盡量處理更多人。

處理。

這真的是夢境？

柯雷跟著隊伍向左轉入涼亭式帳幕，還沒看見卻知道他即將入目的景象。每個較短的隊伍前頭站了一個手機人，這些手機人就是勞倫斯・威爾克、狄恩・馬丁與貝蒂・布恩的忠實聽眾。民眾排隊到了最前面，接待人員遞給民眾一支手機。這些接待人員穿著骯髒的衣物，因過去十一天來的求生鬥爭，他們被毀容的程度遠比襤褸人嚴重。

柯雷旁觀著。最靠近柯雷的男人接下了手機，按了三次，然後滿懷期待地把手機貼向耳朵說：『喂？喂？媽？媽？是妳……』接著他安靜下來，目光變得呆滯，臉皮鬆弛下垮，手機也從耳邊微微滑落。接待人員——柯雷只能想出這詞來形容那些手機人——接回手機，推了那男人一把，催他向前走，然後以手勢叫下一個人走過來。

靠左右走，襤褸人說著，繼續向前走。

本想打電話給媽媽的男人無精打采地從涼亭下走出來。柯雷看見背後站了數百人正在蠢動著，偶爾有人會擋到別人的路，會引起一小陣有氣無力的拍打，狠勁卻遠不及從前，因為……

因為訊號被修改了。

靠左右走，各位女士先生，繼續向前走，在天黑前還有很多人等著打電話。

柯雷看見了兒子。強尼穿著牛仔褲，頭戴少棒聯盟的小帽，身穿他最愛的紅襪隊T恤，背面印有蝴蝶球投手威克菲德（Tim Wakefield）的姓名與球衣號碼，剛來到隊伍最前面，與柯雷站的地方隔了兩個較短的隊伍。

柯雷跑向他，無奈前方卻有人擋路。『別擋我的路！』他大喊，但擋路的人正緊張地兩腳交替磨地，彷彿急著想上廁所，聽不見柯雷的喊叫聲。這畢竟是一場惡夢，而且柯雷是正常族，不具備心電感應的能力。

內急的男人背後站了一個女人，柯雷從兩人之間衝過，也推開了旁邊的隊伍，一心一意只想奔向強尼，不顧他推開的是真人或假人。來到強尼身邊時，有個女人正遞給強尼一支摩托羅拉手機。這女人是史高東尼先生的媳婦，身孕仍在卻缺了一顆眼睛，讓柯雷看了害怕。

打九一一就是了，她不動嘴唇說，所有電話都會經過九一一。

『不行，強尼，不行啊！』柯雷吶喊著，伸手去搶強尼手裡的手機，而強尼正開始按號碼。很久以前，他就教過小強尼，碰到麻煩時一定要打九一一。『別打啊！』

強尼轉向自己的左邊，彷彿想迴避孕婦那顆無神凝視的獨眼，因此柯雷沒搶到手機。就算強尼沒轉身，柯雷大概也搶不到，這畢竟是一場惡夢。

強尼按完了（三個鍵不需按太久），再按下『送出』鍵，然後把手機貼向耳朵。『喂？爸？爸，你聽到了嗎？你聽不聽得見我聲音？如果聽得見，**請過來接我**——』雖然強尼轉身過去，但柯雷仍然可以看見兒子的一隻眼睛，但一隻眼睛就夠了。柯雷看見強尼的眼光暗淡下來，肩膀也無力下垂，手機從他耳邊滑落，史高東尼先生的媳婦以髒手搶走手機，然後用毫不關愛的態度推了他頸後一把，催促他走向卡什瓦克，隨前來這裡求平安的其他人一同走去。她示意隊伍最前面的人過來打電話。

左邊右邊各排成一行，襤褸人的聲音在柯雷腦中如雷貫耳。柯雷醒來時尖叫著兒子的名字。他仍躺在管理員的小屋裡，傍晚的日光從窗戶透入。

3

午夜時分，柯雷走到了名為北沙普立（North Shapleigh）的小鎮，這時開始下了一場幾乎雨雪交雜的冷雨，淋得到處又冰又髒。雪倫把這種雨稱為『思樂冰雨』。他聽見迎面而來的引擎聲，趕緊離開路面（是真實的十一號公路，不是做夢），走到一家7—ELEVEN前的柏油地。車燈出現時，把毛毛雨打成了絲絲銀線，柯雷看見來車有兩輛，這兩輛車居然摸黑並肩飆車中，真是瘋了。柯雷站在加油槽後面，不盡然是躲藏，卻也不想刻意被人看見。他看著暴衝族飛馳而過，聯想到往日的世界不也同樣一閃而逝。車子壓出陣陣水花，其中一輛看似雪佛蘭克爾維特（Corvette）的古董車，但柯雷無法確定，因為這家商店的角落只亮了一盞緊急照明燈，而且亮度欠佳。飆車族從整個北沙普立的交通控制系統（一盞停電的閃光燈）下面穿過，在黑暗中形成幾點霓虹櫻桃，片刻後不見蹤影。

柯雷再次想到：瘋了。他再度踏上路肩時又想到：我自己不也是瘋子？

對。因為手機賓果的夢並不是夢，不完全是夢，這一點他敢確定。手機人能加強心電感應的訊號，藉此來掌握更多的群體殺手。只有這種解釋合理。手機人也許無法掌握老丹那樣的團體，無法控制出手反抗的正常族，但是柯雷懷疑，手機人也許能輕輕鬆鬆地控制他。問題是，心電感應的功能近似電話，似乎能雙向進行。如此一來，他算……什麼？難道是機器裡的幽靈？大概是吧。手機人監視他時，他也能監視手機人。至少他睡覺時可以。他做夢的時候可以監視他們。

卡什瓦克邊界是否真有帳幕，是否真有正常人排隊等著被脈衝洗腦？柯雷認為確實存在，不僅在卡什瓦克有，在全美與全球類似卡什瓦克的地方也有。脈衝的業績現在雖然開始萎縮，但感化站——也就是將正常人轉變為手機人的地點——仍有可能存在。

手機人利用集體發言的心電感應勸誘正常人前來，用夢想引誘正常人上鉤。想出這種辦法的手機人算聰明嗎？算工於心計嗎？不算，除非你認為蜘蛛能織網就算聰明，除非你認為鱷魚能冒充浮木靜靜埋伏就算工於心計。柯雷踏上十一號公路往北走，之後就能接上通往卡什瓦克的一六〇公路。他邊走邊想，手機人傳出的心電感應訊號就像降低音量的警報聲（或脈衝），其中必定含有至少三個不同的訊息。

來者將平安無事——從此不必奮力求生。

來者將與同類人同在，擁有個人空間。

來者將能與親人對話。

來吧。對。重點就是『來』字。等到正常人靠得夠近了，所有選項將消失殆盡，大腦會被心電感應與平安的夢想清洗一空，正常人會乖乖排隊，聽著襤褸人命令大家繼續向前走，人人有機會打電話給親屬，不過在日落前我們必須處理很多人，因此播放貝蒂•米勒的〈翼下之風〉給大家欣賞。

所有電燈熄滅了，都市已被焚毀，人類文明也落入血坑裡，手機人如何能繼續為非作歹？脈衝事件之初，他們折損了數百萬手機人，隨後又有幾個群體遭正常人暗算，遞補的兵源何在？手機人之所以能持續為非作歹，是因為脈衝事件尚未結束。在某地，在某個法外實驗室或狂徒的車庫裡，某個儀器仍靠電池運作中，某個數據機仍釋放出引人發狂的尖聲訊號，上傳至繞行地球的人造衛星，或傳輸至基地台。這時若只能打一通電話，你又想確定電話一定通，即使對方只是靠電池運作的答錄機，你會打給誰？

當然是九一一。

小強尼打的正是九一一，這一點柯雷幾乎能確定。

柯雷明瞭這一點，可是已經太遲了。

既然明知太遲了，為何仍在毛毛細雨中摸黑往北走？前方不遠處就是紐菲爾（Newfield）鎮，他會從十一號公路轉向一六〇號公路，而他也知道走上一六〇號公路不久，他就不必再讀路標（或是其他東西）了。既然如此，他何必往前走？

但他知道原因。他也明瞭的是，前方傳來遙遠的衝撞聲與簡短而微弱的喇叭聲，意味著某位暴衝族已經落難了。他之所以執意向前走，是因為他在防風門上救下了一張紙條，而當時那張紙條只用四分之一吋的膠布貼著，其餘部分隨風搖擺。他之所以前進，是因為他在鎮議會的公告欄又找到一張留言，這張被圖書館義工留給姐姐的紙條遮住了一半。兒子在兩張留言裡以大寫說了同一句話：**請過來接我**。

就算現在去接強尼已經太遲，他仍然希望來得及見兒子一面，告訴兒子他盡了力。就算手機人逼柯雷用手機，他也許仍然能保持清醒夠久，告訴兒子他盡了力。

至於體育場上的平台，至於成千上萬的觀眾……

『卡什瓦克才沒有美式足球場。』他說。

喬丹在他腦海裡說：*是座虛擬的體育場*。

柯雷把喬丹的聲音推到一旁，推得遠遠的。他已經拿定了主意。他的決定當然瘋狂，而現在天下大亂了，他的神志狀態反而與這樣的世界契合。

4

同一天凌晨兩點四十五分，柯雷走得腳痠了，雖然披著春谷管理員宿舍裡解放來的連帽大衣，但全身也已經淋得濕答答。他來到十一號與一六〇號公路的交會口，這裡發生過重大連環車禍，在北沙普立呼嘯而過的克爾維特車也過來湊熱鬧，駕駛半身趴在嚴重壓縮的左車窗外，頭與手臂下垂。柯雷過去想抬起他的臉，看看是否仍有呼吸，不料柯雷稍微一拉，駕駛的上半身拖著一團胃腸掉落路面。柯雷後退到電線杆，把突然發燒的額頭靠在木質的電線杆上嘔吐，一直嘔到腸胃淨空為止。

在十字路口的另一邊，在一六〇往北深入鄉野的方向，有一家名為『紐菲爾商行』的商店，窗戶有一面招牌寫著：**糖果、印地安糖將、原住民手工易品**，真是錯字連篇。這家商店看似曾遭到打劫，也被人搗毀，但柯雷想躲雨，也想遠離剛才不經意碰上的恐怖畫面。他走進商店坐下來，把頭壓低，等到不再暈眩後再抬頭，察覺店裡有幾具屍體，他嗅得出來，但是有人拿遮雨布蓋住了屍體，只有兩具露在外頭，幸好這兩具是全屍。這家店裡的啤酒冷凍庫被砸毀，裡面也沒有啤酒，可樂販賣機則只是被砸毀，裡面還有飲料。柯雷取出一罐薑汁汽水，一口氣慢慢灌進嘴裡，中間只稍稍停了一會兒，打了個嗝。過了一會兒，他開始感覺舒服了一些。

他好想念湯姆與喬丹。整個晚上，柯雷只看見罹難的暴衝族與他的賽車對手兩人，完全沒見到結伴趕路的難民，整夜只有思緒與他作伴。也許天候不佳，難民不想外出。也許難民改在白天趕路，因為如果手機人不再屠殺正常人，改以感化的方式募集新手，正常人沒有理由再摸黑上路。

他也發現，今晚沒有聽見愛麗絲所謂的『群體音樂』。也許所有群體都在此地以南，唯一的例外是在卡什瓦克執行感化的那一大群（假設那群是很大一群）。沒聽見音樂，柯雷也無所謂，雖然孤單，但他很慶幸不必再聽〈我希望你跳舞〉與電影『夏日畸戀』㊻的主題曲。

他決定至多再走一小時，然後找間旅館爬進去，冰冷的雨淋得他受不了。他離開紐菲爾商行，決心不看撞毀的克爾維特車或躺在一旁被淋濕的遺骸。

5

他一直走到將近天亮，原因之一是雨勢停歇，不過最主要是因為一六〇號公路沿途可供休息的地方不多，只是連綿不絕的樹林。到了四點半左右，他經過一個彈孔點點的路標，上面寫著**歡迎光臨未定區葛利村**（Gurleyville）。約略十分鐘後，他經過葛利村採石場，才知道石礦是本村的命脈。這裡有個大石坑，有幾座工具室、幾輛砂石車，在被切割成壁的花崗岩腳下有個車庫。柯雷短暫考慮找一間工具室借宿，但隨即認為應該能找到更好的地方，所以繼續往前走。到現在他都還沒看到任何難民，也聽不到遠近傳來任何群體音樂，感覺好像是地球上碩果僅存的一個人。

這世上不只他一人。離開採石場大約十分鐘後，他來到一座小山的山頂，看見下面有個小村落。他走向村落，碰到的第一間建築名為『葛利村消防義工站』，正面擺出了一個告示板，上面寫著：**別忘了參加萬勝節捐血活動**。看樣子，春谷以北的居民全都是錯別字大王。義消站的停車場有兩個手機人，面對面站在一輛滄桑的老消防車前。在韓戰結束前後，這輛消防車或許還是新車。

柯雷用手電筒照過去時，兩個手機人朝他慢慢轉頭，但又把頭轉回去，再度面對面。這兩個人都是男性，其中一個人年約二十五，另一個人的年紀比他多出一倍。他們毫無疑問是手機人，因為衣物不但骯髒，也幾乎快碎成破布，臉上有割傷與擦傷。年輕人的一整條手臂好像受過嚴重燒傷，中年人的左眼眶腫得很厲害，大概傷口受到感染，眼珠從眼眶深處露出光芒。然而，他們的外表並不重要，重要的是柯雷的內心察覺到異狀。他與湯姆曾在蓋頓的

56 A Summer Place，一九五九年的電影，其主題曲紅極一時。

西特革加油站體驗過這種奇特的感受，當時他們進辦公室想拿瓦斯車的鑰匙。他覺得呼吸急促，覺得有種強大的力量正在凝聚中。

而現在是晚上。烏雲密佈，破曉仍然遙遙無期。這兩人晚上出來做什麼？

柯雷按熄手電筒，拔出倪可森的手槍，靜觀其變。看了幾秒鐘，他認為觀察不出什麼現象，頂多只是覺得呼吸急促，感覺有某種東西蓄勢待發。接著他聽見高亢的哀叫聲，幾乎像有人拿著鋸子用力抖動。柯雷抬頭看見義消站前面的電線快速擺動著，幾乎快到看不清楚。

『走……開！』年輕人說得吃力，似乎拚盡了全力才把話擠出來。柯雷嚇了一跳。假如他剛才把手指放在左輪的扳機上，手槍幾乎一定會走火。年輕人講的不是『噢』也不是『咿嘤』，而是真正的語言。他認為自己的腦海也響起同樣的聲音，極為微弱，只像快消失的回音。

『你！……走！』中年人回應。他穿的是寬鬆的百慕達短褲，臀部的地方有一大片褐色的污漬，不是泥巴就是糞便。他講話的模樣同樣吃力，這次柯雷的腦海雖然聽不見回音，卻更確信最初聽見的的確是人話。

這兩人完全忘記了他的存在，這一點柯雷確定。

『我的！』年輕人再次努力擠出話來。他真的是用擠的，身體也跟著搖擺。在他背後，消防站寬闊的車庫門上有幾扇小窗驟然向外爆裂。

兩人靜止了半晌。柯雷看得出神。自從離開肯特塘以來，他首度完全忘記了強尼。中年人似乎在拚命思考，拚了老命思考，柯雷認為他想做的事情，就是像被脈衝剝奪言語能力之前那樣表達自己。

所謂的義消站說穿了不過是座車庫，上方有個警報器，這時響起短短一聲『嗚』，彷彿被突如其來的電流啟動一陣。此外，古董消防車的燈也閃了一陣，包括車燈與紅色警示燈在內，照亮了兩個手機人，短暫投射出他們的影子。

『可惡！你！』中年人使勁說出，彷彿剛才被肉鯁住，這時一口接一口吐出來。

『我側！』年輕人的聲音幾近尖叫，而在柯雷的腦海裡，年輕人講的是『我的車』。其實很簡單，他們爭的不是夾心蛋捲而是古董消防車。不同的是，現在是夜晚，雖然已近破曉時分，但四周仍伸手不見五指，而這兩人幾乎等於是恢復了言語的能力。事實上，這兩個人根本是在交談。

但看情況他們的交談已經結束。年輕人低頭衝向中年人，一頭撞上他的胸口，撞得中年人滿地爬。年輕人被他的腿絆倒了，跪在地上大罵：『可惡！』

『操！』中年人罵。毫無疑問，絕對是個『操』字。

他們站起來，彼此相隔約十五英尺，柯雷感受到他們之間的仇恨。他們的恨意在他腦中迴盪，從眼珠的深處往外推，拚命想衝出來。

年輕人說：『那是……我側！』在柯雷的大腦裡，年輕人遙遙低聲說：那是我的車。

中年人吸了一口氣，用彆扭的姿勢抬起結了痂的手臂，對年輕人比出中指。『操……你的！』他的口齒清晰無比。

兩人壓低頭，朝對方衝刺，兩顆頭撞出碎裂聲，令柯雷聽了不禁皺眉縮頸。這一次，車庫的所有窗戶全向外爆裂，屋頂的警報器發出一聲長音，然後逐漸減弱，車庫內的幾盞日光燈亮起來，憑瘋子傳出的動力持續了大約三秒鐘，另外也響起了一小陣音樂，是布蘭妮（Britney Spears）的〈愛的再告白〉（Oops!... I Did It Again）。兩條電線發出流水般的咻聲，然後斷落，幾乎掉在柯雷面前，嚇得他趕緊向後退。也許電線已經沒電，應該是沒電才對，只不過……

中年人跪下時，頭的兩側血流如注，以清晰無誤的口齒高喊：『我的車！』然後臉朝下倒地。

年輕人轉向柯雷，彷彿想徵求他見證這場勝仗。鮮血也從他骯髒、僵硬的頭髮與兩眼間冒出來，沿著鼻梁兩旁流過他的嘴。柯雷看見他的眼神一點也不呆滯，只見瘋狂。柯雷恍然徹徹底底頓悟，若手機人的進化循環果真如此，兒子恐怕已經無可救藥了。

『我側！』年輕人尖叫。『我側，我側！』

消防車的警笛短短嗚哇了一聲，彷彿認同他的看法。

『我側——』

柯雷槍殺了他，然後把手槍放回槍套。他心想：管他的，反正已經被罰站了。儘管如此，他仍然抖得很厲害。最後，他總算在葛利村另一端找到唯一的汽車旅館，闖進去找床，卻躺了許久才入睡。這次來夢中拜訪他的不是襤褸人，而是髒兮兮、目光呆滯的強尼。柯雷呼喚他的名字時，他以『**下地獄去，我側**』來回應。

6

早在天黑前，他就已然從夢裡醒來，無奈再也睡不著，所以決定繼續趕路。葛利村原本就不大，他離開這裡後決定開車。不開白不開，因為一六〇號公路幾乎整條路空盪，也許從十一號公路交叉口的連環車禍到此地原本就一路通暢，只是天黑又下雨，他沒有看清而已。

他心想：馬路是被襤褸人和他的同路人清乾淨的，不然還有誰？還不是想把這裡清成通往屠宰場的走道。對我來說，這條路八成通往屠宰場，因為我是他們的舊恨。他們想在我身體蓋上已付清的印章，盡快把我歸檔結案。湯姆和喬丹沒跟來實在太可惜，不知道他們能不能找對鄉間小路，進入新罕布夏州中……

他登上一個小坡道，剛才的思緒頓時飄散一空。有輛黃色小校車停在前方的馬路中央，車身漆著緬因州第三十八號學區紐菲爾，有一個男人與一個男孩靠在校車旁，男人一手摟著男孩的肩膀，是朋友之間隨興的舉動，柯雷一眼就能看出這兩人是誰。他愣在原地，不敢相信自己的眼睛，這時另一個男人從短鼻似的校車頭繞過來。這人留了長長的灰髮，紮成了馬尾巴，後面跟著身穿T恤的孕婦。這件T恤不是黑色的哈雷機車衣，而是粉藍色的，但柯雷仍然能確定她就是丹妮絲。

喬丹看見他，呼喊他的名字，從湯姆的手臂中掙脫而出，朝柯雷衝過來，柯雷也跑步過去迎接，兩人在校車前大約三十碼碰頭。

『柯雷！』喬丹大喊，樂不可支。『真的是你！』

『是我沒錯。』柯雷說。他抱起喬丹甩向天空，然後親他一下。喬丹雖然不是強尼，但卻能暫時填補空虛。他擁抱喬丹，然後放下他，端詳著他憔悴的臉孔，沒有忽略他兩眼多了疲憊的褐眼圈。『你們怎麼可能出現在這裡？』

喬丹的臉色陰霾起來。『我們沒辦法……應該說，我們只是夢見……』

湯姆從容走來，再次對柯雷伸出的一手置之不理，而是張開雙臂擁抱他。『梵谷，你還好嗎？』他問。

『還好。看見你們實在樂斃了，不過我想不透的是……』

湯姆對他微笑，笑得既累又溫柔，是舉白旗投降的笑容。『電腦小子想告訴你的是，最後我們別無選擇。過來小校車上坐一坐。雷依說如果這條路一路暢通——我相信會——我們在太陽下山前能到卡什瓦克，時速甚至能飆到三十英里。有沒有讀過《鬼入侵》（The Haunting of Hill House）這本書？』

柯雷搖搖頭，面露不解：『電影倒是看過。』

『裡面有句話能呼應目前的狀況——「有情人聚首處即旅途盡頭。」看樣子，我還是有機會認識你兒子囉。』

三人走向小校車。丹尼爾．哈特威克拿著一盒歐托滋超涼薄荷糖（Altoids）請柯雷吃。他的手不太穩，也和喬丹與湯姆一樣疲態百出。柯雷感覺自己置身夢境，伸手拿了一粒。不管世界末日是不是到了，薄荷糖仍然莫名其妙地帶勁。

『嘿，老弟。』雷依說。他坐在小校車的駕駛座，海豚隊棒球帽簷推得高高的，一手拿著冒煙的香煙。他的臉色蒼白憔悴，凝視著擋風玻璃外，不看柯雷。

『嘿，老雷，不打聲招呼嗎？』柯雷問。

雷依匆匆微笑一下。『這話我倒是聽過幾次。』

『是啊，大概不下一百遍了。我想跟你說的是，很高興又見到你，不過在這種情況下，你八成不想聽吧？』

雷依仍凝視著擋風玻璃外，回答說：『前面有個人，你見了絕對高興不起來。』

柯雷望向前方。大家全望過去。距離校車北邊大約四分之一英里處，一六〇公路翻越另一座小山，而站在山頭看著校車的正是襤褸人。他身上仍然穿著哈佛的連帽衫，比以前更骯髒，可是在陰沉的午後天空襯托下，仍然顯得十分鮮艷。他身旁聚集了大約五十個手機人。他看見迷你校車上的人正在看他，於是舉起一隻手，對著校車揮手兩次，從一邊揮向另一邊，好像在擦拭擋風玻璃。隨後他轉身開始走開，隨行人員（柯雷心想，是他的小群體吧）在他背後排成V字形，不久後便離開了視線。

WORM
蠕蟲_
7

1

六人開著校車又走了一小段路，然後停在野餐區。沒有人喊餓，但是柯雷總算有機會發問了。雷依一口也不肯吃，只是坐在岩石堆成的烤肉坑外圍下風處抽悶煙，聽著大家的對話，自己一聲也不吭。看在柯雷的眼裡，他覺得雷依整個人垂頭喪氣到了極點。

『我們以為是在這裡停了車。』老丹指著小野餐區。這裡的周圍是冷杉與染上秋意的落葉樹，有一條潺潺小溪流過，健行步道的入口處有個標語寫著：**出發前務必取用地圖！**『我們大概是真的在這裡停車下來，因為……』他望向喬丹，『你說呢，喬丹？我們是不是真的在這裡停了車？你似乎是知覺最靈敏的一個。』

『對，』喬丹立刻說：『這是真的。』

『對呀，』雷依頭也不抬，『我們是真的來到這裡，沒錯。』他一手拍拍烤肉坑緣的石頭，結婚戒指輕敲出了『叮、叮、叮』的聲響。『千真萬確。我們又湊在一起了，正合他們的心意。』

『我越聽越糊塗了。』柯雷說。

『我們也清楚不到哪裡去。』老丹說。

『他們的威力比我想像得強了幾百倍。』湯姆說：『我只知道這麼多。』他摘下眼鏡，用上衣擦擦鏡片，姿態疲憊而且心不在焉，模樣比柯雷在辦公室遇見的那個人老了十歲。『我們的腦筋被他們惡搞了，而且是整得不像樣。我們從一開始就沒有逃命的機會。』

『你看起來好累，你們全都一樣。』柯雷說。

丹妮絲笑著說：『是嗎？我們確實是累壞了。我們告別時走十一號公路，一直向西走到東邊開始泛白。找車來開的話也沒轍，因為馬路塞得亂七八糟，最空曠的地方也不超過四分之一英里，然後又……』

『我知道，到處是路礁。』柯雷說。

『雷依說，過了斯伯丁（Spaulding）公路以西，路況會變好，不過我們決定在「黎明汽車旅館」休息。』

『我聽說過，』柯雷說：『就在佛恩森林（Vaughan Woods）州立公園的邊緣。那間旅館在我們那一帶名聲響叮噹。』

『是嗎？好吧！』她聳聳肩繼續說：『我們進了旅館，喬丹小朋友說：「我來為大家準備有生以來最豐盛的早餐。」我們說，別做夢了。好笑的是，我們當時差不多就是在做夢。不過這間旅館居然有電，喬丹果然做了一大頓早餐。我們全下去幫忙，做成了一頓超級早餐。我沒說錯吧？』

老丹、湯姆與喬丹點頭。坐在烤肉坑旁的雷依只是又點了一支煙。

根據丹妮絲的說法，他們在餐廳吃早餐。柯雷聽了覺得奇怪，因為他確定黎明旅館沒有餐廳。黎明汽車旅館坐落於緬因與新罕布夏州交界，是間情侶私會的賓館，設備簡陋，據說連洗澡水也是冷的，房間小得不能再小，電視強力放送著A片。

丹妮絲的敘述越來越詭異。賓館裡竟然有點唱機，而且不播勞倫斯・威爾克，也不播黛比・布恩，裡面裝的全是哈燒貨（包括唐娜・桑瑪57的勁歌〈哈燒貨〉〔Hot Stuff〕）。這五個人不直接上床睡覺，反而跳起舞來，熱歌勁舞了兩、三個鐘頭。在上床之前，他們又吃了一頓大餐，這一次由丹妮絲掌廚。飯後大家終於倒頭就睡。

『然後夢到自己在走路。』老丹說，語調帶有不甘被擊倒的意味，令人聽了心情難安。眼前的老丹與柯雷兩個晚上前遇見的老丹截然不同。記得老丹當時說：我幾乎能確定的是，只要我們醒著，就有辦法讓他們進不了大腦。他也說過：我們說不定真能活下去。這個階段對他們來說還早。如今他輕笑一聲，完全不含笑意。『老弟呀，我們早該夢到了，因為我們當時的確在做夢，夢見我們走了一整天。』

『不盡然，』湯姆說：『我夢到我們在開車……』

『對，是你在開車。』喬丹輕聲說：『只開了一個鐘頭左右。同一個時間，我們也夢到全部人睡在賓館裡，叫做黎明的那間。我也夢見在開車，感覺就像夢中有夢，不過這個夢是真的。』

『看吧？』湯姆對柯雷微笑說，他摸摸喬丹的亂髮。『就某種層次而言，喬丹老早就料到了。』

『虛擬實境，』喬丹說：『就這麼一回事，差不多就像進入了電玩世界，而且不太好玩。』他望向北方，朝檻褸人現身過的地方看。北方更遠處就是卡什瓦克。『如果他們變得更厲害，電玩也會變得更好玩。』

『那些狗娘養的天黑後搞不出花樣，』雷依說：『晚上要去睡覺覺。』

『搞到最後，我們也搞不出花樣了。』老丹說：『他們的目的只想讓我們筋疲力竭，等晚上一到，他們的勢力減弱，我們也累得搞不清楚狀況了。白天的時候，哈佛校長帶著那一群手下一直待在我們附近，對我們發出念力，創造喬丹所說的虛擬實境。』

『一定是這樣，』丹妮絲說：『對。』

柯雷推算，這一切發生在他借宿管理員小屋的那天。

『他們不只是想累壞我們，』湯姆說：『也不只是讓我們轉彎往北走，他們還想讓我們六個人聚在一起。』

遇到柯雷前，他們五人醒來時置身一間破敗的汽車旅館，位於四十七號公路旁，而且是『緬因州』的四十七號公路旁，就在大功河（Great Works）以南不遠處。湯姆說，那時他們有種跑錯地方的感覺，而且感覺非常強烈。不遠處傳來群體音樂聲，更加強了這種感受。他們五人一定全感受到了，但只有喬丹說出來，只有喬丹指出顯而易見的一點：逃亡之舉失敗了。沒錯，五人也許可以溜出這間汽車旅館，開始往西繼續趕路，但這次能走多遠？他們累壞了。更糟糕的是，他們個個垂頭喪氣。喬丹也指出，手機人也許派了幾個正常人當奸細，隨時監視這五個人的夜間動態。

『我們吃了飯，』丹妮絲說：『因為我們既累又餓，然後真的上床睡覺，睡到隔天早上。』

57 Donna Summer，一九四八—。歌手，有情色迪斯可女王之稱。

『我是第一個起床的人，』湯姆說：『襤褸人就站在中庭裡，對我微微鞠了一個躬，然後一手揮向馬路。』柯雷明確記得這手勢：這條馬路是你的了，趕快上路吧。『現在想起來，我當時拿著速戰爵士，照理說應該能開槍打他，不過，打中了又有什麼好處？』

柯雷搖搖頭。一點好處也沒有。

五人再度上路，先是走四十七號公路，後來根據湯姆敘述，大家覺得心思受到推擠，被迫走上一條無名的林間道路，似乎往東南方蜿蜒而去。

『今天早上呢？有沒有看見什麼？』柯雷問：『有沒有做夢？』

『沒有，』湯姆說：『他們知道我們已經懂了，畢竟他們能看穿我們的心思。』

『聽見我們大喊吃不消。』老丹以同樣不甘挫敗的口吻說：『雷依，還有剩香煙嗎？我戒掉了，不過現在又想抽。』

雷依整包丟給他，不發一語。

『就像被人用手推了一下，只不過事情發生在大腦裡，』湯姆說：『手法太下流了，那種被人入侵大腦的感覺言語難以形容，而且在我們行進的過程中，一直感覺襤褸人和手下跟著我們前進。有時候，我們看見他們幾個在樹林裡，可是大部分都看不見。』

『所以說，他們現在不只是日出而作，日落而息了？』柯雷說。

『對，已經不一樣了，』老丹說：『喬丹提出了一個理論，很有意思，而且他提得出佐證。何況，團圓算是特殊場合。』他點煙抽了一口，咳嗽起來。『該死，我就知道這東西戒掉最好。』隨後只停了半拍又說：『你知道嗎？他們能飄浮。懸在半空中。馬路塞成這樣，能懸在半空中的話多方便，就像乘坐魔毯一樣。』

當時，五人走在彷彿漫無邊際的林間路上，發現了一棟小屋，前面停著小卡車，鑰匙插在車上。雷依負責開車，湯姆與喬丹坐在卡車後面。林間道路最後又偏向北方，大家一點也不訝異。就在這條路越走越窄時，五人腦袋裡的導向燈亮起，帶領大家駛上另一條路，隨後又轉向第三條。這條路與其說是馬路，不如說是中間長了一道雜草的小徑。這條路最後通往一塊沼澤地，小卡車深陷其中，大家只好下車跋涉了一小時，最後上了十一號公路，與一六〇號公路的交叉口就在他們北邊不遠處。

『那裡死了兩個手機人，』湯姆說：『剛死不久。電線斷掉，電線杆也折斷了。烏鴉正在大飽口福。』

柯雷考慮說出他在葛利村義消站看見的現象，但是最後還是打算先別說，因為他看不出那個現象與目前的狀況有什麼關連，何況不打架的手機人多得是，就是那些不打架的手機人逼得湯姆與其他人繼續前進。

只是那些手機人並沒有帶領他們找到黃色的小校車。發現校車的人是雷依。當時其他人忙著在紐菲爾商行找汽水解渴，雷依從後窗看見迷你校車。柯雷也在冷藏庫裡找到薑汁汽水。

之後，這五個人只停下來一次，為的是在葛利村採石場的花崗岩地上生火煮熱食。吃飽後，他們換上從紐菲爾商行找來的新鞋子，因為從沼澤地跋涉過來，所以小腿以下沾滿了泥濘，必須換新鞋才行。隨後他們就地休息一小時。他們大概就是在柯雷剛醒時通過葛利村汽車旅館，因為過了旅館不久，腦中的推手就逼他們停車。

『結果就團圓了，』湯姆說：『幾乎可以結案了。』他對著天空、土地與樹林揮出一隻手，開玩笑說：『總有一天，兒子，這些都歸你所有。』

『我腦袋裡的推手已經消失了，至少暫時沒有感覺，』丹妮絲說：『我很感激。第一天的情況最糟，你知道嗎？我是說，喬丹當時最清楚出了什麼錯，不過我想我們其他人只知道……呃……不太對勁。』

『對，』雷依說。他揉揉頸背。『就像跑進童話世界，小鳥和蛇都會講話，對著你說：「你沒事，你很好，別管腳瘸了，你福大命大。」福大命大，我老家在林恩㊽，小時候都這樣講。』

『「林恩，林恩，罪惡之城，上了天堂，想進卻進不成。」』湯姆背出打油詩。

『不是蓋的嘛，果然是生在基督徒之家。』雷依說：『總歸一句話，喬丹清楚，我也清楚，我認為我們大家都知道。如果你還剩半個頭腦，還自以為能逃得掉……』

『我相信，只要我想相信，就能一直相信下去，』老丹說：『但事實上呢？我們從一開始就逃不過魔掌。其他正常人也許逃得了，但是我們卻逃不了，因為我們專殺群體。無論他們發生什麼事，他們都照樣想捉拿我們。』

『你覺得，他們打算對我們做什麼事？』柯雷問。

『呃，賜死，』湯姆幾乎說得索然無味，『至少死了以後，我能睡得安穩一點。』

柯雷的思想總算跟上節拍，鎖定了他一直想講的兩件事。剛才對話之初，老丹提過他們的行為正在改變，也說喬丹提出了一項理論，而就在幾秒前，老丹又說：無論他們發生什麼事。

『我看見兩個手機人在打架，離這裡不遠。』柯雷終於說出來。

『是嗎？』老丹說得興趣缺缺。

『是在晚上。』他接著又說，這才吸引了所有的目光，『他們在爭一輛消防車，就像兩個小孩在搶玩具。我接收到其中一個人的心電感應，不過他們兩個都會講話。』

『講話？』丹妮絲懷疑地問：『講人話嗎？』

『人話。口齒有時清晰，有時模糊，不過絕對是人話。你們見過幾具新屍？就這兩具嗎？』

老丹說：『今天真正醒來到現在，大概看過十幾具了。』他望向其他人。湯姆、丹妮絲與喬丹也點頭。雷依聳聳肩，又點了一根香煙。『不過很難分辨死因。他們有可能正在起變化，這一點符合喬丹的理論，只不過卻又和講人話這一點矛盾。那幾具屍體大概只是手機人還沒空處理掉的吧。他們的當務之急不是清理屍體。』

『我們才是他們的當務之急，再過不久，他們又會逼我們上路了，』湯姆說：『我們大概明天才會接受……呃，大體育場的排場，不過我相當確定，他們希望我們在今晚入夜前抵達卡什瓦克。』

㊽Lynn，麻州的一座小城，以治安不佳聞名。

『喬丹，把你的理論說來聽聽。』柯雷說。

喬丹說：『我認為原始程式裡出現了一隻蠕蟲。』

2

『我聽不懂，』柯雷說：『我本來就是電腦白痴，雖然會用Word、Adobe繪畫程式和MacMail郵件軟體，其他就一竅不通了。我的麥金塔電腦裡面有接龍的遊戲程式，兒子不一步步教我，我還不會玩咧。』一講到這裡他不禁心痛。回想到自己握著滑鼠，手背被強尼的手握住，那種感覺令他更加難過。

『可是，你總該知道什麼是電腦蠕蟲吧？』

『是跑進電腦、搞亂所有程式的東西，對吧？』

喬丹翻翻白眼，然後說：『差不多對。蠕蟲能鑽進電腦裡面，一路上破壞檔案和硬碟，如果進入共享軟體和你寄出的東西裡，甚至透過電郵的附件，就能變成病毒，散佈到其他人的電腦去。有時候，蠕蟲還會生小孩。蠕蟲本身就是突變，有時候生的小孩突變得更厲害。懂了沒？』

『懂。』

『「脈衝」是一種電腦程式，靠數據機傳輸出去，只能靠數據機傳輸，而且到現在仍然在用數據機傳輸。不同的是，這個程式裡包含了一隻蠕蟲，而且正在破壞程式，每過一天，程式就會破壞得更嚴重。這種現象叫做GIGO。聽過GIGO沒？』

柯雷說：『我連聖荷西在哪都不曉得。』

『GIGO是「垃圾進，垃圾出」（garbage in, garbage out）的縮寫，意思是你餵的是壞程式，產生的結果也好不到哪裡去。我們認為，手機人設立了幾個感化點，把正常族變成……』

柯雷回想起夢中情景。『這一點我早就知道了。』

『不過現在他們接到的是已經遭到破壞的程式。懂了沒？從這個角度去看倒也合理，因為最先倒下的好像是最新的手機人。不是打架、被嚇得驚慌失措，就是死翹翹。』

『你觀察的資料還不夠，不能妄下定論。』柯雷立刻反駁。他心裡想的是強尼。

喬丹講得兩眼炯炯有神，聽見柯雷這話稍微暗淡了些。『你說得對。』然後他抬起下巴，『不過我的理論合乎邏輯。如果程式裡面確實有蠕蟲，確實能主動一步步深入原始程式裡，那麼一切就和他們使用的拉丁文一樣合乎邏輯。新的手機人正在重灌程式，只可惜他們灌的是亂七八糟的程式。雖然得到了心電感應，但卻還能講人話。他們……』

『喬丹，你不能拿我看見的那兩個人就直接下結論……』

喬丹不理會他，現在他其實是在自言自語。『他們不像其他人一樣集體行動，感化得不夠徹底，因為集體行動的指令安裝得有瑕疵，結果他們……他們晚上很晚睡覺，早上提早起床。他們也變得同類相殘。而且，如果情況再惡化下去……你們難道看不出來？最晚被感染的手機人會是最先被搞慘的一群。』

『就像「世界大戰」㊾一樣嘛。』湯姆悠悠說。

『像什麼？』丹妮絲說：『我沒看過那部電影，感覺太嚇人了。』

『人體能輕易抵抗某些病菌，可是侵略地球的外星人沒抗體，一染上病菌就死了。』湯姆說：『如果手機人全部死在電腦病毒手上，天理不就獲得伸張了嗎？』

『我倒寧願他們互相殘殺，』老丹說：『讓他們陷入一場大逃殺，看最後哪一個人能勝出。』

柯雷仍在想念強尼。他也想到雪倫，但腦子多半繞著強尼轉，想著強尼用大寫的字母寫出**請過來接我**，然後以三個字的全名來簽名，彷彿能加重懇求的分量。

雷依•惠堅卡說：『你講的東西，除非在今天晚上就發生，否則一點用處也沒有。』他站起來伸伸懶腰，『他們很快又會開始推我們了。人有三急，趁現在還有時間，我要去解放一下。可別丟下我跑掉喲。』

『放心啦，不會開走校車的，』湯姆說，這時雷依開始踏上健行步道，『鑰匙放在你口袋裡。』

『希望你解放順利呀，雷依。』丹妮絲溫柔地說。

『愛耍嘴皮，小心沒人要喲，小妮。』雷依說完消失在樹林裡。

『他們打算怎麼對付我們？』柯雷問：『你們有概念嗎？』

喬丹聳聳肩。『也許就像閉路電視一樣，只不過全國各地都來參一腳，說不定甚至全世界都來連線。那座體育場好大，我不禁想到……』

『對了，還有拉丁文，』老丹說：『拉丁文是國際共通語。』

『他們需要嗎？』柯雷問：『他們用的是心電感應。』

『不過，他們大部分還以文字來思考，』湯姆說：『至少目前為止如此。無論如何，他們一定想處決我們，柯雷。喬丹認為如此，老丹和我也有同感。』

『我也是。』丹妮絲用落寞的語氣小聲說，同時撫摸著圓鼓鼓的肚子。

湯姆說：『拉丁文不只是國際共通語，也是司法界的語言，而且我們不久前也見過他們用過拉丁文。』

剛諾爾與哈洛德。對。柯雷點頭。

『喬丹另外有個想法，』湯姆說：『我認為你有必要一聽，柯雷，以防萬一。喬丹？』

喬丹搖搖頭。『我講不出來。』

湯姆與老丹互看。

『推派一個人說啊，』柯雷說：『拖什麼拖嘛！』

最後還是由喬丹來報告。『因為他們懂得心電感應，所以知道我們最心愛的人是誰。』

柯雷想從字裡行間挑出邪惡的含意卻找不出來。『那又怎樣？』

『我有個哥哥住在普洛威頓斯⑥⓪，』湯姆說：『如果他也成了手機人，那麼到時候對我行刑的人就是他。如果喬丹的理論正確的話。』

『我的話，應該是我妹妹。』老丹說。

⑤⑨War of the Wolrds，二〇〇五年湯姆克魯斯主演的電影。
⑥⓪Providence，羅德島州首府。

『我則是我的分樓舍監。』喬丹說。他的臉色非常蒼白。『他有諾基亞（Nokia）的百萬畫素手機，能播放網路下載的影片。』

『我老公，』丹妮絲說了一半淚流滿面，『除非他死了。我向上帝祈禱他死了。』

柯雷的腦筋一時轉不過來，接著他總算瞭解了。強尼？我的小強尼？他看見檻褸人對他頭上伸出一隻手，聽見檻褸人宣判：『此人——精神異常。』也看見兒子朝他走來，反戴著少棒聯盟的小帽，身穿他最愛的紅襪隊T恤，背面印有威克菲德的名字與球衣號碼。數百萬人透過神奇的心電感應看到這一幕，而在數百萬雙眼睛的注視下，強尼顯得非常渺小。

小強尼面帶微笑，兩手空空。

全身武器只有一嘴白牙。

3

打破沉默的人是雷依，只不過雷依並不在場。

『啊，天啊！』健行步道稍遠處傳來雷依的聲音，『可惡！』接著他又說：『喂，柯雷！』

『什麼事？』柯雷高聲回應。

『你從小就生長在這一帶，對吧？』雷依的口氣帶有怒意。柯雷看看其他人，其他人只以不解的眼神回應。喬丹聳聳肩，向外攤開掌心，瞬間又變回即將進入青春期的兒童，而非手機戰爭的難民，模樣令人心碎。

『呃……生長在緬因州南部，差不多啦。』柯雷站起來，『出了什麼問題？』

『所以說，你知道三葉毒藤和毒葛長什麼樣子，對吧？』

丹妮絲差點噗哧笑出來，趕緊用雙手摀住嘴巴。

『知道。』柯雷說。他自己也忍不住微笑。他的確知道毒葛長什麼樣子，因為他多次叮嚀過強尼和後院的玩伴別去亂碰。

『好，還不趕快過來幫我看一下，』雷依說：『你自己來就好。』接著他幾乎一刻也不停就往下說：『丹妮絲，我不需要心電感應也曉得妳在笑，建議妳塞條襪子進嘴巴。』

柯雷離開野餐區，走過寫著**出發前務必取用地圖！**的標語，然後沿著漂亮的小溪走。在這個時節裡，森林裡處處美不勝收，濃淡不等的橘紅色混合了穩健的常綠冷杉。他這時心想（以前也想過），如果凡人需要向上帝償命，在這個季節還債總比別的季節理想。

他本以為看見雷依時，雷依的褲帶會是打開的，甚至整條褲子落在腳邊，但雷依好端端站在松針鋪成的地毯上，褲帶仍勒在腰上。他站的地方四處沒有草叢，不見三葉毒藤或其他植物。他的臉色蒼白，與愛麗絲衝進倪可森家客廳嘔吐時有得比，白如死灰，僅有眼珠仍有生機，在他臉上燃燒著。

『過來這裡。』他壓低嗓門說。小溪潺潺流著，聲響幾乎蓋過了他的話。『快，時間不多了。』

『雷依，到底搞……』

『乖乖聽好。老丹和你的朋友湯姆太聰明了，小喬也是。有時候腦筋動太多也會礙事。

丹妮絲比較合適，可惜她懷孕，信不過孕婦，所以我就挑你了，畫家先生。我本來不想挑你，因為你還掛念著兒子，不過你兒子已經完了。你心裡知道。你兒子死定了。』

『兩位，一切還好吧？』丹妮絲呼喊。柯雷雖然渾身麻木，卻仍聽得出她話中帶笑。

『雷依，我不知道你在……』

『人死不能復生。你乖乖聽好。穿紅色連帽衫的王八想搞什麼鬼，只要你不肯讓他搞，他也搞不成。你只需要知道這一點就好。』

雷依穿的是斜紋褐色工作褲。他伸進長褲的口袋，取出一支手機和一小張紙。手機被泥巴沾成灰色，看似在粗工的環境度過了大半生。

『放進你口袋去。時機一到，打紙條上的號碼。你會知道什麼時候。我只能希望到時候你曉得。』

柯雷接下手機，不接的話手機只有落地的份。小紙張從他指間滑落。

『撿起來！』雷依兇巴巴地低聲說。

柯雷彎腰拾起紙張，上面草寫了十個數字，前三個是緬因州的區碼。『雷依，他們看得穿心思啊！如果我拿了這……』

雷依強嘛出奸笑的嘴型。『對！』他低聲說：『他們偷看你的腦袋，會看見你在想他媽的手機！從十月一號開始，大家腦袋裡想的是什麼？我指的是，像我們這樣還能動腦的人，還能想什麼？』

柯雷看著骯髒斑駁的手機。手機的外殼貼了兩條ＤＹＭＯ標誌帶，上面一條寫著：佛加帝先生，下面一條註明：葛利村採石場財產，請勿帶離。

『媽的，快放進口袋呀！』

柯雷聽從的不是雷依急促的語氣，而是那對絕望雙眼所透露出的渴望。柯雷開始把手機與紙條放進口袋。柯雷穿的是牛仔褲，口袋比雷依的工作褲來得緊，所以必須低頭把口袋撐開，雷依趁這個機會伸手從柯雷的槍套裡拔出槍來。柯雷抬頭一看，雷依已經用槍口頂住自己的下巴。

『柯雷，算是幫你兒子做件好事，你要相信這一點。用這種方法活下去不值得。』

『雷依，住手！』

雷依扣下扳機，美國捍衛者的軟頭子彈轟掉了雷依頭部上半，整群烏鴉從樹林裡起飛。柯雷原本沒發現樹林裡有烏鴉，現在烏鴉卻對著秋天的空氣嘎嘎咒罵著。

柯雷的吶喊聲遮蓋了烏鴉叫聲片刻。

4

五人在冷杉下鬆軟的黑土開始為雷依挖墳，破土不久，手機人的感應能力就探進了他們的頭。柯雷首度感受到那種聯合的力量。正如湯姆所描述，這種感受彷彿像被一隻強而有力的手從背後輕推，只不過手跟背都只存在於腦袋裡。沒有文字，只有推手。

『讓我們挖好再說！』他大喊，然後立刻以稍高的音域回答自己，柯雷一聽就認出是誰的聲音，『不行。現在就走。』

『五分鐘就好！』他說。

這一次群體改利用丹妮絲來發聲：『現在就走。』

他們已經事先用校車上的椅套裹住雷依僅剩的半顆頭。此時湯姆把雷依的遺體推進土坑，踢進一些泥巴，然後抓住自己的頭兩側，皺眉說：『好啦，好啦，』隨後立刻被迫回答自己：『現在就走。』

五人踏上步道，往野餐區回去，由喬丹帶頭。他的臉色非常蒼白，但柯雷認為不比雷依生前最後一刻來得難看，根本沒得比。用這種方式活下去不值得。這是雷依最後的遺言。

手機人稍息站在道路對面，排成一列，向兩側綿延了大約半英里之長，少說也有四百人，但柯雷並沒有看見襤褸人。他心想襤褸人先回家準備迎賓了，因為他擁有許多豪宅。

柯雷心想：每棟豪宅裡各有一支電話分機。

五人魚貫走上迷你型的校車時，他看見三個手機人脫隊了，其中兩個人開始互打互咬，扯破了對方的衣服，咆哮著可能是人話的聲音，柯雷自認聽見了『下賤』一詞，但他認為可能只是湊巧蹦出來的字。脫隊的第三人只是轉身走開，踏著馬路上的白線朝紐菲爾走去。

『對呀，阿兵哥，脫隊呀！』丹妮絲歇斯底里地喊著，『最好全部脫隊！』

但其他人繼續站著。如果這個手機人真的是在逃亡，也只逃到了一六〇號公路轉往南方的彎道。在彎道上，有個年邁卻肌肉發達的手機人突然伸出雙臂，攫住逃兵的頭扭向一邊。逃兵倒在路上。

『鑰匙在雷依身上。』老丹用疲憊的嗓音說，他的馬尾巴已經散得差不多了，頭髮攤在肩膀上，『應該派人回去……』

『在我這邊，』柯雷說：『由我來開車。』他打開迷你校車的側門，感覺腦裡的推手在敲敲敲、推推推。他的雙手有血有泥。他感覺到口袋裡手機的重量，一個好笑的想法油然而生：說不定亞當和夏娃被趕出伊甸園前多摘了幾粒蘋果，以免在前往地獄的途中餓肚子。他們五人也即將踏上塵土飛揚的長路，通往七百個電視頻道，通向安置了背包炸彈的倫敦地鐵站。『大家上車吧。』

湯姆瞪了他一眼。『沒必要講得那麼開心吧，梵谷。』

『又不會少塊肉。』柯雷微笑說。他懷疑這抹笑容是不是和雷依臨終的慘笑相同。『至少不必再聽你們的鬼扯淡了。快上車。下一站是卡什瓦克＝無話。』

但在上車之前，他們被迫棄槍。

棄槍的動作並非他們命令自己棄槍，也不是肢體功能受到外力控制。柯雷被迫伸手拔出槍套裡的點四五手槍時連看也不必看，他不認為手機人辦得到，至少目前還辦不到，如果正常人不允許，手機人甚至無法藉嘴發話。這時的柯雷只覺得頭殼裡面發癢，癢得厲害，就快要受不了了。

『哇，聖母啊！』丹妮絲低聲喊叫，然後把插在腰帶上的點二二小手槍用力扔得遠遠的，手槍掉在路面上。老丹也跟進，扔出了手槍後再丟獵刀以示決心。獵刀飛出時刀鋒向前，幾乎飛到了一六〇號公路的另一邊，但站在路旁的手機人完全沒有畏縮的表情。

喬丹把他帶的手槍放在校車旁的地上。接著，他一面嗚咽抽泣，一面抓起背包猛翻，然後拋棄了愛麗絲生前的手槍。湯姆也丟掉速戰爵士。

柯雷在校車旁貢獻了自己的點四五手槍。自從脈衝事件以來，這把槍斷送了兩條人命，柯雷送走它並不太難過。

『好了。』他對著馬路對面監視他們的眼睛與髒臉說，裡頭有許多人都已是缺手斷腳。柯雷又對手機人說：『就這麼多了，滿意了嗎？』但柯雷腦海浮現的是襤褸人。柯雷立刻回答自己的問句：『他。為什麼？自殺？』

柯雷吞嚥口水。想知道原因的人不只有手機人，連老丹與另外三人也等著他回答。柯雷看見喬丹拉著湯姆的腰帶，彷彿害怕柯雷的答案。那種害怕的表情宛如幼童提心吊膽地穿過繁忙的馬路，而這條馬路盡是超速行駛的卡車。

『他說你們那種生活方式不值得一活。』柯雷說：『他搶走我的槍，我來不及阻止，他就轟爆了自己的頭。』

除了烏鴉啊啊叫之外，四下無聲。隨後喬丹以平板而堂皇的語調說：『我們的。方式。是唯一的。方式。』

接下來輪到老丹，語調同樣平板：『快上。校車。』柯雷心想：他們的情緒只有憤怒一種。

五人依序上迷你校車。柯雷坐上駕駛座，啟動引擎，開上一六〇號公路的北上車道。才啟程不到一分鐘，他就注意到左邊有動靜。是一群手機人。他們在路肩往北移動——懸浮在路肩上方，直線前進，看起來好像踩著隱形輸送帶，而輸送帶高出地面八英寸。然後，前方的路面凸起，他們也跟著升高大約離地面十五英尺，在多雲而陰沉的天空下形成人體拱門。看著手機人消失在高地的另一邊，就像看人乘坐隱形雲霄飛車越過一道緩升坡。

隨後，優雅流暢的隊形發生了變化。一個騰空前進的手機人突然掉了下來，摔在距離路邊至少七英尺遠的地方，就像被獵人射中的鳥兒。這個人身穿破爛的慢跑裝，倒地後一腿猛踢，另一腿則拖在泥地上拚命打轉。校車以十五英里的沉穩時速經過時，柯雷看見他板著一副憤怒的臭臉，嘴巴不停說著話。柯雷差不多能肯定他正在陳述遺言。

『現在我們總算知道了。』湯姆不帶感情地說。他和喬丹坐在校車後面的長椅上，前面就是放背包的行李區。『靈長類動物進化成人類，人類進化成手機人，手機人進化成罹患妥瑞氏症的飛行心電感應人。進化過程完畢。』

喬丹說：『什麼是妥瑞氏症[61]？』

湯姆說：『媽的，我知道才怪，小朋友。』[62]不可思議的是，全車人居然笑了出來，不久後開始捧腹狂笑，連不知道有啥好笑的喬丹也跟著笑。黃色迷你校車徐徐往北前進，手機人也經過校車北上，然後上升、上升，行進隊伍似乎永無止境。

[61] Tourette’s syndrome，患者常不由自主地做小動作或發出聲音。

[62] 妥瑞氏症病人常無法控制地以髒話罵人。

KASHWAK
卡什瓦克_

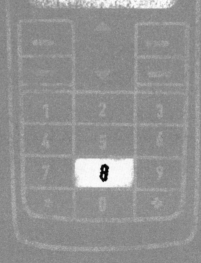

1

離開野餐區，遠離雷依以柯雷的手槍自殺之地一小時後，校車經過一個招牌：

北郡聯合博覽會
十月五日至十五日
大家一起來！！！

參觀卡什瓦卡瑪克廳
別忘了蒞臨獨一無二的『北端』
有吃角子機（包括德州梭哈）
也有『印地安賓果』

讓您樂得喊『讚！！！』

『我的天啊！』柯雷說：『博覽會。在卡什瓦卡瑪克廳。天啊！這種地方最適合他們群聚了。』

『什麼樣的博覽會？』丹妮絲問。

『基本上就是郡園遊會，』柯雷說：『只不過比多數郡園遊會大，而且玩得更瘋，因為這裡是TR未定區。而且還有所謂的「北端」。緬因州人大家都知道北方各郡聯合博覽會的北端賣什麼膏藥。北端的惡名和黎明賓館一樣響亮，只是樂趣不同罷了。』

湯姆問北端有何玄機，柯雷正想回答，丹妮絲卻插嘴說：『聖母和耶穌啊，那邊又有兩個，我明知他們是手機人，可是還是覺得噁心。』

路邊有一男一女躺在塵土裡，死前不是擁抱就是激戰，但擁抱不像是手機人的作風。校車北上時經過了六、七具屍體，他們幾乎能肯定這些人慘遭其他手機人的毒手。他們也看見十幾人漫無目標地往南走，有的人獨行，有的成雙成對。其中一對想必是搞不清楚該往哪裡走，居然在校車經過時想搭便車。

『如果他們不是脫隊就是倒地死光光，明天就拿我們沒辦法了，豈不是更好？』湯姆說。

『想得太美了，』老丹說：『我們每看到一個死者或逃兵，另外就又看到二、三十個手機人照常運作。而且，在卡什麼鬼東西那地方還有多少人在等我們，只有老天曉得。』

『也別想不開，』喬丹坐在湯姆身邊說，口氣稍嫌尖銳，『程式裡出現了蟲子——蠕蟲——可小看不得，因為蠕蟲一開始可能只是小麻煩，後來卻能瞬間讓系統全當機。我常玩Star-Mag這種電玩，聽過嗎？呃——應該說我以前常玩才對。有個加州人也喜歡玩，可是每玩必輸，輸到最後翻臉了，向系統上載了一隻蠕蟲，害所有伺服器在一個禮拜內當機。幾乎有五十萬個電玩迷被那個報復客害慘了，只好改玩電腦內建的小遊戲解悶。』

『喬丹，我們沒有一個禮拜。』丹妮絲說。

『我知道。』他說：『我也知道手機客不太可能一夜之間全翹頭……不過還是有可能，而且我不會死心。我不想最後像雷依那樣。他……呃，死了心。』一顆淚珠滾下喬丹的臉頰。

湯姆抱了他一下。『你不會像雷依那樣的，放心，』他說：『你長大以後會變成比爾・蓋茲。』

『我才不想當比爾・蓋茲咧。』喬丹落寞地說：『我打賭比爾・蓋茲有手機，而且我敢說，他至少也有十幾支。』他坐直上身，『我最想知道的是，有多少手機基地台在停電後還能運作。』

『聯邦應變總署。』老丹面無表情地說。

湯姆與喬丹轉身看他。湯姆的唇上掛著猶疑的微笑，就連柯雷也抬頭瞥向照後鏡。

『別以為我愛說笑，』老丹說：『是開玩笑就好了。我去看病時讀了一本新聞雜誌，看過一篇報導。我那天等著醫生戴上手套，把手探進去那邊檢查——』

『拜託，』丹妮絲說：『日子已經夠難熬了，那一部分可以省略。報導裡面寫什麼？』

『報導說，九一一事件之後，聯邦應變總署向國會申請了一大筆錢，詳細數字我記不清楚了，不過至少有幾千萬美金，用意是在全國的手機基地台安裝長效型的緊急發電機，以防恐怖份子串連攻擊時不會影響到正常通訊。』老丹停了幾秒，『看來是發揮作用了。』

『聯邦應變總署幫了倒忙⑥³，』湯姆說：『我哭笑不得。』

『換成別的時候，我會建議大家寫信給國會議員，不過國會議員現在大概都瘋了。』丹妮絲說。

『早在脈衝事件之前就瘋了吧。』湯姆說，但他說得心不在焉。他望著窗外，揉著脖子後面。『聯邦應變總署。』他說：『你們知道嗎？其實倒也說得過去。可惡的聯邦應變總署！』

老丹說：『我更想知道的是，他們為什麼要大費周章地把我們押回去？』

『而且還逼我們別效法雷依的下策，』丹妮絲說：『這一點別忘記。』她停頓了一下之後說：『我才不會，自殺是罪過，要殺要剮儘管來，我非帶我的小貝比上天堂不可。我相信自殺的人只能下地獄。』

『最讓我起雞皮疙瘩的是他們用的拉丁文。』老丹說：『喬丹，手機人有沒有可能拿舊的東西，例如說脈衝事件以前的東西，拿來加進新程式裡面？如果這樣做合乎……嗯，怎麼說呢……合乎他們的長程目標？』

『大概可以吧，』喬丹說：『我不太知道，因為我們不曉得他們在脈衝程式裡寫了什麼樣的指令。他們寫的東西怎麼看也不像普通的電腦程式。他們寫的是自生型、有機的東西，好像會學習一樣。我猜這種程式的確會學習。教頭聽見的話會說：「此言適切其定義。」只不過他們可以齊心學習，因為……』

『因為他們能心電感應。』湯姆說。

⑬二〇〇五年卡崔娜颶風橫掃美國南方釀成巨災，應變無方的聯邦應變總署成了眾矢之的。

『對。』喬丹同意。他面露迷惘。

『為什麼拉丁文讓你起雞皮疙瘩？』柯雷看著照後鏡裡的老丹。

『湯姆說，拉丁文是司法正義的語言，我不是反對，不過我總覺得復仇的含意比較大。』他傾身靠向前去，眼鏡後面的眼珠疲憊而迷惑。『因為拋開拉丁文不談，他們其實沒有思考能力。這一點我敢保證。至少還沒有發展出思考能力。他們不靠理性思考來行事，比較接近蜜蜂火大了群體攻擊的行為。』

『庭上，我抗議，辯方的臆測純屬佛洛依德式的學說！』湯姆說得相當開心。

『也許是佛洛依德，也許是羅倫茲的說法，』老丹說：『請暫時先別封殺我。他們這樣的個體，一個充滿憤怒的個體，如果搞不清楚什麼是正義，什麼是復仇，你們會驚訝嗎？』

『有差別嗎？』湯姆問。

『對我們可能有差別。』老丹說：『我教過一個密集課程，探討的是美國的民間保安意識，所以我有資格告訴各位，復仇心的殺傷力通常更強。』

2

這段對話結束未久，他們來到了一個柯雷眼熟的地方。柯雷看了忐忑不安，因為他從沒到過緬因州的這個部分，只有在夢見集體感化站時造訪過。

路面上有人以鮮綠色油漆橫寫著大字：**卡什瓦克=無話**。校車以時速三十英里穩定地壓過大字，手機人仍持續飄過校車左邊，以莊嚴而妖惑的方式前進。

柯雷心想：我那天做的不是夢。他看著卡在馬路兩旁草叢裡的垃圾，啤酒罐與汽水罐掉進了水溝。校車輪胎壓過一袋袋沒吃完的洋芋片、多利多滋玉米片與起司呆瓜（Cheez Doodles）脆條，壓得嘎嘎響。正常人排成兩行站在這裡吃零食喝飲料，腦袋裡有癢癢的怪感覺，也感受到無形的推手推著他們的背。他們輪流打電話給脈衝事件受難的親屬，站在這裡聽著襤褸人說：『左邊右邊排兩行，沒錯，請繼續往前走，我們希望在入夜下班前盡量處理更多人。』

前方路旁的樹木逐漸稀少，像是農場主人辛苦砍伐用來放牧牛羊的綠地，如今卻被行人踩成爛泥，彷彿像這裡舉辦過搖滾演唱會似的。其中一個帳幕被吹掉了，另一個卡在樹上隨風拍打著，在向晚的陰沉天色裡猶如一條褐色的長舌。

『我夢過這地方。』喬丹說。他的嗓音緊繃。

『是嗎？』柯雷說：『我也夢過。』

『正常族跟著**卡什瓦克=無話**的路標，最後來到這裡，』喬丹說：『就像售票亭，對不對，柯雷？』

『有點像，』柯雷說：『有點像是售票亭，對。』

『他們準備了幾口很大的紙箱，裝滿了手機。』喬丹說。柯雷不記得夢過這個細節，但他相信喬丹說得沒錯。『一堆又一堆的手機，而且每個正常族都有機會打一通電話。一群不知死活的鴨子。』

『你什麼時候夢到的，小喬？』丹妮絲問。

『昨天晚上。』喬丹的視線與照後鏡裡的柯雷接觸，『正常族明明知道沒辦法聽到心愛的人講電話，卻還是照樣拿起手機來打，然後貼向耳朵聽。多數人甚至毫不抵抗。為什麼，柯雷？』

『因為他們厭倦了抵抗吧，我猜，』柯雷說：『厭倦了與眾不同的感覺。他們想用新的耳朵聽聽〈小象走路〉。』

小校車駛過了這段路，兩旁是被踩壞的草地，而不久前這裡搭出了帳幕。前方有條鋪了柏油的岔路從公路分支出去，比這條公路更寬更平。手機人流向這條岔道，消失在樹林的空隙。距離校車前方大約半英里處，有個類似起重台架的鋼鐵結構高高聳立在樹梢之上。憑著夢境，柯雷一眼就認定那是遊樂場的某種遊戲機，也許是『迴旋降落傘』。公路與岔道的交接口有座看板，畫了一個和樂融融的家庭，有爸爸、媽媽、兒子和小妹妹，正走進有遊樂機、遊戲與農產展的樂土。

北郡聯合博覽會

十月五日開幕煙火會

參觀卡什瓦卡瑪克廳

十月五至十五日『北端』二十四小時開放無週休

站在看板下的人是襤褸人。他舉起一手，比出『停車』的手勢。

柯雷心想：完了，然後在他身邊停下小校車。柯雷在蓋頓素描襤褸人的眼睛時，怎麼畫也畫不好，這時看見襤褸人的目光既無神又不懷好意。柯雷告訴自己，眼光不可能同時無神又不懷好意，但事實就是事實。有時候，襤褸人眼神是恍神茫然，轉瞬間又顯得熱切渴望，讓人看了很不舒服。

他不可能想上車吧。

但襤褸人果然想上車。他對車門雙掌合十，然後打開雙手，姿態優美，好像是在放生鳥兒一樣，然而他的手髒得黑漆漆，左手的小指也嚴重骨折，看似斷了兩個地方。

這些是新人，柯雷心想，是不愛洗澡的心電感應人。

『別讓他上車。』丹妮絲顫抖著說。

柯雷看見校車左邊如輸送帶穩定前進的手機人停下來。他搖搖頭說：『由不得我。』

他們偷看你的腦袋，會看見你在想他媽的手機！從十月一號開始，大家的腦袋裡除了手機還能想什麼?那時雷依幾乎是邊哼氣邊說。

柯雷心想：但願被你說中了，因為離天黑還有一個半小時，至少一個半小時。

他推動開門桿，襤褸人上了車。襤褸人的下唇咧開往下垂，臉上永遠是一抹冷笑。他瘦到了極點，骯髒的紅色運動衫近似布袋。校車上的五人無一乾淨，因為自從十月一日以來，個人衛生並非要務，但襤褸人散發出強烈的惡臭，薰得柯雷差點冒出眼淚。襤褸人的體臭就像遺忘在高溫房間裡的刺鼻乳酪味。

襤褸人坐在門邊面對駕駛座的位置，注視著柯雷。片刻之間，他只感受到襤褸人昏沉眼光的重量，以及懷有好奇心的詭異奸笑。

接著湯姆說話了。他的聲音尖細而且怒氣沖沖，柯雷至今只聽過一次，對象是騷擾愛麗絲的福態傳教婆。當時湯姆對她說：好了，大家別玩了。而此時，湯姆說的則是：『你要我們做什麼？你已經征服全世界了，到底還要我們做什麼？』

襤褸人用破嘴擠出一個單字，發聲的卻是喬丹，說得平板而不帶感情。『正義。』

『談什麼正義？』老丹說：『你們連一點概念也沒有。』

襤褸人用手勢回應。他對著岔道比出一手，手心向上，食指向前：出發。

校車開始前進時，多數手機人也開始飄向前去。又有幾人扭打起來。柯雷從校車外的鏡子看見有幾個人往公路的方向走回去。

『你的士兵跑掉了幾個。』柯雷說。

代表群體的襤褸人不做任何回應，雙眼忽而無神，忽而好奇，忽而兩者兼具，仍然直盯著柯雷，柯雷幾乎能感覺對方的視線在他的皮膚上輕輕走動。襤褸人的手指扭曲，被泥土染成灰色，這時放在大腿上。他穿的是污穢的藍色牛仔褲。接著他奸笑起來。也許這就算回應了柯雷的話。被老丹說對了。雖然偶爾有人脫隊——以喬丹的說法是『翹頭』，但效忠襤褸人的手機人仍佔絕大多數。但柯雷有所不知的是，有更多人在等他們。一個半小時之後，樹林向兩旁逐漸退下，校車通過一道木造拱門，上面寫著：**歡迎光臨北郡聯合博覽會**。

3

『我的老天爺啊！』老丹說。

丹妮絲較能表達柯雷的感覺：她低聲尖叫了一聲。

襤褸人坐在駕駛對面的座位，只顧凝視著柯雷。他的眼神帶有朦朧的惡意，如同正想扯掉蒼蠅翅膀的笨小孩。*喜歡嗎？*襤褸人的奸笑似乎這麼意味著，*相當有意思，對不對？大家全來這裡了！*當然，像這樣的奸笑可能別有含意，甚至可能意味著：*我知道你口袋裡面有什麼東西。*

過了拱門之後，他們看見了遊樂場與一群遊樂機，想必在脈衝事件爆發之前，工作人員正忙著組裝施工。柯雷不知道最初搭了多少個園遊會的帳幕，但有些已被風吹掉了，就如同六或八英里外感化站那裡的涼亭。這裡只剩下六、七個帳幕，兩側一收一縮，宛若在夜風中呼吸。旋轉咖啡杯架設了一半，對面的鬼屋也是。鬼屋的正面立了一塊板子，上面寫著**有膽就來**，骷髏在標語上空跳舞。在看似遊樂場的盡頭，只有摩天輪與迴旋降落傘已經完工。因為沒有燈光，所以無法顯現出歡樂的氣氛，讓柯雷看得毛骨悚然，感覺這些東西不像遊樂機，反而比較像巨大的酷刑器材。他只看見了一個閃爍的燈光：一盞小小的紅信號燈，無疑是由電池供電，放在迴旋降落傘的最頂端。

迴旋降落傘更遠處有棟鑲紅邊的白屋，少說也有數十座穀倉串連出的長度，房子兩旁堆積鬆散的乾草。這是鄉下人用來隔絕冷風的省錢妙招。每隔十英尺左右，乾草上插著美國國旗，在夜風中飄揚。房子垂掛著一條條愛國彩旗，也用鮮藍色油漆塗了：

北郡聯合博覽會
卡什瓦卡瑪克廳

然而，上述特點都無法吸引大家的注意。在迴旋降落傘與卡什瓦卡瑪克廳之間有數英畝的空地。根據柯雷猜測，空地的功用是牲口展覽、農機示範、閉幕日演唱會，當然也少不了開閉幕式的煙火秀。空地四周立了幾根柱子，上面是照明燈與擴音器。如今這片寬廣的草地擠滿了手機人，肩並肩，大腿貼大腿，一起轉頭面向初抵會場的黃色小校車。

柯雷原本抱著看見強尼——或雪倫——的一線希望，這時已消散一空。他直覺認為這裡至少有五千人擠在沒電的照明燈底下。接著他又看見手機人蔓延至緊臨主展示區的停車場，因此向上修正預估人數，至少八千人。

襤褸人坐在校車上，坐在原本是紐菲爾小學三年級生坐的地方，對著柯雷奸笑，牙齒從破唇中露出來。喜歡嗎？他似乎在問。但柯雷不得不提醒自己，那種笑容如何解讀都解讀得通。

『哇，今晚誰演唱？鄉村巨星文斯・吉爾（Vince Gill）嗎？或者你們破產請來更大牌的亞倫・傑克森（Alan Jackson）？』湯姆說。他的用意是搞笑，柯雷認為他值得嘉獎，只可惜他的口氣只有恐懼。

檻褸人仍注視著柯雷，眉宇中央出現了一小道垂直的皺紋，彷彿為了某件事迷惑。

柯雷把小校車慢慢開進遊樂場的中央，往迴旋降落傘與沉默的手機大眾前進。這裡也隨處可見屍體，柯雷看了不禁聯想到寒流爆發時，窗台上有時會出現一堆堆被凍死的昆蟲。他緊張得指關節發白，不希望被檻褸人看見。

慢慢開，別急，他只是在看著你。至於手機，十月初一開始，大家除了手機之外還能想什麼？

檻褸人舉起一隻手，用嚴重扭曲的一指對準柯雷。『無—話，你，』檻褸人借用柯雷的嘴巴說：『精神異常。』

『對，我沒有話，你沒有話，大家都沒有話，全車的人都是白痴，』64柯雷說：『不過，你治得好，對不對？』

檻褸人奸笑著，彷彿在說：被你說中了……但眉宇之間的垂直皺紋仍在，彷彿仍有一件事困惑著他。也許有件事在柯雷的腦海翻滾著。

校車接近遊樂場盡頭時，柯雷抬頭望向照後鏡。『湯姆，你不是問我北端有什麼好玩的嗎？』柯雷問。

『原諒我，柯雷，我已經沒興趣知道了，』湯姆說：『可能是被歡迎委員會的聲勢嚇到

64 We Are All Bozos on this Bus，一九七一年發行的喜劇唱片。

了。』

『北端的緣由很有意思。』柯雷說得有點激動。

『想講就講吧。』喬丹說。願上帝保佑喬丹，他居然臨死還保有好奇心。

『在二十世紀，北郡聯合博覽會一直熱鬧不起來，』柯雷說：『只是普通一個小展覽會，就在卡什瓦卡瑪克廳擺攤賣畫、手工藝品、蔬果和家畜……看樣子，他們準備把我們押到卡什瓦卡瑪克廳去展覽。』

他瞄向襤褸人，但襤褸人不證實也不願否認，只是繼續奸笑，額頭的垂直皺紋已經消失。

『柯雷，小心。』丹妮絲用緊繃壓抑的口吻說。

他回頭望向擋風玻璃，趕緊踩煞車。一名老婦人從沉默的群眾裡蹣跚走出來，雙腿有多處被細菌感染的裂傷。她繞過迴旋降落傘的邊緣，踏過了幾片鬼屋來不及組裝的建材，然後跛著腳朝校車直線狂奔過來，開始慢慢敲著擋風玻璃，污穢的雙手被風濕病摧殘得彎曲。柯雷從老婦人的臉上看出異狀。手機人的表情通常是熱切而呆滯，老婦人卻一臉驚恐而不知所措。他覺得眼熟。你是誰？超短褐曾這麼問過。只被脈衝間接襲擊到的超短褐。我是誰？

九個手機人排成整齊的方格，走過來想制止老婦人。她滿面恐慌，距離柯雷的臉不到五英尺。她的嘴唇在動，柯雷的耳朵與大腦同時聽見了五個字：『帶我一起走。』

女士，我們要去的地方妳最好別去。柯雷心想。

手機人隨後揪住她，把她押回聚集草地上的人群。她掙扎著想逃走，但九人組硬是不肯鬆手。柯雷瞥見她眼中一閃即逝的光芒，心知這女人若置身煉獄的話還算是幸運，可惜她置身地獄的機會更大。

襤褸人再次伸出一手，掌心朝上，食指向前：走。

老婦人在擋風玻璃留下了掌印，若隱若現卻錯不了。柯雷望穿掌印，繼續向前行駛。

4

『言歸正傳，』他說：『直到一九九九年，這裡的博覽會都沒什麼看頭。如果你住這附近，想去過一過園遊會的癮，想坐坐遊樂機、玩玩遊戲的話，只能大老遠跑去富萊伯格園遊會。』他聽見自己的聲音彷彿從錄音帶裡播放出來，只為了講話而講話。他不禁聯想到波士頓大鴨遊覽車的駕駛，邊開車邊指出各地名勝。『後來剛進入二十一世紀的時候，緬因州的印地安事務局丈量了土地。大家都知道，博覽會的場地隔壁就是索卡巴辛（Sockabasin）保留區。土地測量的結果顯示，卡什瓦卡瑪克廳的北端正好在保留區的範圍裡，所以嚴格說來是密克馬克印地安人的領土。博覽會的主辦單位並不是白痴，密克馬克部落議會的人也不傻，雙方同意撤掉北端的小店面，改擺幾台吃角子老虎機。轉眼之間，北郡聯合博覽會成了緬因州首屈一指的秋季盛會。』[65]

校車來到了迴旋降落傘邊，柯雷開始向左轉，讓小校車通過迴旋降落傘與半完成的鬼屋

[65] 只有印地安保留區准設賭場。

之間，但襤褸人掌心向下，用兩手拍拍空氣。柯雷停車。襤褸人站起來，轉向車門。柯雷拉下車門桿讓他下車。他下車之後對柯雷做出揮手鞠躬的動作。

『他又想幹什麼了？』丹妮絲問。從她坐的位置看不見襤褸人，車上所有的人都看不見。

『他叫我們下車。』柯雷說。他站起來。他能感覺雷依給他的手機緊貼著大腿上面，低頭就能看見牛仔褲袋鼓出的輪廓，只好把T恤往下拉扯蓋住。手機又怎樣？大家不是盡想著手機？

『我們要去哪裡？』喬丹問，語氣懼怕。

『由不得我們吧，』柯雷說：『快下車吧，各位，我們去參觀園遊會。』

5

襤褸人帶著五人走向沉默的群眾。這一行人過來後，群眾讓開一條窄窄的走道，不超過喉嚨的寬度，走道從迴旋降落傘通往卡什瓦卡瑪克廳的雙扉門。柯雷與其他人通過停滿了卡車的停車場。卡車側面漆了新英格蘭遊樂設施企業，也印有雲霄飛車的商標。走過之後，群眾再度靠攏。

這一段路讓柯雷感覺永無止境。臭氣薰得幾乎令人腿軟，清新的微風雖然吹走了最上層，底下的臊味與腐臭仍然令人不敢恭維。他察覺到自己的雙腿在移動，也察覺襤褸人的紅色連帽衫在他前面，但垂掛著紅白藍的三色彩旗的雙扉門卻沒有越來越接近的跡象。他嗅到泥巴與血，嗅到了屎尿。他聞到了傷口感染而腐爛的臭氣，也聞到了焦肉與近似蛋白腐化的膿臭味。這些人穿的衣服太大，掛在身體上發出腐臭。此外，柯雷也嗅到了新的氣息。將這種氣息稱為瘋狂未免太簡單了。

我認為是心電感應的氣息。如果是的話，味道太濃烈了，我們還沒心理準備。這種氣息以某種方式灼燒人腦，如同電壓過高燒壞了汽車的電力系統，也如同……

『幫我扶她啊！』喬丹從他背後呼喊，『快幫我扶，她昏倒了！』

他轉身看見丹妮絲趴在地上，喬丹也四肢著地趴在她身邊，把她的手臂架在自己的脖子上，可惜她太重了，喬丹扛不動。落後的湯姆與老丹被擠得無法動彈。手機人讓開的走道太窄了。丹妮絲抬頭，視線與柯雷接觸了片刻，她的表情恍惚而疑惑，眼光近似被一棒打昏的小牛。她在草地上吐出一團稀薄的黏液，頭又低下去，頭髮如窗簾般圍住她的臉。

『幫幫我啊！』喬丹又喊叫，他開始大哭。

柯雷往回走，開始用手肘推開手機人，以便走去丹妮絲身邊。『給我滾開！』他大罵，『滾開！她是孕婦。笨蛋！難道看不出她懷……』

他先認出的是那件白色的高領絲質上衣。他以前總喜歡說那件是雪倫的醫師服。就某些方面而言，他認為這上衣是雪倫整個衣櫃最性感的一件，原因之一是高領顯得端莊。他喜歡太太裸身的媚態，卻更喜歡她穿這件白絲高領衣時碰觸、揉捏她乳房的感覺。他喜歡捧起她的乳房，欣賞乳頭在衣服下激凸的模樣。

如今雪倫的醫師服有些地方被污泥染成黑色，其他地方也有乾血形成的紅褐色污漬，衣服的腋下破了。強尼在紙條上寫著：她的外表不像有些人那麼慘，但她的外表其實好不到哪裡去。她絕對不是出事當天穿著醫師服搭配深色紅裙去學校教書的雪倫·雷代爾。同一天，與她分居的丈夫去了波士頓，希望能簽下契約，解決財務窘境。他多希望讓雪倫瞭解，她不停嘮叨他的『嗜好賺不到錢』，其實只是反映出她內心的恐懼與對丈夫缺乏信心（至少如此反映在他半帶怨恨的夢裡）。她的深色金髮髒成了直長條狀，無力地下垂著，臉龐也被割了幾道，其中一隻耳朵像是被人扯掉一半，而耳孔只像一個被塞住的洞深深戳入頭殼。她吃了某種深色的東西沒擦嘴，殘渣凝結在嘴角，而將近十五年來，他幾乎天天親吻同一張嘴。她凝視著他，對他視而不見，用手機人那種半笑不笑的傻笑面對他。

『柯雷，幫我啊！』喬丹幾乎啜泣起來。

柯雷回過神來。雪倫不在這裡，他必須提醒自己這一點。雪倫已經失蹤將近兩個禮拜了，自從脈衝事件日開始，她拿走強尼的紅色小手機打了電話後，至今杳無音訊。

『賤人，給我站到一邊去！』他說著推開從前的枕邊人。她還沒來得及回應，他就已經佔據她的位置。『這女人是孕婦，還不趕快讓出空間來。』說完他彎腰，把丹妮絲的另一隻手臂掛到自己的脖子上，把她撐起來。

『你先走吧，』湯姆對喬丹說：『我來扛就好。』

喬丹舉起丹妮絲的手臂，讓湯姆搭在自己的肩膀上。他與柯雷協力架著丹妮絲走完最後九十碼，來到卡什瓦卡瑪克廳的大門，襤褸人正在門口等候。這時丹妮絲已能喃喃說：『不用了，我自己能走，沒事。』但湯姆不肯放人，柯雷也一樣。如果讓她自己走，柯雷可能會回頭去找雪倫，他可不願回頭。

襤褸人對著柯雷奸笑，這一次笑得似乎比較有重點，好像他與柯雷有瞭解同一個笑話的默契。是雪倫嗎？柯雷心想，他在嘲笑雪倫嗎？

似乎不是，因為襤褸人比劃出一個柯雷從前極為熟悉的手勢，但這手勢在此地顯得異常突兀：右手拇指貼近耳朵，小指靠近嘴邊，其餘三指收攏。是打電話的手勢。

『無……話……找……你。』丹妮絲才說完就立刻用自己的嗓音說：『別亂來，我最討厭別人借用我的聲音！』

襤褸人不理她，繼續用右手比出打電話的手勢，拇指靠近耳朵，小指靠近嘴巴，同時凝視著柯雷。這時柯雷相信自己也低頭瞄了口袋裡的手機一眼。隨後丹妮絲又開口了，拙劣地模仿他與兒子小時候的對話：『無……話……找……你。』襤褸人做出大笑的模樣，破嘴笑起來更加不堪入目。柯雷覺得群眾的眼睛直盯他背後，感覺像秤砣一樣沉重。

接著，卡什瓦卡瑪克廳的雙扉門自動敞開，裡面的氣味混雜，縈繞著事發之前的舊氣息，有香料、果醬、乾草與家禽家畜味，儘管微弱，但與群眾的臭味相形之下，還算稍能慰藉嗅覺。裡面也不是全暗，電池維繫的緊急照明燈雖暗淡，但並未完全失效。柯雷心想，這太神奇了吧，莫非是特地為我們五人省下來的電。但他懷疑這項假設。襤褸人不說明原因，只是面帶微笑，用雙手招呼他們入內。

『榮幸之至，妖怪。』湯姆說：『丹妮絲，妳確定能自己走進去嗎？』

『確定。只不過，我還剩一小件事要做。』她深吸一口氣，然後對準襤褸人的臉吐口水，『好了，臭臉人，帶我的口水回哈佛去吧。』

襤褸人不吭聲，只顧對著柯雷奸笑，像在暗示只有你懂我懂的笑話。

6

沒有人端食物來給他們，但這裡多得是零食販賣機。老丹去了這棟大房子的南端，在維修工具櫃裡找出一根撬棍，其他人則圍著他，看他撬開巧克力棒的販賣機。柯雷心想：我們當然是瘋子，晚餐吃貝比．魯斯巧克力棒，明天的早餐是沛天（PayDay）巧克力棒。這時音樂響起，不是〈你照亮我的生命〉，也不是〈小象走路〉。室外草地上的大擴音器播放著輕緩莊嚴的音符，柯雷覺得耳熟，但已經有好幾年沒聽過了。聽見這首曲子，他的內心充滿了感傷，手臂內側的軟肉也起了雞皮疙瘩。

『我的老天爺啊！』老丹輕聲說：『好像是阿爾比諾尼⑯。』

『不對，』湯姆說：『是帕海貝爾⑰的〈卡農〉。』

『當然是。』老丹覺得尷尬。

『好像是……』丹妮絲才說了一半就停下，低頭看著鞋子。

『好像什麼？』柯雷問：『講啊，沒關係，這裡的人都是妳的朋友。』

『就像是回憶的聲音，』她說：『好像他們只剩這麼多東西。』

『對，』老丹說：『我想應該是——』

『喂！』喬丹喊了一聲。他看著小窗之一的外面。窗戶相當高，但他踮起了腳尖，正好看得到窗外。『快過來看！』

五人排隊輪流向外看。外面是大草地，天色已近全黑，擴音器與照明燈只見輪廓，宛如死寂夜空下的黑衣哨兵。更遠處矗立著像起重機一樣的迴旋降落傘跳台，上頭閃著一盞孤燈。而就在窗外正前方，數千名手機人往下跪去，就像正要祈禱的回教徒，〈卡農〉的音符仍浮沉在空中，而這音樂可能是回憶的替代品。眾人趴下去時動作整齊劃一，唰然一聲颳動了空氣，吹得空塑膠袋與踩扁的汽水杯在空中兜圈子。

『腦殘軍的就寢時間到了，』柯雷說：『如果我們想做什麼，非今晚動手不可。』

『做什麼？我們又能做什麼？』湯姆問：『我試過了兩道門，全被鎖緊了，其他門不試也知道。』

老丹舉起撬棍。

『行不通吧，』柯雷說：『那東西對付販賣機或許有效，不過別忘了，這地方以前是賭場。』他指向大廳的北端。大廳北端鋪了豪華地毯，擺了一列列的獨臂搶匪，鉻合金的外殼默默在逐漸暗淡的緊急照明燈下反光。『這裡的門一定撬也撬不開。』

『窗戶呢？』老丹問。他湊近去檢查，然後回答自己的問題：『喬丹，也許可以。』

『我們先找東西吃吧，』柯雷說：『然後坐下安靜一小陣子。我們最近靜下來的機會不

66 Tomaso Albinoni，一六七一—一九五〇，義大利音樂家。
67 Pachelbel，一六五三—一七〇六，巴洛克時期德國音樂家。

多。』

『坐下來幹嘛？』丹妮絲問。

『你們想做什麼儘管去做，』柯雷說：『我有將近兩個禮拜沒作畫了，手好癢，所以想畫一畫。』

『你又沒紙。』喬丹嗆聲。

柯雷微笑說：『沒紙的時候，我就在腦海裡作畫。』

喬丹用不太確定的神態看他，想看清柯雷是否在講冷笑話。認定不是之後，他說：『總比不過在紙上作畫吧？』

『就某些方面而言，比紙上作畫還好，因為畫壞了不必擦掉，只要重新想一遍就好。』

鏗鏘一聲巨響，巧克力棒的販賣機門旋開來。『萬歲！』老丹把撬棍高舉頭上歡呼。『誰說大學教授出了象牙塔就沒路用？』

『看，』丹妮絲不理老丹，貪婪地說：『一整架的小薄荷牌（Junior Mints）薄荷巧克力耶！』她俯身去搶。

『柯雷？』湯姆問。

『什麼？』

『你該不會看見了兒子吧？還是看見了老婆？叫珊卓是吧？』

『是叫雪倫。』柯雷說：『我兩個都沒看見。』他的視線繞過丹妮絲豐臀的另一邊。

『那些是吮指奶油（Butterfinger）巧克力棒嗎？』

7

半小時之後，他們已經吃夠了巧克力棒，也洗劫了汽水販賣機。他們試過了其他門，發現全部上了鎖。老丹也拿撬棍去試，卻發現從底部撬也找不到支點。湯姆認為，雖然這些門的質地看起來像木頭，裡面很可能包了鋼鐵。

『大概也裝了警報器，』柯雷說：『再亂撬的話，保留區的警察會進來抓人。』

這時除了柯雷之外，其他四人在拉霸機之間圍成小圈圈，坐在柔軟的地毯上。柯雷坐在水泥地上，背靠著雙扉門。剛才襤褸人就站在這裡請他們進來，以近似嘲弄的表情說：你們先請。明天早上見。

柯雷的思緒想要回到另一個嘲弄的手勢──打電話的手勢，但他不肯讓自己的思緒縈繞在手勢上，至少不能直接去想。他在這方面經驗老到，知道思忖這類事情的上策是旁敲側擊。所以他頭靠在鋼心的木門上，閉上眼皮，幻想著漫畫書的跨頁全彩圖。他想的不是《暗世遊俠》──《暗世遊俠》已經嗝屁了，這一點沒人比他更清楚。他幻想的是新的漫畫。一時想不出更響亮的書名，暫時稱呼為《手機》吧！畫成驚悚漫畫，描述世界末日降臨，手機人聚眾槓上了碩果僅存的正常人……

只是他越想越不對勁。一眼看去好像沒錯，就像木門一眼看去是木頭，裡面卻暗藏鐵心。手機人的數量絕對折損得很嚴重──他百分之百肯定。脈衝事件爆發之初，他們自相殘殺的結果死了多少人？半數吧？他回想當時的血雨腥風，不禁又想：大概不只一半。也許死了六成，甚至七成。沒死的人受了重傷，被細菌感染，餐風宿露，進一步的鬥爭，再加上智商過低，一定又折損了不少兵源。此外，當然不能忘記專殺手機人的正常族。正常族消滅了多少群？像這麼大的群體，實際還剩幾個？

剩下的群體是否皆與『處決瘋子秀』連線，柯雷認為明天就能揭曉。現在再想也無濟於事。

別管了。先精簡再說。如果想把故事的背景畫在廣告跨頁圖上，背景就必須精簡到能以一格來敘述的程度。這是漫畫界的不成文行規。手機人的狀況可用四字一言以蔽之：損失慘重。他們看起來聲勢浩大、數量驚人，但反過來說，在瀕臨絕種前，也許旅鴿的數目看起來還是很多，因為旅鴿一直到最後仍集體行動，飛行時往往仍能遮天，只是當時並沒有人注意到，聲勢浩大的旅鴿群越來越少見，等到最後大家總算發覺時，旅鴿已經絕種，完結，拜拜。

他心想：何況，手機人目前碰到了另外一個問題——程式出了錯，裡面有蠕蟲。糗大了吧？整體而言，這些手機人儘管發展出心電感應，又身懷懸浮的絕技，稱霸地球的時間卻可能比恐龍來得短。

好了，故事背景夠多了。圖呢？能貫穿全書圖畫的一幅圖，該怎麼畫才好？那還用說，畫柯雷和雷依．惠堅卡不就得了。兩人站在樹林裡。雷依拿著貝絲．倪可森的手槍，槍口向上抵住下巴，柯雷手裡拿著……

手機。是雷依從葛利村採石場撿來的那支。

柯雷（驚恐）：雷依，住手！這樣做沒意義！你難道忘記了，卡什瓦克是訊號死角……

苦勸無用！轟！在跨頁的前景畫上黃色的大寫字母，文字的邊緣畫得參差不齊。『跨頁』一詞的英文是splash，而splash另有『飛濺』的意思，畫在跨頁正好，因為阿尼•倪可森體貼老婆的心意周到，特別上了美國疑心狂（American Paranoia）網站購買威力超強的軟頭式子彈。雷依的頭頂成了紅色噴泉。跨頁圖的背景則畫了一隻烏鴉被嚇得從松樹的樹枝起飛。柯雷最精於刻劃細節，假使沒有發生脈衝事件，現在的他可能已經以這項絕活聞名全球。

柯雷想著，這樣的跨頁太精采了。是血腥了一點，沒錯，假如在實施漫畫檢查制度的時代，這種血腥圖絕對過不了關，但這幅跨頁圖一眼就能引人入勝。雖然柯雷沒提到此地手機不通，但當時如果來得及，他一定會強調這一點，只可惜他未能及時指出。雷依為了不讓襤褸人與手下讀出心思，轟掉了自己的腦袋，但手機卻不能用，實在諷刺得令人扼腕了。雷依以生命保護手機，而襤褸人可能早就知道手機的存在，知道手機放在柯雷的口袋……但是卻滿不在乎。

襤褸人當時站在卡什瓦卡瑪克廳的雙扉門邊，對著破碎而有鬍碴的臉頰比出打電話的手勢，然後再度利用丹妮絲來發話，以強調這個動作：無……話……找……你。

沒錯。因為『卡什瓦克＝無話』。

雷依白死了……既然他白死了，柯雷為何不難過？

柯雷發現自己正在打瞌睡。他在腦子裡作畫時，畫著畫著，經常打起瞌睡來。圖畫與故事分開了。沒關係。因為在故事與圖畫融合為一之前，他總會產生這種感覺——歡歡喜喜，近似返鄉之前的心情。在『有情人聚首處即旅途盡頭』之前。他毫無產生這種感覺的理由，卻還是覺得歡歡喜喜。

雷依・惠堅卡為了一支沒用的手機而自殺。

誰說只有一支？此時柯雷的腦海浮現了另一格。這格畫的是回憶，讀者一看格子的波浪邊就知道。

近距離畫雷依的手，他握的是那支髒手機與一張紙，紙上寫了一組電話號碼。雷依的拇指遮住了號碼，只露出緬因州的區域碼。

雷依（旁白）：時機一到，打紙條上的號碼。你會知道什麼時候。我只能希望到時候你曉得。

雷依呀，這裡是卡什瓦卡瑪克，手機不通，因為『卡什瓦克＝無話』，問問哈佛校長就知道。

為了強調這一點，柯雷再畫一格有波浪邊的回憶圖，地點是一六〇公路，前景是黃色小校車，車身漆著緬因州三十八號學區紐菲爾，中景的路面上由左至右漆著卡什瓦克＝無話。細節又畫得沒話說：水溝裡有汽水空罐、被草叢勾住的廢棄T恤、遠方有個帳篷被風吹到樹上，隨風拍動，活像褐色的長舌。小校車上面冒出四個旁白框。這四個人實際上的對話並非如此（即使在打瞌睡，柯雷仍然很清楚這一點），但這並不是重點，此時此刻以敘事為重。

重點究竟是什麼，到時就知道了。

丹妮絲（旁白）：這裡不就是他們……？

湯姆（旁白）：答對了，就是他們執行感化的地方。排隊時還是正常族，打了一通電話，開始往博覽會的群體走去，你就成了他們的一員。多划算。

老丹（旁白）：為什麼在這裡感化？為何不乾脆在博覽會的場地？

柯雷（旁白）：忘記了嗎？『卡什瓦克＝無話』。手機人叫正常人在這裡排隊，因為這裡是訊號涵蓋區的邊緣。再往前走，訊號就成了鴨蛋、零蛋、空空。一格也沒有。

再畫另一幅。近距離畫襤褸人，讓讀者看盡了他醜陋兇險的一面。他歪著破嘴奸笑，用一個手勢總結了下面幾句柯雷的心裡話：雷依想出了精采的點子，而他的點子成功與否全看手機能不能通，卻沒想到這裡是訊號死角，我大概非北上到魁北克省才能進入通訊範圍。太可笑了。不過更可笑的還在後頭，我居然接下了手機！驢呀！

不管雷依為何而死，到頭來卻平白賠上一條命，是嗎？也許是，但柯雷腦海又浮現一幅畫。在大廳外面，帕海貝爾的音樂結束，緊接著是佛瑞㊳，然後變成韋瓦第㊴，從擴音器傳來，而不是手提音響。黑色的喇叭矗立在死寂的夜空下，背景是搭建了一半的遊樂機，前景是卡什瓦卡瑪克廳，垂掛著彩旗，四周以乾草擋冷風。而在圖畫的最後一筆，柯雷以其逐漸為人稱道的鉅細靡遺筆法……

他睜開眼睛，坐直上身，其他人仍在北端圍坐地毯上。柯雷不曉得自己靠著門坐了多

㊳Faure，一八四五—一九二四，法國音樂家。
㊴Vivaldi，一六七五—一七四一，義大利音樂家。

久，只知道臀部已經坐得發麻。

喂。他想說卻發不出聲音來。他的嘴巴好乾，他的心臟狂跳。他清清喉嚨，再試一次。

『喂！』這次大家轉頭看他。喬丹不知聽出了什麼異狀，趕緊站起來，而湯姆也連忙起立。

柯雷走向他們，雙腿卻半睡半醒不太聽使喚。他邊走邊取出手機。為了這支手機，雷依犧牲自己的性命，卻因一時衝動而忘記卡什瓦卡瑪克最特殊的一點：在北郡聯合博覽會，手機成了廢鐵。

8

『沒有訊號，要手機有啥用？』老丹問。原本他看見柯雷情緒亢奮，自己也高興了一下，接著又看見柯雷掏出的是該死的手機，而不是大富翁裡的『出獄許可證』，立刻被潑了一頭冷水。而且是支髒兮兮的舊手機，外殼還有裂痕。其他三人只是看著手機，表情是恐懼加好奇。

『麻煩請你沉住氣，』柯雷說：『可以嗎？』

『反正我們整晚在這裡待定了，』老丹說著摘下眼鏡開始擦拭，『總該找個方法來消磨消磨吧。』

『我遇見你們之前，你們在那間紐菲爾商行停下來找吃喝的東西，對不對？』柯雷問：『然後發現了那輛黃色的小校車。』

『感覺好像幾億萬年前的事了。』丹妮絲說。她噘出下唇，吹掉額頭上的髮絲。

『校車是雷依發現的，』柯雷說：『十二人座……』

『其實是十六人座，』老丹說：『儀表板上有寫。天啊！這裡的小學一定迷你得不像樣。』

『十六人座，最後一個座位的後面可放書包或遠足用的輕便行李。你們坐上車後繼續上路。後來你們到了葛利村採石場，決定停車休息。我敢打賭，提議停車的人是雷依。』

『對喔，』湯姆說：『他認為我們該吃頓熱呼呼的飯菜，然後休息一下。柯雷，你怎麼知道？』

『因為我在腦海裡畫過。』柯雷說。這話接近事實，因為就在他講話的同時，這幅畫浮現在他腦海裡。『老丹，你和丹妮絲和雷依消滅了兩個群體。第一次是用汽油，第二次卻用了炸藥。雷依以前在公路修繕隊上班過，懂得引爆的技巧。』

『操，』湯姆驚呼，『他從採石場弄到了炸藥，對不對？趁我們在睡覺的時候。我們睡得像豬一樣，他不愁沒機會動手。』

『後來叫我們起床的人就是雷依。』丹妮絲說。

柯雷說：『我不知道是炸藥或什麼爆裂物，不過我幾乎篤定的是，他趁你們睡覺的時候，把那輛校車變成了有輪子的炸彈。』

『放在後面，』喬丹說：『藏在行李箱裡面。』

柯雷點頭。

喬丹雙手握拳。『有多少？你覺得呢？』

『不引爆不曉得。』柯雷說。

『我這樣理解對不對？』湯姆說。外面的韋瓦第換成了莫札特的〈小夜曲〉。手機人絕對進化到了不屑黛比・布恩的程度了。湯姆繼續說：『他在校車後面藏了一顆炸彈……然後想辦法把手機改裝成引爆器？』

柯雷點頭。『我相信是這樣沒錯。我認為，他在採石場的辦公室找出兩支手機。就我所知，工作人員專用的手機可能就有六、七支，反正現在手機那麼便宜。他把其中一支連接在炸藥上，當成雷管。伊拉克的叛軍就是用這種方式來引爆路邊炸彈。』

『他趁我們呼呼大睡的時候裝了炸彈，』丹妮絲說：『卻沒有跟我們講？』

柯雷說：『他不想讓你們知道，以免在你們腦子裡留下印象。』

『然後自殺，以免留在自己腦子裡。』老丹說，接著他挖苦地爆笑一聲說：『好，算他是英雄！只可惜他忘了一件事，過了他們設立的感化站，手機就沒辦法通話了！我猜就算在感化站，訊號也弱到不行！』

『對，』柯雷微笑著說：『所以襤褸人才讓我留著這支手機。他不知道我要手機做什麼。我不確定他們具有思考的能力……』

『他們不像我們，』喬丹說：『永遠也不會思考。』

『……不過襤褸人不在乎，因為他知道手機在這裡打不通。就算我想被脈衝一下也沒輒，因為「卡什瓦克=無話」。無……話……找……我。』

『既然這樣，你笑什麼笑？』丹妮絲問。

『因為我曉得一件他不知道的事，』柯雷說：『他們都不知道。』他轉向喬丹，『你會不會開車？』

喬丹面露吃驚狀，『嘿，我才十二歲，少鬧了。』

『連小型賽車都沒開過？沙灘車呢？雪橇車呢？』

『呃，小賽車倒是開過。在納許亞郊外有個打小白球的地方，那裡設了一個小型賽車場，我去開過一兩次……』

『那就行了，反正不需要開太遠。前提是，希望他們把校車留在迴旋降落傘附近。我打賭校車一定留在原地，因為他們不會思考，一定也不會開車。』

湯姆說：『柯雷，你腦筋秀逗了嗎？』

『沒有，』他說：『就算他們明天要在虛擬體育場集體處決群體殺手，我們也不會出場。我們準備逃命。』

9

大廳的小窗戶玻璃很厚，但老丹祭出撬棍就能應付。老丹、湯姆與柯雷輪流敲，終於把碎片全敲掉了，然後丹妮絲用她穿的毛衣覆蓋窗框的下緣。

『喬丹，你沒問題吧？』湯姆問。

喬丹點點頭。他很害怕，他怕得嘴唇毫無血色，但仍然努力保持鎮定。在外面，手機人的搖籃曲又繞回了帕海貝爾的〈卡農〉。丹妮絲把這首曲子稱為回憶之音。

『沒問題，』喬丹說：『待會兒就沒問題了吧！我是說，開始動手之後。』

柯雷說：『湯姆可能鑽得出去──』

湯姆站在喬丹背後，望著只有十八英寸寬的小窗。他搖搖頭。

『我沒問題啦。』喬丹說。

『好吧，複誦一遍給我聽。』

『繞過去找校車，然後看看校車後面，確定藏了炸藥，但找到了也不准伸手去碰。然後找另外一支手機。』

『對，確定那支手機開著，如果沒開……』

『我知道，如果手機沒開就打開它。』喬丹瞪了柯雷一眼，意思是我又不是智障，『然後發動引擎……』

『不對，太急了……』

『我個子小，要先把駕駛座拉向前，這樣才踩得到煞車和油門，然後發動引擎。』

『對。』

『從迴旋降落傘和鬼屋中間開過去，開得超慢。經過鬼屋旁邊的時候，我會壓到幾片建材，可能會壓出破裂的聲音，但我還是照開不誤。』

『答對了。』

『然後把車開過去，盡量靠近他們。』

『對，沒錯。接著下車再繞到後面來，到這個窗戶下面，這時你和爆炸現場中間是這座大廳。』

『希望到時候能有爆炸。』老丹說。

柯雷不想聽風涼話，就假裝沒聽見。他彎腰親喬丹的臉頰，然後說：『我愛你，懂吧？』

喬丹匆匆抱了他一下，抱得用力，接著擁抱湯姆，然後是丹妮絲。

老丹先是伸出一隻手，接著說：『唉，不抱白不抱。』然後緊緊抱著喬丹。柯雷對老丹一直看不太順眼，但卻因為這個舉動而改善了對他的觀感。

10

柯雷把雙手當成跳板，讓喬丹爬上窗戶。柯雷對喬丹說：『要記得，就跟跳水一樣，不同的只是下面是乾草而不是水。雙手盡量伸出去。』

喬丹高舉雙手，探出了破窗進入黑夜。他一頭亂髮底下的臉色蒼白無比，青春期的紅色痘斑初現，在白臉上宛如小小的日曬斑。他很害怕，柯雷不怪他。這一跳深達十英尺，即使底下墊了乾草，降落時也一定摔得很重。柯雷希望喬丹別忘記縮頭伸手，假如摔斷了脖子，躺在卡什瓦卡瑪克廳旁邊可幫不了大家什麼忙。

『要不要數到三，喬丹？』他問。

『去你的，不要啦！趕快推，不然我要尿褲子了！』

『那就把手伸出去，跳！』柯雷大喊，然後把交疊的雙手向上撐，喬丹射出窗外，不見人影。柯雷沒有聽見他落地的聲音，因為外面的音樂太響亮了。

其他人擠向窗口，湊在高高的窗口下緣。『喬丹？』湯姆呼叫。『喬丹，你怎樣了？』

過了一會兒仍無回音，柯雷確定喬丹果真跌斷了頸骨。旋即，喬丹以顫音說：『我沒事。天啊，好痛！我扭到手肘了，整條左手都怪怪的。等一等……』

四人在窗口下等著。丹妮絲握住柯雷的手，緊緊捏著。

『還能動，』喬丹說：『大概沒事了，不過，待會可能要去保健室看病。』

四人捧腹大笑。

湯姆事先從自己上衣抽出兩條線，綁住校車的鑰匙，然後把線纏在皮帶的釦環上。這時柯雷再度交疊兩手，讓湯姆站上去。『我這就把鑰匙吊給你，喬丹，準備好了沒？』

『好了。』

湯姆攀住窗框向下看，然後放下皮帶。『好了，就這樣。』他說：『聽好，我們只希望你盡力而為，如果辦不到也別勉強，回來不會挨罵。懂了沒？』

『懂。』

『去吧，快閃。』湯姆觀看幾秒後說：『他上路了，願上帝保佑他，他是個勇敢的小孩。放我下去吧。』

11

喬丹從後窗逃出，大廳的另一面就是手機人群體棲息的場地。柯雷、湯姆、丹妮絲與老丹走過大廳，到靠近遊樂場的那一邊去。三個男人合力把毀損的零食販賣機推倒，然後推向牆邊。站上販賣機後，柯雷與老丹可以輕鬆看見窗外情景，湯姆則需踮腳尖。柯雷幫丹妮絲搬來一個木箱，好讓她站著看。他希望丹妮絲別從木箱摔下去。提前陣痛就不妙了。

他們看見喬丹穿越沉睡中的手機人群邊緣，然後站定了一會兒，彷彿拿不定主意，接著往左邊移動。喬丹離開了他們的視線範圍；一直到他消失了很久之後，柯雷還有個錯覺，以為自己看得見喬丹的身影在移動。

『你覺得他多久才回得來？』湯姆問。

柯雷搖頭，他不知道。變數非常多，群體的人口只是變數之一而已。

『要是他們檢查過校車後面呢？』丹妮絲問。

『要是小喬檢查校車後面，卻發現沒炸藥呢？』老丹問。柯雷拚命按捺住怒火，才不至於叫他別亂放炮。

時間一分鐘一分鐘經過，迴旋降落傘頂端的小紅燈一閃一逝。帕海貝爾播完了改播佛瑞，佛瑞播完了輪到韋瓦第。柯雷不知不覺回想起不久前的往事，想到從購物車跌出來而驚醒的男童，想到負責推車的男人——也許不是他的生父——陪他坐在路邊，哄著他說：葛列格里幫你親一親，不會再痛痛。柯雷也回憶到初聽〈小象走路〉時，揹著小背包的老人說：道奇也玩得很盡興。他憶起兒時躲在賓果攤的桌子下面，聽見主持人又拿著麥克風宣佈：陽光維他命！從漏斗掉出來的乒乓球卻寫著B—12。陽光維他命其實是維他命D。

現在，時間變得非常難捱，柯雷開始絕望，如果聽得見校車引擎聲，現在早該聽見了。

『一定出了什麼差錯。』湯姆壓低嗓門說。

『說不定沒事。』柯雷盡量別讓沉重的心情反映在語調上。

『湯姆說得對，』丹妮絲的淚水快掉出來了，『我疼他疼得半死，他真的很勇敢，不過如果他沒事，現在車子應該已經開過來了。』

老丹卻一改說風涼話的本性：『他可能碰上什麼狀況，我們猜也猜不到，乾脆深吸一口氣，盡量別亂發揮想像力。』

柯雷盡了力卻沒成功。現在，時間一秒一秒慢慢流逝。舒伯特⑰的〈聖母頌〉從演唱會的大喇叭傳出。柯雷心想：我好想聽道道地地的搖滾樂，查克・貝瑞⑱的〈喔，卡蘿〉（Oh, Carol）、U2的〈愛情現身時〉（When Love Comes to Town）……要我出賣靈魂我也願意。

外面仍是一片漆黑，只見星星以及電池供電的小紅光。

『把我抬上去，』湯姆說著跳下販賣機，『我盡量從那邊的窗戶鑽出去，看看能不能找到他。』

柯雷說：『湯姆，要是我猜錯了，校車後面沒……』

『去他的校車後面，去他的炸藥！』湯姆情緒失控，『我只想去找喬丹……』

『嘿！』老丹大喊一聲，接著說：『嘿，沒事了！加油啊！』他一拳捶在窗戶旁邊的牆壁上。

柯雷轉頭看見車頭燈從黑暗中慢慢增強。昏睡草地上的人體開始升起了一片薄霧，校車的車頭燈似乎從薄霧中穿透而來，一下子亮，一下子暗，然後又亮起來。柯雷清楚地看見了喬丹，他坐在迷你校車的駕駛座上，正忙著摸清操作方式。

這時車頭燈開始前進。遠光燈。

『好耶！小喬，』丹妮絲鬆了一口氣，『衝吧，我的乖小孩。』她站在木箱上，一手牽起老丹，另一手牽起另一邊的柯雷。『太帥了，繼續往前開就對了。』

車頭燈偏移開來，照亮了睡滿手機人的空地左邊的樹林。

『他想幹什麼？』湯姆的語調幾近呻吟。

『開到鬼屋旁邊會壓到東西，』柯雷說：『沒事。』他遲疑了一下。『我想應該沒事。』希望他的腳沒踩滑。希望他沒搞錯油門和煞車，從旁邊一頭撞上該死的鬼屋然後卡在那邊。

他們等著，車頭燈又掃過來，燈光打在卡什瓦卡瑪克廳的牆壁。在遠光燈的照射下，柯雷總算看清喬丹延誤的原因。手機人並非全數昏睡不醒，有數十個手機人正在四處走動，柯雷猜想這些人的程式出了差錯。他們漫無邊際地向四面八方走，黑色的輪廓往外移動，如同逐漸擴大的漣漪，盡量別讓沉睡的手機人絆倒。有的腳步蹣跚，有的跌倒後站起來繼續走。舒伯特的〈聖母頌〉洋溢在夜空中。其中有個年輕人額頭正中央開了一道長長的血紅傷口，如同過度憂心而形成的皺紋。他來到大廳旁，開始像盲人般摸索著牆壁。

『夠遠了，喬丹。』柯雷喃喃說。這時車頭燈接近空地另一邊的照明燈兼擴音器柱。

⑦⓪Schubert，一七九七—一八二八，奧地利音樂家。

⑦①Chuck Berry，一九二六—，有『搖滾樂之父』之稱。

『停車，趕快給我滾回來。』

喬丹似乎聽見了。車頭燈停下來，頓時只有睡不著的手機人在動，睡著的手機人身體繼續冒出暖霧。接著傳來校車引擎運轉聲，連音樂聲也蓋不住，大廳裡的四人聽見了，也看見車頭燈又蹦向前去。

『不行，喬丹，搞什麼鬼？』湯姆大叫。

丹妮絲縮了一下，若非柯雷及時摟住她的腰，她已經摔下木箱了。

校車跳進沉睡的手機人之中，輾過他們。車頭燈開始像單腳彈簧高蹺一樣彈跳，一下子照到沉睡的手機人，一下子又往上照，一下子又恢復水平。校車往左偏，然後直走，接著又往右移。有一次，一個夢遊人被四個遠光燈照亮了，清晰得像黑色勞作紙裁出的人形，柯雷看見他高舉雙手，彷彿剛射門成功，但旋即又被衝過來的校車散熱罩撞上。

喬丹把校車開到人群中間然後停下，車頭燈沒關，散熱罩滴著水。柯雷一手遮住車燈最強的部分，依稀看得見一個小小的身影從校車側門走出來，開始朝卡什瓦卡瑪克廳前進。這人與其他人不同的是身手敏捷，行動有目標。隨後，喬丹跌倒，柯雷以為他已經落難。片刻之後，老丹樂得大叫：『他在那邊，那邊！』柯雷又看見了他的身影，比剛才更靠近十碼，而且離剛才消失的地方偏左甚多。喬丹一定是爬過了幾個沉睡的手機人，然後才再站起來。

車燈照出圓錐形的朦朧光束，喬丹重回光線時拖出長達四十英尺的影子，大家首度看清楚他的模樣。由於光源在他背後，大家看不清楚表情，但他踩著手機人奔跑時姿態瘋狂而優雅，大家一目了然。躺在空地上的手機人仍不省人事，清醒著卻沒靠近喬丹的手機人則不理他。然而，有幾個靠近他的手機人伸手想抓他，喬丹躲過了兩個，拖把狀的亂髮卻被一個女人揪住。

『放開他！』柯雷怒吼。他看不見女人的長相，卻不合理智地認定她就是從前的妻子，『放他走！』

她不肯鬆手，但喬丹抓住她的腰扭轉，跪下一邊膝蓋，然後手忙腳亂逃開。女人又伸手去抓，差點抓到喬丹的上衣後面，然後繼續踉踉蹌蹌往前走。

柯雷看見許多手機人聚集在校車周遭，似乎受到車頭燈的吸引。

柯雷跳下販賣機（這一次扶住丹妮絲的人是老丹），抓起撬棍，再跳回販賣機上，敲碎了他剛才往外觀察的窗戶。

『喬丹！』他咆哮，『繞到後面去！快繞過去！』

喬丹聽見柯雷的叫聲抬頭一看，被某種東西絆倒了，大概是一條腿、一條手臂，或是某人的脖子。他正要爬起來，黑暗中卻伸來一隻手，掐住他的喉嚨。

『上帝求求祢，不要。』湯姆低聲說。

喬丹向前衝，活像美式足球的後衛嘗試第一次進攻，雙腳猛踹地，掙脫了掐在喉嚨上的手，然後跌撞向前。柯雷看得見他眼睛圓睜，胸口起伏。喬丹接近大廳時，柯雷聽見他嗚咽喘氣。

不可能成功了，柯雷心想，沒希望了。*就差一點，差這麼一點點。*

然而喬丹成功了。大廳牆外有兩個手機人正在晃蕩，對他一點也不感興趣，只見喬丹闖過他們身邊，繞到大廳的另一側。他們四人立刻跳下販賣機，像接力隊似的狂奔到對面窗口，丹妮絲帶球跑在前頭。

『喬丹！』她高喊著，不斷踮腳尖蹦跳，『喬丹，小喬，你沒事吧？拜託，小朋友，快說你沒事啊！』

『我……』他猛抽一口氣，『……沒事。』又呼呼喘了一口。柯雷隱隱察覺到湯姆邊笑邊猛捶他的背。『誰知道……』呼呼呼！『……開車輾人那麼……困難。』

『你到底在幹嘛？』柯雷大喊。他多想把小喬丹抓過來先抱一抱，搖一搖，然後在他愚勇的臉上親個夠。然而現在卻連一眼也看不見，柯雷急得直跳腳。『叫你接近他們，又沒叫你直接壓死！』

『那樣做……』呼呼呼！『……是幫教頭報仇。』上氣不接下氣之中多了一分叛逆。『他們害死了教頭。他們和襤褸人聯手。他們和那個可惡的哈佛校長。我想讓他們付出代價，我要那個傢伙付出代價。』

『怎麼拖那麼久？』丹妮絲問：『害我們等了又等！』

『他們有好幾十個起來走動，』喬丹說：『說不定有幾百個。不知道是出了什麼錯……或是哪根筋忽然對了……或只是出現了變化……現在傳染得很快，四面八方走動，好像迷了路。我只好一直改變路線，最後只好從遊樂場中間走向校車。然後──』他笑得喘不過氣，『車子竟然發不動！不蓋你。鑰匙插進去了，轉了又轉，轉了又轉，每次只聽喀嚓一聲，不發動就是不發動。我差點抓狂了，不過還是鎮定下來，因為我知道，如果我抓狂了，教頭一定會失望。』

『啊，小喬……』湯姆低語。

『知道發不動的原因嗎？因為我沒繫好安全帶啦。乘客不需要繫安全帶，不過駕駛沒繫好，車子就發不動。很抱歉拖了這麼久，不過我還是辦到了。』

『行李箱裡真的有東西嗎？』老丹問。

『假不了啦，裡面堆滿了像紅磚的東西，一疊又一疊。』喬丹的呼吸開始恢復正常。『蓋在毛毯下面。紅磚上面有支手機。雷依用一條像高空彈跳的繩子把手機綁在兩個紅磚上。手機開著，這一種附有連接埠，像可以連接到傳真機的那種，也可以和電腦連線下載資料。電線就從這裡接向磚頭。我沒看見，不過我敢打賭，雷管就在中間。』他又深吸了一口氣。『手機出現了訊號格。有三格。』

柯雷點頭，不出他所料。上了通往博覽會的岔道後，卡什瓦卡瑪克這一帶應該就是訊號死角。有些正常族知道這件事，手機人從他們的腦袋攫取資訊後散佈出去，於是卡什瓦克＝無話的字樣才像天花一樣一發不可收拾。但是，手機人來到博覽會場之後，是否曾實地測試手機？當然沒有。他們何必測試手機？有了心電感應能力，手機就過氣了。成了群體的一員之後，手機就是『雙重過氣』——如果有這種說法的話。

然而，手機在這一小個圈子裡卻能通訊，為什麼？因為園遊會的工作人員架設了基地台。他們效勞的公司名為『新英格蘭遊樂設施企業』。園遊會就像熱門演唱會、舞台劇以及拍片現場，進入二十一世紀之後，工作人員仰賴手機通訊，尤其是在傳統電話線路不普及的荒郊野外，手機更形重要。窮鄉僻壤沒有訊號基地台怎麼辦？沒關係，盜載必要的軟體，自行來安裝不就得了？這樣做不是犯法嗎？當然，不過從喬丹報告的三格來看，顯然工作人員的基地台架設成功，而且因為電源來自電池，所以現在仍能傳遞電訊。基地台就安裝在博覽會的最高點。

安裝在迴旋降落傘的頂端。

12

老丹又走回對面，站上販賣機向外瞭望。『他們在校車旁邊圍了三層，』他報告，『車燈前面圍了四層人，好像認為車上躲了什麼大歌星似的，被他們踩在腳下的人一定被踩死了。』他轉向柯雷，對著柯雷手中的摩托羅拉舊手機點頭，『想試的話，勸你現在就試，不然等他們決定上車開走就來不及了。』

『早知道就熄火再走，不過我剛才以為熄火的話，車燈也會熄滅，』喬丹說：『燈一熄滅，我只能摸黑走。』

『沒關係，喬丹，』柯雷說：『不要緊。我這就……』

原本放手機的口袋卻空空如也，寫著電話號碼的那張紙已經不見了。

13

柯雷與湯姆找遍了地板，瘋狂地尋找，老丹則站在販賣機上憂鬱地報告，已經有一個手機人進了校車。這時丹妮絲忍不住咆哮：『閉嘴！別再囉唆了！』

大家停止動作，轉頭看著她。柯雷的心臟快跳出喉嚨了，他不敢相信自己如此粗心。雷依為了這件事而死啊，你這個蠢貨！他多想對自己破口大罵，他為了這件事而死，電話號碼卻被你搞丟了！

丹妮絲閉上雙眼，低下頭，雙手疊放在頭上，接著她匆匆說：『東尼、東尼快報到，有人丟了東西找不著。』

『唸什麼經啊？』老丹語帶驚奇地問。

『向聖安東尼的祈禱文，』她平靜地說：『唸教區學校時背的，每唸必靈。』

『饒了我吧。』湯姆幾乎嘟囔起來。

她不理會湯姆的奚落，全心注意在柯雷身上。『地上找不到，對不對？』

『大概吧。』

『又有兩個人上了校車，』老丹報告，『方向燈亮了。所以說，一定有人坐上了駕……』

『拜託你閉嘴行不行，老丹。』丹妮絲說。她仍注視著柯雷，態度依舊鎮定。『如果掉在校車裡，或是掉在外面，就永遠找不回來了，對不對？』

『對。』他沉重地說。

『由此可見，紙條沒在車上，也沒掉在外面。』

『何以見得？』

『因為上帝不允許。』

『呃……我的頭快爆掉了。』湯姆以異常鎮定的口吻說。

她再次把湯姆的話當作耳邊風。『好，你還有哪個口袋沒檢查過？』

『我檢查了每一個……』柯雷說到一半停了下來。他的視線仍與丹妮絲相接，一隻手卻向下伸進牛仔褲右口袋上方的小暗袋，裡面果然有一小張紙。他不記得把紙條放進這裡。他取出來，雷依臨死前費力抄下的電話號碼是：207—919—9811。

『幫我謝謝聖安東尼。』柯雷說。

『如果打得通，』她說：『我會請聖安東尼代我謝上帝。』

『丹妮絲？』湯姆說。

她轉向湯姆。

『也幫我謝謝祂。』他說。

14

四人坐在雙扉門邊，指望木門裡包的鋼鐵能保護他們。喬丹則在大廳後牆的外面蹲著，上面是不久前逃脫時敲碎的玻璃窗。

『如果爆炸時牆壁沒被炸出一個洞，我們怎麼辦？』湯姆問。

『到時候再想辦法。』柯雷說。

『如果雷依的炸彈沒爆炸呢？』老丹問。

『後退二十碼，然後下賭注。』丹妮絲說：『快打吧，柯雷，別等主題曲了。』

柯雷掀開手機，看著暗暗的顯示幕，這才想到在派喬丹出去前應該先檢查是否有訊號。他沒想過，其他人也沒想過。笨啊。幾乎就跟他把電話號碼塞進小暗袋卻忘記一樣蠢。他這時按下電源鍵，手機嗶了一聲，幾秒鐘沒有反應，但緊接著出現了三格，又亮又清晰。他按下號碼，然後把拇指輕放在撥號鍵上。

『喬丹，你在外面準備好了沒？』

『好了！』

『你們呢？』柯雷問。

『別再拖了，我快心臟病發作了。』湯姆說。

柯雷的腦海浮現一個影像，清晰而駭人：小強尼幾乎躺在校車的正下方休息，眼睛睜著，雙手握在紅襪隊T恤的胸口，聆聽著音樂，頭腦則以某種奇怪的新方式重建中。

他甩開這幅影像。

『東尼、東尼快報到。』他毫無緣由地說，然後按下撥號鍵，呼叫校車後面的那支手機。

他只來得及默數『一二三四、二二三四』，卡什瓦卡瑪克廳外的整個世界就頓時炸得天翻地覆，貪婪的爆炸聲席捲而來，吞噬了阿爾比諾尼的〈慢版〉（Adagio）。靠草地那邊的整排小窗戶應聲向內粉碎，窗口照進鮮艷的血紅光，隨後整座大廳的南端被一陣木板、玻璃與旋轉的乾草扯開來，四人緊靠的雙扉門似乎向後彎，丹妮絲摟住肚皮安胎。外面開始傳來恐怖的慘叫，剎那間如電鋸戳穿了柯雷的頭殼。慘叫來得快，去得更快，卻在柯雷的頭殼裡縈繞不去，盡是人下地獄後被活活烤死的聲音。

有東西重重掉在屋頂上，震得整棟建築搖晃起來。柯雷把丹妮絲拉起來。她用慌亂的眼神看著柯雷，彷彿不確定他是誰。

『快跑啊！』他嘴裡大喊卻幾乎聽不見自己的聲音，彷彿耳朵被塞了棉花。『快往外面逃啊！』

湯姆站了起來，老丹站到一半往後跌，再試一次，總算站定了。他抓住湯姆的手，湯姆抓住丹妮絲的手，三人形成人鏈，慢慢穿過南端被炸出的大洞。走出去之後，他們發現喬丹站在一堆著火的乾草旁，直盯著一通手機導致的後果。

15

屋頂上傳來彷彿巨人踏地的聲響，原來是一大塊校車的殘骸落在屋頂上。屋瓦起火燃燒。五人正前方是一小堆著火的乾草，更遠處有一對顛倒的座椅也正在燃燒，鋼骨已被煮成了義大利麵。衣物在天空中飄浮，如雪花般落下，包括幾件上衣、帽子、長褲、短褲、一條運動丁字褲、一件著火的胸罩。牆腳堆了一圈擋風用的乾草，柯雷知道不久後必定會燃燒成火河，到時候想逃命也來不及了。

原本用來舉辦演唱會、戶外舞會與各種競賽的草地，如今點綴著一堆堆火焰，但校車爆炸後的殘骸飛得很遠，柯雷看見至少三百碼外的大樹上也有火苗。在五人站立的正南方，鬼屋已經開始燃燒，柯雷還看見一個東西掛在迴旋降落傘骨架的半腰燃燒，他覺得應該是人的軀體。

群體已被炸成生肉團，手機人非死即奄奄一息，心電感應能力已遭瓦解，只不過偶爾有微小的電流輕觸柯雷，電得他的毛髮直豎，全身起滿雞皮疙瘩。僥倖生還的手機人仍能慘叫，呼聲不絕於耳，情況之慘烈遠超出柯雷當初的想像，儘管最初的幾秒鐘，他曾經努力保持清醒，告訴自己不可能會成功。

火光連不忍卒睹的慘狀也照出來了。支離破碎、身首異處固然可怕，積血成攤，殘缺的手腳也令人心驚，但最讓人不寒而慄的卻是散落一地的空衣與空鞋，彷彿爆炸的威力瞬間蒸發了群體的一部分。有個男人朝他們走來，雙手壓著喉嚨，看似竭力想止血，鮮血卻從他的指間流出，在火燒屋頂的照耀下呈現橘紅色。他的腸子垂掛在與胯下等高處，來回擺動。他走過時，更多圈濕濕的腸子又滑出來，他睜大了雙眼，但卻視而不見。

喬丹正在說話，但礙於慘叫聲、呼號聲充斥，背後的火勢也越來越囂張，柯雷沒聽清楚，所以他靠過去。

『我們是逼不得已。』喬丹說。他注視著一個無頭的女人、一個無腿的男人，看著被炸開成人肉獨木舟的東西，裡面盛滿了鮮血。更遠的前方又有兩個校車座椅，壓在兩個燃燒的女人身上。女人死在彼此的懷裡。『我們是逼不得已，我們是逼不得已啊！』

『沒錯，小喬，臉貼著我走吧。』柯雷說完，喬丹立刻把臉埋進柯雷的腰。這樣走路很不舒服，但並不是寸步難行。

五人繞過群體露宿區的邊緣，往半完工的遊樂場後方移動，而卡什瓦卡瑪克廳的火勢則燒得更加旺盛，照得草地更亮。黑黑的身影跌跌撞撞走著，許多人的衣服被轟掉了，不是全裸，就是幾近衣不蔽體，柯雷數不清有多少人。少數走過這五人身邊的手機人對他們一點也沒興趣，不是繼續往遊樂場前進，就是朝博覽會以西的森林進去。柯雷相信，除非他們設法重建某種群體意識，否則走進森林只有被凍死一途。他不認為餘生者有重建的能耐，原因之一是電腦病毒作祟，但最大的功臣仍屬喬丹，因為他為求最大的殺傷力，把校車駛進了正中央，如同他們當初停放那兩輛瓦斯車一樣。

柯雷心想：隨便虐殺一個老頭就導致如今的下場，他們一定沒想到吧……但他繼而一想：他們哪來的頭腦去想？

五人走到了沒鋪柏油的停車場，園遊會的工作人員把自己的卡車與露營車停在這裡，地上爬滿了曲折的電線，而露營車之間的空地也擺了家庭用品：烤肉架、瓦斯爐、乘涼椅、一個吊床，一看便知是逐工作而居的家庭，其中也有一個圓圈狀的小曬衣架，上面夾的衣物大概已經晾了將近兩星期。

『我們去找有鑰匙的車，然後趕快離開這個鬼地方。』老丹說：『他們清理了那條岔路。我們小心一點的話，一定可以走一六〇號公路北上，想走多遠都行。』他指向北方，『那一帶大概全是手機真空區。』

柯雷瞧見一輛廂型小火車，後面漆了連姆油漆與水電公司的字樣。他試試車門，一打就開，裡面堆了不少木箱，多數裝的是各種水電器材，但其中一箱裝了他想要的東西：罐裝噴漆。他先檢查是否全滿或將近全滿，然後拿走四罐。

『拿噴漆做什麼？』湯姆問。

『先賣個關子。』柯雷說。

『求求你們，趕快離開這裡吧，』丹妮絲說：『我受不了了，褲子都被血染得濕透了。』她哭了起來。

有個兒童遊戲機完成了一半，名為『噗噗查理小火車』。五人來到這裡，站在旋轉咖啡杯與小火車之間的遊樂場，這時湯姆指著說：『看。』

『噢……我的……老天爺……』老丹輕聲說。

有個人橫躺在火車售票亭的尖頂上，紅運動衫被燒得焦黑殘缺，仍然冒著煙，這種運動衫俗稱連帽衫，正面缺了一個口，大概是被迎面飛來的校車零件打穿的，周圍氾濫了一大圈的血跡。在鮮血蔓延至整件衣服前，柯雷仍能辨識出一個字，彷彿是襤褸人的臨終一笑：哈。

16

『那只是空殼子一個，裡面什麼人也沒有，而且破了那麼大一個洞，肯定是沒有麻醉就被動了開心手術。』丹妮絲說：『好了，你們看夠了的話……』

『遊樂場的南端另外有個小停車場，』湯姆說：『停了幾輛拉風的車子，大老闆開的那一型，不如去碰碰運氣。』

他們的手氣果然好，只可惜找到的車子一點也不拉風，而是一輛小廂型車，車身漆著泰科水質淨化專家，停在幾輛好車的後面，擋住了停車場的出入口。而這位泰科公司的仁兄也夠體貼，車上仍插著鑰匙，也許是怕擋到其他車輛進出。柯雷載著其他四人遠離火場、腥風血雨以及遍野的哀鴻，緩緩駛上岔道，小心翼翼回到與一六〇號公路交會的路口。這裡的廣告看板仍在，只可惜圖中的那種歡樂家庭已不復存在（前提是原本就有）。來到路口後，柯雷停下來，把排檔推至停車檔。

『你們其中之一來換手吧。』他說。

『為什麼，柯雷？』喬丹問，但柯雷從他的聲音就知他明知故問。

『因為我要在這裡下車。』他說。

『不要！』

『沒辦法，我要去找兒子。』湯姆說：『那地方炸成那樣，他存活的機率幾乎等於零。我不是嘴賤，只是務實。』

『我曉得，湯姆。我知道他還有生存的機會，你們也知道。喬丹說他們朝四面八方走開，好像迷了路似的。』

丹妮絲說：『柯雷……小柯……就算他還活著，說不定頭已經被炸掉一半，正在森林裡亂走。我不願意講，不過你應該知道這是事實。』

柯雷點頭說：『我也知道他可能提早離開，在我們被關進去之前就走了。說不定他走向葛利村。有兩個人就走了那麼遠，我看見過。我也看見沿路有人走過去，你們不是沒看到。』

『辯不過有藝術頭腦的人。』湯姆難過地說。

『對，』柯雷說：『不過我想請你和喬丹跟我下車商量一件事。』

湯姆嘆氣。『有何不可？』他說。

17

湯姆、柯雷、喬丹站在小廂型車旁邊，這時幾個狀似迷路又迷惘的手機人走過。三人對他們置之不理，他們也以同樣的禮節回報。西北方天邊的橙紅色越來越亮麗，看來卡什瓦卡瑪克聽正與後方的森林分享巨焰。

『這一次別哭得唏哩嘩啦。』柯雷假裝沒看見喬丹的淚眼，『我認為以後不是沒有見面的機會。湯姆，這東西你拿去。』他遞出引爆校車的手機，湯姆接下，『從這裡往北開，一直檢查訊號的強弱，如果碰到路礁就棄車下來走，走到路面沒有障礙物再找一輛大車或小車來開。到了蘭吉利（Rangeley）那一帶可能還有訊號，那裡是夏天划船、秋天狩獵、冬天滑雪的好地方。但過了蘭吉利應該就安全了，白天應該不會有事。』

『我打賭現在一定不會有事。』喬丹一邊說，一邊擦著眼睛。

柯雷點點頭說：『可能對。無論如何，記得運用判斷力。過了蘭吉利再往北走個一百英里，找間小木屋或別墅之類的房子，找來一堆日常用品，躲在裡面好好過冬。那些東西碰上冬天會怎樣，你們知道吧？』

『如果群體意識被瓦解了，而他們也不懂得往南遷徙，那就幾乎全部都會被凍死。』湯姆說：『至少在梅森—迪克森線[72]以北的活不成。』

『我也有同感。我在中間的置物箱留了幾罐噴漆，你們每隔二十英里左右記得在路面上噴字，噴得大一點，聽見了嗎？』

『就噴T—J—D，』喬丹說：『代表湯姆、喬丹、老丹和丹妮絲。』

『對，字體一定要噴得超大，外加一個箭頭，每次都噴在馬路的右邊，我找的時候才不會漏看。知道了嗎？』

『每次都噴在右邊，』湯姆說：『柯雷，跟我們一起走嘛，求求你。』

『不行。分手已夠難過了，你越留人我越傷心。每次你們棄車的時候，記得停在馬路中間，然後噴字。好嗎？』

『好，』喬丹說：『你最好來找我們。』

『我會的。這世界還會再危險一陣子，不過最危險的日子已經過去了。喬丹，我想請教你一件事。』

『請說。』

『如果我找到了強尼，而他碰到最可怕的事只是到感化站走了一遭，我應該怎麼辦？』

喬丹瞠目結舌。『我怎麼知道？天啊，柯雷！拜託……天啊！』

『是你推斷出他們正在重灌程式。』柯雷說。

『我只是用猜的！』

柯雷知道不可能如此單純，也知道喬丹現在是既累又怕。他在喬丹面前跪下一隻膝蓋，握起喬丹的手。『別害怕。再演變下去，也不可能比他現在的狀況更糟，連上帝也知道。』

『柯雷，我……』喬丹望向湯姆，『人類又不像電腦，湯姆！跟他講道理啊！』

『可是，電腦卻像人類，對不對？』湯姆說：『因為人類憑自己所知的方式去打造電腦。你知道重灌的原理，也懂得蠕蟲的特性，不如把你推測的東西全講給柯雷聽，反正柯雷可能找不到兒子了，如果真的找到了……』湯姆聳聳肩，『就跟柯雷剛才講的一樣，再糟又能糟到什麼地步？』

喬丹咬唇思索著。他面露極度疲態，上衣也沾了血。

『你們到底走不走？』老丹呼喚。

『再給我們一分鐘。』湯姆說，接著他改以較輕柔的口吻說：『喬丹？』

喬丹繼續沉默了片刻，最後才看著柯雷說：『你需要再找一支手機，需要帶他去一個有訊號的地方……』

⑫ Mason—Dixon Line，殖民地時代劃分美國南北的分隔線，大致位於賓州與馬里蘭州交界。

SAVE THE SYSTEM
儲存至系統_

1

柯雷站在一六〇號公路的中間，看著車尾燈消失在視線範圍之外。如果是晴天，他站立的位置應該在廣告看板的影子裡。他無法擺脫的念頭是，他再也無法與湯姆和喬丹相會了（腦袋裡低語著：玫瑰凋謝了），但是他拒絕讓這種念頭茁壯為預感。畢竟，這兩人與他不期而遇了兩次，俗話不是說，無三不成禮？

一個路過的手機人撞到了柯雷。這人臉的一側凝結了血，是柯雷從離開博覽會到現在見到的第一個傷患。如果不趕在他們前面，他勢必會見到更多，因此他趕緊走一六〇號公路南下。他沒有真正的理由相信兒子往南走，但求強尼的心智——原本的心智——尚未完全消失，他還能為強尼指引老家的方向。至少，這是柯雷知道的方向。

岔道以南大約半英里，他又碰見了另一個手機人。這次是女人，在路面上左右來回急走，如同船長在前甲板走動的模樣。她向柯雷望過來，目光兇狠，柯雷趕緊舉起雙手，準備在她攻擊時制住她。

但是她並沒有攻擊。『誰答—巴？』她問。柯雷的腦海清晰聽見了：誰跌倒了？爸，誰跌倒了？

『我不知道，』他說著慢慢走過，『我沒看見。』

『艾哪裡？』她問，腳步踱得更加迅速。柯雷的腦海聽見的是：我人在哪裡？他不想回答，但腦海想到的是超短褐的問題：你是誰？我是誰？

柯雷加快腳步，速度卻不夠快。蹉步的女人對著他背後呼喊：『凹宛是誰？』令他聽了心寒。

他的腦海響起的問句清晰得更令他心寒：超短褐是誰？

2

他擅闖的第一棟民房裡沒有槍，但他找到了長柄手電筒。每遇到一個脫隊的手機人，他就會照向對方的臉孔，每次都問相同的問題，同時盡力將自己的心意像幻燈片般投射在螢幕上：見過一個男孩嗎？他沒有得到答覆，腦中只聽見微弱而破碎的念頭。

第二間民宅的車道停了一輛不錯的道奇公羊（Ram）小貨車，但柯雷不敢開走。如果強尼在這條路上，絕對是用走的，柯雷如果開車，即使開得很慢，仍有可能看漏了兒子。他在食品儲藏室找到一罐黛西牌（Daisy）的火腿，用小貨車上的鑰匙撬開來邊走邊吃。吃夠了之後，他正想把剩下的火腿罐頭丟進雜草裡，突然看見一個年老的手機人站在郵箱旁，用傷心而且飢餓的眼神看著他。柯雷對他舉起火腿罐頭，老人過來收下，然後柯雷想像強尼的長相，同時慢慢字正腔圓地問：『你見過一個男孩嗎？』

老人嚼著火腿肉，吞嚥了一下，似乎正在思考，然後口齒不清地說：『信想似成。』

『信想似成，』柯雷說：『對，謝謝。』然後繼續上路。

南下了約莫一英里，他來到第三棟民宅，在地下室找到一把點三〇—三〇的步槍，也找出三盒子彈。他也在廚房的流理台上發現一支插在充電器上的手機，充電器當然已經停電，但他按下手機的電源開關時，手機嗶了一聲，立刻啟動。訊號弱得只出現一格，但是他並不訝異，畢竟手機人的感化站設在訊號範圍的邊緣。

他一手拿著已上膛的步槍，一手拿著手電筒，手機扣在腰帶上，開始往門口走，這時一陣肉體的疲乏感襲上心頭，宛如被裹了幾層布的鐵錘擊中頭部，走起路來歪歪斜斜。他想繼續走，但累得僅能部分運作的頭腦命令他非就地睡覺不可。也許睡覺是合理之道。如果強尼仍活著，他八成現在也在睡覺。

『改上白天班吧，柯雷，』他喃喃自語，『半夜拿手電筒只找得到狗屁。』

這棟房子很小，他看了客廳的相片，只找到一間臥房，另外還觀察到在唯一的浴廁裡，馬桶旁有扶手，因此推測這裡從前住的是老夫老妻。寢具整理得整齊有致，他連罩被也不掀就躺下去，只脫掉鞋子。躺下後，疲憊感似乎瞬間籠罩而來，他再也無法起床做任何事情了。臥房裡有一種香味，像是老婦人常用的香包吧，一種老祖母的味道，聞起來幾乎與他的感覺同樣蒼老。他躺在幽靜的環境裡，博覽會場的鬼哭神號感覺遙遠而虛幻，如同創作漫畫的點子，而他絕對不會創作這種漫畫，太血腥了。以前的雪倫，溫柔的雪倫可能會說：還是繼續畫《暗世遊俠》吧，繼續畫你愛畫的末日牛仔。

他的思緒似乎離身飄浮，慵懶而從容地飄回三人分手的情景。那時三人站在廂型車旁，而湯姆與喬丹即將走回車上。當時，喬丹把他在蓋頓學院說過的話重複給柯雷聽，解釋人腦其實就像容量超大的硬碟，脈衝事件爆發後，這個大硬碟也被洗掉了。喬丹說，脈衝事件對人腦的影響就像電磁脈衝的效應。

喬丹說：被洗到最後只剩核心，而人性本惡。幸好人腦是『有機』硬碟，可以自行重建，重灌程式。只可惜訊號裡有個小毛病。我提不出證據來，不過我敢保證集體行動、心電感應、懸浮移動……這些全是這個小毛病產生的副作用。小毛病從一開始就有，所以重灌程式時成了程式的一部分。你還聽得懂嗎？

柯雷點頭，湯姆也點頭。小喬丹看著他們，自己的臉上有血跡，神態疲憊卻熱切。

可是，脈衝還繼續在進行中，對不對？因為某個地方有個電腦靠電池繼續運作，繼續執行同一個程式。因為程式出了錯，所以小毛病一直變異，最後訊號可能停止，或者程式錯到自動終結。不過在結束之前……你還是有可能利用它。我說的是『有可能』，聽見了沒？先決條件是，人腦能不能像保護周到的電腦一樣，中了電磁脈衝之後產生某種反應。

湯姆問：『什麼反應？』喬丹對他虛弱地微笑。

儲存至系統。所有的資料都是。如果同樣的事情發生在人腦，如果能清除手機人的程式，舊程式最後也許能自行重灌回大腦中。

『他指的是人性程式。』柯雷在幽暗的臥室裡喃喃說，聞著香包散發出的淡淡甘香。『人性程式，被儲存在大腦深處，儲存了所有資料。』他快睡著了。如果會做夢的話，他希望不會夢見博覽會的慘狀。

在睡神帶走他之前，他最後的想法是，也許就長期而言，手機人會越變越好。沒錯，他們誕生在暴力與恐懼之中，但萬物誕生時通常過程艱辛，往往狂暴，場面有時也嚇人。然而，他們開始集結、開始凝聚意識之後，暴力傾向就隨之減輕。就柯雷所知，他們並沒有真正向正常族宣戰——除非硬把強迫感化視為戰爭行為。至於群體被滅絕之後他們為了報仇而大開殺戒，行為雖兇殘卻不難理解。假如任憑他們縱橫世上，最後他們可能比所謂的正常族更適合統治世界。地球換他們當家的話，他們絕對不會瘋狂採購耗油最兇的休旅車，因為他們具有懸浮的能力（或者因為他們的消費傾向相當原始），就連他們的音樂品味最後也高尚起來了。

柯雷心想：可是，我們別無選擇。生存就像愛一樣，都是盲目的。

睡神終於帶走了他。他並沒有夢見博覽會的殺戮場景，只夢見自己置身賓果帳幕下，主持人宣佈B—12時說：陽光維他命！這時他覺得有人在拉他的褲腳。他低頭查看桌子底下，強尼躲在下面，正仰頭對他微笑。某個地方有電話鈴響。

3

手機人的怒火還沒有完全熄滅，他們的超能力也尚未喪失殆盡。翌日中午前後，天氣苦寒，柯雷嗅得出十一月的前兆。他見路肩有兩個男人正在奮力纏鬥，於是停下來觀看。這兩人又捶又抓，最後揪住對方，以頭互撞，互咬對方的臉頰與脖子，同時也開始自地面徐徐升空。柯雷看得嘴巴合不攏，只見他們上升到離地約十英尺的高度，繼續打鬥，兩腳張開半蹲，彷彿站在隱形的地板上。其中一人身穿沾血的破爛T恤，正面印著重油的字樣，被對手咬中了鼻子，然後被推得向後退，踉蹌幾步後像石頭落井一樣跌到地上。他向後摔倒時，鼻血也向上灑出。咬鼻子的人這時好像才想到自己離路面有兩層樓高，立刻跟著跌下去。柯雷心想：就像小飛象失去了魔術羽毛一樣[73]。咬鼻人躺在塵土裡扭擰著一膝，掀開雙唇，露出血牙，在柯雷路過時對他張牙舞爪。

但這兩個人是例外。柯雷遇見的多數手機人（接下來的一個星期他一個正常人也沒看見）失去了群體意識的加持，似乎變得恍惚不知所措。柯雷反覆回想到喬丹上車前說過的話：如果蠕蟲繼續變異，最新一批被感化的人就不能稱為手機人，也不能稱為正常人。

柯雷認為這樣的人就像超短褐，只是比她更恍神一些。你是誰？我是誰？他能從這些人的眼睛看出上述的問句，他也懷疑——不對，他確定——他們嘰哩呱啦講話時，想問的就是這兩句話。

他繼續逢人就問：有看過一個男孩嗎？同時盡量把強尼的影像送出去，但他現在已經不指望得到合理的答覆了。多數時候，對方連一聲也不吭。到了晚上，他來到葛利村以北約五英里的貨櫃屋裡睡覺。隔天早上九點剛過，他進入本村的中心，來到僅有一個街區的商業區，瞧見有個身材矮小的人坐在葛利村餐飲店的人行道旁。

不會吧。他心想。但他越走越快，近到幾乎能確定路旁坐的是小孩而非矮小的成人，他開始跑步，新背包在他背後蹦上蹦下。葛利村的人行道不長，他踏上開端後在水泥地上踩出砰砰聲響。

果然是個男孩。

[73] Dumbo，一九四一年迪士尼動畫電影。

一個皮包骨的男孩，長髮幾乎觸及紅襪隊的T恤。

『強尼！』柯雷呼喊，『強尼，強尼G！』

男孩怔住了，轉向呼喊聲的來源，嘴巴打開成痴呆狀，眼神只有朦朦朧朧的警覺，好像正在考慮要不要逃跑，但他還沒來得及站起來，就讓柯雷一把抱起，髒兮兮而且毫無反應的臉與合不攏的嘴被柯雷吻遍了。

『強尼，』柯雷說：『強尼，我來接你了，我真的來了！我來接你，我來接你了！』

柯雷抱住男孩後開始原地打轉，男孩連忙用雙手摟住柯雷的脖子，也許是怕摔下去。男孩也講了話。柯雷拒絕相信男孩只是發出呃呃的喉音，不願把這聲音等同於風吹過汽水瓶口時的無意義聲響。男孩說的是人話。他說的可能是泰伊伊，好像想講泰爾得（tired，累）。也有可能是滴伊伊，就像強尼在十六個月大時首次對爸爸喊出的稱謂。

柯雷選擇第二種解釋。他相信，蒼白、污穢、營養不良、摟著他脖子的這個男孩剛才叫他『爹地』。

4

事隔一星期後他回想這個情景，覺得希望雖渺茫，但還是值得他欣慰良久。男孩只發了一個聲音，聽起來可能是人話，而這話又有可能是爹地，他緊抱這個希望不放。

現在，男孩睡在臥房衣櫃裡的小床上，因為他只肯睡在那裡，也因為柯雷不想再從大床下拉他出來。衣櫃的環境近似子宮，似乎能穩定強尼的情緒，也許這是感化後的習性之一。

談什麼感化，卡什瓦克的手機人把他兒子變成空有軀殼的弱智兒，甚至也不給他群體的慰藉。

屋外灰沉的夜空下，片片雪花開始飄落。一陣冷風把雪片掃上春谷鎮上無燈的緬因街，吹成了波動的蛇。雪下得未免太早了。其實不算早，特別是偏北的此地。感恩節之前下雪了，大家會發發牢騷，若是提前在萬聖節之前下雪，大家的怨言會加倍，然後有人會提醒大家這裡是緬因州，不是義大利南方的溫暖小島卡布利（Capri）。

他很想知道湯姆、喬丹、老丹與丹妮絲到了哪裡，也想知道丹妮絲臨盆時會如何反應。他猜丹妮絲大概應付得來，這女人夠韌，韌度可比被煮乾了的貓頭鷹肉。他想知道湯姆與喬丹是否也像他一樣經常想起他們，是否和他一樣時時掛念。他想念喬丹那對嚴肅的眼睛、湯姆反諷的微笑。他還沒看夠湯姆的笑容，畢竟他們歷經的波折並不十分有趣。

過去這個星期來，他一直陪伴著失魂的兒子，心想這是他有生以來最寂寞的一個禮拜。

柯雷低頭看著手中的行動電話。他最常思考的就是這支手機：該不該再打一通電話。打開電源時，手機的小顯示幕出現三格，收訊良好，但電池的續航力再強也有用完的一天，負責把訊號上傳至人造衛星的電池遲早也會乾涸（如果假設無誤的話，如果仍能上傳的話），或者脈衝可能變異成單純的載波，成了痴呆的嗡嗡聲，或成了誤打傳真專線時聽見的高頻嘰嘰聲。

雪。十月二十一日下雪。真的是二十一日嗎？他已經算不清楚了。他能確定的是，每晚被凍死的手機人會越來越多。倘使柯雷沒有及時尋獲強尼，他終究也會面臨凍斃的噩運。

問題是，他尋獲的是什麼？

他挽救了什麼？

滴伊伊？

爹地？

也許吧。

他能確定的是，從那天起，男孩再也沒說出勉強能算是人話的字眼。他倒是願意跟著柯雷走……但要是柯雷稍不注意，他就會自己到處亂走，柯雷只好把他拉住，就像拉住在超市停車場自由行的幼兒。每次柯雷制止兒子漫遊時，他不禁聯想到兒時玩的一種發條機器人，這種玩具最後一定會走進牆角，然後原地踏步走個不停，直到主人讓它面向房間中央為止。

柯雷找到一輛有鑰匙的車，想叫強尼坐上車時，他卻恐慌起來，反抗了一小陣子。最後他終於讓強尼坐上車，幫他扣好安全帶，鎖上車門，開始上路，強尼又安靜下來，進入近似被催眠狀態。強尼甚至找到了車窗的開關鈕，搖下了窗戶，閉眼微微仰頭讓風吹臉。柯雷看著兒子又長又髒的頭髮被風吹起來，心想：老天救救我啊，簡直像開車載狗兜風。

碰到無法繞行的路礁時，柯雷把強尼扶下車，發現兒子尿濕了褲襠，心情一沉：天啊，失去了語言能力，居然連大小便的習慣都要從頭訓練。事後證明強尼果然退化為嬰兒，但後果並未如柯雷想像得那麼複雜或危急。強尼雖然忘記了大小便的習慣，但要是停下來把他牽進空地，內急的話他還是懂得就地小便，非得蹲下來排便的話他也會蹲下去，一面排便一面悠然仰望天空。也許是在觀察鳥類飛行的路線吧，也許不是。

不願意坐馬桶，可是像寵物一樣知道該去哪兒大小便。柯雷再次無助地聯想到從前養過的狗。

不同的是，家裡的狗不會每晚醒過來尖叫十五分鐘。

5

父子重逢的首夜，他們在紐菲爾商行附近的一家民房過夜，柯雷第一次見識到兒子吶喊的威力，當下以為強尼死定了。那天晚上，兒子先是在他懷裡睡著，他猛然醒來時卻發現兒子不見了。強尼沒睡在床上，原來是鑽到床底下去睡了。柯雷鑽進床下，頭與彈簧床墊僅有一吋之隔，地面滿是一團團的灰塵，嗆得他喘不過氣。他抱住了一具瘦如鐵欄杆的身體。強尼的肺臟雖小，叫聲卻驚人，柯雷也發現叫聲傳進腦子裡具有放大的作用，叫得柯雷全身毛髮直豎，包括陰毛在內。

強尼在床下尖叫了將近十五分鐘，叫聲來得急，結束得也突然，叫完後全身癱軟。床下空間狹隘得不像話，兒子竟有辦法把一隻手擠進脖子上面，柯雷擔心兒子窒息，只好把自己的頭壓向兒子的腰，以確定他仍有呼吸。

強尼全身軟綿綿的，被柯雷拖出床下後躺上床，渾身是灰塵。柯雷就這樣陪他躺了將近一小時，最後自己才不支昏睡過去。早晨醒來，床上又只剩他一人。強尼又爬進床底下了。他就像一條被打怕了的狗，只想找個最小的空間避難。這種習性與手機人先前的舉止似乎恰好相反……但話說回來，強尼當然不像那些人，強尼屬於新品種。願上帝救救他。

6

如今父子來到春谷林業博物館旁的管理員宿舍，裡面的環境舒適，飲食無缺，有燒柴薪的火爐，也有手壓式的抽水機，甚至也有個化學劑馬桶，只是強尼不願坐馬桶，寧可到後院解決。要是把這棟小屋登在房地產廣告上，大概可以這樣寫：興建於一九〇八年左右，現代設備應有盡有。

除了強尼每晚狂叫之外，日子過得安安靜靜，讓柯雷有時間思索。現在，他站在客廳窗前，欣賞著雪花咻咻橫掃街頭，兒子躲在衣櫃裡睡覺，他警覺到思索的階段應該到此為止。除非他主動出擊，否則情況勢必一成不變。

你需要再找一支手機，喬丹在分手前說，需要帶他去一個有訊號的地方。

這裡接收得到訊號，仍在收訊範圍之內，打開手機時有格為證。

再糟又能糟到什麼地步？湯姆曾經這麼問過，然後聳聳肩。湯姆當然可以聳肩，強尼又不是他的兒子。湯姆現在也有自己的兒子了。

先決條件是，人腦能不能像保護周到的電腦一樣，中了電磁脈衝之後產生某種反應。喬丹說過。儲存至系統。

儲存至系統。好一句劇力萬鈞的話。

若想執行喬丹高度假設性的二度重灌，必須先清除手機人的程式。喬丹也建議讓強尼再接受一次脈衝，以毒攻毒。這個建議讓柯雷聽了膽顫心驚，只覺得既瘋狂又危險，因為柯雷無從得知脈衝程式已變異到了什麼程度……而這些步驟的前提是脈衝至今仍持續運作中……但這只是他自以為是的假設，而自以為是會讓你什麼都不是……

『儲存至系統。』柯雷低語。小屋外的天色幾近全黑，咻咻吹的雪也更像幽靈。

他敢確定的是，現在的脈衝和以前不同了。他記得有天晚上在葛利村消防義工站碰見兩個手機人，在那之前他從沒看過手機人晚上出來走動。那兩人爭的是一輛老爺消防車，但他們也會講話，不只是發出無意義的喉音，而是真正的人話。字彙雖然不豐富，稱不上是晚宴席間的珠璣妙語，卻是道地的人話：走——開。你走。可惡！你！以及最常講的：我側。那兩個人與先前的手機人不同，不像襤褸人那一代的手機瘋子，而強尼也與那兩個人不同。為什麼？因為蠕蟲仍在程式裡亂咬，而脈衝程式仍在變異中？也許吧。

喬丹親吻柯雷後道別北上，但他說的最後一句話是：強尼在感化站接受的程式屬於舊版，如果你能對他灌輸新版程式，兩個程式也許會吃掉對方，因為蠕蟲的本性就是吃、吃、吃。

之後呢，假如從前的程式還在……還儲存在系統裡……

柯雷煩惱之餘，心思不知不覺轉向愛麗絲。身受喪母之慟的愛麗絲為了勇敢面對現實，設法把恐懼移轉至一隻幼童的球鞋。當時，三人走上一五六號公路，離開蓋頓大約四小時後，曾在路邊的野餐區歇腳，有一群正常族路過，湯姆問他們要不要過來一起坐。那個時候，其中一人說：那是他們啊！那群是蓋頓幫的人。另外一人則叫湯姆下地獄去。愛麗絲跳起來了。她跳起來說……

『她說至少我們做了一點事，』柯雷望向越來越暗的街頭說：『然後她問那群人，你們呢？你們連個屁都沒放！』

多虧死去的愛麗絲相助，他找到答案了。強尼G並沒有日漸改善的跡象，柯雷的選擇只剩兩項：死守他現有的一切，或是趁還來得及的時候勇於改變現狀，如果還來得及的話。

柯雷拎著裝了電池的提燈進臥房，衣櫃的門開著，他看得見強尼的臉。沉睡中的強尼把一隻手墊在臉頰下，亂髮散落在額頭上，模樣幾乎無異於吻別兒子的那天。當時的情景宛若事隔千年，柯雷帶著裝有《暗世遊俠》的作品夾前往波士頓。現在的強尼只是瘦了一點，外表與當天大同小異，唯有在他清醒時才看得出差別。清醒時的強尼嘴唇癱軟，兩眼無神，肩膀無力下垂，兩手懸盪。

柯雷把衣櫃的門開至極限，在小床前跪下，強尼被提燈照到臉時動了一下，旋即恢復平靜。柯雷沒有祈禱的習慣，何況過去幾個星期的遭遇並沒有大幅提高他對上帝的信心，但他確實是找到了兒子，所以不能說未蒙上帝關照。因此，無論天堂有誰在聆聽，他上傳了一句禱告詞，簡潔有力：*東尼、東尼快報到，有人丟了東西找不著。*

他掀開手機，按下電源開關，手機輕輕嗶了一聲，視窗裡的琥珀光亮起，訊號有三格。他遲疑了片刻。該打電話的時候到了，他只有一個號碼可打，而這個號碼襤褸人與手下曾經試過。

他輸入三個數字之後，伸手搖搖強尼的肩膀。強尼不想醒過來，只是嘟囔著想抽身而去，然後想翻身，可是柯雷還是執意叫他起床。

『強尼！強尼G！起床了！』他加重搖肩的力道，終於搖到強尼撐開眼皮，用無神而警覺的目光注視他，但卻毫無好奇之意。這種神態如同受盡虐待的狗，每次柯雷一見就心碎。

他心想：最後一次機會了。你真想這麼做嗎？勝算小於一成。

然而，當初尋獲強尼的勝算又有多少？強尼在校車炸毀卡什瓦克之前離開的機率又有多高？千分之一？萬分之一？柯雷願意容忍這種警覺又缺乏好奇的表情，一直容忍到強尼十三歲、十五歲、然後二十一歲？坐視兒子繼續睡衣櫃、繼續在後院拉屎？

至少我們做了一點事。愛麗絲‧麥斯威爾說得好。

他凝視鍵盤上方的視窗，『911』三個黑字清晰如既定的命運。

強尼的眼皮逐漸往下掉，柯雷連忙再搖他一下，以免他又睡著。他用左手搖著兒子，用右手拇指按下撥號鍵。小視窗顯示**撥號中**，他一數完：『一二三四、二二三四』，**撥號中**的字樣就轉變為**接通**，此時柯雷不願讓自己有思考的餘地。

『嘿，強尼G，』他說：『找……找……你……你。』然後把手機壓向兒子的耳朵。

二〇〇四年十二月三十日至二〇〇五年十月十七日

創作於緬因州中勒渥爾市（Center Lovell）

作者謝詞

感謝查克．威瑞爾（Chuck Verrill）把本書編輯得鉅細靡遺。

感謝羅蘋．佛斯（Robin Furth）研究手機科技並提供潛藏人類性靈核心的多項理論。有用的資訊由她提供，理解錯誤之處請怪本人。謝謝妳，羅蘋。

初稿經內人塔比莎詳讀指教，謝謝妳，塔比莎。

波士頓與新英格蘭北部的讀者會發現我虛構了幾個地理事實。我無從辯解，捏造事實原本就是小說創作者的領域。

就我所知，聯邦應變總署並未挪用任何款項來為手機訊號塔裝設備用發電機，但在此必須強調的一點是，許多訊號塔確實具備了輔助發電機，以防停電時斷訊。

S．K．

先讀為快

耗費三十餘年，史蒂芬·金唯一的奇幻巨作《黑塔》系列七部曲

一九六七年，我還不曉得『屬於我的故事』會是個什麼樣的故事，
但那並不重要，因為我覺得總有一天靈感會從天而降。
我年方十九，心高氣傲，傲到覺得我可以再等等，
等我的繆思女神和經典大作（我確定那絕對會是經典大作）問世……

〈前言〉

那一年我十九歲……

1

我十九歲（在各位要開始看的這本書裡，十九可是個重要的數字）的時候，哈比人正當紅。

在伍茲托克音樂節（Great Woodstock Music Festival）❶上，大概有半打的梅里和皮聘跋涉過雅斯各（Max Yasgur）牧場的爛泥，此外還有成打的佛羅多，多得數不清的嬉皮甘道夫。在那段日子裡，托爾金的《魔戒》極為風行，雖然我沒去伍茲托克（真遺憾），但我想我至少算是個嬉皮半身人（halfling），自然一看到《魔戒》就愛上它。就像大部分我那個年代的長篇奇幻故事一樣（例如史蒂芬．唐那森〔Stephen Donaldson〕的《湯瑪士．寇文能傳奇》〔Chronicles of Thomas Covenant〕、泰瑞．布魯克斯〔Terry Brooks〕的《沙那拉之劍》〔Sword of Shannara〕），《黑塔》系列也是托爾金啟發下的產物。

不過，雖然我在一九六六年跟一九六七年看了《魔戒》，但我並沒有執筆寫作。我非常景仰托爾金驚人的想像力，還有他完成史詩鉅作的雄心壯志，但是我想要寫一個屬於我的故事。要是我當時就開始寫作，我一定會寫出『托爾金式』的故事。要真是如此，那就會像故總統滑頭迪克❷常說的：大錯特錯。多虧了托爾金先生，二十世紀已經不缺精靈和巫師了。

一九六七年，我還不曉得『屬於我的故事』會是個什麼樣的故事，但那並不重要，因為我覺得總有一天靈感會從天而降。我年方十九，心高氣傲，傲到覺得我可以再等等，等我的繆思女神和經典大作（我確定那絕對會是經典大作）問世。我想，人在十九歲的時候是有權利驕傲，因為時間還沒有開始鬼鬼祟祟的偷走你的東西。一首流行的鄉村歌曲唱道：『時間會奪去你的頭髮，讓你沒力氣投籃。』但事實上，時間奪去的遠不只這些。一九六六年跟一九六七年，我還不知道這件事，就算我知道，我也不會在乎。我勉強可以想像自己活到四十歲會是什麼德行，但是五十歲？不可能。六十歲？門都沒有。我怎麼可能會變成六十歲的老頭子！十九歲就是這樣。十九歲的時候你會說：喂，大家注意，我抽的是火藥，喝的是炸藥，腦袋清楚就別擋路──史蒂芬來也！

十九歲是個自私的年齡，而且也沒有什麼煩惱。我有很多朋友，那是我關心的；我有遠大的抱負，那也是我關心的。我有台打字機跟著我從一間爛公寓搬到另一間爛公寓，口袋裡永遠放著一包煙，臉上永遠掛著微笑。中年危機很遙遠，老年的屈辱更遠在天邊。就像鮑伯．塞格（Bob Seger）❸那首歌的主角（現在成了卡車的廣告歌），我覺得自己充滿潛力，前

❶譯註：一九六九年，美國西北部的雅斯各牧場舉辦搖滾音樂會，湧入五十萬名搖滾樂迷，成為搖滾樂史上劃時代的大事。
❷譯註：Tricky Dick Nixon。尼克森總統在大選時對手為他取的小名。
❸譯註：美國鄉村搖滾歌手。

途光明。我的口袋空空，但是腦袋裡充滿了想說的話，心裡充滿了想講的故事。這些話現在聽起來有些陳腔濫調，但那時可覺得棒透了，簡直是酷斃了。我最大的夢想，就是用我的故事直通讀者的心房，從此改變他們的一生。我覺得我辦得到，我覺得我天生就是這塊料。

這些話聽起來有多自負？非常自負，還是只有一點點？不管怎樣，我不會後悔。當時我十九歲，一根白鬍子也沒有。我有三件牛仔褲，一雙靴子，我覺得全世界都是我的囊中物，而接下來二十年也沒有發生什麼事情證明我錯了。然後大概在三十九歲的時候，我的麻煩來了：酗酒、嗑藥、一次車禍讓我行動不便（還有一大堆）。我已經在別的地方詳述過，這裡就不再贅述。此外，你不也是一樣的嗎？世界最後都會派個糾察隊員叫你減速慢行，告訴你誰才是老大。你一定已經遇到你的糾察隊員（要是你還沒遇見，遲早都會遇見）；我已經遇到我的糾察隊員了，而且我確定他一定會再回來。他知道我住哪兒。他是個壞心的男孩，壞心的軍官，誓死要與悠閒、性交、驕傲、抱負、震破耳膜的音樂，還有所有屬於十九歲的事情為敵。

但我還是覺得那是個不錯的年齡，也許是最好的年齡。你可以聽一整夜的搖滾樂，但是等到音樂消逝，啤酒見底，你還能思考，還能做遠大的夢想。壞心的糾察隊員最後一定會讓你漏氣，所以如果你不一開始就把牛皮吹大點，等他大功告成，你大概就漏氣漏到只剩兩隻褲腳了。『又抓到一個！』他吼著，然後手裡抓著糾察簿往前大步走去。所以，一點點自負（甚至是非常自負）不是件太壞的事，不過你媽一定不是這麼說。我媽就不是這麼說。她說：史蒂芬，驕者必亡……後來我發現（在我的年齡剛好是十九乘以二的時候），不管怎樣最後你一定會死，或是被撞進水溝裡。十九歲的時候，要是你進酒吧，會有人開你罰單，叫你滾出去，但是如果你坐下來畫畫、寫詩，或是說故事，絕對不會有人來煩你。如果你非常年輕，千萬別理長輩或是自以為高你一等的人說什麼。當然，你從來沒去過巴黎，也沒有在西班牙的潘普隆那（Pamplona）跟牛賽跑，你只是個無名小卒，腋毛三年前才長出來——但是那又怎樣？如果一開始褲子不做得大一些，長大了怎麼穿得下？告訴你，不要管別人怎麼說，坐下來抽你的煙吧！

2

我覺得小說家有兩種（包括一九七〇年以前的我，那個乳臭未乾的小說家）。第一種小說家是比較『文學』的，或者說是比較『嚴肅』的，這種小說家在選擇主題時會問：寫這種故事對我有什麼意義？另一種小說家的天命（你也可以把它叫做『業』（Ka））則是通俗小說，這種小說家比較會問另一個問題：寫這種故事對別人會有什麼意義？『嚴肅』的小說家在尋找自我的解答，而『通俗』小說家則在尋找觀眾。兩種作家都一樣自私。我認識不少作家，保證絕無半句虛言。

總之，我相信我在十九歲的時候，就把佛羅多還有他想盡辦法甩掉至尊戒的故事歸為第二種小說。這些冒險故事的主角是一支略帶大不列顛血統的遠征隊，背景則有幾分挪威神話的味道。我喜歡這個追尋的主題，事實上是愛死了這個主意，但是我對托爾金拿粗壯的鄉村鄙夫當主角不以為然（這並不表示我不喜歡他們，因為我真的很喜歡他們），也對矮林叢生的北歐背景沒什麼興趣。如果我朝那個方向走，我一定會把事情搞砸。

所以我等。一九七〇年，我二十二歲，長出了第一根白鬍子（我想這應該跟一天抽兩包半潑墨牌〔Pall Mall〕香煙脫不了關係），但即使是到了二十二歲，你還是可以等。二十二歲，時間還是站在你這邊，不過那個壞心的糾察隊員已經開始跟鄰居打聽消息了。

然後，在一間幾乎空無一人的電影院裡（如果你想知道，那是緬因州班格市的寶珠戲院），我看了一部由塞吉歐・李昂尼（Sergio Leone）執導的電影。那部電影叫『黃昏三鏢客』（The Good, the Bad, and the Ugly），電影還沒放到一半，我就發現我要寫的小說是什麼了：我希望能延續托爾金那種追尋與魔幻的感覺，但背景要設在李昂尼古怪、壯闊的西部荒野。如果你只在電視上看過這部奇特的西部電影，你不會懂我在說什麼——恕我冒昧，但事實如此。在大銀幕上，透過最對味的 Panavision 鏡片投射，『黃昏三鏢客』成了可比美『賓漢』（Ben-Hur）的史詩。克林伊斯威特看起來大概有十八呎高，臉頰上鋼絲般的鬍碴看起來八成有紅木小樹那麼粗。李凡克里夫（Lee Van Cleef）臉上那兩道法令紋深如峽谷，搞不好每道法令紋下都有一個薄域（見《黑塔第四部：巫師與水晶球》〔Wizard and Glass，暫譯〕）。荒漠場景似乎大到可以碰到海王星的軌道，每枝槍的槍管看起來都有荷蘭隧道（Holland Tunnel）❹那麼大。

然而，除了背景之外，我更希望能捕捉那種史詩般巨大的尺寸。李昂尼對美國地理一竅不通（根據其中一個角色所言，芝加哥位在亞利桑那州鳳凰城附近），讓這部電影更具有一種壯麗的錯置感。我滿懷熱情——我想這種熱情大概只有年輕人才有——不只想寫一本很長的書，而是史上最長的通俗小說。我沒能寫出最長的，但也很接近了：《黑塔》一到七集講的是同一個故事，前四部的平裝版加起來超過兩千頁，後三部的手稿則有兩千五百頁。我的意思不是長度愈長，品質就愈好，我的意思是我想寫一篇史詩，而就某方面來說，我成功了。如果你問我為什麼想寫史詩？我也說不上來，也許是因為我在美國長大，什麼都要拿第一：要蓋最高的大樓，挖最深的溝，寫最長的小說。你問我動機何在呀？我想那應該也是因為我在美國長大，我的動機就像咱們美國人最愛說的，因為一開始看起來是個好主意。

3

另一個關於十九歲的事情是：我想很多人都有一種『十九歲情結』，拒絕長大（我是指心理跟情感方面，當然生理方面也有可能）。一年一年過去，有一天你發現自己看著鏡子，嚇了一大跳。你心想：我的臉上怎麼會有皺紋？那個愚蠢的大肚子怎麼來的？天呀，我不是才十九歲嗎！這也是個陳腔濫調，但想起來仍然讓人十分驚奇。

時間讓你長出白鬍子，時間奪去你的精力，而你這個傻瓜卻還以為時間站在你這邊。你的理智知道事實是怎麼一回事，但你的情感卻拒絕相信。如果你夠幸運，那個檢舉你開快車、玩過頭的糾察隊員也會給你一劑醒腦的嗅鹽。這就是二十世紀末發生在我身上的事情：一輛普利矛斯（Plymouth）廂型車把我撞進家鄉路邊的水溝裡。

❹譯註：連接紐約與紐澤西的河底隧道。

意外發生三年後，我在密西根第爾本市的博得書店（Borders）為《緣起別克八》（From a Buick 8）舉辦簽書會。輪到一個年輕人的時候，他說他真的、真的很高興我還活著。（常有人這樣對我說，不過我老覺得他們真正的意思是：『你怎麼還沒死？』）

『我聽到你被撞的時候，剛好跟我的好朋友在一起，』他說：『老兄，那時我們一邊搖頭一邊說：「黑塔完了，它歪了，它要倒了，啊，該死，現在他永遠也寫不完了。」』

我也曾經有過同樣的想法——我常常不安的想到，我在百萬名讀者的共同想像中建立了黑塔，也許只要有人還願意看它，我就有責任保護它。或許只有五年，然而就我所知，也許會有五百年。奇幻故事不管寫得好，寫得壞（就連現在也許都有人在看《吸血鬼瓦涅爵士》〔Varney the Vampire〕或是《僧人》〔the Monk〕），似乎都能長命百歲。羅蘭保護黑塔的方法，是讓支撐黑塔的光束不受威脅，而在車禍之後，我發現我保護黑塔的方法，是把槍客的故事寫完。

《黑塔》一到四部花了很長的時間，在這段時間裡，我收到了上百封想讓我良心不安的信件。一九九八年（也就是我還以為自己只有十九歲的時候），我收到一封八十二歲老奶奶的臨終遺願。老奶奶告訴我，她大概只剩一年好活（癌細胞擴散全身，最多只能活十四個月），她不指望我為了她一個人把故事趕出來，但是她想知道能不能拜託（拜託！）我告訴她結局是什麼。真正讓我心痛（但還沒痛到能讓我開始寫作）的那句話，是她保證『不會告訴任何人』。一年以後（大概在那個送我進醫院的車禍之後），我的一個助理，瑪莎．迪菲莉波（Marsha DiFilippo）收到一封來自德州還是佛州死刑犯的信，他的心願跟老奶奶差不多，也就是：結局到底是什麼？（他保證帶著這個秘密進墳墓，真讓我寒毛直豎。）

如果可以，我一定會讓這兩位朋友得償所願，跟他們簡述一下羅蘭接下來的冒險故事，但是，哎，我辦不到。我完全不知道槍客跟他的朋友最後到底怎麼了。如果我要知道，我就必須寫作。我曾經擬了一份故事大綱，但不知丟到哪兒去了。（不過大概也沒什麼用。）我只有幾張便條紙（現在我桌上就有一張，上頭寫著：『裘西、奇西與哲西，×××裝滿籃』）。終於，在二〇〇一年七月，我又開始動筆了。那時我知道我已經不是十九歲，也知道我對人生的病痛老死並沒有免疫力。我知道我會變成六十歲，甚至七十歲，而且我希望能在糾察隊員最後一次上門前把故事寫完。我可不希望我的書成了另一本《坎特伯里故事》（Canterbury Tales）或是《艾德溫・杜魯德之謎》（The Mystery of Edwin Drood）❺。

忠實的讀者（不論你是正打算開始看第一部，還是已經準備進入第五部），現在成果（不管是好是壞）就在各位眼前。不管你喜不喜歡，羅蘭的故事都已經完成了，我希望它能為你帶來一些樂趣。

至於我，我非常盡興。

史蒂芬・金

二〇〇三年一月二十五日

❺譯註：《坎特伯里故事》為中世紀喬叟（Chaucer）所作，《艾德溫・杜魯德之謎》為狄更斯（Charles Dickens）所作。兩書都未能在作者生前完成。

修改版前言

大部分的作家在談論寫作時都是廢話連篇❶，所以你從來沒看過有什麼書叫做《西方文明百篇序言傑作選》或是《美國人最愛前言選》。當然，這是我個人的主觀意見，不過我曾經寫過至少五十篇序言與前言（更別提寫了一整本談寫作技巧的書），我想我是有權利這麼說的，而且我想，如果我告訴你這篇前言會是少見的例外，真的值得一看，你也可以把我的話當真。

幾年前，我推出了《末日逼近》（the Stand）的增修版，在我的讀者群裡引起一陣軒然大波。我會特別在意那本書，也是情有可原，因為在我的作品裡，《末日逼近》一直都是讀者的最愛。（根據某些最死忠的『末日逼近迷』，如果我完成《末日逼近》後，在一九八〇年死掉，這個世界並不會有什麼太大的損失。）

如果在我的作品裡，有什麼故事能跟《末日逼近》比美，也許就是羅蘭·德斯欽跟他追尋黑塔的故事。而現在——可惡！——我又對它幹了一樣的事情。

不過事實上，我並沒有那麼做，我希望你知道這一點，我也希望你知道我做了什麼，理由何在。也許這對你來說並不重要，但是對我來說非常重要，因此（我希望）這篇前言並不符合金氏的『廢話原則』。

首先，請注意《末日逼近》的手稿會遭到大幅刪減，不是因為編輯上的原因，而是因為財務上的原因。（此外還有裝訂上的限制，但在此我不想多談。）❷我在一九八〇年代末期推出的修訂版，其實是修改原先就存在的手稿。我也重新修改了整個作品，大部分是為了順應時事，加入一些跟愛滋病有關的情節，最後修訂版比首次推出的版本多了十萬字左右。

至於《最後的槍客》這本書，原先的版本很短，而新增的頁數也只有三十五頁，也就是大概九千字。如果你曾經看過原本的《最後的槍客》，在這本書裡，你只會發現兩、三個完全不同的場景。當然，《黑塔》純粹主義者（為數還真不少，看看網路就知道）會想把這本書再看一次，而且看這本書的時候，大概都會是既好奇，又生氣。我同情他們，但是我必須說，比起他們，我更關心從來沒見過羅蘭和他共業夥伴（Ka-tet）❸的讀者。

雖然有一票死忠的書迷，但《黑塔》的故事卻沒有《末日逼近》來得有名。我舉行讀書會的時候，有時候會問在場的人有誰看過我的小說。既然他們都不辭辛勞的出席了（有時候還得大費周章，請保姆帶小孩，或是花錢替老爺車加油），大部分的人自然也都會舉手。然後我會請沒看過《黑塔》的人把手放下，這時候至少會有一半的人會把手放下。結論十分清楚：雖然在一九七〇年到二〇〇三年這三十三年中，我花了非常多的時間寫這些書，但是相較之下，並沒有很多人看過。然而，看過的人都非常熱愛這些書，我自己也非常熱愛——所以我

❶作者註：關於『廢話因子』，詳見《史蒂芬金論寫作》（On Writing），二〇〇〇年Scribner出版（中譯本由商周出版）。
❷譯註：此書出版時長達八百多頁，修訂版更長達千頁。
❸作者註：指命運與共者。

捨不得讓羅蘭跟那些未完成的角色一樣，漸漸淡出江湖（想想喬叟那個去坎特伯里朝聖的故事，或是狄更斯未完成小說《艾德溫．杜魯德之謎》裡的角色）。

我想我從前總以為我會有時間寫完《黑塔》（應該是在我的潛意識裡這麼想，因為我不記得我曾經有意識的這麼想過），以為時間到了，上帝就會寄一份會唱歌的電報給我：『啦啦啦，啦啦啦／回去工作史蒂芬／快去寫完黑塔傳』。從某方面來說，我的想法成真了，只不過提醒我繼續寫作的，不是會唱歌的電報，而是與一台普利矛斯小貨車的近距離接觸。如果那天撞我的車子再大一點，或是撞得再準一點，恐怕最後就是來賓獻花，家屬答禮，而羅蘭的遠征就再也無法完成，至少不會是由我完成。

總之，在二〇〇一年（那時我的身體狀況已經漸漸好轉），我決定時機已到，該完成羅蘭的故事了。我排開一切雜事，全心全意寫作最後三本書。一如往常，我這麼做不是因為讀者的要求，而是為了我自己。

現在我寫這篇前言時，是二〇〇三年的冬天，《黑塔》的最後兩部還在修改階段，但是事實上，我在去年夏天就完成了初稿。在編輯第五部（《卡拉之狼》〔Wolves of the Calla〕，暫譯）及第六部（《蘇珊娜之歌》〔Song of Susannah〕，暫譯）時，我有一些空檔，於是我決定回頭把整個故事重新修改一次。為什麼？因為這七部書不是獨立的故事，而是《黑塔》這個長篇小說裡的七個小節，但是故事的開頭卻和跟結尾不太一致。

這些年來，我修改作品的方法並沒有太多改變。我知道有的作家是邊寫邊改，但是我的策略一直都是一頭栽進去，能寫多快就寫多快，讓我的寫作之刃愈磨愈利，然後努力超越小說家最陰險的敵人：懷疑。停下筆回頭看稿會激起太多問題：我的角色可信嗎？我的故事有趣嗎？我寫得到底好不好？有人會喜歡嗎？我會喜歡嗎？

寫完小說的初稿後，我會把它統統丟到一邊，讓它『醒一醒』。過了一段時間（六個月、一年、兩年都可以），我就能用一種比較冷靜（但是仍然充滿疼愛）的眼神回頭看它，然後開始修改。雖然我把黑塔系列的每一本書分開修改，但是要等到完成第七部《黑塔》之後，我才真正把它們當作一個完整的作品來看。

在我回頭看第一部的時候（也就是各位手上這本書），我發現了三件事。第一，《最後的槍客》是個年輕的作家寫的，所以所有年輕作家的問題，全都能在這本書裡找到。第二，書裡有不少錯誤及跟後文不一致的地方，尤其是在看完後面的幾部後，錯誤更是明顯。❹第三，《最後的槍客》的語調跟後面幾部書完全不同，老實說，還滿難讀的。我老是聽到自己為了這件事道歉，告訴大家如果他們堅持下去，就會發現這個故事在第二部《三張預言牌》（Drawing of the Three，暫譯）裡漸漸步上軌道。

在《最後的槍客》裡，我把羅蘭描述成會在陌生的旅館裡，動手把歪掉的畫像擺正。我想我自己也是這種人，而就某種程度而言，修改作品也是這麼一回事：把畫像擺正、吸地板、刷馬桶。在修改作品時，我做了很多家事，而且做了所有作家寫完初稿以後想做的事：

❹作者註：我想我舉一個例子應該就夠了。在初版的《最後的槍客》中，『法爾森』是一個城鎮的名字，但在後面幾冊裡，它居然變成了一個男人的名字：叛徒約翰．法爾森，毀滅羅蘭故鄉基列地的幕後黑手。

把歪的地方擺正。一旦你曉得故事的結局，你就必須對潛在的讀者——還有你自己——負責，回頭把事情整理好。那就是我想在這本書裡做的事，而且我也很小心，希望增修之處不會把最後三本書裡的秘密洩露出來，有些秘密我可是耐心珍藏了三十年。

在我停筆之前，我想談談那個大膽寫了這本書的年輕人。那個年輕人上了太多寫作課，也被那些寫作課裡宣傳的東西洗了腦：寫作是為了別人，不是為了自己；詞藻比故事重要；模糊比清楚簡單好。所以，在羅蘭初次登場的作品裡發現很多矯揉造作的地方（更別提書裡大概有一千個不必要的副詞），我並不驚訝。我儘可能刪掉了這些空洞的廢話，而且一點也不心痛。在書裡其他的地方（也就是我想到什麼讓人入迷的故事，一時忘了寫作課上教的東西），我則可以幾乎完全不改動，只微微修正必要的地方。就像我在另一本書裡提到的，只有上帝才會第一次就把事情做對。

總而言之，我不會完全改掉這個故事的敘事風格，甚至也不會做太大的變動。對我來說，雖然它有很多缺點，但是也有它獨特的魅力。將它改頭換面，等於是完全否定了那個在一九七〇年春末夏初創造槍客的年輕人，而我並不想那麼做。

我想做的（如果可能的話，希望是在《黑塔》系列最後幾本書出版之前），是讓《黑塔》故事的新讀者（還有想重溫記憶的舊讀者）能更容易抓到故事的脈絡，更輕鬆的進入羅蘭的世界。我也希望這本書裡的伏筆能埋得更有技巧。我希望我達成這些目標了。如果你從來沒有來過這個奇異的世界探訪羅蘭跟他的朋友，我希望你能享受你在書裡找到的驚奇。最重要的是，我希望能說一個精采的故事。如果你發現自己讓《黑塔》給迷住了，即使只有一點點，我也覺得我達成任務了。這個任務從一九七〇年前開始，在二〇〇三年粗略完成。但是羅蘭會第一個告訴你，這三十多年的時間並沒有什麼意義，事實上，在你追尋黑塔的時候，時間是一點也不重要的。

——二〇〇三年，二月六日

耗費三十餘年

史蒂芬·金唯一奇幻巨作

The Dark Tower

黑塔

國家圖書館出版品預行編目資料

手機/史蒂芬・金 著. 宋瑛堂 譯.
--初版.--臺北市：皇冠文化. 2007〔民96〕
面；公分（皇冠叢書；第3643）（史蒂芬金選；1）
ISBN 978-957-33-2327-3（平裝）

874.57　　　　96008794

皇冠叢書第3643種

史蒂芬金選 1

手機

作　　者—史蒂芬・金　　譯　　者—宋瑛堂
發 行 人—平雲
出版發行—皇冠文化出版有限公司
台北市敦化北路120巷50號　電話◎02-27168888
郵撥帳號◎15261516號
香港星馬—皇冠出版社(香港)有限公司
總 代 理　香港灣仔告士打道88號19樓
電話◎2529-1778　傳真◎2527-0904
出版統籌—盧春旭　版權負責—莊靜君
編務統籌—金文蕙　外文編輯—馮瓊儀
美術設計—王瓊瑤　印　　務—林莉莉
行銷企劃—李郊如
校　　對—鮑秀珍・陳秀雲・金文蕙
著作完成日期—2006年
初版一刷日期—2007年6月
初版三刷日期—2007年7月

法律顧問—王惠光律師

讀者服務傳真專線◎02-27150507
皇冠文化集團網址◎www.crown.com.tw
電腦編號◎508001　ISBN◎978-957-33-2327-3
Printed in Taiwan
本書定價◎新台幣360元/港幣120元